Heimann
Stiftung
FÜR
VÖLKER-
VERSTÄNDIGUNG

AF388454

Literatur **TANDEM** letterario
2021

zweisprachige Anthologie
mit Kurzgeschichten in deutsch und italienisch

antologia bilingue
con racconti in tedesco ed italiano

Herausgeber
Heimann Stiftung für Völkerverständigung

Weitere Informationen
zum «Literatur **TANDEM** letterario»
auf der Webseite
www.heimann-stiftung.de

Bibliografische Information der Deutschen Nationalbibliothek:
Die Deutsche Nationalbibliothek verzeichnet diese Publikation in der
Deutschen Nationalbibliografie; detaillierte bibliografische Daten sind
im Internet über http://dnb.dnb.de abrufbar.

Herstellung und Verlag: BoD – Books on Demand, Norderstedt

ISBN: 978-3-7534-0890-3

VORWORT
LITERATURTANDEM

Deutsche und italienische Autoren und Autorinnen haben eine Kurzgeschichte in ihrer Landessprache geschrieben. In einem deutsch/italienischen Tandem haben sie dann die Kurzgeschichte des fremdsprachigen Partners in die eigene Landessprache übertragen. Die AutorInnen übertrugen die Texte auf ganz verschiedene Arten: von der semantischen Übersetzung, zur freien Übersetzung mit der Neufassung von Textteilen oder dem kreativen Nacherzählen der Texte mit eigenen Worten.

Die deutschen und italienischen Kurzgeschichten, die bei der Übertragung nah am Original geblieben sind, wurden in diesem Buch Seite an Seite abgedruckt. Die anderen Kurzgeschichten sind fort-laufend angeordnet.

Mit dem Literaturtandem soll der intellektuelle und interkulturelle Austausch zwischen deutschen und italienischen AutorInnen gefördert werden.

Der Sammelband ist das Ergebnis eines gemeinsamen Projektes der Heimann-Stiftung und der Buchhandlung Eulenspiegel in Wiesloch.

Autrici e autori tedeschi ed italiani hanno scritto un racconto breve nella propria lingua nazionale. Nell'ambito di un tandem tedesco/italiano, hanno poi trasposto il racconto del partner di lingua straniera nella propria lingua nazionale. Gli autori hanno trasposto i testi in modi molto diversi: dalla traduzione semantica alla traduzione libera con la nuova versione di parti del testo, oppure tramite la rinarrazione creativa dei testi con parole proprie.

I racconti tedeschi ed italiani che sono rimasti fedeli all'originale durante la trasposizione sono stati pubblicati in questo libro con le pagine affiancate. Gli altri racconti sono stati invece riportati in successione.

L'obiettivo del tandem è quello di promuovere scambi intellettuali e interculturali tra autori italiani e tedeschi.

L'antologia è il risultato di un progetto congiunto della Fondazione Heimann e della libreria Eulenspiegel di Wiesloch.

ADDIO SICILIA
Andreea Simionel..12

SIZILIEN, DAS WAR'S
Andreea Simionel
Aus dem Italienischen von Jonas Linnebank........................13

KOMMENTAR von Jonas Linnebank.........................33

DREI FRAUEN, DIE RAUCHEN
Jonas Linnebank..34

TRE DONNE, CHE FUMANO
Jonas Linnebank
Traduzione di Andreea Simionel........................35

COMMENTO di Andreea Simionel........................61

MEIN PERSONAL COMPUTER
Root Leeb..62

IL MIO PC
Root Leeb
Traduzione di Angela Bubba........................63

COMMENTO di Angela Bubba........................73

L'ESTATE DEL 2016
Angela Bubba..74

DER SOMMER 2016
Angela Bubba
Aus dem Italienischen von Root Leeb........................75

KOMMENTAR von Root Leeb........................107

PRIMA O POI
Dafne Graziano..108

FRÜHER ODER SPÄTER
Dafne Graziano
Aus dem Italienischen von Luka Tuvalu..................................109

ZU ZWEIT
Luka Tuvalu..130

IN DUE
Luka Tuvalu
Traduzione di Dafne Graziano...131

Das TANDEM Dafne Graziano und Luka Tuvalu.....................156

Il TANDEM Dafne Graziano e Luka Tuvalu............................157

WIE DER OCHSE MIT DEM PFLUG
Marielle Kreienborg..160

COME IL BUE CON L'ARATRO
Marielle Kreienborg
Traduzione di Fausto Paolo Filograna.................................161

COMMENTO di Fausto Paolo Filograna.............................177

UNA FINE
Fausto Paolo Filograna..178

EIN ENDE
Fausto Paolo Filograna
Aus dem Italienischen von Marielle Kreienborg....................179

KOMMENTAR von Marielle Kreienborg.............................243

OH, JUST REMEMBER, REMEMBER, REMEMBER
Lara Rüter...245

OH, JUST REMEMBER, REMEMBER, REMEMBER
Lara Rüter
Traduzione in modo creativo di Silvia Righi.........................257

COMMENTO di Silvia Righi 267

CERCATE RAPERONZOLO?
Silvia Righi 269

SUCHE NACH RAPUNZEL
Silvia Righi
Aus dem Italienischen frei übersetzt von Lara Rüter 279

KOMMENTAR von Lara Rüter 287

ATMEN
Carolina Heberling 289

IN PRINCIPIO ERA IL BIANCO
Maddalena Fingerle 303

Das TANDEM Carolina Heberling und Maddalena Fingerle. 308

IL TANDEM Carolina Heberling e Maddalena Fingerle 309

PENSARE PAROLE
Maddalena Fingerle
Rinarrazione del racconto «Atmen» di Carolina Heberling 311

HASENJAGD
Carolina Heberling
Nacherzählung der Geschichte
«In principio era il bianco» von Maddalena Fingerle 315

AUTORINNEN UND AUTOREN 326

AUTRICI E AUTORI 327

ADDIO SICILIA
ANDREEA SIMIONEL

Questa sera gli adulti danno una festa. Alberto non ci viene. Alberto, ieri sera, è andato via di corsa. Eravamo appiccicati e ci siamo dati un bacio, in mezzo alle ruspe e alle barche dei pescatori. Si sentivano le onde e si vedevano le stelle. Poi si è staccato di colpo, si è pulito la bocca col dorso della mano, ha raccolto la bici e se n'è andato. Io gli dicevo Alberto aspettami, ma lui non mi aspettava.

Al suo fianco andava Tonino, sopra la bicicletta. Non è una vera bicicletta, fa rumore e ha ruote grosse come copertoni di auto e si può andare senza mani e senza piedi. Sta seduto in cima come se non gliene importasse niente. I suoi sono ricchi e gli comprano tutto quel che vuole. Ogni mattina prende la granita alla mandorla e la brioche. Se gli chiedi me ne dai un po'?, lui, con la lingua nel bicchiere, scuote la testa due volte. È cattivo, Tonino, cattivo e silenzioso.

Sono rimasta indietro e li ho guardati andare via. Si sentivano i loro scoppi di risa, si vedevano i fari zigzagare sulla strada vuota.

Sono tornata a casa strascicando le ciabatte. Il lampione si è acceso per lasciarmi passare. Quando mi ha sentito, Igor si è messo ad abbaiare.

Zitto, gli ho detto. Zitto, che è l'una.

Igor è il pastore tedesco di Costanzo. Quando ti vede, si fa la scalinata in ferro di corsa e si ferma in cima. Il suo latrato è un unico lamento costante che s'infila nelle ossa e nelle orecchie. Se parli, abbaia più forte. Non ci devono essere altre voci, solo la sua.

SIZILIEN, DAS WAR'S
ANDREEA SIMIONEL
Aus dem Italienischen von Jonas Linnebank

Die Erwachsenen veranstalten heute Abend eine Party. Alberto geht nicht hin. Gestern Abend hat er sich davon gemacht. Wir waren eng umschlungen, küssten uns zwischen den Baggern und Fischerbooten, zwischen den Wellen und den Sternen. Dann stand er plötzlich auf, wischte sich den Mund mit dem Handrücken sauber, holte sein Fahrrad und machte sich aus dem Staub. Ich sagte ihm Alberto, warte auf mich, aber er wartete nicht.

Neben ihm fuhr Tonino auf seinem Fahrrad. Sein Fahrrad ist kein richtiges Fahrrad. Es macht Lärm und hat breite Reifen wie ein Auto und man braucht weder Hände noch Füße, um es zu fahren. Er saß darauf wie auf einem Thron, als ob ihn nichts wirklich angehen würde. Seine Eltern sind reich und kaufen ihm alles, was er will. Jeden Morgen isst er ein Brioche und Mandel-Granita, das er an der Bar kauft. Wenn du ihn fragst Darf ich auch ein bisschen, schüttelt er, seine Zunge noch im Becher, zweimal den Kopf. Tonino ist gemein. Gemein und schweigsam.

Ich blieb alleine zurück und sah ihnen hinterher. Ich hörte wie sie in Lachen ausbrachen, sah ihren Zickzackkurs auf der langen, leeren Straße.

Ich schlurfte in meinen Flipflops nach Hause. Das Außenlicht ging an, um mich reinzulassen. Als er mich hörte, begann Igor zu bellen.

Ruhe, sagte ich ihm. Ruhe, es ist schon eins.

Igor ist Costanzos Schäferhund. Wenn er dich sieht, flitzt er die Eisentreppe hoch, stellt sich am Zaun auf und bellt dich an. Sein Kläffen ist eine einzige, ununterbrochene Klage, die sich in deinen Knochen und Ohren festsetzt. Wenn du redest, bellt er noch lauter. Es darf keine anderen Stimmen geben. Nur seine.

Costanzo è un vecchio pescatore mezzo sordo. Tutti diano lui e il suo cane. Delle volte, quando Igor abbaia, Costanzo valì e gli fa due coccole sulla testa e gli dice: ti piace il suono della tua voce, eh? Un giorno gli hanno messo sul cancello un biglietto con su scritto: o lo fai stare zitto o gli sparo. Gli hanno anche fatto trovare il pane coi chiodi vicino alla cuccia. Costanzo l'ha preso, l'ha messo su un piatto e l'ha portato in cortile. Mangiatelo voi, il pane coi chiodi, ha urlato. Un'altra volta gli hanno fatto trovare la colla nella serratura. Il fabbro non c'era, e Costanzo ha passato la notte in piedi fuori dal cancello, a urlare che non gli dicessero cosa fare, che in tutta San Saba non c'era uomo che gli potesse dire cosa fare. Gli ammazzassero il cane, e gli avrebbe ammazzati lui stesso con le sue mani, che non aveva niente da perdere e i pesci li poteva pigliare pure in carcere. Il latrato di Igor si accordava, in un unico concerto, con le urla del padrone.

Ho fatto le scale di corsa. Appena sono scomparsa dietro l'angolo, Igor ha smesso di abbaiare. È tornato a sentirsi il silenzio della notte.

Mia madre mi aspettava in piedi dietro la porta. Quando mi ha vista entrare, ha sussultato. Si è stretta nella sua vestaglia, la faccia pallida e stravolta di uno zombie.

Ida, ha detto, dove sei stata? È mezzora che non si sente più nessuno. Dove sei stata?

Dove vuoi che sia stata?, ho detto, qua stavo.

Ha sempre un modo tutto suo, mia madre, di farti sentire in colpa. Dice che sta in piedi ad aspettare, che si preoccupa. Non è vero niente. Dorme come i neonati.

Ho fatto per andare via, avevo già il piede fuori dalla stanza.

Ida, ha detto. Vieni qua.

Che c'è?

Mi ha tirato a sé, mi ha annusato il collo e la maglietta.

Hai fumato?

No che non ho fumato.

Ti sei andata a impicciare coi maschi?

Ho liberato il braccio dalla sua stretta e ho urlato.

Costanzo ist ein alter Fischer, halb taub. Alle hassen ihn und seinen Hund. Manchmal wenn Igor jammert, geht Costanzo an den Zaun und fährt ihm zweimal über's Maul und sagt ihm: Dir gefällt wie deine Stimme klingt, was? Einmal haben sie ihm einen Zettel an die Haustür geklebt auf dem stand: Entweder hält dein Hund das Maul oder ich erschieß ihn. Neben seinem Zwinger haben sie auch schon Brot ausgelegt, das mit Nägel gefüllt war. Costanzo nahm es, drapierte es auf einem Teller und ging auf den Marktplatz. Esst ihr es, euer scheiß Nagelbrot, schrie er. Ein andermal verstopften sie ihm das Türschloss mit Kleber. Der Schmied war nicht da und so verbrachte Costanzo die ganze Nacht vor seiner Haustür, schrie, dass niemand ihm sagen brauche, was er zu tun habe, dass es in ganz San Saba nicht einen gebe, der ihm sagen könnte, was er zu tun und zu lassen hätte. Wenn sie ihm den Hund töteten, würde er sich mit seinen eigenen Händen an den Mördern rächen, er hätte nichts zu verlieren, und einen Schwanz könne er auch im Knast streicheln. Und so vereinigten sich an jenem Abend Igors Klagen und das Geschrei seines Herrchens in einem langen, gemeinsamen Konzert.

Ich rannte die Treppen rauf. Sobald ich hinter der Ecke verschwunden war, hörte Igor auf zu bellen. Zu hören war jetzt nur noch die nächtliche Stille.

Meine Mutter war wach und erwartete mich. Nachdem sie mich eintreten sah, hüstelte sie, machte sich groß in ihrem Schlafanzug, das Gesicht bleich und verzerrt wie bei einem Zombie.

Ida, sagte sie, wo bist du gewesen? Seit einer halben Stunde hört man niemanden mehr hier. Alle schlafen. Wo bist du gewesen?

Wo willst du denn, dass ich gewesen bin?, sagte ich, hier bin ich.

Sie, also meine Mutter, hat ihre ganz eigene Methode, dir das Gefühl zu geben, Schuld zu sein. Sie sagt dann, sie wäre die ganze Zeit auf gewesen, hätte sich Sorgen gemacht. Das ist aber überhaupt nicht wahr. Sie schläft wie ein Neugeborenes.

Ich wollte gerade gehen, war mit einem Fuß schon aus dem Zimmer, Ida, sagte sie dann. Komm mal her.

Was denn?

Sie zog mich zu ihr, beschnüffelte mich, meinen Kragen, meine Bluse.

Hast du geraucht?

Nein, habe ich nicht.

Warst du draußen mit den Jungs unterwegs?

Ich befreite meinen Arm aus ihrem Griff und schrie.

E fatti i cazzi tuoi, per una volta!

È rimasta a guardarmi. La bocca un po' aperta, che le mosche ci potevano entrare. Più che guardarmi, guardava l'abisso in sbattere due volte, prima di trovare la stanza.

Abitiamo nel Palazzo dei Corsari. Non è casa nostra. Ci veniamo d'estate.

Il Palazzo appartiene a Costanzo. È lui che amministra i posti, li affitta. Anche il lembo di spiaggia davanti è suo. Il legno delle barche sa di morte, di pesce marcio. Spesso fa manovra con le barche al mattino presto o la sera tardi, e riempie il mare di nero, e il bagno non si può più fare per giorni, ma nessuno gli dice niente.

Una volta a settimana viene ad aggiustare il frigo. Tempo di andare a Ganzirri o a Messina per fare la spesa e al ritorno il frigo è spento con gli scaffali sbrinati. Mio padre lo va a chiamare. Costanzo prende la cassetta degli attrezzi e viene su senza protestare. Ci mette dieci minuti. Prima di andare via, chiede se vogliamo la televisione. Mio padre dice sempre no grazie. Non ci serve. Se vogliamo guardare qualcosa di bello, c'è il mare.

Le cose non sono fatte ad arte. I tubi si staccano, i lavandini danno la scossa, il gas della bombola non arriva ai fornelli, la vernice si scrosta, la ruggine cola lungo le pareti. Siamo tutti attaccati allo stesso contatore. Spesso Costanzo non paga l'acqua, non paga l'elettricità. Allora bisogna spegnere lo scaldabagno e staccare le lavatrici e aspettare che torni la corrente. Nel frattempo, andiamo con lo shampoo in cortile, ci laviamo sotto il tubo che serve per sciacquare via il sale, sotto lo sguardo di tutti.

Al mattino mi sveglio col rumore della ruspa in spiaggia.

La casa sa di sigaretta. Mia madre, per colazione, fuma. Se non fuma non sta bene: le gira la testa, le prude la pelle, le viene il nervoso.

Kümmer dich um deinen eigenen Scheiß, ein Mal wenigstens!

Sie stand still da, starrte mich an, den Mund ein bisschen geöffnet, weit genug, dass eine Fliege hätte reinfliegen können. Viel mehr als mich anzusehen, betrachtete sie den Abgrund zwischen uns beiden. Ich ließ sie dort stehen und ging wütend in mein Zimmer, fand es deswegen erst nicht, stieß gegen alle möglichen Dinge und schlug dann laut die Tür zu, bevor ich ins Bett fiel.

Wir wohnen im Palazzo dei Corsari. Das Haus gehört nicht uns. Wir kommen immer nur im Sommer her. Eigentlich gehört es Costanzo. Er kümmert sich um die Wohnungen und vermietet sie. Auch der schmale Streifen Strand vor dem Haus gehört ihm. Das Holz der Fischerboote dort kennt den Tod, die dunklen, verfaulten Fische. Oft fährt er morgens früh oder spät abends mit dem Schiff aufs Meer, verpestet es mit Benzin und schwarzem Blut, dass man tagelang nicht mehr schwimmen gehen kann, aber natürlich sagt keiner was.

Einmal in der Woche kommt er vorbei um den Kühlschrank zu reparieren. Zeit für uns nach Ganzirri oder Messina zu fahren und den Einkauf zu machen und bei der Rückkehr den ausgeschalteten Kühlschrank und das abgetaute Kühlfach wiederzufinden. Mein Vater ruft dann nach ihm, Costanzo holt seine Werkzeugkiste, kommt hoch ohne viel zu protestieren. Er braucht zehn Minuten. Bevor er geht, fragte er, ob wir Fernsehen wollten. Mein Vater sagt darauf Nein danke. Brauchen wir nicht. Wenn wir uns was Schönes angucken wollen, gibt es ja das Meer.

Die Wohnung ist nicht besonders eingerichtet oder hochklassig. Die Rohre sind verstopft, aus den Waschbecken kommt der Muff, das Gas aus den Stahlflaschen kommt nicht richtig am Herd an, die Farbe blättert von den Wänden und Rost läuft an ihnen herunter, verteilt sich in der Wohnung. Wir sind alle an den gleichen Zähler angeschlossen und oft bezahlt Costanzo weder die Wasser- noch die Stromrechnung. Das bedeutet für uns, den Durchlauferhitzer und die Waschmaschine auszustecken und zu warten bis der Strom wieder angeschaltet wird. Bis das passiert, spazieren wir mit den Schampoo-Flaschen in den Innenhof und waschen uns dort unter den Augen aller mithilfe des Gummischlauchs, den wir sonst nur benutzen, um uns das Salz von den Füßen zu waschen.

Morgens weckt uns der Lärm der Bagger vom Strand.

Das Haus riecht nach Zigaretten. Zum Frühstück raucht meine Mutter. Wenn sie nicht raucht, geht es ihr nicht gut: ihr Kopf dreht sich, die Haut juckt, sie wird nervös.

Mio padre fuma con lei in balcone. La sua sigaretta si spegne di continuo. Prende l'accendino, lo prova, bestemmia, dice questo cazzo di accendino, lo butta in giro, ne prende un altro, non funziona, non trova più quello di prima. Si stufa, va e accende ai fornelli. Bestemmia ancora, perché si brucia un sopracciglio o il naso o le labbra.

La mamma lo osserva. La sua sigaretta si consuma in fretta. Non lo sai fare, gli dice. Quanto sei scemo. Non vedi che ti bruci perché metti il naso all'ingiù? Lo devi fare col naso all'insù. Tutto io devo insegnarti.

Gne gne gne, risponde lui. La saputona, qua. La signora col naso perfetto. Quando si spegne di nuovo, bestemmia e si alza e fa strisciare la sedia. Peppe, nella sua culla, ha un sussulto di pianto. La mamma afferra il braccio di papà e lo tiene fermo. Si immobilizzano, guardano la culla e aspettano, per vedere se inizia a piangere. Se piange, è la fine.

Si riaddormenta. La mamma bisbiglia, gli dice vie' qua, si piega in avanti e unisce la punta della sigaretta alla sua e gliela accende. Loro, non so se si amino. Però lui, quando la mamma fa così, si zittisce. E lei ha sempre sulle labbra l'ombra di un sorriso. Restano coi nasi vicini, che la punta delle sigarette si tocca.

Distolgo lo sguardo, mi fanno senso. Ferma in cucina, con indosso solo il costume, mi guardo i piedi nudi sulle piastrelle.

Entro in balcone.

Il mio asciugamano, dico, dov'è? L'avevo messo a stendere qua.

Lo stendino è vuoto. Sul davanzale, niente.

Si staccano di colpo. Mia madre evita di incontrare il mio sguardo. Spegne quel che resta della sigaretta nel portacenere arancione. Lo copre con la pietra che ho raccolto in spiaggia, su cui ho disegnato con gli acquerelli i nomi Ida e Peppe dentro un cuore.

Vabbè, dico, io esco. Ciao.

Tu non vai da nessuna parte, dice mia madre.

Mein Vater raucht mit ihr zusammen. Sie stehen auf dem Balkon. Seine Zigarette geht immer wieder aus. Also nimmt er ein Feuerzeug, versucht ein paar Mal Feuer zu machen, flucht, sagt Dieses scheiß Feuerzeug, schmeißt es weg, nimmt ein anderes, das auch nicht funktioniert, und findet das erste nicht wieder. Er regt sich kurz ab, geht in die Küche und macht den Herd an, um sich herunterzubeugen und die Kippe dort anzumachen und flucht dann weiter, weil er sich die Augenbraue verbrannt hat oder die Nase oder die Lippen.

Mama guckt sich das Ganze an. Ihre Zigaretten brennen im Nu. Du kannst das nicht, sagt sie ihm, Mann, bist du blöd. Merkst du nicht, dass du dich verbrennst, wenn du die Nase nach unten in die Flamme hältst. Du musst sie nach oben halten. Alles muss man dir beibringen.

Ja ja ja, entgegnet er. Die Allwissende mal wieder. Die Dame mit der perfekten Nase. Wenn seine Zigarette dann wieder ausgeht, flucht er und steht auf und schiebt dabei seinen Stuhl laut nach hinten. Peppe, der ruhig in seiner Wiege liegt, gibt ein jammerndes Schmatzen von sich. Mama greift nach Papas Arm und hält ihn fest. Er bewegt sich nicht. Sie bewegt sich nicht. Sie betrachten die Wiege und warten, ob Peppe anfangen wird zu weinen. Weint er, ist es vorbei.

Er schläft wieder ein. Mama flüstert Komm her, beugt sich vor und die Zigarettenspitzen vereinigen sich, ihre Zigarette zündet die von Papa an. Die beiden? Ich weiß nicht, ob sie sich lieben. Aber wenn Mama so seine Kippe anzündet, ist er ganz ruhig. Und ihre Lippen umspielt dann der Schatten eines Lächelns. Und wie sie so dastehen, ihre Nasen eng beisammen, die Enden der Zigaretten, die sich berühren.

Ich wende den Blick ab, es ekelt mich an. Ich warte in der Küche, trage nur meinen Bikini, betrachte eine Weile meine nackten Füße auf dem Fliesenboden.

Dann gehe ich auf den Balkon.

Mein Handtuch, sage ich, wo ist das? Ich hatte das hier aufhängt.

Der Wäscheständer ist leer. Auch auf dem Fensterbrett, keine gefaltete Wäsche, über dem Balkongeländer kein Handtuch, nichts.

Reflexartig trennen sich die beiden voneinander. Meine Mutter weicht meinem Blick aus, drückt den Rest der Zigarette in dem orangenen Aschenbecher aus. Den Stein, den ich am Strand gefunden und mitgenommen habe, auf dem ich die Namen Ida und Peppe gezeichnet habe, darum ein Herz; den benutzt sie um den Ascher zuzudecken.

Na dann, sage ich, ich gehe. Tschau.

Du gehst nirgendwo hin, sagt meine Mutter.

Mi giro a guardarla, la mano sulla maniglia. Mio padre disegna ghirigori sulla tovaglia.

Che cosa?

Mi hai sentito. Tu non esci di casa, oggi.

Ma mamma! È l'ultimo giorno.

Non me ne frega niente, che è l'ultimo giorno.

E la festa? Ho detto ad Angelo che vengo alla festa.

Tu non ti preoccupare, con Angelo ci parlo io.

E la focaccia? Abbiamo pagato per la focaccia.

Non te la meriti, la focaccia.

Si alza, fa strisciare la sedia, non si cura di Peppe. Si chiude in stanza, esce in costume.

Il mare non le piace. Odia il caldo, il sole sulla pelle, la sabbia ovunque. Dice che il sole la invecchia, la abbronza a macchie. È vero. Ma oggi ci va solo per farmi un dispetto. Prima di uscire, prende anche i racchettoni e l'ombrellone e il materassino. Sciabatta fuori dalla porta senza salutare.

Stronza.

Addio vacanze, addio Sicilia. Noi, domani, torniamo a Torino. Torniamo alla foschia e al freddo. A Torino, ci sono due stagioni per tutto l'anno, e sono l'afa e il gelo. Il cielo sempre di uno stesso colore senza colore, grigio e indeciso, un tappo sopra la conca.

Qui, invece, o è azzurro o è in tempesta. Non ci sono vie di mezzo. E io, da grande, voglio vivere in un paese con il cielo deciso.

Mia madre è di Torino, mio padre è siciliano. Loro, quando vengono qui, diventano altre persone. A Torino, mia madre sta sempre fuori. Viene a casa solo per bere il caffè a metà giornata e dormire la notte. Il mattino dopo, via di nuovo. La faccia le si scava in pochi giorni, i capelli le crescono e le sfuggono da ogni parte. Il tempo di andare dalla parrucchiera, non ce l'ha. Qui, invece, la faccia le si riempie, i capelli le cadono attorno al viso in boccoli biondi. Non esce mai, per fare un dispetto a Torino. Si sdraia sul letto in costume. Mio padre le dice che larva. Larvone,

Ich dreh mich um, guck sie an, die Hand an der Balkontür. Mein Vater malt kreisende Schnörkel auf die Tischdecke.

Bitte was?

Du hast mich schon verstanden. Du gehst heute nicht aus dem Haus.

Aber Mama! Heute ist der letzte Tag.

Mir ist vollkommen egal, ob heute der letzte Tag ist oder der erste.

Und die Party? Ich hab Angelo gesagt, dass ich zur Party komme.

Darüber musst du dir keine Sorgen machen. Mit Angelo rede ich.

Und die Focaccia? Für die haben wir doch schon bezahlt.

Die Focaccia … die hast du nicht verdient.

Sie steht auf und der Stuhl kratzt laut über den Boden, sie kümmert sich nicht um Peppe. Sie verschließt die Zimmertür, kommt im Badeanzug wieder raus.

Sie mag das Meer nicht. Sie hasst die Hitze, die Sonne auf der Haut, den Sand überall. Sie sagt, die Sonne mache sie alt, sie würde nur fleckig braun, gar nicht gleichmäßig. Was stimmt. Aber heute geht sie einfach nur hin, um mich zu ärgern. Bevor sie geht, schnappt sie sich noch die Strandballschläger, den Sonnenschirm, die Luftmatratze, watschelt aus der Tür ohne noch etwas zu sagen.

Fotze.

Tschüss Urlaub, tschüss Sizilien, das war's, Sizilien Adé. Morgen fahren wir nach Turin zurück, fahren zurück in den Nebel und die Kälte. In Turin gibt es für das ganze Jahr nur zwei Jahreszeiten, schwüle Hitze und Eiseskälte. Es gibt kein Durchkommen, der Himmel schließt alles ab wie ein Stöpsel im Spülbecken, in einer Farbe ohne Farbe, Grau und Unentschlossen.

Hier wiederum gibt es entweder blauen Himmel oder Sturm. Keine Grauzonen. Und ich will, wenn ich groß bin, an einem Ort leben mit einem Himmel, der sich entscheiden kann.

Meine Mutter ist aus Turin, mein Vater Sizilianer. Wenn wir hier runterfahren, werden sie andere Menschen. In Turin ist meine Mutter immer unterwegs. Sie kommt nur nach Hause, um mittags einen Kaffee zu trinken, und nachts, um zu schlafen. Am nächsten Morgen ist sie wieder weg. Nach ein paar Tagen fällt ihr Gesicht ein, ihre Haare wachsen und stehen in allen Richtungen ab. Zeit um zum Frisör zu gehen, hat sie keine. Hier aber füllt sich ihr Gesicht und davor pendeln ihre Haare, blonde Korkenzieherlocken. Sie geht nie raus, um sich Turin gegenüber nichts zu Schulden kommen zu lassen. Sie fläzt sich im Badeanzug ins Bett und mein Vater sagt, dass sie sich

la chiama. Lei non gli dà retta. . Divarica le braccia e chiude gli occhi e passa il giorno a fare l'angelo tra le lenzuola sfatte, sotto il soffio del ventilatore.

Mio padre invece soffre. La Sicilia gli fa bene. Gli si illuminano gli occhi, e guarda tutto come a un tesoro custodito. Ma gli fa anche male. I prezzi, soprattutto. Al ristorante mangiamo in tre con primo e secondo e prendiamo anche la birra. In tutto, fa venti euro. Hai visto quanto costa, questa cosa qui? Mio padre resta a guardare lo scontrino. Lo mette insieme agli altri nel portafogli, li colleziona per farli vedere dopo ai colleghi di Torino.

Anche la solitudine e la tristezza e l'abbandono gli fanno male. Delle volte accosta in mezzo alla strada e dice hai visto, quella casa lì? Sono andati via e hanno lasciato così. Non vendono, non ristrutturano, non niente.

Mio padre ha due umori: soleggiato o in burrasca. Se fa brutto, va in giro scuro, la faccia aggrottata, dentro il cappuccio della felpa. Se fa bello, verso le dieci si mette la muta, prende il retino ed esce. I bagni di mio padre non durano mai meno di due, tre ore.

Passa il tempo in balcone, si stiracchia e si accarezza la pancia abbronzata. Guarda il mare come lo volesse consumare, imprimere dietro la retina per avercelo dopo, negli altri mesi dell'anno. Delle volte, dopo il pranzo, si addormenta sulla sedia. Si alza di colpo, come venisse fuori da un incubo, e corre al davanzale per vedere se il mare è ancora dove l'ha lasciato.

Passo il giorno a spiarli, nascosta dietro il muretto del balcone.

Mia madre larva in spiaggia, la testa buttata su una spalla, i gomiti nella sabbia. Dopo un po' si alza, prende il materassino e va in acqua. Si sdraia a pancia in giù, le braccia a mollo. Il gonfiabile arancione di mio padre è più in là, lungo la linea degli scogli, e lui è una macchia nera sott'acqua. Delle volte le nuota vicino, la spruzza con le gambe, lei si sposta più in là.

verpuppt. Monsterpuppe nennt er sie dann. Sie hört ihm nicht zu,breitet ihre Arme aus und schließt die Augen und verbringt den Tag zwischen den Laken im ungemachten Bett unter dem kühlem Hauch des Ventilators.

Mein Vater dagegen leidet, weil Sizilien ihm gut tut. Seine Augen klaren auf, leuchten, betrachten alles wie einen geheimen Schatz. Aber es tut ihm auch weh. Die Preise vor allem. Im Restaurant essen wir zu dritt, zwei Gänge, und bestellen außerdem noch ein Bier. Und das macht im Ganzen dann zwanzig Euro. Hast du gesehen, was das kostet, was das hier gekostet hat? Mein Vater kann nicht aufhören die Rechnung anzustarren. Dann steckt er sie zu den anderen ins Portemonnaie, um die Sammlung später seinen Kollegen in Turin zu zeigen.

Auch die Einsamkeit, die Traurigkeit und dass hier alles verwahrlost, stehen und liegen gelassen wird, auch das tut ihm weh. Manchmal bleibt er mitten auf der Straße stehen und sagt Hast du das gesehen, das Haus da? Die sind weggegangen und haben das Haus einfach so dagelassen. Sie haben es nicht verkauft, nicht renoviert, nichts gemacht, nichts, rein gar nichts.

Mein Vater hat zwei Launen: Sonne oder Sturm. Wenn es ihm schlecht geht, zieht sich sein Gesicht düster zusammen und er versteckt es in der Kapuze seiner Jacke. Geht es ihm gut, zieht er sich so gegen zehn die Badehose an, nimmt seine Kreuzworträtsel und macht sich davon. Einmal am Strand kommt mein Vater nicht vor zwei oder drei Stunden zurück. Dann liegt er ausgestreckt auf dem Balkon und streichelt sich seinen dunkel gebräunten Bauch. Er guckt aufs Meer, als ob er es einsaugen wollen würde, als ob das Bild sich auf seine Netzhaut brennen ließe, damit er es später noch sehen könnte, dass es noch da wäre für die Monate danach. Manchmal nach dem Mittagessen schläft er auf dem Stuhl ein, schreckt dann plötzlich hoch, so als ob er aus einem Alptraum erwachen würde und geht hastig an das Geländer, um zu sehen, ob das Meer noch da ist, wo er es zurückgelassen hat.

Ich verbringe den Tag damit, sie zu beobachten, versteckt hinter der Balustrade des Balkons. Meine Mutter liegt faul am Strand, Ellebogen und Unterarme hat sie in den Sand gestellt, den Kopf auf eine Schulter fallen lassen. Aber nur kurz, dann steht sie auf, nimmt die aufblasbare Matratze und geht ins Wasser. Sie legt sich auf den Bauch, streckt sie sich darauf aus, die Arme baumeln im Wasser, weichen langsam ein. Der Rettungsring, in dem mein Vater liegt, ist weiter draußen bei den

Ci sono anche Sebastiano e Alberto, Tonino, Violetta e Maria.

Verso mezzogiorno arriva Angelo. Angelo non parla con nessuno. Si butta in mare. Andiamo Kira, dice, dai Kira. Il suo cane marrone gli viene dietro con la testa a pelo dell'acqua. Nuotano fino alla linea degli scogli in mezzo al mare. Stanno lì, a cuocersi sotto il sole fino a mezzogiorno, l'una. Quando tornano a riva, Angelo prende due o tre grossi massi e li lancia tra le onde. Il cane si butta, cerca di morderli. Lui dice che così si fa i denti. Intanto, resta con le braccia a uncino sui fianchi, e guarda il mare. Dopo si chiudono di nuovo in casa e non si fanno più vedere.

Angelo è un uomo solo. Abita al primo piano. Ha lavorato per dieci anni come rappresentante di una marca di aspirapolveri. Dice che è stanco della gente. Quando vede le persone, scappa. Anche delle donne, è stanco. Ha lasciato la moglie ed è venuto a vivere qui. Se qualcuno gli chiede perché, lui dice che sono scelte. Dice che di donne, in giro, ce ne sono troppe. Sono i maschi, che scarseggiano. Perciò, oltre che dalla gente, sta alla larga anche dalle donne.

Devi vedere, dice, com'è in inverno. Non c'è nessuno. Disegna, con la sigaretta tra le dita, una distesa immaginaria di niente e nessuno. La neve, sul mare, uno spettacolo.

I bambini però, gli piacciono. Dei bambini non si stanca mai. Solo a volte, quando fanno troppo casino, si affaccia al balcone e urla: Allora!

Quando mi incontra, chiede sempre se ho visto le dune di sabbia di San Saba. Come, non le hai ancora viste? Allora non sei di San Saba, tu. Sei torinese? Sei milanese? Dice che non si può essere a San Saba senza vedere le montagne di sabbia di San Saba. Alza entrambe le braccia sopra la testa, disegna la sagoma di un colosso invisibile. Sono alte così, dice, però di sabbia, e si rotola giù come nel deserto, e la sabbia brucia sulla pelle, però dopo si va a finire in mare. Ci vuoi venire? Eh, ci vuoi venire?

Felsen. In dem orangefarbenen Ring treibt er wie ein schwarzer Fleck im Wasser. Ab und an schwimmt er zu ihr hinüber, spritzt sie mit klatschenden Bewegungen seiner Beine nass und sie, meine Mutter, bewegt sich weiter von ihm weg. Außerdem sehe ich Sebastiano und Alberto, Tonino, Violetta und Maria.

Gegen Mittag kommt Angelo. Angelo redet mit niemandem, wirft sich ins Meer, Komm Kira, sagt er, los, Kira, mach schon. Der braune Hund rennt ihm nach, die nasse, fellige Schnauze voraus. Sie tauchen und schwimmen bis zu den Wellenbrechern, legen sich auf die Felsen mitten ins Meer, lassen sich von der Sonne braten bis mittags gegen eins. Wenn sie an Land zurückgekehrt sind, nimmt Angelo zwei drei große Steine und wirft sie in die Wellen. Der Hund springt ihnen hinterher und versucht sie zu fassen. Er sagt So putzt man sich die Zähne. Dabei steht er am Strand, starrt aufs Meer, die Arme in die Hüften gestemmt, so als warteten sie auf jemanden oder etwas, das oder der sich unterhakt. Dann aber schließen sich Angelo und Hund wieder im Haus ein und lassen sich nirgends mehr blicken.

Abgesehen von Kira lebt Angelo allein. Er wohnt im ersten Stock, hat zehn Jahre lang als Staubsaugervertreter gearbeitet und sagt, dass er genug hat von den Menschen. Wenn er welche sieht, haut er ab. Auch von den Frauen, auch von denen hat er genug. Er hat seine Frau verlassen und ist hierher gezogen. Wenn ihn jemand fragt, warum, sagt er, dass das Entscheidungen sind, sagt, dass es genug gibt, dass eher zu viele Frauen unterwegs sind als zu wenig. Es sind die Männern, die fehlen. Und deswegen hält er sich nicht nur von Leuten im Allgemeinen, sondern besonders auch von den Frauen fern.

Du müsstest sehen, sagt er, wie es hier im Winter ist. Nichts. Niemand. Keine Menschenseele hier. Und er zeichnet, die Zigarette zwischen den Fingern, eine imaginäre Leere von nichts und niemandem. Der Schnee, auf dem Meer, das müsstest du sehen. Das kannst du dir nicht vorstellen.

Von den Kindern jedoch hat er nie genug. Die Kinder langweilen ihn nie. Nur selten, wenn sie zu laut und wild herumschreien, zeigt er sich auf dem Balkon und schreit: Genug jetzt! herunter.

Wenn wir uns begegnen, fragt er immer, ob ich die sandigen Dünen von San Saba gesehen hätte. Wie, du hast sie noch nicht gesehen? Also bist du nicht wirklich aus San Saba. Kommst du aus Turin? Aus Mailand? Er sagt, dass man nicht aus San Saba kommen kann, wenn man nicht die Sandberge von San Saba gesehen hätte. Dabei hebt er

Fa sempre lo stesso gioco. Si inginocchia, ti afferra sotto le ascelle e ti fa il solletico. Quanti anni mi dai, eh? Quanti me ne dai? Non ti lascia andare finché non dici una cifra. Io dico sempre quarantaquattro. Lui lancia un fischio, si tira su, si passa una mano tra i capelli neri e dice: eh no, sessantaquattro. Se invece dici subito la cifra giusta, si alza e si accende una sigaretta e se ne va.

Quest'estate ad Angelo è tornata voglia della gente, degli uomini e delle donne. Ha organizzato una festa di fine estate. Ci vengono tutti quelli del Palazzo dei Corsari. Ha fatto mettere la quota per portare la focaccia e le birre da Messina.

Ogni tanto mi affaccio e guardo giù. Sul suo terrazzo, al primo piano, ci sono già i palloncini, un lungo tavolo coperto da una tovaglia rossa con sopra piatti e bicchieri in plastica e bottiglie di Coca Cola.

Ma io, alla festa, non ci vado.

Alle sei i miei tornano a casa e si chiudono in doccia. Si sentono le loro risate. Lei urla, gli dice dai smettila. Escono avvolti dentro gli asciugamani, spargono le impronte bagnate per casa. Vanno nella loro stanza, si sentono sbattere i cassetti e chiudere le ante.

Quando escono, mia madre indossa un lungo vestito rosso sangue, ha la borsetta in grembo. Mio padre i pantaloni neri, la camicia slacciata sul petto e le scarpe appuntite che risuonano sulle piastrelle.

Mia madre, passando dalla cucina, mi punta l'indice contro.

Guarda tuo fratello, mi dice.

Vaffanculo, dico.

Mia madre si ferma.

Cosa hai detto?

beide Arme über den Kopf und malt die Umrisse eines riesigen, unsichtbaren Kolosses. So hoch sind die, sagt er, aber aus Sand, und du musst dich runterrollen lassen, so wie man das in der Wüste machen kann, und der Sand verbrennt dir die Haut, aber deswegen gehst du ja später ins Meer. Willst du hinfahren? Hmm? Lust die zu sehen?

Er spielt immer das gleiche Spiel mit dir. Kniet sich hin, fasst dich unter den Achseln und kitzelt dich aus. Und, was sagst du? Wie alt bin ich? Was schätzt du, eh? Er lässt dich nicht gehen, bis du eine Zahl gesagt hast. Ich sag immer vierundvierzig. Dann pfeift er laut zwischen Zähnen, steht auf, fährt sich durch die schwarzen Haare und sagt: Quatsch, nein, vierundsechzig. Wenn du allerdings sofort die richtige Zahl sagst, steht er auf, zündet sich eine Zigarette an und geht.

Diesen Sommer ist die Lust auf Menschen, die Lust Männer und Frauen zu treffen, irgendwie zu ihm zurückgekehrt. Deswegen hat er zum Ende des Sommers eine Party organisiert. Und alle gehen hin und kommen hierher in den Palazzo dei Corsari. Er hat festgelegt, wer wie viel Focaccia mitbringt, wer wie viele Bier aus Messina.

Hin und wieder stehe ich am Balkon und gucke runter. Auf der Terrasse im ersten Stock steht schon ein langer Tisch, rote Tischdecke, darauf Teller und Becher aus Plastik, Colaflaschen, die Luftballons hängen schon.

Nur ich gehe nirgendwo hin, vor allem, und als Einzige, nicht auf diese Party.

Um sechs kommen meine Eltern nach Hause und schließen sich in der Dusche ein. Man hört ihr Gekicher. Sie schreit auf, sagt, Hey, lass das. Eingewickelt in ihre Handtücher kommen sie raus, verteilen nasse Fußabdrücke in der ganzen Wohnung, gehen in ihr Zimmer. Man hört die Schubladen und die Türen des Kleiderschranks auf- und zugehen, das Geräusch der Fensterläden, die zugezogen werden.

Als sie wieder herauskommt, trägt meine Mutter ein langes rotes Kleid, blutrot, ihre Handtasche hält sie vor sich, drückt sie an den Bauch. Mein Vater trägt ein schwarze Hose, das Hemd weit aufgeknüpft, seine spitzen Schuhe klackern auf dem gefliesten Boden.

Mama, die an der Küche vorbeispaziert, deutet mit ihrem Finger auf mich.

Pass auf deinen Bruder auf, sagt sie.

Verpiss dich, sage ich.

Sie bleibt stehen.

Was hast du gesagt?

Ho detto, ripeto, vaffanculo.

Mi viene incontro. Cammina piano. Coi piedi nudi scavalca i pezzi di lego di Peppe, sparsi ovunque. Il corpo chiuso dentro il vestito rosso, come un tesoro custodito. Le labbra aggrottate a culo di gallina, la faccia severa.

Ripetimi quello che hai detto.

Ho detto, scandisco, vaf-fan-cu-lo. Lo schiaffo arriva rapido. Mi copro la guancia in fiamme con una mano. Guardo la sua faccia alterata.

Mi viene in mente una cosa che mi ha raccontato Violetta. Un giorno suo fratello, che fa il pugile, ha alzato il pugno contro suo padre, ma lui gli ha afferrato il polso al volo e gli ha detto: non ti hanno insegnato bene. Però poi, più tardi, alla sera, Violetta ha sentito suo padre singhiozzare e dire che un figlio contro un padre è come un uomo contro dio.

Lo schiaffo di mia madre, allora, cos'è?

Comportati, urla, o ti rimando a Torino a calci in culo.

Si raddrizza, si rimette a posto il vestito. Fa l'atto di stringersi le braccia addosso. Non sa dove metterle, allora le incrocia sul petto, come avesse freddo. Si gira e torna indietro, sempre attenta a non pestare i lego di Peppe, stavolta però rapida, furiosa.

Fai qualcosa, dice.

Mio padre sta a guardarci, due passi indietro, fermo con le mani nelle tasche dei pantaloni eleganti. Le tira fuori e mi viene incontro. Mi afferra il braccio.

Vieni su, dai. Vatti a sciacquare.

Levati.

Ti ho messo la focaccia sul tavolo.

Non la voglio. Tenetevela, la vostra focaccia.

Vedi, bisbiglia mia madre. Solleva il vestito sulle gambe, e cerca il tacco con il piede nudo. Sempre a fare quello buono, quello simpatico. Guarda com'è selvatica.

Resto lì, seduta sul pavimento della cucina, appoggiata al muro, una mano sulla guancia e le ginocchia al petto.

Verpiss dich, habe ich gesagt, wiederhole ich.

Sie nähert sich mir, langsam. Barfuß bahnt sie sich ihren Weg durch Peppes Legosteine, die überall herumliegen, ihr Körper in dem roten Kleid eingeschlossen, wie ein bewachter Schatz, die Lippen spitz zusammengezogen wie ein Hühnerarschloch, ein ernstes Gesicht.

Sag das nochmal.

Ich habe gesagt, skandiere ich, *dass du dich ver-pis-sen sollst*.

Die Ohrfeige kommt schnell. Ich lege eine Hand über die brennende Wange, sehe ihr verzerrtes Gesicht.

Mir fällt etwas ein, das Violetta mir erzählt hat. Einmal hat ihr Bruder, ein Boxer, nach ihrem Vater geschlagen, aber der hat den Arm seiner Sohnes in der Luft festgehalten und ihm gesagt: Sie haben dich nicht gut trainiert. Dann aber, später am Abend, hat Violetta den Vater schluchzend sagen hören, ein Sohn gegen seinen Vater, das ist wie ein Mann gegen Gott.

Die Ohrfeige meiner Mutter, also, was ist das? Was bedeutet die?

Benimm dich, brüllt sie mich an, oder ich befördere dich mit einem Arschtritt zurück nach Turin.

Sie fasst sich wieder, streicht sich das Kleid gerade. Sie macht eine Bewegung als wolle sie Arme fallen lassen. Aber sie weiß nicht wohin mit ihnen und kreuzt sie dann vor der Brust als ob ihr kalt wäre. Sie dreht sich um, geht den Weg zurück, wieder vorsichtig nicht auf einen von Peppes Legosteinen zu treten, diesmal geht sie schnell und wütend.

Mach was, sagt sie.

Mein Vater guckt uns an, er steht zwei Schritte weiter hinten, still, die Hände in den Taschen der eleganten Hose. Dann zieht er sie aus den Taschen und kommt auf mich zu, fasst mich am Arm.

Komm, hoch mit dir, komm. Wasch dir dein Gesicht.

Hau ab.

Ich hab dir die Focaccia auf den Tisch gelegt.

Will ich nicht. Könnt ihr behalten, eure Focaccia.

Siehst du, zischt meine Mutter. Ihre Finger fassen den Stoff des Kleids, heben ihn an, sie sucht mit ihrem nackten Fuß das erste Exemplar der Highheels. Immer spielst du den Guten, bist immer der Sympathische. Jetzt siehst du endlich mal, was für ein Biest sie ist.

Ich bleibe wo ich bin, sitze auf dem Küchenboden, an die Wand gelehnt, die eine Hand immer noch an der Wange, die Knie an die Brust gezogen.

Alla fine, escono. Li ascolto andar via: la porta di casa sbatte, il rumore dei tacchi si allontana. Per una volta, Igor non abbaia.

Resto lì per non so quanto. Quando mi rialzo, le gambe non rispondono. Sul tavolo della cucina, dentro la carta intrisa d'olio, c'è un angolo secco con la focaccia di Messina.

La butto giù dal tavolo. Peppe, dalla sua culla, scoppia a piangere. Mi siedo sul davanzale del balcone. Stringo le ginocchia al petto e guardo in giù.

Il terrazzo di Angelo è pieno di gente. C'è il mondo, alla festa. Tutto il Palazzo dei Corsari. Anche Alberto, c'è. Aveva detto che non veniva, e invece è lì. Balla accanto a Violetta, sotto i palloncini e le luci che girano. Non sa ballare, è un agitio di braccia e di gambe. Però è bello. Accanto a lui, Sebastiano e Maria. Suona l'ultima della Amoroso. Hanno rotto le palle, con l'ultima della Amoroso. Sul tavolo, il teglione di focaccia. Tonino, appoggiato al davanzale, solo e silenzioso, solleva la testa. Fa un brindisi col bicchiere in plastica e un mezzo sorriso nella mia direzione.

Guardo altrove. Costanzo è in riva al mare. Scende dalla ruspa e cammina nell'acqua alta, col suo passo sbilenco e pesante. L'acqua gli inzuppa le ginocchia, mente Igor gli nuota al fianco.

Li guardo salire sulla barca e sparire all'orizzonte.

Endlich gehen sie. Ich höre, sie sich entfernen: die zugeschlagene Haustür, das Klackern der Highheels, das leiser wird und Igor bellt dieses eine Mal nicht.

Ich bleibe so. Wie lange, weiß ich nicht. Als ich aufstehe, gehorchen mir meine Beine erst nicht. Auf dem Küchentisch unter dem fettigen Papier, eine trockene Ecke der Focaccia aus Messina.

Ich wische sie einer einer Bewegung vom Tisch. Peppe, wie immer in der Wiege, bricht in Tränen aus. Ich setze mich auf das Balkongeländer, ziehe wieder die Knie an die Brust und gucke runter.

Angelos Terrasse ist voller Menschen. Die ganze Welt ist auf der Party. Der komplette Palazzo dei Corsari. Sogar Alberto ist da. Hatte gesagt, er kommt nicht, aber da ist er. Er tanzt neben Violetta, unter den Luftballons und den sich drehenden Lichtern. Er kann nicht tanzen, ist ein Chaos aus Armen und Beinen. Aber er ist schön. Neben ihm, Sebastiano und Maria. Dazu läuft das neueste Lied von Alessandra Amoroso. Sie gehen mir auf die Nerven, mit dem neuem Lied der Amoroso. Auf dem Tisch, eine Backform mit Focaccia. Tonino, an das Terrassengeländer gelehnt, alleine und scheinbar schweigend, schaut hoch. Er hebt seinen Plastikbecher, prostet mir mit einem halben Lächeln im Gesicht zu.

Ich gucke woanders hin. Costanzo steht mit seinen Füßen im seichten Meer. Dann geht er weiter rein, wandert in das tiefe Wasser, mit wankenden, schweren Schritten. Das Wasser reicht bis an seine Knie, Igor schwimmt an seiner Seite.

Ich sehe sie auf ein Boot einsteigen und wie sie am Horizont verschwinden.

KOMMENTAR VON JONAS LINNEBANK

Andreeas Geschichte gibt vor, einen Konflikt zwischen der pubertierenden Tochter und ihren Eltern zu schildern, einen (ersten?) Kuss der Tochter und dass sie den letzten Tag ihres Urlaubs genießen möchte.

Gleichzeitig zeigt Andreea den Süden Italiens mit seinen Mythen, Utopien und Problemen: die Kinder reicher Eltern, die nicht teilen wollen; die verlassenen Häuser; der Verfall und das sich Durchschlagen; die günstigen Preise in den Restaurants, die trotzdem nicht die mangelnde Arbeit, ein nicht-vorhandenes Einkommen ersetzen; die Konflikte zwischen einzelner Person und der (Dorf-)Gemeinschaft; die Flucht aus dem Süden.

Das alles in einem Text, der die Beziehung zwischen den Eltern, zwischen den Eltern und der Protagonistin, sehr genau, offen, brutal, aber auch liebevoll beschreibt.

Ich habe versucht, diesen – für mich – ehrlichen Ton wiederzugeben. Die Protagonistin und Ich-Erzählerin schwankt zwischen lakonischen kurzen Sätzen und schönen Metaphern und diese Sprache passt genau zu dem widersprüchlichen Verhältnis, das sie zu ihren Eltern hat, auf das undefinierte Verhältnis zu Sizilien und Italien. Vielleicht kann der Text auch als doppelter Abgesang gelesen werden: auf die Jugend und auf Sizilien; beiden scheint im Moment, das Wasser bis an die Knie zu reichen.

DREI FRAUEN, DIE RAUCHEN
JONAS LINNEBANK

Es sind drei Schwestern, die in einer Kleinstadt leben. Sie haben nicht zwingend mehr miteinander zu tun, als dass sie Schwestern sind, die rauchen und in der gleichen Kleinstadt leben. Das Rauchen wirkt an ihnen entweder natürlich, sodass es nicht auffällt, oder so vulgär und unpassend, dass es gerne übersehen wird, oder aber es passiert heimlich. Sie sind Krankenschwester, Amtsrichterin im Ruhestand und Beamtin. Sie sind Mütter, Tanten, verheiratet oder alleinlebend, zwischen 40 und 60.

Sie haben etwas Unheimliches an sich. Gleichzeitig sind sie es, die für den Komfort «Zuhause zu sein» verantwortlich sind und der sich immer etwas ungerechtfertigt anfühlt. Sie gehören zum stillen, festen Kern der Familie. Sie sitzen auf der Terrasse, rauchen oder rauchen nicht, erwarten niemanden, begrüßen alle, aber stehen kaum auf, es sei denn für die besonderen Gäste, für die Familie von weither, für die, auf die sie den ganzen Tag lang, Wochen lang, Monate und Jahre warten – nicht für das Fußvolk. Die Terrasse befindet sich hinter dem Haus der jüngsten der drei Schwestern, das gemütlich und nah am Zentrum der Kleinstadt liegt. Dort treffen sich die drei Frauen mit und ohne Familie, manchmal spontan, oft geplant, zu den üblichen Familienfeiern, sonntags, zu Kaffee, Kuchen oder Bratwurst und Grill.

Die Gartenstühle werden wahlweise in den Schatten oder in die Sonne geschoben. Das Lösen des Kreuzworträtsels zum Beispiel geschieht gerne im Schatten genauso wie das Verschieben von Fruchtsymbolen auf Smartphone-Bildschirmen. Frühstücken dagegen ist eine Sonnen-Aktivität. Geraucht werden kann überall, Hauptsache im Sitzen, zurückgelehnt.

TRE DONNE, CHE FUMANO
JONAS LINNEBANK
Traduzione di Andreea Simionel

Tre sorelle vivono in una piccola città. Non c'entrano niente l'una con l'altra, a parte il fatto di essere sorelle che fumano e abitano nella stessa città. Il fumo, su di loro, è così naturale da passare inosservato, oppure così volgare da apparire sciatto. A volte fumano di nascosto. Sono un'infermiera, un giudice in pensione e un'impiegata. Sono madri, zie, sposate o nubili. Hanno tra i 40 e i 60 anni.

In loro c'è qualcosa di inquietante. Sono loro a occuparsi della casa, a renderla calda e accogliente; Appartengono al solido nucleo della famiglia. Siedono in terrazza, fumano o non fumano, non aspettano nessuno, salutano tutti, ma non si alzano mai. Lo fanno solo per gli ospiti speciali: parenti provenienti da lontano, persone di cui sono in attesa da giorni, settimane, mesi. Il terrazzo è dietro la casa della sorella più giovane: è una casa accogliente, vicino al centro della città. Lì, le tre donne si incontrano spesso, con o senza famiglia, a volte spontaneamente, il più delle volte per le solite feste di famiglia della domenica, a prendere il caffè, mangiare la torta o fare il barbecue.

Sistemano le sdraio al sole oppure all'ombra. I cruciverba, per esempio, si fanno all'ombra. Anche i giochi in cui bisogna spostare la frutta sullo schermo del cellulare si fanno all'ombra. La colazione, invece, è un'attività da sole. Fumare si può fare ovunque, meglio se da sedute, appoggiate all'indietro contro lo schienale.

Die Frauen halten die Familie zusammen. Sie rauchen, sitzen, grüßen, bieten Getränke an. Sie schimpfen mit ihren Männern und sie wirken dabei immer zu streng. Sie schimpfen mit ihren Söhnen und klingen dabei immer zu liebevoll. Sie schimpfen mit ihren Töchtern und der Ton wird unleugbar härter und strenger als bei den Söhnen. Und dann, wenn weder Männer, Kinder noch Freundinnen da sind, wenn sich die rauchenden Frauen alleine fühlen, dann sprechen sie mit ihren Hunden in diesem merkwürdig aufgekratzt-zornigen Ton, den weder sie noch die Tiere verstehen oder erklären können. Und letztlich weiß niemand mehr, was denn nun überhaupt falsch gelaufen, was das Problem ist.

Was also passiert?

Die Tochter der Krankenschwester lernt einen jungen Mann kennen und bringt ihn zum Essen an den Tisch der Familie mit. Die Skepsis des Vaters und der anderen männlichen Familienangehörigen ist uninteressant, erwartbar, eventuell sogar akzeptiert, sie ist schnell erzählt und verfliegt ebenso schnell. Die Reaktionen der drei Frauen sind vielleicht ebenso typisch, verdienen aber aufgrund der Folgen eine längere Beschreibung.

Natürlich verliebt sich eine der drei Frauen. Natürlich ist es die, die schon verheiratet ist. Natürlich ist es die Mutter der Tochter. Doch sie lässt sich nichts anmerken. Sie ist nett zu dem jungen Mann, der kein Idiot ist und gut erzogen und höflich. Er sagt der Mutter seiner Freundin Dankeschön! auf seiner Muttersprache, weil er weiß, dass seine Freundin ihrer Mutter ein paar essentielle Brocken beigebracht hat. Selbstverständlich errötet die Familienfrau. Sie weiß, wie grob und ungerecht die Wörter wie Steine in ihrem Mund liegen und herauspoltern, wenn sie es heimlich doch versucht. Also sagt sie nichts, lächelt mit ihrem warmen, geröteten Gesicht und verschwindet schnell wieder in der Küche. Der junge Mann ist verwirrt, aber was soll er machen. Er sagt höflich Dankeschön und nimmt die Dinge wie sie sind.

Die Amtsrichterin und älteste der Schwestern hasst ihn. Hasst ihn und alles was sie in ihm sieht, wofür er für sie steht. Er ist ein Eindringling, hat hier nichts zu suchen. Er zerstört das Gefüge, ordnet um und neu und was soll das denn bitte schön? Die Tochter, ihre Nichte bringt er noch auf dumme Gedanken. Auf kurz oder lang, da ist sich die rauchende Matrone sicher – und hier sind es nicht nur ihre

Le donne tengono unita la famiglia. Fumano, siedono, salutano, offrono da bere. Se sgridano i mariti, sembrano sempre troppo severe. Se sgridano i figli, sembrano troppo affettuose. Sgridano le figlie, e il loro tono è innegabilmente più duro di quello che rivolgono ai figli maschi. Alla fine, quando non ci sono più né mariti, né bambini o fidanzate, quando le donne restano sole a fumare, parlano con i cani, in un tono strano, un po' allegro e un po' arrabbiato, che i cani non possono né capire né spiegare.

Nessuno sa dire qual è il problema. Ma qualcosa è andato storto.

Che cosa è successo?

La figlia dell'infermiera incontra un ragazzo. Lo invita a cena. Lo scetticismo del padre e degli altri uomini della famiglia è noioso, prevedibile; si dissolve con la stessa rapidità con cui arriva. Le reazioni delle tre donne sono simili, ma meritano una spiegazione più lunga, a causa delle conseguenze che si abbattono sulla famiglia.

Naturalmente, una delle tre donne si innamora di lui. Naturalmente, è quella già sposata. Naturalmente, è la madre della ragazza. Naturalmente, non lascia intendere nulla di quello che prova. Fa di tutto per essere gentile con lui. Il ragazzo non è stupido, anzi, è educato e colto. Ringrazia la donna nella sua lingua; sa che la sua ragazza ha insegnato alla madre alcuni frammenti. Naturalmente, a sentirsi rivolgere la parola in quella lingua sconosciuta, la madre arrossisce. Quando prova a pronunciarle di nascosto, chiusa in bagno davanti allo specchio, le parole cozzano tra i denti, rozze e pesanti come pietre. Perciò, non dice nulla. Si limita ad arrossire, sorride e scappa in cucina. Il giovane è confuso. Cosa può fare? Le cose, in quella casa, stanno così.

L'ex giudice distrettuale, la più anziana delle tre sorelle, lo odia. Odia lui e tutto ciò che lui rappresenta: è un intruso, non c'entra niente con la sua famiglia. È arrivato lì per cambiare, modificare e riorganizzare. Oltretutto, sta dando certe idee alla figlia. Prima o poi, la più anziana delle sorelle è certa che il giovane la porterà alla rovina, e non è l'unica a pensarla così. Ovvio che non crede a tutto quello, che legge sui giornali, non è

persönlich-alleinigen Gedanken, sondern auch die eines Onkels oder eines Bekannten, eines Freunds der Familie – wird der junge Fremde sie ins Verderben stürzen. Sie glaube ja nicht alles, was in der Zeitung steht, soviel ist klar, sie ist nicht blöd. Aber der hier! der führt etwas im Schilde, das wisse sie, da könne ihr niemand etwas vormachen, sie ist rumgekommen in der Welt, sie kennt die Menschen. Trotz oder wegen dieser Abneigung ist sie stets nett zu dem neuen Bekannten der Tochter. Denn so offen redet man nur, wenn man unter sich ist.

Und damit zur Beamtin, der mittleren Schwester und dritten der drei rauchenden Frauen, die mit ihrem Verhalten dann doch ein wenig aus der Reihe fällt: sie ist zurückhaltend, ohne Lächeln, manchmal etwas grob sogar, wie es hier auf dem Land allen Fremden gegenüber vielleicht typisch ist – Fremd gleichbedeutend für «Alles, was nicht zur Familie gehört». Eigentlich aber will man doch nicht sein wie die anderen. Man fühlt sich besser, offener, gütiger als der Rest der Kleinstadtgemeinschaft, besser, offener, gütiger dem Dörfischen Grundgefühl gegenüber.

Man wird aus ihr, der dritten Frau im Bunde, nicht schlau. Den anderen ist es unangenehm, wenn letztere sachlich, höflich, ehrlich, etwas zu distanziert ihre Meinung zu etwas sagt, das den jungen Mann betrifft. Es ist ihnen unangenehm, auch wenn natürlich objektiv nie etwas einzuwenden ist und auch der junge Mann nett bleibt, wenn er ehrliche und ehrlich interessierte Rückfragen stellt. Er ist Misstrauen gewöhnt. Er kennt die Geschichte.

Doch schließlich passiert, was in Kleinstädten immer passiert und für Fremde nie gut ausgeht: ein Mädchen stirbt. Als die Polizei keine Angaben über den Fall öffentlich machen will, ist allen Einheimischen aus irgendeiner nicht nachvollziehbaren Logik heraus längst klar, dass das Mädchen nicht nur getötet, sondern auch vergewaltigt wurde, und dass es ein Fremder war, nur ein Fremder gewesen sein konnte, es immer die Fremden sind und mit dem jungen Mann und neuem Freund der Tochter erreicht das «Problem» den Kaffeetisch, die Terrasse, die drei Frauen, die rauchen, dringt ins Innere der Familie ein und das Unheil nimmt seinen Lauf. Und zwar so.

Man saß zusammen, sonntags, Hefezopf und Sahne, dazu Kaffee, die drei Schwestern, Väter, Söhne, natürlich die Tochter und der junge Mann. Die Tochter und Freundin war anfangs sichtlich angespannt, hatte Angst vor ihrer Familie und den unvermeidlichen Fragen, doch entspannte sie sich mit zunehmender Dauer des Nachmittags und

stupida. Però questo qui ha in mente qualcosa, ne è sicura, e nessuno può farle cambiare idea. In fondo, sa come va il mondo. Nonostante quest'avversione, finge di essere gentile. Le cose che pensa veramente, le confessa soltanto a se stessa.

L'impiegata, la sorella di mezzo, si comporta in maniera diversa: è riservata, a volte persino scorbutica, non sorride mai, come è tipico qui, tra la gente del posto, nei confronti degli stranieri – e con straniero si intende tutto ciò che non appartiene alla propria famiglia.

In realtà, sono tutti convinti di essere diversi dagli altri. Si sentono migliori, più aperti, più gentili del resto della comunità; migliori, più aperti, più gentili rispetto al generale sentimento di razzismo dilagante in città.

Nessuno capisce la sorella di mezzo. Si sentono tutti a disagio quando si esprime in modo obiettivo, educato, troppo freddo e distaccato, intorno a qualcosa che riguarda il giovane. Mette tutti a disagio, anche se, ovviamente, oggettivamente, non c'è mai nulla da obiettare. Il giovane, in cambio, è gentile con tutti. Risponde alle domande in un modo che lo fa sembrare sinceramente interessato. È abituato a sentirsi trattato così. Sa come vanno le cose.

Poi, succede quello che succede sempre nelle piccole città, e che non va mai a finire bene per gli stranieri: una ragazza muore. Quando la polizia non vuole rendere pubblici i dettagli del caso, per qualche incomprensibile logica, la piccola comunità si convince che la ragazza, oltre a essere stata uccisa, è stata anche stuprata; che a farlo è stato uno straniero, tanto sono sempre gli stranieri, si sa. La questione raggiunge il tavolino del caffè, la terrazza, le tre sorelle che fumano. Penetra all'interno della famiglia e le cose cominciano velocemente a precipitare.

Una domenica, le tre sorelle, sedevano in terrazza con i mariti e i figli, davanti alla torta di lievito e panna, più il caffè. Naturalmente, c'erano anche la figlia e il fidanzato. Entrambi visibilmente tesi, erano spaventati dalle possibili domande della famiglia. Inevitabilmente, a un certo punto la conversazione si

hoffte das Unerwartbare. Trotzdem kam das Gespräch unweigerlich irgendwann zu der Schlagzeile, die es sogar in überregionale Boulevardzeitungen geschafft hatte, denn alle wussten etwas, hatten etwas gehört, alle wollten ihren Ahnungen Luft machen. Tochter und Freund blieb kein Ausweg, auch wenn sie wussten, dass hier nichts zu gewinnen war. Und wie es eben kommen musste, fragte Vater die rauchende, verbeamtete Tante, von der er wusste, dass sie nicht schweigen würde, ob sie denn glaube, dass es ein Ausländer gewesen war?

Ausländer, was heißt Ausländer, erwiderte die sachlich. Sie möge das Wort «Ausländer» nicht, aber es sei doch klar, dass es Kulturunterschiede gebe, dass es zu Konflikten kommen würde, wenn sich zwei Kulturkreise träfen, die Regeln nicht klar seien und man kenne ja das gefährliche Verhältnis von Ausländern und Frauen, usw.

Und so ging es in einem fort bis sich der junge Mann nicht mehr zurückhalten ließ und fragte, was sie denn so denken ließe, woher sie ihre Informationen beziehe, was sie das alles glauben ließ. Die Antworten sind nicht einfach wiederzugeben; zu ertragen oder zu verstehen schon gar nicht.

Immer wieder versuchte die Tochter einzuschreiten, ihren Freund zum Schweigen zu bringen. Er solle nicht weiter versuchen, die rassistischen Theorien ihrer Familie verstehen zu wollen und/oder auf Verständnis zu warten. Und auch wenn sie nicht wüssten, was sie täten, müsste er ihnen nicht verzeihen. Ob sie nicht gehen wollten. Am besten sofort.

An dieser Stelle wurde dann der verletzte Vaterstolz laut, der jegliche weitere Diskussion verbot, was nicht half und die beiden jungen Menschen nicht daran hindern konnte, den Kaffeetisch zu verlassen, sich die nächsten zwei Wochen nicht mehr im Haus der Familie blicken zu lassen, sondern in seinem dreckigen Zimmer zu wohnen und bei Freunden unterzukommen.

Das tat der Abfolge der Ereignisse keinen Abbruch. Die drei Frauen rauchten und die grausame Geschäftigkeit des Schicksals kannte kein Mitleid. Da das Vertrauen in die Polizei aus manchen, sich teilweise widersprechenden Gründen erschüttert worden war, zeigten die Menschen Eigeninitiative. Allen voran die älteste der drei Schwestern.

*

spostò sul titolo, apparso persino sulla prima pagina dei quotidiani nazionali: tutti sapevano qualcosa, avevano sentito qualcosa, tutti volevano dire la propria. Di colpo, la figlia e il fidanzato si sentirono in trappola.

Sapendo che non avrebbe taciuto, il padre chiese alla sorella di mezzo se credeva che a commettere il crimine fosse stato uno straniero.

Straniero, cosa vuol dire straniero, rispose lei, severa. Non mi piace la parola straniero, è chiaro che esistono delle differenze culturali, ovvio che ci sono conflitti quando due culture si incontrano, le regole non sono chiare, conosciamo il pericoloso rapporto tra donne e stranieri, eccetera.

La cosa andò avanti fino a quando il ragazzo non riuscì più a trattenersi e le chiese cosa la facesse pensare a quel modo, dove avesse preso quelle informazioni. La figlia cercò di intervenire per metterlo a tacere. Doveva smetter di cercare di capire, o cambiare le teorie razziste della sua famiglia. Erano ottusi, non sapevano cosa stavano dicendo e lui non doveva vergognarsi delle sue opinioni.

Decisero di andarsene. Subito.

L'orgoglio ferito del padre lo spinse a intervenire, per troncare sul nascere ogni ulteriore discussione; non poté tuttavia impedire ai due giovani di andarsene, senza più farsi vedere in quella casa per le successive due settimane. Si chiusero nella squallida stanza condivisa in cui abitava il ragazzo.

Le tre sorelle si infuriarono. Il crudele trambusto del destino andò avanti senza pietà. Poiché, per vari motivi, alcuni dei quali contraddittori, la fiducia nelle forze dell'ordine era venuta a mancare, la gente del posto decise di prendere l'iniziativa. La prima di loro fu la più anziana delle tre sorelle.

*

Die Amtsrichterin im Ruhestand genoss diesen ihren Ruhestand, weil sie meinte, ihn verdient zu haben. Hier und da erledigte sie zwar noch ein paar Sachen, stand auf Anfrage für Ratschläge zu Verfügung, wurde von beiden Seiten der anwaltlichen Vertretung und der ehemaligen Kolleginnen und Kollegen ihrer Geradlinigkeit wegen geschätzt. Auch wenn sie knapp über sechzig war, war sie, was ihre Profession anging, früh in den Ruhestand gegangen. Es wäre noch viel Geld zu verdienen gewesen in Vorständen, Gremien, privat, nebenher. Aber sie hatte keine Luft mehr, hatte genug und ordentlich vorgesorgt. Und solche Integrität musste ihre Kollegen beeindrucken, allein aus Selbstachtung, weil es ihnen gefiel, so hoch und nobel auch von sich selbst zu denken.

Ihre Stellung, ihr Beruf, ihr guter Ruf hatten die Frau im Städtchen nicht unbekannt bleiben lassen. Insbesondere der langjährige Bürgermeister lud sie gerne zu sich an den Tisch ein, wenn er zu Mittag aß oder alleine im Café am Markt einen Kaffee trank. Er mochte ihre weltmännische Art und dass er sie weltmännisch mitmachen konnte. Der Amtsrichterin a.D. wiederum gefiel es, mit einem Mann zu sprechen, der wusste, was Arbeit, Stellung und Verantwortung bedeuteten und aß gerne mit ihm, den die anderen Leute, die hier lebten, nur verschämt oder übereifrig grüßten, wenn er mit dem Fahrrad an ihnen vorbeifuhr.

Auch in der Zeit, in der ihre Nichte von zu Hause ausgeflogen war, lud der ehemalige Bürgermeister die rauchende Frau am Markt an seinen Tisch ein. Sie nahm die Einladung dankend an und fragte noch während sie sich hinsetzte, wie es denn den Liebsten denn gehen würde. Denn auch wenn ihr Gegenüber geschieden war, hatte er Tochter und Sohn und Enkel. Dann folgte der übliche Business-Smalltalk und schließlich, als das Essen bestellt und die Vorspeisen serviert waren, fragte die Pensionärin den Pensionär, was er denn über das tote Mädchen und die dazugehörigen Ermittlungen wisse.

Natürlich, und das wisse sie natürlich auch, könne er nichts dazu sagen, zumal er erstens nicht mehr im Amt und auf keinem guten Stand in solchen Dingen sei, und es zweitens nun mal laufende Ermittlungen seien und außerdem: Gewaltentrennung! Das wisse sie doch auch. Sie wusste das, zugegeben, aber er wisse seinerseits, wie sehr ihr ihre Familie am Herzen lag. Auch er habe doch Nichten und sie sorge sich um die ihre und warum da nicht den kurzen Dienstweg versuchen? Und eben: da beide sowieso nicht mehr im Dienst waren,

Ex-giudice distrettuale, ora in pensione, si godeva il suo tempo libero. Sentiva di meritarselo. Dopo il pensionamento, aveva fatto ancora qualcosa, elargendo consigli su richiesta. I colleghi la apprezzavano, rispettavano la sua schiettezza: anche se aveva più di sessant'anni, si era ritirata relativamente presto. Avrebbe potuto fare altri soldi nei consigli di amministrazione, nei comitati, in privato o di nascosto. Ma sentiva di aver fatto abbastanza, era stanca, e i soldi bastavano. Una simile integrità aveva impressionato i colleghi, che tendevano ad avere un'altissima opinione di se stessi.

Grazie alla sua posizione, agli anni di carriera e alla buona reputazione, in città era conosciuta da tutti. Il vecchio sindaco, in particolare, la invitava spesso a fermarsi al suo tavolo, mentre pranzava al bar del mercato. Gli piaceva la sua compagnia. L'ex-giudice amava passare il suo tempo in compagnia di un uomo che conosceva il valore del lavoro, della carriera e integrità; un uomo che la gente del posto non capiva, e da cui preferivano stare alla larga.

Erano passati alcuni giorni dall'incidente della domenica, in cui la nipote e il fidanzato se n'erano andati via di casa, quando il sindaco le chiese di fermarsi a pranzo. La donna accettò l'invito, ringraziandolo. Mentre prendeva posto davanti a lui, gli chiese come stavano i suoi cari. Benché divorziato, infatti, il sindaco aveva una figlia, un figlio e dei nipoti. Parlarono del più e del meno. Infine, non appena ebbero ordinato, e gli antipasti furono serviti, la pensionata chiese al pensionato cosa sapeva del caso della ragazza morta.

Certamente lei era consapevole, rispose l'ex sindaco, che lui non si trovava nella posizione di rivelare nulla. In primo luogo, perché non era più in carica, in secondo luogo, quello non era il suo campo. Oltretutto, si trattava di un'indagine in corso. L'ex giudice annuì. Certo che lo sapeva. Ma aveva sperato che lui prendesse a cuore la causa della sua famiglia. Ecco, il fatto era che anche lei, come lui, aveva una nipote, era preoccupata,

war ein Austausch folglich auch kein offizielles Problem! Trotzdem ein Problem, denn man müsse schon Zugriff zu den Rechnern in der Dienststelle oder dem Rathaus haben, erwiderte der ehemalige Chef der Stadt, und das ginge nun ja nicht mehr. Sie lächelte. Da die Vorspeise gegessen war, steckte sie sich eine Zigarette an und wechselte das Thema.

Nach dem Mittagessen spazierte sie nach Hause, legte sich zu einem kurzen Schläfchen hin, um sich dann auf die Terrasse zu ihrer Schwester zu begeben, einen Kaffee zu trinken und dort weiter zu rauchen.

Die jüngste Schwester und Hausherrin stand in der Küche und bereitete, wie fast immer, Kuchen vor. Die mittlere Schwester dagegen saß rauchend auf der Terrasse, grüßte, blieb sitzen und beide, Amtsrichterin in Pension und Verwaltungsbeamtin am freien Tag, steckten sich eine an und erzählten sich die Neuigkeiten. Dann berichtete die Älteste ihrer Schwester von ihrer Unterredung mit dem Bürgermeister am Mittagstisch.

Die Beamtin hörte zu. Sie war mit einem Programmierer zusammen, einem ehemaligen IT-Experten, der sein Geld damit verdient hatte, unterschiedlichen privaten und öffentlichen Unternehmen seinen Sachverstand in digitalen Sicherheitsfragen zu verkaufen. Das war in dessen Jugendjahren eine gefragte Sache gewesen und gut bezahlt. Er hatte einige Firmen von innen gesehen und auch Polizeigebäude waren ihm nicht unbekannt. Aus einem ungehörigen Atavismus heraus – er hatte es eine Vorsichtsmaßnahme genannt, da man ja nie wissen könne – hatte er ein paar Zugangsdaten aufgehoben und auf Papier übertragen, bevor er die Festplatten seiner Dienstrechner ordnungsgemäß zurückgegeben und vernichtet hatte.

Je länger nun die eine von ihrer Zusammenkunft mit dem ehemaligen Bürgermeister sprach, desto mehr verstand die andere, was sie zu tun hatte.

Sie grübelte. Erst während sie dort zu zweit saßen. Dann als sie zu dritt waren. Auch als sie mit den Männern des Hauses Kaffee tranken und Kuchen aßen. Sie grübelte alleine zu Hause. Sie grübelte während ihr Mann neben ihr im Bett lag und schnarchte. Sie grübelte im Schlaf. Sie träumte und sie grübelte. Aber sie kam zu keiner Einigung: Sie wusste nicht, wie sie ihren Mann ansprechen sollte, um ihr Zugriff zu den Rechnern in der örtlichen Polizei oder des Rathauses zu verschaffen, ohne dass er ihr Vorwürfe machen würde. Sie konnte sich

quindi perché non provare attraverso i canali ufficiali? E poi: dato che entrambi non erano più in servizio, uno semplice scambio di informazioni non avrebbe fatto male a nessuno. Invece sì, rispose l'ex sindaco della città, perché, per farlo, avrebbero dovuto avere accesso ai computer nell'ufficio della polizia o in municipio, e questo era impossibile. Sorrise, quindi si accese una sigaretta e passò a parlare di altro.

Dopo il pranzo, l'ex-giudice tornò a casa, schiacciò un pisolino, poi andò a trovare la sorella per il caffè in terrazza.

La sorella più giovane era in cucina. Come al solito, preparava una torta. La sorella di mezzo, invece, sedeva in terrazza. La salutò senza alzarsi. Entrambe, giudice distrettuale in pensione e impiegata nel suo pomeriggio libero, si accesero una sigaretta e parlarono. L'ex giudice le raccontò della conversazione con il sindaco.

La sorella di mezzo si limitò ad ascoltare. Il suo compagno era un programmatore. Ex esperto di informatica, da giovane si era guadagnato da vivere vendendo la sua esperienza alle aziende che si occupavano di sicurezza digitale. Aveva lavorato per gli uffici della polizia. Per un atavismo indecoroso – lui stesso l'aveva definita una misura precauzionale, non si può mai sapere – aveva conservato i dati di accesso e li aveva trasferiti su carta, prima di distruggere le prove e riconsegnare i computer di servizio.

Man mano che l'anziana sorella le raccontava del suo incontro con l'ex-sindaco, un'idea prese forma nella sua testa.

Ci pensò su. All'inizio, lo fece mentre c'erano soltanto loro due, sedute in terrazzo. Poi, quando furono in tre. Poi, mentre bevevano il caffè e mangiavano la torta con i mariti. Cominciò a pensare per strada, al lavoro e a casa. Quando era sola e quando era in compagnia. Meditava mentre suo marito giaceva accanto a lei nel letto e russava. Dormiva e pensava. Sognava e pensava. Ma non riuscì a venirne a capo: non aveva il coraggio di chiedere

nicht dazu durchringen, seine Unterlagen heimlich zu durchforsten, zumal sie abgeschlossen und gesichert in einem privaten Safe lagen. Eine List wollte ihr ebenfalls nicht einfallen.

Nach zwei kummer- und gedankenvollen Tagen besuchte sie nach der Arbeit die pensionierte Richterin in ihrer Privatwohnung. Noch im Aufzug hatte sie ein düsteres Gesicht, da sie keine Lösung gefunden hatte und nicht wusste, wie die Situation zu retten war.Zu ihrer Überraschung nahm die ältere Schwester die Erklärung seelenruhig hin und lächelte nur ein Schade, dann müssen wir es doch auf die alte Tour machen. Erst verstand die Grüblerin nicht, was das bedeuten sollte. Dann bekam sie ein schlechtes Gefühl. Beide kamen stumm zu der Übereinkunft, nicht weiter über das Thema zu reden, setzten sich auf den Balkon und rauchten. Der Himmel war klar und dämmerte. Langsam wurde es dunkler und endlich ging sie wieder nach Hause, legte sich neben ihren Mann, grübelte nur kurz und schlief ein.

*

Es auf die alte Tour zu machen bedeutete primitive Gewalt und Ausgrenzung in Bild, Wort und Tat. Vor allem in Worten, weil die so flüchtig sind, sich abstreiten lassen: Nein, davon habe ich nichts gehört, habe nichts davon gewusst! Nein, das habe ich doch gar nicht gemeint, ach, man wird doch wohl noch fragen dürfen, oder? Trotz ihrer Flüchtigkeit und Unfassbarkeit ist Sprache das Mittel zum Informationsaustausch, das uns, laut Hararis *Kurzer Geschichte der Menschheit*, den entscheidenden evolutionären Vorteil gegenüber unseren Artgenossen Neandertaler & Co. verschaffte, das uns schlau genug machte in lebensfeindlichen Bedingungen zu leben, unstatthaftes Wetter auszuhalten, soziale Gefüge bis 150 Personen zu organisieren.

Nun also Sprache als Waffe gegen den Eindringling.

Der Kniff, den sich die ehemalige Richterin erdacht hatte, war gemein, aber folgerichtig, wenn man bedachte, dass sie lange Zeit Einblick in das menschliche und juristische Wesen gehabt hatte. Als erstes brauchte sie eine Behauptung und dafür eine Quelle, juristisch gesprochenen einen Beweis. Und was würde besser als Beweis dienen als der Eindringling? Wer hätte glaubhafteres Wissen zu den Fremden als der Fremde selbst? Wer würde mehr Expertise verlangen? Also würde sie berichten, wie sie gehört hätte, aus erster Hand sozusagen, denn es käme doch vom Freund ihrer Nichte, dass hier welche wohnen

al marito i dati di accesso ai computer. Non trovava il modo di frugare tra i suoi documenti, chiusi in cassaforte. Non le veniva in mente altro.

Dopo due giorni di tortura, in cui non fece altro che arrovellarsi sulle stesse domande, decise di andare a trovare la sorella maggiore. Ferma in ascensore, mentre saliva verso il suo appartamento, si guardò allo specchio. Il suo volto era cupo, stanco. Non sapeva cosa fare.

L'ex-giudice ascoltò quel che aveva da dire, quindi sorrise. In fin dei conti, disse, dovremo farlo alla vecchia maniera. La sorella la guardò, confusa. Vecchia maniera? Cosa significa, vecchia maniera? Ebbe un brutto presentimento.

Entrambe furono d'accordo per non parlarne più. Sedettero in balcone a fumare. Il cielo, limpido, si avvicinava al tramonto. Quella sera, l'impiegata tornò a casa e si sdraiò accanto al marito. Per la prima volta, si addormentò senza pensare.

*

La vecchia maniera significava violenza primitiva. Significava discriminazione pura, nei gesti, nelle azioni e nelle parole. Soprattutto nelle parole. Le parole sono fugaci, subdole, facili da negare. Basterebbe dire: No, non ne ho sentito parlare, non lo sapevo! No, non è quello che intendevo, oh, cosa vuoi che sia? Il linguaggio, secondo la *Breve Storia dell'Umanità* di Harari, ha costituito il vantaggio evolutivo decisivo contro gli antenati neandarthaliani; il linguaggio ci ha reso abbastanza intelligenti da costruire la vita sulla terra, sopportare ambienti ostili, affrontare condizioni meteorologiche avverse, organizzare strutture sociali in grado di ospitare fino a 150 persone.

Ora, avrebbero utilizzato il linguaggio come arma contro lo straniero.

Il piano che l'ex-giudice aveva messo a punto era meschino, ma logico. Conosceva gli uomini e la legge. La prima cosa di cui avrebbe avuto bisogno era un'accusa. Ovvero, da un punto di vista legale, di una prova. Quale migliore prova poteva esserci, se non il ragazzo? Chi altro conosceva meglio gli stranieri, se non lo straniero stesso? Quindi, decise che avrebbe sparso in giro una voce: in quella piccola città abitavano persone di cui ci si poteva

würden, denen dieser Mord zuzutrauen wäre. Ja, welche das wären, das verstehe sich fast von allein. Ja, eben weil er, also der Familienfreund, diese Anderen im Gegensatz zu den Einheimischen verstehen würde, wüsste er, wozu diese fremden, jungen Männer fähig seien, welche primitive Macht sie hätten, welche Unkultur sie schützen würde. Ja, man verstehe schon: Es galt Angst zu haben.

Dieser Trick würde es der pensionierten, rauchenden Dame ermöglichen, hinter dem Gerücht zurückzutreten, sie würde nur zitieren, und gleichzeitig – dessen war sie sich sicher – würde die Anekdote durch das Stille-Post-Spiel sich irgendwann so verändert haben, dass der Freund ihrer Nichte gleichsam selbst zu den Verdächtigen zählen würde, dass er Opfer «seiner eigenen» Erzählung würde.

Das war teuflisch und genial. Das waren die Regeln des Dorfes, die auch noch in der Kleinstadt galten. Das waren die Regeln von früher. So wurde hier gespielt. Das Schicksal war nahbar und hier wurde es in die Hände genommen. Doch wie sollte sie die Information verteilen? Wem sollte sie sie zukommen lassen?

Das Gesicht ihrer mittleren Schwester und Beamtin, der Gewissenszwang und die Scham darin, hatten ihr gezeigt, dass sie keine weitere Hilfe sein würde. Die Jüngste, die Mutter der zu befreienden Nichte, war zu gutmütig, zu bäurisch-dumm, sie würde sich verplappern. Vielleicht spürte die Verschwörerin auch, dass es mit der Röte im Gesicht der Krankenschwester und Mutter nichts Gutes auf sich hatte. Also war sie, die Entscheiderin, die Richterin, die Hochangesehene, auf sich allein gestellt.

Um ihr hohes Ansehen zu wahren musste sie jemanden finden, der oder die ihrer Stellung gerecht wurde und der oder die noch dazu die Kontakte zu den primitiveren Kreisen der Gemeinschaft pflegte, damit die sprachliche Gewalt sich voll entfalten könne und sich daraus eventuell sogar körperliche Drohungen ergeben würden. Und wer hätte außerdem schon was gegen einen direkten Schlag? – Doch solch eine Person zu finden, gelang der einsamen Planerin nicht mal eben so. Sie saß allein auf ihrem Balkon oder auf der großen, grünen Couch, dachte nach, und rauchte.

Am nächsten Tag, auf dem Weg hin zu ihrer Schwester, überquerte die kleine, grauhaarige Frau den Marktplatz und wurde wiederum von ihrem Mittags- und Kaffee-Compagnon begrüßt. Sie lächelte

fidare per un omicidio; un'informazione di prima mano, diciamo, siccome sarebbe venuta direttamente dal fidanzato di sua nipote. Quelle persone esistevano, abitavano a pochi passi dalle case della gente comune. E proprio lui, l'amico di famiglia, straniero tra gli stranieri, a differenza degli abitanti del posto, conosceva quelle persone meglio di chiunque altro. Capiva i suoi simili, la violenza di cui erano capaci, l'ignoranza di cui si nutrivano e la miseria in cui vivevano. Il messaggio sarebbe stato chiaro: bisognava avere paura degli stranieri.

In un meschino gioco del telefono senza fili, avrebbe semplicemente riferito un'informazione, bisbigliandola all'orecchio del vicino, per liberarsene. Era certa che il messaggio finale, quando fosse arrivato a destinazione, sarebbe cambiato a tal punto da far diventare il fidanzato di sua nipote il principale sospettato, vittima della sua stessa narrazione.

Era un trucco spietato e geniale. Erano le regole del posto. Erano le regole del passato. Erano le regole del gioco. Il destino era a portata di mano, e lei si sentì autorizzata ad allungare la mano per afferrarlo. L'unica cosa che avrebbe dovuto fare era scegliere il modo migliore per spargere la voce. A chi l'avrebbe affidata?

Pensò alla sorella di mezzo, al suo volto, roso dai morsi della coscienza e pieno di vergogna. Si rese conto che non avrebbe potuto contare su di lei. La sorella più giovane, l'infermiera, era troppo debole, troppo stupida. Avrebbe rivelato troppo. Persino in quel momento, l'ex-giudice intuiva che c'era qualcosa di sbagliato nel modo in cui si truccava, nel suo atteggiamento verso il ragazzo.

Quindi lei, il giudice, la sorella onesta e rispettabile, era sola.

Per mantenere intatta la sua reputazione, avrebbe dovuto trovare qualcuno all'altezza; qualcuno a contatto con la comunità, in grado di diffondere al massimo la violenza linguistica, affinché si traducesse in violenza fisica. Ma chi?

Sedette sola, ora in balcone, ora sull'ampio divano verde, a pensare, e fumare. Trovare una persona del genere non sarebbe stato facile.

Il giorno dopo, mentre camminava verso casa della sorella, la piccola donna dai capelli grigi attraversò il mercato e si imbatté nella sua solita compagnia del pranzo. Sorrise, prima di

müde, erkannte dann, dass er nicht alleine am Tisch war, sondern dass neben ihm eine junge Frau saß, die kurz und schüchtern herüberwinkte. Das Lächeln der alten Frau verjüngte sich, ihre Neugierde war geweckt und sie setzte sich dazu.

Die junge Frau war die Schwiegertochter des Bürgermeisters. Sie war Mitte 30, trug ihr glattes blondes Haar offen und verhielt sich zurückhaltend. Die alte Richterin bestellte einen Kaffee, fragte, ob es störe, wenn sie rauchte (was verneint wurde) und hörte dem Bürgermeister zu, der von einer tollen Idee seiner lieben Schwiegertochter schwärmte, die so ein helles Köpfchen und so ein großes Herz hätte. Die Idee hatte mit, wie sie sagte, sozial schwachen Kindern zu tun und anderen, die nun mal einfach nicht die gleichen Chancen wie sie gehabt hätten. Und weil die junge Frau so nett erzählte, lächelte der alte Mann und entschuldigte sich, ob er die Damen alleine lassen könne, er habe noch etwas mit dem Besitzer des Cafés zu besprechen.

Das war die Chance die junge Frau für sich zu gewinnen und als bestmögliche Überleitung fiel der alten rauchenden Dame ein, ob, wenn sie sich doch so für Kinder interessiere, schon von dem jungen Mädchen gehört habe. Natürlich, habe sie das und wie schrecklich das doch alles sei und nein, sie könne es gar nicht fassen. Daraufhin erzählte die Alte, dass sie eine junge Nichte habe, die wiederum mit jemanden zusammen sei, der sich auskenne mit denen und ihr erzählt habe, dass … aber das müsste natürlich unter uns bleiben usw.! Ja, natürlich, das verstehe sie. Und als der alte Mann vom Tresen zurückkam und die beiden Frauen sich so gut unterhalten sah, lächelte er mild, fragte ob er etwas verpasst hätte. Nein, keineswegs, aber sie müsse jetzt eh weiter, und so zog die alte Matrone getaner Dinge weiter zu ihrer Schwester.

*

Nach einigen Wochen, in denen sich das Familienverhältnis beruhigt hatte und zu manchen Themen wieder in Ruhe geschwiegen werden konnte, kam die Familie wieder einmal sonntags am Kaffeetisch zusammen. Die düsteren Ringe und Sorgen im Gesicht des jungen Mannes waren nicht zu übersehen. Seine Freundin war aufgedreht und versuchte krampfhaft Smalltalk zu halten, aber das wollte nicht gelingen. Ihr Freund sagte keinen Ton, lächelte

accorgersi che l'ex sindaco non era solo. Una giovane, seduta accanto a lui, le fece un timido cenno di saluto. Il sorriso dell'anziana donna si attenuò. Incuriosita, andò a sedersi con loro.

Era la nuora del sindaco. Aveva circa trent'anni, i capelli biondi e lisci sciolti sulle spalle. Parlava poco, era timida. L'anziana giudice ordinò un caffè, le chiese se il fumo le dava fastidio (lei scosse la testa) e ascoltò il sindaco. Entusiasta per la nuova idea della nuora, lodava la sua intelligenza e il suo buon cuore. Come ebbe modo di spiegare lei stessa, il suo progetto aveva a che fare con i bambini svantaggiati e le famiglie in difficoltà economiche. La giovane donna si animò nel suo discorso, quindi il vecchio sorrise e si scusò, dicendo che sarebbe andato a parlare con il proprietario del bar e le lasciò sole.

L'anziana donna si rese conto che quella era la sua occasione per guadagnarsi l'amicizia della nuora. Visto il suo interesse per i giovani, le chiese se aveva sentito parlare della vicenda della ragazza morta. Certo che ne aveva sentito parlare, era una storia terribile, non riusciva a crederci. La vecchia le raccontò di avere una giovane nipote, che a sua volta era fidanzata con un ragazzo, che sapeva qualcosa al riguardo e le aveva raccontato... ma naturalmente questo doveva restare tra loro! Sì, certo. Quando il vecchio tornò al tavolo e le vide così affiatate, sorrise, chiese se si era perso qualcosa. No, niente, ma ora doveva proprio andare. La vecchia si alzò e andò a casa della sorella.

*

Dopo alcune settimane, la situazione in famiglia si era calmata. Erano tornati a parlare di certe cose, erano tornati a riunirsi la domenica intorno al tavolino del caffè. Ciononostante, nessuno riuscì a ignorare la preoccupazione e le occhiaie sul volto del giovane. La sua ragazza cercò di costringerlo a parlare,

gezwungen, wenn man ihm Kuchen und Kaffee anbot, um dann gleich wieder sein Gesicht versteinern zu lassen, grau und hart, keine Miene zu verziehen, sich zu ergeben.

Alle Personen, die am Tisch saßen, wussten, was vor sich ging. Schließlich hatten auch sie Augen und Ohren und wussten, welche Gerüchte in der Stadt die Runde machten. Manch einer wollte herausgefunden haben, dass die Tochter frigide sei und ihren Freund nicht ranließe. Sie verglichen Fotos von der jungen Frau und dem toten Mädchen und ja, man müsse schon sagen, dass sie sich ein bisschen ähnelten und dann sei nun mal eines zum andern gekommen, man kenne die ja.

Die Polizei kam nicht weiter, weil sie partout keine Spur hatte und niemand der Stadtbewohner irgendwelche Hinweise hatte, als die, sich diesen jungen Mann doch mal anzugucken, der mit dieser einen Frau da zusammen war. Ansonsten hielten sie den Mund, hatten nichts gesehen. Einer von hier, einer von ihnen, würde so etwas nicht tun, dessen waren sie sich einig.

Als die ehemals ehrenhafte Richterin den Freund ihrer Nichte so niedergeschlagen, nein: so geschlagen am Familientisch sitzend wiederfand, legte sich etwas in ihre Kehle, rutschte herunter und begrub ihr Herz. Aber natürlich war sie schlau genug, um zu wissen, dass es nun für jede Hilfe zu spät war. Sie suchte ihren Blick zu verstecken, ihn an Kaffee und Kuchen zu heften. Und doch schnappte sie den Blick ihrer Mitwisserin auf, der ähnlich entsetzt war. Doch auch die wusste, dass nichts zu machen sei. Sie schwiegen.

Weitere zwei Wochen später war es geschehen. Nichte und Freund waren unterwegs gewesen, aber was heißt schon «unterwegs gewesen»: Sie hatten in einer Kneipe gesessen und sie hatte versucht, ihn zu unterhalten, hatte zu viel getrunken. Er hatte nur an seinem Glas genippt und war nicht glücklich geworden. Und also, als sie voll und er traurig genug war, hatte er sie nach Hause gebracht und sich selbst auf den Weg in seine Wohnung gemacht. Im Park hatten sie ihn überfallen, zu fünft, mit den dicken Holzstangen, an die sie zu Demonstrationen ihre Fahnen banden, niedergeschlagen und dann auf ihn eingetreten bis sie sicher waren, dass er nicht aufstehen würde, dass er aber auch – vielleicht – noch nicht tot sei. Ein Jogger, wer auch

senza riuscirci. Per tutto il tempo, il giovane non aprì bocca, si sforzò di sorridere quando gli offrirono la torta e il caffè, poi il suo volto tornò ad arrendersi, si irrigidì in un blocco grigio, privo di espressioni.

Tutte le persone sedute al tavolo sapevano cosa stava succedendo. Avevano sentito le voci che circolavano in città. La gente diceva che la figlia era frigida, che non lo aveva lasciato fare, e che il ragazzo, forse, avesse dovuto trovare altri modi di sfogare i suoi animaleschi istinti sessuali. Avevano confrontato le foto della giovane donna e della ragazza morta. La somiglianza era innegabile. Una cosa tira l'altra, e le voci e i pettegolezzi continuavano a girare.

La polizia non poté procedere con le indagini, in mancanza di prove. Gli abitanti del posto non avevano indizi. Non potevano fare altro che stare a guardare quel giovane, fidanzato con la ragazza. Per il resto, non dissero nulla, non avevano visto niente. Di una cosa erano certi: una persona che abitava lì, una persona che fosse nata lì, uno di loro non avrebbe mai potuto commettere una simile atrocità.

Quando il giudice, un tempo onorevole, vide il fidanzato della nipote sedere al tavolo della sua famiglia con l'espressione così abbattuta, anzi, così distrutta, sentì un nodo in gola scivolare giù e sprofondare come un peso sul cuore. Ma, naturalmente, si rendeva conto che ormai era troppo tardi. Cercò di evitare il suo sguardo, tenendolo fisso sulla torta e il caffè, ma quando lo incrociò, riconobbe negli occhi del giovane il suo stesso orrore. Sapevano che non c'era più nulla da fare. Restarono in silenzio.

Successe due settimane dopo. La nipote e il fidanzato erano fuori. Erano andati in un locale; lei, nel tentativo di risollevarlo, aveva bevuto un po' troppo. Lui, di cattivo umore, aveva a malapena toccato il suo bicchiere. Così, quando lei era stata abbastanza ubriaca e lui abbastanza depresso, l'aveva riaccompagnata a casa, poi si era avviato verso il suo appartamento. Lo avevano assalito al parco. Erano in cinque. Avevano usato grossi pali di legno, simili a quelli usati per sorreggere le bandiere nelle manifestazioni. L'avevano pestato a sangue, finché erano stati certi che non si sarebbe più rialzato, ma assicurandosi – forse – che non era ancora morto. Il mattino

sonst, hatte ihn morgens gefunden und den Notarzt verständigt. Der junge Mann hatte viel Blut verloren. Er lag im Koma auf der Intensivstation.

Als die Nachricht die Freundin des jungen Mannes erreichte, verließ sie ihr Bett für eine Woche nicht. Natürlich hatte sie gewusst, dass es so kommen würde, dass es zu Ende war, aber trotzdem war sie ihrer Verantwortung nicht gerecht geworden, war schwach geworden, hatte ihn verraten. Sie weinte in die Schulter ihrer Mutter, weinte in ihren Hände, weinte und roch den Rauch der rauchenden Frau, und bat sie, ihn zu besuchen, zu gucken, wie es ihm geht, ihm irgendwas auszurichten. Aber was denn ausrichten? Irgendwas, das war egal, sie solle sich entschuldigen, für sie, sie solle gucken, sie könne nicht.

Die jüngste der Schwestern arbeitete im örtlichen Krankenhaus auf der Inneren. Drei Tage gelang es ihr nicht, sich durchzuringen und den jungen Mann zu besuchen. Dann endlich jedoch obsiegte ihr schlechtes Gewissen, denn natürlich wussten ihre Kolleginnen und Kollegen, wer da auf der Intensivstation lag und in welcher Beziehung die Frau und ihre Tochter zu dem Fremden standen.

Also nahm sie allen Mut zusammen, rauchte nach ihrer Spätschicht noch eine Zigarette, ging dann hoch auf die Intensivstation und suchte, während es draußen bereits dunkel wurde, nach dem Zimmer des Freundes ihrer Tochter.

Sein Anblick war nichts besonderes. Sein Gesicht war steinern wie es die letzten Wochen immer gewesen war, wenn sie ihn gesehen hatte. Die Schwellungen waren grau-lilafarbene Verfärbungen geworden. Weiße Pflaster und rote Krusten zeigten, wo der Mann geblutet hatte, wo der Knochen gebrochen, wo die Haut genäht worden war. Sie kannte das.

Die Stationsschwester fand ihre Kollegin am Bett stehen und fragte, ob sie dann nicht eben eine rauchen könne, dann könnte sie eine Weile mit ihrem Schwiegersohn alleine verbringen. Die Mutter errötete, erinnerte sich daran, dass er doch der Freund ihrer Tochter sei, und dass aber sie jetzt mit ihm alleine sein sollte und dass sie ihm doch irgend-was ausrichten sollte und sie war froh, dass es dunkel war, die Lichter gedimmt und so ihre Röte geschützt. Sie nickte. Und ihre Kollegin verließ das Zimmer.

Augenblicklich hatte auch die Frau das Verlangen zu rauchen, mitzugehen, diesen Ort zu verlassen, aber sie musste noch irgendwas ausrichten. Sie versuchte aus dem Fenster zu schauen, aber da war

dopo un uomo che correva l'aveva trovato e aveva chiamato l'ambulanza. Il giovane aveva perso molto sangue. Era in coma in terapia intensiva.

Quando la sua ragazza lo venne a sapere, rimase a letto per una settimana. Sapeva che si sarebbe arrivati a questo, che tutto sarebbe finito, ma non era stata in grado di impedirlo, non era stata abbastanza forte. Sentiva di averlo tradito. Pianse sulla spalla della madre, pianse tra le sue mani, pianse sentendo l'odore del fumo di sigaretta. La supplicò di andarlo a trovare, per vederlo, sapere come stava, trasmettergli qualcosa. Ma cosa? Qualunque cosa, non importava, doveva chiedergli perdono, doveva andare a vederlo, lei non poteva.

La madre della ragazza lavorava in ospedale. Per tre giorni non riuscì a trovare la forza di visitarlo. Ma poi, alla fine, prevalse la sua coscienza sporca: i colleghi e le colleghe sapevano chi era il ragazzo ricoverato nel reparto di terapia intensiva, conoscevano il rapporto che legava la donna e sua figlia a quello sconosciuto.

Così, raccolse le forze, fumò un'ultima sigaretta alla fine del suo turno, salì in terapia intensiva e, mentre fuori il cielo scuriva, cercò la sua stanza.

Il viso del ragazzo era rigido e privo di espressioni, come nelle ultime settimane in cui lo aveva visto. I gonfiori erano diventati di un colore grigio violaceo. Le macchie bianche e le croste rosse mostravano i tagli da cui aveva perso sangue, i punti in cui l'osso si era rotto, in cui la pelle era stata ricucita.

L'infermiera del reparto la sorprese in piedi vicino al letto. Le chiese se poteva andare a fumare una sigaretta, così da lasciarla sola con il genero. La madre arrossì, ricordandosi che lui era il fidanzato di sua figlia, che ora doveva restare sola con lui per dirgli qualcosa. Fu grata al buio, che si abbassò con le sue luci tenui a coprirle il rossore sulle guance. Annuì. La sua collega se ne andò.

La donna provò l'impulso di seguirla, uscire a fumare, lasciare questo posto, ma aveva un messaggio da trasmettergli. Guardò fuori dalla finestra, non trovandoci altro che buio, nella

nichts außer Dunkelheit, in dem Raum nichts als Instrumente und Maschinen, die sie aus Lehrbüchern kannte, aber nicht zu bedienen verstand. Sie bekam Angst. Sie wollte sagen, es tut mir Leid. Aber sie verschluckte sich und hustete nur. Sie wollte sage, ich liebe dich, aber sie weinte. Und schließlich sagte sie, Gern Geschehen, wie sie wusste, dass sie es sagen musste und verließ weinend und so schnell und leise wie möglich das Zimmer. Am Treppenhaus angelangt drehte sie sich noch einmal um, weil sie meinte ein Geräusch gehört zu haben. Aber da war niemand. Sie trocknete sich mit ihrem Pullover das Gesicht ab, traf auf dem Flur ihre Kollegin, die sagte: Passiert schon nix! und ging langsam nach Hause.

Tags darauf erreichte die Familie die Nachricht, dass der junge Mann gestorben sei. Polizei und Zeitung vermeldeten, dass immer noch nach den Tätern ermittelt würde, ließen die Öffentlichkeit mittlerweile aber wissen, dass schwarze Haare an der Kleidung des toten Mädchens gefunden worden war und der Mordfall damit in den Köpfen der Stadtgemeinschaft erledigt.

Die junge Frau und Ex-Freundin des verstorbenen jungen Mannes weinte nicht. Sie verstummte bereits als sie ihre Mutter weinend in ihr Zimmer kommen sah und sprach daraufhin kein Wort mehr, während ihre Mutter weiter weinte, an ihrer Schulter weinte, in ihren Schlafanzug weinte, wie leid es ihr tue. Die Tochter blieb stumm sitzen und roch den feucht werdenden Zigarettenrauch auf den Wangen ihrer Mutter.

Am darauffolgenden Tag verließ die Tochter das erste Mal seit dem Anschlag auf ihren Freund das Bett. Sie sprach nicht, aber erledigte alle möglichen Sachen: Sie machte die Wäsche, spülte Geschirr, kaufte ein, ging mit dem Hund. Jeder Versuch mit ihr zu sprechen, scheiterte. Als die Eltern besorgt eine Therapeutin konsultierten, sagte sie, dass das erstmal normal sei. Sollte es so bleiben, könne man einen Termin machen.

Also kehrte das Familienleben zu einer gewissen, stummen Normalität zurück. Die drei Frauen saßen dann und wann auf der Terrasse, rauchten und sprachen nicht miteinander. Am Kaffeetisch redeten meist die Männer, die nicht wussten, wie sie mit der Situation anders umgehen sollten. Die Mutter strich ihrer Tochter durchs Haar, die es geschehen ließ und, wenn es dunkel wurde, kehrten alle in ihre Häuser und Wohnungen zurück, legten sich ins Bett und versuchten jegliche Gedanken vor dem Einschlafen zu verdrängen, was manchen besser, anderen schlechter gelang.

stanza non c'era niente, solo strumenti e macchine che conosceva dai libri di testo, ma che non sapeva usare. D'un tratto si sentì terrorizzata. Avrebbe voluto dirgli Mi dispiace. Ma le parole si bloccarono in gola e tossì. Avrebbe voluto dirgli Ti amo, ma scoppiò a piangere. Gli disse Non c'è di che, nel modo in cui sapeva di doverlo dire, e si girò per andarsene il più velocemente e silenziosamente possibile. Raggiunte le scale, si voltò, convinta di aver sentito un rumore. Non c'era nessuno. Si asciugò il viso con il maglione, in corridoio incontrò la sua collega, che le disse: Andrà tutto bene!, e infine tornò a casa.

Il giorno dopo, la famiglia ricevette la notizia che il giovane era morto. La polizia e i giornali riferirono che i colpevoli erano ancora sotto inchiesta, ma nel frattempo comunicarono che resti di capelli neri erano stati trovati sui vestiti della ragazza morta. Il caso si risolse così, nella mente della comunità cittadina.

L'ex fidanzata del giovane ragazzo morto non pianse. Quando vide sua madre entrare nella sua stanza in lacrime, si chiuse nel suo silenzio e non aprì bocca, mentre la madre continuava a piangere. Piangeva sulla sua spalla, piangeva in pigiama. La figlia restò seduta in silenzio, annusando l'odore di fumo sulle guance umide della madre.

Il giorno dopo, per la prima volta dal giorno dell'aggressione, la figlia si alzò dal letto. Non parlò, ma sbrigò tutte le cose possibili: fece il bucato, lavò i piatti, fece la spesa, portò a spasso il cane. Ogni tentativo di parlarle era inutile. Quando i suoi decisero di consultare un terapeuta, si sentirono dire che era normale. Se avesse continuato, avrebbero potuto prendere un appuntamento.

La vita in famiglia tornò a una silenziosa normalità. Le tre donne ogni tanto sedevano sulla terrazza, fumavano senza parlarsi. Intorno al tavolino del caffè, non sapendo cosa altro fare, erano soprattutto gli uomini a parlare. La madre accarezzava i capelli della figlia, che la lasciava fare. La sera, tornavano nelle proprie case, si sdraiavano a letto e cercavano di sopprimere ogni pensiero prima di addormentarsi. Alcuni ci riuscivano, altri no.

Die junge Frau war krankgeschrieben und blieb zu Hause, ihr Vater hatte noch sieben Monate zu arbeiten und zählte, jetzt lustloser als zuvor und traurig, die Wochen und Tage, ihre Mutter hatte natürlich weiter Schichtdienst. Für sie hatte es noch keinen Sinn irgendetwas anderes als die Jahre zu zählen und so lebte sie ihren Trott, fütterte den Hund, ging mit ihm spazieren und, ganz heimlich, wenn sie wirklich hundertprozentig sicher war, dass sie alleine war, weinte sie, weil sie verliebt war, weil sie nicht wusste, was sie machen sollte, weil das Leben ihr zu viel war.

Doch noch einmal hörte man sie schreien. Als sie von der Frühschicht nach Hause kam – ihr Mann war Fahrradfahren, die Söhne auf Arbeit oder sonst wo unterwegs – saß ihre Tochter am Esstisch und blätterte stumm und ruhig durch eine Zeitung. Wie sie es sich angewöhnt hatte, streichelte ihre Mutter ihr die aschblonden Haare, ging in die Küche, um einen Kaffee zu machen und wunderte sich endlich, dass der Hund noch nicht Hallo gesagt hatte. Also rief sie ihn, erst laut und nett, dann immer bestimmter, während sie auf die Terrasse ging. Ihre Kaffeetasse zerschellte auf den Fliesen als sie sah, dass das blonde Fell des Hundes rot-braun verklebt war, von den dicken angespitzten Ästen, die durch dessen Körper in die Wiese geschlagen worden waren. Sie fiel in Ohnmacht. Und als sie wieder zu sich kam, sich an den Kopf fasste und Blut an ihren Händen klebte, schrie sie so laut, dass die Nachbarn die Polizei anriefen.

Gespenstisch sei es gewesen, berichteten die Polizisten ihren Kollegen, als sie die blutüberströmte Frau fanden, die auf Knien vor der Hundeleiche herumrutschte, ohne Unterlass schreiend, während ihr Rotz aus der Nase lief und ihre Tochter im Halbdunkel des Esszimmers in aller Ruhe Zeitung las.

La figlia era in congedo per malattia e passava il suo tempo in casa, al padre mancavano sette mesi di lavoro e, ora più svogliato che mai, contava le settimane e i giorni, mentre la madre continuava a fare i turni in ospedale. Non le restava altro da fare, se non contare gli anni e vivere la sua routine, dare da mangiare al cane, portarlo a spasso, e, di nascosto, quando era certa di essere sola, piangere perché era innamorata, perché non sapeva cosa fare, perché la vita era insopportabile.

Un giorno la sentirono urlare. Era tornata a casa dal primo turno, – il marito era fuori in bici, i figli al lavoro o altrove – la figlia era seduta al tavolo della sala da pranzo. Sfogliava il giornale in silenzio. Come al solito, la madre le accarezzò i capelli biondo cenere, andò in cucina a farsi il caffè, chiedendosi perché il cane non fosse ancora uscito a farle le feste. Lo chiamò, prima in tono affettuoso, poi, mentre usciva in terrazza, sempre più preoccupato. La sua tazza di caffè andò in frantumi sulle piastrelle, quando vide che il pelo biondo del cane era incollato dal rosso marroncino dei rami spessi e affilati conficcati nel suo corpo sul prato. Svenne. Quando riprese conoscenza, stringendosi la testa, con le mani sporche di sangue, urlò così forte che i vicini chiamarono la polizia.

Uno spettacolo agghiacciante, raccontarono i poliziotti ai loro colleghi. Trovarono la donna coperta di sangue, in ginocchio accanto al cadavere del cane, che urlava senza sosta, mentre il muco le colava dal naso e la figlia leggeva il giornale tranquilla, seduta nella penombra della sala da pranzo.

COMMENTO DI ANDREEA SIMIONEL

Il racconto di Jonas parla dello straniero. Lo fa con un linguaggio lucido e spietato, creando un'atmosfera perturbante: l'Unheimlich, in questo caso, non è soltanto nascosto in seno a una famiglia apparentemente tranquilla, ma da lì parte per dilagare all'interno dell'intera comunità cittadina.

Entrambi abbiamo scelto una traduzione il più possibile fedele all'originale, e siamo felici di poterci leggere in un'altra lingua. La sfida più grande, nella traduzione di «Drei Frauen, die rauchen», è stata rendere in italiano la grande forza della voce di Jonas, mantenendo l'imparzialità di fondo; un'impersonalità che si esprime innanzitutto nella scelta di non dare nomi ai personaggi. I protagonisti sono una madre, una figlia, un giovane straniero. In questo modo, Jonas non racconta soltanto la storia di una famiglia, ma di tutti i nuclei sociali che si nutrono di pregiudizi, di tutti gli stranieri ingiustamente trasformati in vittime.

Il racconto si sviluppa attraverso quello che non viene detto: colpisce il tono di accusa nei confronti di un atteggiamento di discriminazione, razzismo, xenofobia, comune a ogni piccola comunità; Allo stesso tempo, le parole discriminazione, razzismo e xenofobia non vengono mai pronunciate. Il lettore si sente preso in causa, accusato, perfino invaso, chiamato a prendere posizione.

Mi ha colpito poter lavorare su un tema a me tanto vicino. Il punto di vista di Jonas è estremamente attuale, mostra che le parole, in qualunque lingua, possono essere usate come armi, paragonabili alla violenza fisica.

MEIN PERSONAL COMPUTER
ROOT LEEB

Lassen Sie mich erklären. Dass ich hier liege, hat seine Ursache nicht in meiner körperlichen Disposition, ich bin ein durchweg gesunder und wie man so sagt stabiler Mensch. Noch jung, habe alle meine Zähne (kann mich durch vieles durchbeißen), ich höre gut, hatte bisher keine schweren Verletzungen, keine Knochenbrüche oder Operationen, nur eine kleine Sehschwäche habe ich mir durch eine Laseroperation beseitigen lassen. Es lebt und liest sich doch leichter ohne Brille. Ich bin also voll einsetzbar. Wäre also voll einsetzbar. Wenn das nicht passiert wäre.

Ich schreibe. Mein Beruf. Ich brauche meinen Personal Computer, einen guten Laptop der höheren Preisklasse. Wegen möglicher Wettbewerbsverzerrung oder womöglich auch Rufschädigung nenne ich hier keinen Firmen- oder Produktnamen, nur seinen persönlichen, von mir ausgewählten, er ist ja mein persönlicher Computer.

Also ich nenne ihn Phil, nannte ihn Phil, fand, das klingt freundlich und wir kamen ja gut miteinander aus. Ja, wir hatten unseren Spaß.

Es konnte vorkommen, dass Phil bei einer Textstelle, die ihm besonders gut gefiel, mich anblinzelte. In verschiedenen Farben. Wie er das machte? Er wechselte für den Bruchteil einer Sekunde die Hintergrundfarbe der Seite, an der ich gerade arbeitete, überraschend und eigenmächtig. Wenn er besonders begeistert war, belohnte er mich mit einem Feuerwerk, ging blitzschnell von Gelb über Rot zu Grün und Blau, alle Standardfarben durch. Das erste Mal erschrak ich

IL MIO PC

ROOT LEEB
Traduzione di Angela Bubba

Lasciatemi spiegare. La ragione che mi porta a starmene qui disteso non ha niente a che vedere con la mia disposizione fisica. Sono una persona che ha sempre cura di se stessa, come si dice in questi casi, sono uno con la testa a posto. E sono giovane per di più, ho tutti i denti (sono molto affilati). Ho un buon udito e finora non mi sono mai ferito gravemente. Nessun osso rotto e niente sedute sotto i ferri. Ho avuto solo un piccolo problema alla vista, risolto grazie alla chirurgia laser. Si vive e si legge meglio senza occhiali. Quindi sono del tutto sano, sarei completamente utilizzabile, se non fosse accaduto ciò che è accaduto.

Io scrivo, è il mio lavoro. Per questo ho bisogno del mio pc, parlo di un laptop di alta qualità. Per non creare interferenze con la concorrenza, e per non causare danni a una certa reputazione, evito qui di citare la società o il prodotto: pronuncerò solo il suo nome, scelto in mezzo a molti altri, e da me naturalmente, uno di quelli è il mio personal computer.

Lo chiamai Phil. Mi suonava amichevole, e in più pensai che così saremmo andati d'accordo. A dirla tutta ci divertivamo parecchio, io e Phil.

Quando scrivevo qualcosa di bello, e arrivavo a un passaggio che gli piaceva particolarmente, Phil sbatteva leggermente una palpebra, facendolo addirittura con diversi colori. Com'era possibile che ci riuscisse? Per una frazione di secondo cambiava lo sfondo della pagina su cui lavoravo, lo faceva di sua iniziativa e in una maniera che era sorprendente. Quando era davvero entusiasta mi premiava con dei fuochi di artificio, passando rapidamente dal giallo al rosso al verde al blu, toccando la gran parte delle colorazioni. La prima volta mi ero spaventato a morte, ma un attimo dopo io e Phil scoppiammo a

mich beinahe zu Tode, dann lachten wir uns fast kaputt. Ja lachen konnte er auch. Die Lüftung ging dann stoßweise, bis er sich wieder beruhigte.

Er konnte mich aber auch ärgern. Eine kurze Phase lang, etwa eine oder zwei Wochen, hatte er die Angewohnheit, ganze Seiten, die ich mühsam Wort für Wort formuliert hatte, verschwinden zu lassen. Ich hatte dann plötzlich nur noch eine graue Fläche vor mir, glaubte versehentlich, alles gelöscht zu haben, mein Magen verkrampfte sich und mir wurde schlecht. Einmal fiel ich fast in Ohnmacht. Aber dann, nachdem ich mehrmals vergeblich die Rückgängig-Tastenkombination gedrückt hatte, war alles wieder da, verbunden mit diesem stoßweisen Gelächter. Ich konnte ihm nicht böse sein. So ein kleiner Schabernack belebt doch die Freundschaft. Und als Phil sah, wie mir sein Spaß jedes Mal die Luft nahm, hörte er auch wieder damit auf.

Alles war also bestens. Bis jetzt. Nach etwas mehr als zwei Jahren vertrauter Zusammenarbeit begann er, seine Haltung mir gegenüber zu verändern. Unauffällig zuerst. Er machte keine Scherze mehr, auch sein Lachen blieb aus. Und dann verringerte sich der Winkel zwischen Tastatur und Bildschirm. Zuerst kaum wahrnehmbar, dann im Verlauf von wenigen Tagen so deutlich, dass es meine Sicht und damit auch mein Denken beeinträchtigte. Von ursprünglich etwa 120 Grad (so arbeite ich am liebsten) zogen sich die beiden Flächen von Tastatur und Bildschirm auf einen Winkel von sechzig Grad zusammen. Ich konnte also weder sehen, welche Tasten meine Finger berührten, noch was ich geschrieben hatte.

«Was soll denn dieser Unsinn? Lass die Geheimnistuerei!» rief ich entnervt und wartete, dass er sich entspannte und wieder ganz aufklappte. Vergeblich. Ich wurde, für mich selbst überraschend sehr ungeduldig, ja wütend und versuchte, zugegebenermaßen etwas gewaltsam, die mir wie Kiefer erscheinenden Hälften Phils auseinanderzudrücken. Wie erschrak ich, als ich ein bedrohliches Knurren vernahm. Die Stimmung war zweifellos feindselig. Das war neu. Ich ging in mich, fragte mich, ob ich irgendetwas übersehen, Phil vielleicht über Gebühr belastet hätte, ob es womöglich inhaltliche Differenzen gab, Dinge, die ich schrieb und mit denen er sich nicht identifizieren konnte oder wollte. Aber ich vertrat doch weder die

ridere – perché sì, lui riusciva anche a ridere –. La sua areazione era irregolare, lo ricordo, e si mantenne così fin quando le risa cessarono e lui si calmò.

Però poteva anche infastidirmi. Per un breve periodo, diciamo una o due settimane, prese l'abitudine di far sparire intere pagine, che avevo faticosamente messo insieme parola per parola. D'un tratto non vedevo che grigio, credevo allora di aver cancellato ogni cosa per sbaglio, avevo i crampi allo stomaco e mi sentivo male (una volta sono quasi svenuto). Ma alla fine, dopo aver inutilmente digitato il tasto «Annulla», tutto tornava al proprio posto, perfettamente intonato con la risata di Phil... in ogni caso non potevo arrabbiarmi con lui, quello scherzo anzi rafforzò la nostra amicizia. Quando Phil si rese conto del suo divertimento, che mi lasciò davvero senza fiato, ecco in quel momento si fermò anche lui.

Le cose in fin dei conti andavano bene. Almeno fino a un certo punto. Dopo poco più di due anni di intima collaborazione, Phil iniziò a cambiare il suo atteggiamento nei miei confronti. All'inizio si notava poco. Man mano smise di scherzare e perfino di ridere. Senza contare che un angolo, quello tra la tastiera e lo schermo, andava rimpicciolendosi. Non ci avevo fatto caso lì per lì, ma col passare dei giorni diventò così evidente da disturbarmi, facendo del male alla mia vista come al mio pensiero. Dapprima mi mantenevo sui 120 gradi (è così che mi piace lavorare), poi però le due superfici della tastiera e dello schermo si contrassero, formando un angolo di 60. Non vedevo perciò né quali tasti le mie dita stessero toccando né cosa avessi scritto.

«Cos'è questa sciocchezza? Smettila!» esclamai, esasperato, e attendendo che si rilassasse e si riaprisse completamente. Ma invano. Stranamente mi ero fatto molto impaziente, persino arrabbiato, e provai, ovviamente con una certa violenza, a spingere quelle parti di Phil che sembravano essere le mandibole. Rimasi davvero scioccato quando lo sentii ringhiare. L'atmosfera era indubbiamente ostile. Era tutto così strano. Riflettei su molte cose, chiedendomi se avessi trascurato qualcosa o avessi indebitamente appesantito Phil, se ci fossero delle differenze di contenuto, cose che avevo scritto e con le quali non poteva o non voleva identificarsi. Ma non avevo

Meinung der Maschinenstürmer, die am liebsten wieder zu Bleistift und Papier zurückkehren würden, noch äußerte ich Technikfeindliches in irgendeiner anderen Hinsicht und ich schrieb auch nichts über Industriedesign. Das hätte seine Eitelkeit vielleicht verletzen können, da er (nach mehr als zwei Jahren bei mir) nicht der allerneuesten Generation angehörte und sich vielleicht rückständig und out gefühlt hätte, und ich schrieb auch nicht über irgendwelche, womöglich seinen Geschmack verletzende Sexualpraktiken, öffnete auch nie die diesbezüglichen Seiten im Netz.

Auch rein physisch setzte ich ihm sicher nicht über Gebühr zu. Ich gehöre nicht zu denen, die wie besinnungslos, ja fast gewalttätig, in die Tasten hämmern. Ich habe kurzgeschnittene Fingernägel, für einen Mann sehr gepflegte Hände und gleite geschmeidig, fast zärtlich über die Tasten. Er hätte es durchaus als Streicheln empfinden können.

 Gut, die Arbeitszeit, da könnte das Dilemma liegen. Ich arbeite ja üblicherweise bis spät in die Nacht und oft lange Phasen ohne Pause, so waren seine Ruhezeiten wohl zu kurz. Aber das waren meine dann auch. Andererseits hatte ich nun mal viele Aufträge und war ja auch sehr froh darum. Und ich knurrte doch auch nicht oder begann ihn zu malträtieren. So wie er mich.

Jeden Morgen wurde der Winkel zwischen Tastatur und Bildschirm etwas enger und jeden Morgen wurde mein Versuch, ihn durch Auseinanderpressen der Schenkel zu vergrößern, brutaler. Und auch das drohende Knirschen wurde immer lauter. Ich versuchte, mit ihm zu reden, wie wir es früher ja auch manchmal getan hatten. Nur bekam ich diesmal auch nicht die Andeutung eines Echos.

Ich konnte nicht mehr mit ihm arbeiten. Ich verließ verzweifelt die Wohnung, ja, ich schlug die Türe ein bisschen lauter zu, als es nötig gewesen wäre und ging in ein Internetcafé. Von da schickte ich ihm eine Mail, also an meine Adresse. Dachte, ich könnte ihn vielleicht auf diesem Weg erreichen. Zuerst einmal entschuldigte ich mich für mein grobes Verhalten. Dann fragte ich ihn nach dem Grund seiner Aggression gegen mich, denn als solche musste ich ja seine Weigerung, mit mir zu arbeiten, auffassen.

Ich bestellte mir einen Espresso und wartete. Es kamen in kurzer Folge Mails von allen möglichen Firmen (hauptsächlich Reklame,

parlato dell'opinione dei più nostalgici, che vorrebbero tornare a carta e matita, né avevo espresso qualcosa di ostile alla tecnologia sotto qualche aspetto, e non avevo scritto nulla sul design industriale. Ciò avrebbe potuto ferire la sua vanità, poiché lui (dopo più di due anni trascorsi insieme) non era un pc di ultima generazione, e avrebbe potuto sentirsi arretrato o fuori di testa. Inoltre non avevo descritto nessuna pratica sessuale, che avrebbe potuto ferire il suo gusto, né avevo aperto certe pagine in rete.

Fisicamente, di certo non l'avevo disturbato più di tanto. Non sono uno di quelli che martellano i tasti in modo insensato, quasi violentemente. Le mie unghie sono ben corte, per essere quelle di un uomo le mie mani sono molto curate e inoltre tocco i tasti dolcemente, quasi teneramente. Phil avrebbe potuto avvertire come delle carezze.

Magari era colpa dell'orario di lavoro, poteva essere davvero quello il dilemma. Di solito lavoravo fino a tarda notte, coprendo spesso delle lunghe fasi senza interruzione. I periodi di riposo di Phil erano (sono) probabilmente troppo brevi. Così come i miei.

Ero pieno di lavoro ad ogni modo, e ne ero davvero felice. Aggiungo che non avevo mai ringhiato contro di Phil, né avevo abusato di lui, come lui adesso sta facendo con me.

Ogni mattina l'angolo tra la tastiera e lo schermo si restringeva, e puntualmente il mio tentativo di allargarlo, stringendo le gambe divaricate, si faceva più duro... finché il minaccioso scricchiolio divenne sempre più forte. Provai a parlargli allora, come facevamo un tempo. Solo che quella volta non ebbi il minimo riscontro, neppure un eco.

Capii così che non potevo più lavorare con lui. Lasciai l'appartamento come un disperato, sì, sbattei la porta con una certa violenza e raggiunsi un Internet Cafè. Da lì gli mandai una mail, al mio stesso indirizzo. Pensai che in quel modo avrei potuto raggiungerlo. Mi scusai subito per il mio comportamento scortese, gli chiesi poi il perché di quell'aggressività, volevo capire il motivo della sua reticenza a lavorare con me.

Ordinai un espresso e aspettai, mentre controllavo la posta in arrivo. C'erano e-mail da tutti i tipi di aziende in rapida successione (principalmente pubblicità, spam e posta

Spam und Junkmails, die ich alle sofort löschte). Dazwischen Nachrichten von diversen Leuten, die alle warten konnten. Aber nichts von Phil.

Ich wartete ebenfalls, versuchte zu arbeiten, was mir aber nicht gelang und trank einen Café nach dem anderen. Dann schlug ich mir noch Stunden mit der Lektüre der ausliegenden Zeitungen um die Ohren. Alles unkonzentriert, weil ich nur auf das eine wartete: auf ein Zeichen von ihm.

Soll er mich mal, dachte ich schließlich und ging, aber nicht nach Hause, sondern ich schlenderte erst ziellos durch die Straßen, bis es eine vernünftige Zeit war, um in meine Lieblingskneipe zu gehen. Es war noch früh am Abend, ich kannte niemanden, die üblichen Stammkunden kamen immer erst sehr viel später. So redete ich erst einmal mit niemandem, trank mich langsam in einen Zustand der Sorglosigkeit, und als dann die ersten Bekannten eintrafen, war ich wohl schon so hinüber, dass sie mein Gerede über Phil als Gefasel abtaten und mich einfach stehen ließen

Ich ging, als ich weit nach Mitternacht nach Hause kam, direkt ins Bett, ohne Phil eines Blickes zu würdigen. Muss komplett neben mir gewesen sein. Und doch immer noch sauer.

Ich schlief sehr schlecht, ein Alptraum jagte den anderen. Am nächsten Morgen hatte ich einen schweren Kopf. Trotzdem wollte ich es wissen. Ich ging als erstes in mein Arbeitszimmer und sah schon von der Tür aus, dass der Winkel sich noch einmal verkleinert hatte.

«Willst Du wohl endlich mit dem Unfug aufhören!», brüllte ich, ging zum Tisch und wollte ihm die Gelenke gewaltsam auseinanderbrechen. Ich war wohl noch nicht ganz klar im Kopf und einfach viel zu langsam. Er war sofort eingeschnappt, klappte – nein biss – einfach zu. Meine beiden Hände drinnen. Ich konnte nicht mal den Notarzt anrufen. Nur schreien. Es dauerte, bis irgendjemand im Hausflur mich hörte und den Hausmeister rief. Der holte, noch bevor er die Wohnung öffnete, die Polizei. Und die muss dann wohl den Rettungsdienst eingeschaltet haben.

Ich hatte das Bewusstsein verloren. Als ich zu mir kam, lag ich hier, in diesem Bett. Sie sehen, beide Arme sind vom Ellenbogen bis zu den Fingerspitzen einbandagiert. In die rechte Ellenbeuge haben sie eine Kanüle gesteckt, für den Tropf. Ist sicher auch ein Schmerzmittel

indesiderata, che cancellai immediatamente). Vedevo molti messaggi di varie persone, che potevano aspettare. Nessun cenno da parte di Phil.

Continuai ad attendere, provando anche a lavorare ma senza riuscirci, non feci che bere un caffè dopo l'altro. Dopo un po' spostai l'attenzione su alcuni giornali, trascorsi ore e ore a leggere, ma era come se tutto fosse sfocato, perché aspettavo solo una cosa: un segno da parte di Phil.

Lasciami in pace, pensai alla fine, e me ne andai, ma non a casa. Preferii passeggiare senza meta per le strade, finché non giunse l'orario migliore per raggiungere il mio pub preferito. Era ancora presto, non conoscevo nessuno, i soliti clienti abituali arrivavano sempre molto più tardi. Per questo all'inizio non parlai con nessuno, mandai giù qualcosa lentamente e con disinteresse, quando giunsero i primi conoscenti ero così stanco che lasciai che liquidassero il mio discorso su Phil come una sciocchezza. Alla fine furono loro stessi a mollarmi, semplicemente.

Quando tornai a casa dopo mezzanotte, andai subito a letto senza nemmeno guardare Phil. Ero un po' fuori di me, ero ancora arrabbiato.

Dormii molto male, un incubo inseguiva l'altro. La mattina dopo avevo la testa pesante. Tuttavia volevo sapere. La prima cosa che feci fu andare nel mio studio, già dalla porta potevo vedere che l'angolo era ulteriormente diminuito.

«Fermati, per una buona volta!» gridai, dopodiché lo raggiunsi al tavolo con l'intenzione di rompergli le articolazioni con la forza. Probabilmente non avevo ancora le idee ben chiare, o magari faticavo solo ad accettarle. Phil scattò immediatamente, si chiuse – dandomi un morso – si chiuse in se stesso. Con entrambe le mie mani dentro.

Non potevo nemmeno chiamare l'ambulanza. Potevo solamente urlare. Ci volle un po' prima che qualcuno nella hall mi sentisse e chiamasse il custode. Lui avvisò la polizia prima di aprire l'appartamento. Poi qualcuno chiamò i soccorsi.

Ero svenuto.

Una volta sveglio mi ritrovai in questo letto. Come puoi vedere, entrambe le braccia sono fasciate, dai gomiti alla punta delle dita. Hanno messo una cannula nel gomito destro per la

drinnen, ich spüre nämlich gar nichts. Es ist, als ob die Arme ab wären. Aber das hätten Sie mir ja sicher gesagt, oder? Und ob ich bald wieder hergestellt sein werde und arbeiten kann auch?

Doch trotz allem ist mir wichtig zu erfahren, was sie mit Phil gemacht haben. Ich würde gerne mit demjenigen sprechen, der mich hierher gebracht hat. Sie waren das selbst? Und Phil, sagen Sie mir, was mit ihm ist!

Er wartet draußen? Das muss ein Irrtum sein. Nein, Phil ist nicht mein Bruder – ja der heißt auch Phil, aber ich spreche doch von meinem Personal Computer. Meinem PC, verstehen Sie? Wo ist er?

Im Schrank? Das ist kein Ort für ihn! Holen Sie ihn sofort her. Bitte.

Ach, er ist zusammengeklappt. Das war ja zu vermuten. Wie? Die von der Polizei haben die Festplatte entnommen um alles zu überprüfen, sagen Sie?

Wieso fragen Sie?

Ja, Werbung habe ich grundsätzlich immer sofort gelöscht.

Nein, die in der ganzen Wohnung herumliegenden Werbeblätter habe ich nicht bemerkt. Es sammelt sich immer einiges, wissen Sie, es kommt ja so viel ins Haus. Ich lese das alles nicht.

Nein, die Werbung für das allerneueste Modell eines Tablets habe ich auch nicht wahrgenommen.

flebo. Ci sarà sicuramente un antidolorifico dentro, perché non sento nulla. È come se mi avessero tolto le braccia. Ma sicuramente me l'avresti detto, vero? Presto mi rimetteranno in sesto e potrò tornare a lavorare anch'io, è così?

Ad ogni modo per me sarebbe importante scoprire cos'hanno fatto a Phil. Mi piacerebbe parlare con chi mi ha portato qui. Eri tu stesso? E Phil, dimmi qualcosa su di lui!

Come dici? Sta aspettando fuori? Deve esserci un errore. No, Phil non è mio fratello - sì, anche il suo nome è Phil, ma sto parlando del mio personal computer. Il mio pc, hai presente? Dov'è finito?

Nell'armadio? Ma quello non è posto per lui! Portalo subito qui. Ti prego.

Oh, è chiuso. Questo dovevo immaginarlo... Cosa? La polizia ha tirato fuori il disco rigido per controllare tutto?

Perché lo chiedi?

In ogni caso sì, ho sempre cancellato gli annunci.

E no, non ho notato i volantini pubblicitari sparsi per tutto l'appartamento. Ce ne sono molti, arriva sempre troppa pubblicità in casa. Non ho letto niente di tutto questo.

Non ho neppure notato la pubblicità dell'ultimo modello di tablet.

Ho parlato con Root un paio di volte al telefono e mi sono trovata davvero bene. Il suo racconto è avvincente, molto particolare per il rapporto descritto tra scrittore e personal computer e pieno di spunti e prospettive inediti. Mi è piaciuto tantissimo tradurlo, è stata un'esperienza emozionante e che porterò sempre con me.

L'ESTATE DEL 2016
ANGELA BUBBA

C'è stato un periodo in cui vivevo in una baracca. Una villa in realtà, preceduta da un viale di tigli e piante rampicanti che si muovevano per mezzo chilometro. Quando la vidi per la prima volta mi diede un'impressione di morte e di eleganza, qualcosa che stesse per schiantarsi al suolo ma con dolcezza. Era un pomeriggio di giugno, caldissimo e senza neppure una nuvola. Citofonai dentro una sorta di insegna, piena di ruggine e polvere indurita, che un tempo doveva essere laccata in oro. Era presente un solo pulsante.

«Sì?» disse dopo un po' una voce, il tono alto e gracchiante.

«Sono venuta a vedere la stanza.»

«Sei la ragazza che ha chiamato stamattina?»

«Sono io.»

«Sei Ariel? Quella col nome strano?»

«Sono io» ripetei.

La ragazza riagganciò, e dopo una manciata di secondi, un paio di strepitii e qualche gridolino fece scattare il cancello d'ingresso. Tentai di richiuderlo con delicatezza. Quello però produsse un rumore orrendo, come uno scoppio, che annientò anche il minimo accenno di cortesia. Non c'era posto per la gentilezza in quel luogo, lo capii subito, e se c'era aveva altre facce e altri nomi.

Non avevo idea di dove fossi finita. Sapevo solo che dovevo trovare una casa e abbastanza in fretta, anche una casa che non fosse a tutti gli effetti una casa, una casa ammaccata e con qualche pezzo mancante, sarebbe andata bene lo stesso.

DER SOMMER 2016
ANGELA BUBBA
Aus dem Italienischen von Root Leeb

Es war die Zeit, in der ich in einer Baracke lebte. In Wirklichkeit war es eine Villa, zu der ein Weg führte, der sich einen halben Kilometer hinzog, von Linden und Kletterpflanzen gesäumt. Mein erster Eindruck war der von Tod und Eleganz, von etwas, das im Begriff ist zu verfallen, aber mit einer gewissen Anmut. Es war ein Nachmittag im Juni, sehr heiß und ohne eine einzige Wolke.

Ich sprach durch eine Gegensprechanlage, durch eine Art Schild voller Rost und verkrustetem Staub, das einstmals wohl golden lackiert war. Es gab nur einen einzigen Knopf.

«Ja?» sagte nach kurzer Zeit eine Stimme, hoch und krächzend.

«Ich bin gekommen um das Zimmer zu sehen.»

«Bist du die, die heute Morgen angerufen hat?»

«Ja, das bin ich.»

«Du bist Ariel? Die mit dem merkwürdigen Namen?»

«Ja, das bin ich», wiederholte ich.

Die andere legte wieder auf, und nach ein paar Sekunden mit Geräuschen und etwas, das sich wie Quietschen anhörte, ließ sie das Eingangstor aufschnappen.

Ich versuchte es vorsichtig wieder zu schließen.

Es entstand jedoch ein fürchterlicher Lärm, wie ein Knall, der den kleinsten Versuch von Höflichkeit zunichtemachte. Hier, an diesem Ort gab es keine Freundlichkeit, das verstand ich sofort, und wenn es sie gab, hatte sie ein anderes Gesicht und einen anderen Namen.

Ich hatte keine Idee, wo ich gelandet war. Ich wusste nur, dass ich ein Haus finden musste und zwar möglichst bald, auch ein Haus, das vielleicht nicht in jeder Hinsicht ein Haus war, ein buckliges oder eines mit einem fehlenden Stück wäre ebenso gut gegangen.

Camminai per circa dieci minuti. A destra tanto quanto a sinistra mi accompagnava una muraglia di cemento, oltre la quale svettavano i tigli. L'edera era arrampicata un po' dappertutto, tra le foglie distinguevo farfalle e vespe gironzolanti, cavallette azzurre che sgambettavano da un angolo all'altro, lucertole, formiconi grossi quanto acini d'uva.

«Finalmente ce l'hai fatta!» esclamò la ragazza. Mi aspettava in cima alla scala che avrei dovuto percorrere. Indossava dei fuseaux giallo limone e una camicetta annodata sulla pancia. Aveva un chignon molto gonfio che le tambureggiava al centro della nuca. Era piena di piercing. Masticava fastidiosamente una chewing-gum.

«Sono Rita» disse stendendomi la mano. «Piacere.»

«Piacere» replicai. «Ariel.»

«Te l'hanno mai detto che hai un nome strano? Un nome da barbie, da cartone animato.»

«Già» tagliai corto.

«C'è qualcosa che non va con la tua famiglia, non è vero? Sei una che sta scappando da qualcosa.»

Fu solo in quel momento che mi decisi a guardarla negli occhi. Doveva avere la mia stessa età, potrei perfino ammettere che mi assomigliasse, escludendo il fatto che fosse più bassa e un po' troppo in carne, e naturalmente portata a ficcare il naso negli affari degli altri.

«Da dove vieni?» chiese ancora.

«Dal Sud.»

«Sud è troppo generico. Che zona? Che paese?»

«Ti dispiace farmi vedere la stanza?»

«Vieni» rimbrottò Rita, tirandomi dentro. Poi con un calcio chiuse il portone. Mi fece strada. Presi a seguirla lungo il corridoio umido e dalle pareti che perdevano intonaco.

«Ecco» fece aprendo una porta. «Sarebbe questa.»

Con cautela mi sporsi dentro la camera, che era grande una decina di metri quadrati. Avevo immaginato di peggio, e stavo per tirare un sospiro quando vidi l'armadio azzoppato a terra.

Ich ging ungefähr zehn Minuten. Rechts wie links begleitete mich eine Mauer aus Zement, dahinter ragten Ziegel empor.

Efeu rankte fast überall, zwischen den Blättern unterschied ich Schmetterlinge und Wespen, die herumflatterten, blaue Heuschrecken, die von einer Ecke in die andere hüpften, Eidechsen, Riesenameisen, fett wie Weinbeeren.

«Na, endlich hast du es geschafft!», rief die junge Frau. Sie erwartete mich oben auf der Treppe, die ich noch vor mir hatte. Sie trug zitronengelbe Leggings und eine Bluse, die über dem Bauch zusammengeknotet war.

Ihr Haar hing ihr in einem sehr umfangreichen Knoten, in die Mitte des Nackens. Sie war voller Piercings. Kaute gelangweilt einen Kaugummi.

«Ich bin Rita», sagte sie und streckte mir die Hand entgegen.«Hallo».

«Hallo», erwiderte ich, «Ariel».

«Haben sie dir nie gesagt, dass du einen merkwürdigen Namen hast? Ein Name wie von Barbie aus einem Animationsfilm.»

«Schon», antwortete ich kurz.

«Es gibt irgendetwas, das mit deiner Familie nicht läuft, stimmt's? Du bist eine, die vor irgendetwas davonläuft.»

Erst in diesem Moment entschied ich, sie direkt anzuschauen. Sie musste in meinem Alter sein, ich könnte sogar sagen, dass sie mir ähnelte, außer der Tatsache, dass sie kleiner und etwas zu dick war und offensichtlich begabt, die Nase in anderer Leute Angelegenheiten zu stecken.

«Woher kommst du?», fragte sie schließlich.

«Aus dem Süden».

«Süden ist zu allgemein. Welche Gegend? Welches Land?»

«Würde es dir etwas ausmachen, mir mein Zimmer zu zeigen?»

«Komm», entgegnete Rita, und zog mich hinein. Dann schloss sie mit einem Tritt die Tür. Sie machte mir Platz. Ich folgte ihr durch einen langen feuchten Gang, von den Wänden bröckelte der Putz.

«Hier», sagte sie und öffnete eine Tür. «Das wär's.»

Vorsichtig beugte ich mich in das Zimmer, das ungefähr zehn Quadratmeter groß war.

Ich hatte mir Schlimmeres vorgestellt, und war schon dabei erleichtert aufzuatmen, als ich den schiefen, wackeligen Schrank sah.

Gettai una rapida occhiata tutt'intorno. Un'anta della finestra era priva di bulloni, e dondolava a destra e manca a seconda degli spifferi d'aria. Le cassettiere erano inesistenti. Non c'era una scrivania, non c'era niente che potesse ricordare un piano d'appoggio. La lampadina pendeva semplicemente dal soffitto.

«Allora?» mi disse Rita.

«La prendo.»

Rita mi disse subito che c'era un problema. «Uno grosso» puntualizzò. Dovevamo trovare tre o quattro persone con cui dividere le spese, dovevamo riempire quella spelonca il prima possibile, o saremmo state sbattute fuori.

«Tu da quanto sei qui?» domandai.

«Anni. Ma vivevo con un'altra ragazza e una coppia di africani con un figlio.»

«Eravate in cinque?»

«Certe volte anche in sei, sette. Dipende da chi si fermava.»

«Va bene» dissi risoluta. «Vedrai che troveremo qualcuno.»

«Vorrei andarmene in realtà» aggiunse Rita, confessandomi quel dettaglio come fosse bazzecola. «Ma non adesso, fra qualche mese. Magari dopo l'estate.»

«Sai già dove?»

«No...» dichiarò Rita, esitando con tristezza. «Sento però che devo spostarmi. Sento che alla fine dell'estate cambierà qualcosa, e io dovrò voltare pagina.»

«Anch'io mi sento così.»

Rita non aggiunse altro, e neppure io. Eravamo entrambe preoccupate, senza sapere quasi niente l'una dell'altra. Decidemmo di risolvere la questione spegnendo la luce e andandocene a letto.

Il mattino seguente non facemmo che attaccare volantini nella zona. Raggiungemmo anche i quartieri vicini, a piedi oppure con la metro. Appiccicammo più di cento biglietti dove si parlava di «UN'ABITAZIONE D'EPOCA, CON POCHI FRONZOLI MA SPAZIOSA, DOTATA DI UN MAGNIFICO GIARDINO E NON MOLTO DISTANTE DAL CENTRO DI ROMA».

Ich warf einen schnellen Blick ganz hinein. Ein Fensterflügel hatte keinen Bolzen mehr und schwang nach rechts und konnte die Zugluft nicht abhalten, Schubladen gab es nicht. Es gab keinen Schreibtisch, nichts, das an eine Fläche erinnerte, auf der man etwas hätte ablegen können. Die Glühbirne schaukelte nackt von der Zimmerdecke.

«Und?», fragte Rita.

«Ich nehme es.»

Rita sagte mir dann gleich, dass es ein Problem gäbe, «Ein großes» genauer gesagt. Wir müssten noch drei oder vier Personen finden, mit denen wir die Kosten teilen konnten, wir mussten diese Bruchbude so schnell wie möglich füllen, oder wir würden hinausgeworfen.

«Seit wann bist du denn da?», fragte ich.

«Seit Jahren. Aber ich lebte zusammen mit einer anderen Frau und einem afrikanischen Paar mit Sohn.»

«Ihr wart zu fünft?»

«Manchmal auch zu sechst, siebt. Hing davon ab, wer blieb.»

«O.k. sagte ich entschieden, ich werde sehen, dass wir jemanden finden.»

«In Wirklichkeit will ich weg», fügte Rita hinzu, als wäre dieser kleine Satz eine Lappalie. «Aber nicht jetzt, in ein paar Monaten. Wahrscheinlich nach dem Sommer.»

«Weißt du schon wohin?»

«Nein…», erklärte Rita und zögerte niedergeschlagen. «Aber ich fühle, dass ich mich wegbewegen muss. Ich fühle, dass sich zum Ende des Sommers etwas ändern wird, und ich werde eine Seite umblättern müssen.

«Auch ich fühle mich so.»

Rita fügte nichts mehr hinzu, ich auch nicht. Wir teilten unsere Unsicherheit und Beklemmung, auch wenn wir fast nichts voneinander wussten. Wir entschieden die Frage zu lösen, indem wir das Licht löschten und zu Bett gingen.

Den nächsten Morgen verbrachten wir damit, überall in der Gegend Zettel zu verteilen.

Wir nahmen auch die benachbarten Viertel dazu, zu Fuß oder auch mit der Metro. Wir klebten mehr als hundert Zettel, die von «EINER EPOCHALEN   WOHNUNG,   MIT   WENIG   FLITTER   ABER GERÄUMIG, VON WUNDERBAREM GARTEN UMGEBEN UND NICHT WEIT VOM ZENRUM ROMS ENTFERNT» sprachen.

Dovemmo attendere qualche giorno, ed ecco che iniziarono le prime chiamate. Alcuni non erano per nulla sicuri, telefonavano quasi per passare il tempo.

«Vi odio!» gli urlava allora Rita, dopo che quelli riagganciavano. «Gente che è nata solo per far innervosire altra gente. Gente orribile.» Altri invece erano interessati ma dalle richieste troppo esigenti. Dopo una settimana fissammo un paio di incontri.

Per primo apparve Miguel, che aveva vent'anni ed era spagnolo e voleva lavorare in un conservatorio. Voleva insegnare pianoforte.

«E dove ce l'avresti questo pianoforte?» fece incredula Rita. «Dov'è che studieresti?»

«Mi esercito con l'organo della chiesa...» sibilò quello, «la chiesa qui vicino.»

Miguel parlava un italiano curioso, mangiava letteralmente le lettere ed emetteva un fischio tra una parola e l'altra. Pregò Rita di dargli una camera. Poteva pagare un centinaio di euro al mese. Disse che si sarebbe accontentato perfino di un buco ed effettivamente un buco c'era, gli spiegò Rita: «da quella parte, oltre lo sgabuzzino.» Miguel lo vide, gli si dovette strozzare il collo una volta valutate le dimensioni ma alla fine accettò.

Poi venne Hamza, un tunisino, accompagnato dalla fidanzata altissima e coi capelli biondo fluo. Entrambi, annunciò lui, quasi stesse tenendo un comizio di fronte a degli idioti, erano stati appena licenziati. Lavoravano nello stesso supermercato. Avrebbero tirato avanti rivendendo hashish oppure cercando di rubacchiare qualcosa.

«Per me va bene» disse Rita, includendo nel suo pronome anche me e Miguel, che a quanto pare non avevamo diritto di replica. Hamza e la ragazza fluo presero la doppia, a meno di duecento euro.

Wir mussten einige Tage warten, dann kamen die ersten Anrufe. Manche waren sich in keiner Weise sicher, sie telefonierten wie um sich die Zeit zu vertreiben.

«Ich hasse euch», rief Rita, nachdem die wieder aufgehängt hatten. «Leute, die nur dazu da sind, andere nervös zu machen. Schreckliche Menschen.»

Andere hingegen waren interessiert, aber ihren Fragen nach zu urteilen zu anspruchsvoll.

Nach einer Woche legten wir ein paar Treffen fest.

Als erster erschien Miguel, der zwanzig Jahre alt und Spanier war und im Konservatorium arbeiten wollte. Er wollte Klavier unterrichten.

«Und wo wirst du dieses Klavier haben?», fragte Rita ungläubig. «Wo wirst du üben?»

«Ich werde an der Orgel in der Kirche üben…», antwortete er undeutlich, «in der Kirche hier in der Nähe.»

Miguel sprach ein eigenartiges Italienisch, verschluckte im wahrsten Sinne des Wortes die Buchstaben und ließ zwischen einem Wort und dem nächsten ein Pfeifen hören. Er bat Rita inständig ihm ein Zimmer zu geben. Er könne ungefähr hundert Euro im Monat zahlen.

Er sagte, dass er auch mit einem Loch zufrieden wäre, und es war tatsächlich ein Loch, erklärte ihm Rita, «da drüben, neben der Besenkammer.»

Miguel sah es sich an, dort schnürte es ihm erst einmal die Kehle zusammen, als er die die Maße abschätzte, aber am Ende akzeptierte er.

Dann kam Hamza, ein Tunesier, in Begleitung seiner sehr großen Verlobten mit neonblond gefärbten Haaren. Beide, verkündete er, als machte er eine Kundgebung vor Idioten, wären gerade gefeuert worden. Sie arbeiteten im selben Supermarkt.

Sie würden vielleicht durch den Weiterverkauf von Haschisch oder dem Versuch etwas zu stehlen auskommen.

«Geht für mich in Ordnung», sagte Rita und schloss in ihr persönliches Pronomen auch mich und Miguel mit ein, die wir, wie es schien, nicht das Recht eines Einspruchs hatten.

Hamza und seine Neonblondine nahmen das Doppelzimmer, für mindestens zweihundert Euro.

Infine arrivò Rocco, un camionista che non saprei dire quanti anni avesse. Potevano essere trenta come cinquanta. Si trascinava col suo pancione enorme e due gambe tozze come ceppi di legno. Aveva degli occhi da pazzo, e questo mi piaceva, m'ispirava fiducia. A lui toccò la camera accanto a quella di Rita, dotata addirittura di bagno privato e con un balcone pieno zeppo di attrezzi da giardino. A soli duecentocinquanta euro.

«Bene» urlò alla fine Rita, la sera in cui Rocco si trasferì. Salì sul tavolo della cucina, si schiarì la voce e ci puntò gli occhi addosso. Sembrava un mastino. «Se ci troviamo qui oggi è perché in un modo nell'altro siamo fottuti, giusto? Senza essere precisi e senza fare i conti in tasca a nessuno. Andremo avanti finché è possibile. Probabilmente io andrò via dopo l'estate. La stessa cosa farà Ariel, e se non ho capito male anche i due piccioncini. Con Rocco ho già parlato, in caso dormirà nel suo camion, se dovesse rimanere fuori casa da un giorno all'altro, dico bene Rocco? E Miguel chiederà aiuto al parroco. Mi pare di aver detto tutto.»

La prima settimana di convivenza fu cruciale, perché mi fece conoscere un po' meglio quegli estranei, con cui avrei vissuto per una quantità imprecisata di tempo. Hamza e la sua ragazza parlavano poco, si alzavano a mezzogiorno dopodiché fumavano per almeno un'ora. Non mangiavano che carne, spesso giocavano a freccette e si lavavano raramente.

Rita praticava il buddismo, anche se non sapeva un fico secco di cose come il rilassamento fisico o la distensione spirituale. A volte la spiavo. Si accovacciava su una stuoia di vimini, congiungeva le mani e faceva vibrare la campana tibetana, in cui precedentemente versava dell'acqua. Poi cacciava fuori una specie di rosario e iniziava a mugugnare. Per ore anche. Lunghe litanie incomprensibili e che somigliavano al delirio di un mentecatto.

Rocco invece era ateo, e non voleva sentire parlare di religione. Diceva che anche un piatto sporco di sugo poteva essere divino, anche un mattone e una cicca di sigaretta nascondevano un che di spirituale.

Zuletzt kam Rocco, ein Lastwagenfahrer, von dem ich nicht sagen konnte, wie alt er war. Konnte dreißig genauso gut wie fünfzig sein.

Er schleppte sich mit seinem enormen Bauch und zwei wie Holzstümpfe unförmigen, dicken Beinen vorwärts.

Er hatte die Augen eines Wahnsinnigen und das gefiel mir, es flößte mir Vertrauen ein. Auf ihn fiel das Zimmer neben dem von Rita, tatsächlich mit einem eigenen Bad und einem Balkon ausgestattet, der vollgestopft mit Gartenmöbeln war. Für nur zweihundertfünfzig Euro.

«Gut», rief Rita schließlich, an dem Abend, als Rocco einzog. Sie stieg auf den Küchentisch, räusperte sich und fixierte uns. Sie wirkte wie eine große Dogge. «Wenn wir uns heute hier befinden, so deshalb, weil wir es auf die eine oder andere Art verbockt haben, oder? Ohne ins Detail zu gehen und ohne jemandem etwas aufzurechnen. Wir werden weiter machen, solange es geht. Wahrscheinlich werde ich selbst nach dem Sommer abhauen. Das wird auch Ariel tun, und, wenn ich es richtig verstanden habe, auch unsere zwei Turteltauben. Mit Rocco habe ich schon gesprochen, in dem Fall wird er in seinem Lastwagen schlafen, falls er von einem Tag auf den anderen aus dem Haus muss, sag ich's richtig Rocco? Und Miguel wird den Pfarrer um Hilfe bitten. Ich glaube, das war alles.»

Die erste Woche des Zusammenlebens war entscheidend, weil ich diese Fremden ein bisschen besser kennenlernte, mit denen ich nun eine gewisse Zeit zusammenleben würde. Hamza und seine Freundin sprachen wenig, sie standen mittags auf, nachdem sie mindestens eine Stunde lang geraucht hatten. Sie aßen nichts als Fleisch, spielten oft Darts und wuschen sich selten.

Rita praktizierte Buddhismus, auch wenn sie nicht die geringste Ahnung von körperlicher oder spiritueller Entspannung hatte.

Manchmal spionierte ich ihr nach, Sie kauerte sich auf eine Weidenmatte, faltete die Hände und brachte eine Klangschale zum vibrieren, in die sie zuvor Wasser gegossen hatte. Dann zog sie eine Art Rosenkranz hervor und begann zu brummen. Auch stundenlang. Endlose unverständliche Litaneien, die dem Delirium eines Schwachsinnigen ähnelten.

Rocco dagegen war Atheist und wollte nichts von Religion hören. Er sagte, dass auch ein schmutziger Teller göttlich sein könne, dass auch ein Ziegelstein und eine Zigarettenkippe irgendetwas Spirituelles verbargen.

Miguel, che forse era cattolico, gli consigliava di leggere la *Genesi*, un libro che di certo gli avrebbe aperto gli occhi, e dove avrebbe appreso davvero come funzionavano le cose.

«Non ho bisogno di niente io» ringhiava a quel punto Rocco. «Né di libri né di altro.»

«Vedrai» l'apostrofava Miguel.

«Vedrai che?»

«Oh, lascia perdere!» s'intromise una volta Rita, rivolta a Miguel. Stava sgranocchiando una pannocchia, aveva le unghie conficcate nei denti e masticava a bocca aperta. «Piuttosto parliamo del proprietario. Domani verrà a ritirare l'affitto. Manca ancora la tua parte.»

«Te la darò più tardi.»

«Entro stasera, Miguel.»

«Certo.»

«Il padrone di casa è un uomo orribile» gli spiegò Rita.

«Come tutti i padroni di casa.»

«Già.»

Miguel le chiese come si chiamasse, e Rita rispose che non lo sapeva. Non le era mai passato per la testa di domandare il nome a una persona tanto spregevole. Era solo un tizio che permetteva a lei e qualcun'altro di stare in una catapecchia di sua proprietà, niente di più.

Miguel disse che gente come quella in Spagna si chiamava plasta, che letteralmente significava «pasta, cosa molliccia, impasto», metaforicamente «mascalzone, cattivo, delinquente».

«In pratica una merda» concluse Rita.

«Sì» annuì Miguel, «non vedo l'ora di vederlo. Non vedo l'ora di conoscere El Plasta.»

Ed El Plasta venne, l'indomani, sepolto in un pastrano come fossimo in pieno inverno e con un mazzo di chiavi che sbatacchiava ovunque. Mise i pugni sul tavolo chiedendo dove fosse l'affitto.

«Ecco» fece Rita, lanciandogli la mazzetta delle banconote. Le aveva legate con un elastico, erano unte di qualcosa che non distinguevo. Ma non fu un problema per El Plasta, che le contò meticolosamente, una dopo l'altra, l'indice intinto nella saliva.

Miguel, der wahrscheinlich katholisch war, riet ihm die *Genesis* zu lesen, ein Buch, das ihm mit Sicherheit die Augen öffnen würde und wo er wirklich lernen könne wie die Dinge funktionierten.

«Ich brauche nichts von alldem», brummte Rocco an diesem Punkt. «Weder Bücher noch sonst etwas.»

«Du wirst schon sehen», unterbrach ihn Miguel.

«Was sehen?»

«Oh, lass gut sein», mischte sich Rita auf einmal ein, an Miguel gewandt.

Sie knabberte gerade einen Maiskolben ab, fuhr mit den Nägeln zwischen die Zähne und kaute mit offenem Mund. «Wir sollten lieber über den Eigentümer sprechen. Morgen wird er kommen um die Miete einzuziehen. Dein Teil fehlt noch.»

«Ich geb ihn dir später.»

«Heute Abend noch, Miguel.»

«Sicher.»

«Der Eigentümer ist ein schrecklicher Mensch», erklärte ihm Rita.

«Wie alle Hausbesitzer.»

«Genau.»

Miguel fragte, wie er denn hieß, und Rita sagte, dass sie es nicht wisse. Es war ihr nie in den Sinn gekommen, eine derart abstoßende Person nach dem Namen zu fragen. Er war nur ein Irgendjemand, der ihr und ein paar anderen erlaubte, sich in einer Bruchbude seines Eigentums aufzuhalten, nichts weiter.

Miguel sagte, dass Leute wie er in Spanien plasta genannt würden, das buchstäblich «Teig, etwas Matschiges» und bildlich gesprochen «Schuft, Bösewicht, Verbrecher» bedeutete.

«Also ein Scheißtyp» schloss Rita

«Ja», bestätigte Miguel, «ich freue mich ihn zu sehen. Ja, ich freue mich El Plasta kennenzulernen»

Und El Plasta kam am nächsten Tag, in einen dicken Mantel gehüllt, als ob wir im tiefsten Winter wären, und mit einem Schlüsselbund, mit dem er überall aufsperren konnte. Er legte die Fäuste auf den Tisch und fragte, wo die Miete sei.

«Hier», sagte Rita und schob ihm ein Bündel Geldscheine zu. Sie hatte sie mit einem Gummi zusammengebunden, sie waren von irgendetwas, was ich nicht erkennen konnte, fettig. Aber das war kein Problem für El Plasta, der sie gewissenhaft zählte, eine nach der anderen, den Zeigefinger mit Spucke befeuchtet.

El Plasta sorrise quando arrivò alla fine, sciolse il viso in una smorfia e si alzò senza troppi convenevoli. Ci guardò tutti, ma non parve sorpreso nel vedere dei volti nuovi. Per lui doveva essere normale in fondo, dovevamo avere lo sguardo che hanno tutti gli spiantati del mondo. Non eravamo nessuno, forse nemmeno esistevamo.

«Guarda che fra un po' ce ne andremo» l'avvisò Rita.

Lui non rispose.

Giugno passò lentamente, senza particolari problemi. Né io né gli altri avevamo idea di come sarebbe andata la nostra vita, avevamo tutti una caterva di impicci ma nessuno sembrava curarsene.

La sera tardi Rocco mi chiamava, mi diceva di raggiungerlo su una terrazza scalcagnata, un rettangolo di cemento che usavamo per far asciugare i lenzuoli. La prima volta che andai non c'era niente di appeso, l'ambiente era totalmente vuoto e invaso dal nero della notte. Trovai Rocco steso a terra e con un sigaro fra i denti. Piangeva. Mi disse se ogni sera prima di andare a letto potevo trascorrere con lui qualche minuto, senza dire o fare niente. Gli dissi va bene. Rocco mi ringraziò facendo l'occhiolino, mi offrì anche il sigaro ma rifiutai.

Mi sdraiai anch'io, in silenzio, su un suolo di mattonelle fredde e scheggiate. Incrociai i gomiti dietro la nuca, e inspirai un paio di volte.

«Sei preoccupata per qualcosa?» mi chiese Rocco, asciugando le lacrime.

Non seppi che dire.

«È una domanda stupida, lo so. Effettivamente basta guardarci per vedere che non stiamo bene.»

Non replicai, e né Rocco aggiunse dell'altro. In fondo aveva ragione, ognuno di noi scappava da due o tre apocalissi, eravamo venuti dall'inferno e sembrava che solo lì potevamo tornare.

«Lo sai che ero sposato fino a pochi anni fa?»

Rocco parlò dopo un sacco di tempo. Avevo la testa immersa in un sacco di paranoie e quella voce riuscì a svegliarmi, sottraendomi alla carneficina dei miei pensieri.

El Plasta lächelte, als er das Ende erreichte, sein Gesicht verzog sich zu einer Grimasse, und ohne viele Umstände stand er einfach auf. Er betrachtete uns alle, schien aber nicht überrascht zu sein, neue Gesichter zu sehen. Für ihn musste das normal gewesen sein, wir hatten wohl den Blick all der Habenichtse dieser Welt. Wir waren niemand, vielleicht existierten wir nicht einmal.

«Übrigens, wir werden bald von hier weg gehen», kündigte ihm Rita an.

Er antwortete nicht.

Der Juni verging langsam, ohne besondere Probleme. Weder ich noch die anderen hatten eine Idee wie unser Leben weitergehen würde, wir hatte alle einen Haufen Hindernisse vor uns, aber niemand schien sich darum zu kümmern.

Spät abends rief mich Rocco, sagte, ich solle zu ihm auf seine schäbige Terrasse kommen, ein Rechteck aus Zement, das wir zum Trocknen der Bettwäsche nutzten. Das erste Mal, als ich hin ging, hing da nichts, das Ganze war total leer und nachtschwarz. Ich fand Rocco auf dem Boden liegend mit einer Zigarre zwischen den Fingern. Er weinte. Er sagte, ich könne doch jeden Abend vor dem Zubettgehen mit ihm ein paar Minuten verbringen, ohne etwas zu reden oder zu tun. Ich sagte, das ginge. Rocco bedankte sich, indem er mir zublinzelte, er bot mir auch die Zigarre an, aber ich lehnte ab.

Auch ich streckte mich aus, schweigend, auf einem Untergrund von kalten und abgesplitterten Fliesen. Ich verschränkte die Arme im Nacken und atmete ein paar Mal tief ein.

«Machst du dir wegen irgendwas Gedanken?», fragte Rocco und trocknete die Tränen.

Ich wusste nicht, was ich sagen sollte.

 «Ich weiß, es ist eine dumme Frage. Man braucht uns nur anzuschauen, um zu sehen, dass es uns nicht gut geht.»

Ich antwortete nicht, und Rocco fügte nichts mehr hinzu. Im Grunde hatte er Recht, jeder von uns floh vor zwei oder drei Weltuntergängen, wir waren aus der Hölle gekommen und es schien, als ob wir nur hierher kommen konnten.

«Du weißt, dass ich bis vor wenigen Jahren verheiratet war?»

Rocco sprach nach langer Zeit. Ich hatte den Kopf voller Ängste und dieser Stimme gelang es mich aufzurütteln und mich dem Gemetzel meiner eigenen Gedanken zu entziehen.

«Eravamo una bella coppia.»

«Non lo sapevo» commentai.

«È finita per sempre. Lei si chiamava Martina.»

«Mi dispiace» dissi contrita. Ed era vero. Ero sinceramente triste per quell'uomo, che non sapevo quanti anni avesse, non avevo idea da dove venisse e non credevo mai e poi mai di incontrare.

«Siamo separati, come si dice in questi casi.»

«Sì, Rocco.»

«Anche se non è questo che fa di me un divorziato.»

Non seppi bene come rispondere, così preferii tappare la bocca e darmi da fare con le costellazioni, che se ne stavano appiccicate come piccoli poster, lì, sulla mia testa, minacciando segretamente di crollare sul mondo, misteriose e lucenti come pezzi di fiabe.

Altre volte m'intrattenevo con Miguel, che mi parlava di musica o di religione, oppure, con mia grande sorpresa, m'insegnava la pronuncia delle parolacce spagnole. Mi spiegava l'intonazione migliore per certe imprecazioni, mi costringeva a ripetere, mi faceva esercitare con la dizione di «coño» e «hombre» finché non raggiungevo un livello ottimale.

«Perfecto!» esclamava Miguel, quando avevamo finito, di solito verso l'una, l'orario in cui Rita andava per l'ultima volta in bagno e dava a tutti la buonanotte.

Hamza e la sua ragazza rispondevano con un mugugno, Miguel invece con un'alzata di sopracciglia. Rocco doveva già russare a quell'ora, mentre io mi alzavo e raggiungevo Rita nella sua camera. Di solito rimanevo poco, il tempo di mormorale qualcosa di scemo e di adocchiare l'altarino buddista. Ma una volta mi trattenni un po' di più. Forse era proprio l'ultimo giorno di giugno. Entrai, avevo un viso da appestata. Le confessai che stavo male e che davvero non sapevo che fare, non volevo tornare dalla mia famiglia e non avevo un centesimo per pagare l'università.

«Ti devi calmare» mi ordinò Rita.

«Lo so, ma non ci riesco.»

«Qui dentro c'è gente che sta messa molto peggio di te.»

«Mi dispiace per loro.»

«Wir waren ein gutes Paar.»

«Das wusste ich nicht», sagte ich.

«Es ist für immer vorbei. Sie hieß Martina.»

«Das tut mir leid», sagte ich zerknirscht. Und es stimmte. Ich war sehr traurig wegen dieses Mannes, von dem ich nicht einmal wusste, wie alt er war, noch wusste, woher er kam, und von dem ich nie geglaubt hatte, ihn jemals zu treffen.

«Wir sind getrennt, wie man in solchen Fällen sagt.»

«Ja, Rocco.»

«Auch wenn es nicht das ist, was mich zu einem Geschiedenen macht.»

Ich wusste nicht genau, was ich darauf antworten sollte, so zog ich es vor, den Mund zu halten und mich mit den Konstellationen zu beschäftigen, die wie kleine Poster, hier, in meinem Kopf klebten und heimlich drohten auf die Erde zu fallen, mysteriös und durchsichtig wie erfundene Geschichten.

Andere Male traf ich mich mit Miguel, der mit mir über Musik oder Religion sprach, oder mir zu meiner großen Überraschung, die Aussprache von spanischen Wörtern beibrachte. Er erklärte mir die bessere Betonung für bestimmte Flüche, zwang mich zu wiederholen, ließ mich die Aussprache von coño und hombre üben, bis ich ein optimales Niveau erreichte.

«Perfekt!», rief Miguel, als wir geendet hatten, meistens gegen eins, die Zeit, in der Rita zum letzen Mal ins Bad ging und allen gute Nacht sagte.

Hamza und seine Freundin antworten mit einem Gemurmel, Miguel dagegen mit hochgezogenen Augenbrauen. Rocco musste um diese Uhrzeit schon schlafen, ich dagegen stand auf und ging zu Rita ins Zimmer. Gewöhnlich blieb ich nicht lange, nur die Zeit um irgendetwas Blödes zu murmeln und einen Blick auf den buddhistischen Altar zu werfen. Aber einmal blieb ich etwas länger. Vielleicht war es genau am letzten Juni-Tag. Ich trat ein, ich sah aus wie eine Pestkranke. Ich sagte ihr, dass es mir schlecht ging und wirklich wusste ich nicht, was ich tun sollte, ich wollte nicht zu meiner Familie zurück und hatte keinen Cent um die Uni zu bezahlen.

«Du musst zur Ruhe kommen», sagte Rita.

«Ich weiß, aber es gelingt mir nicht.»

«Hier drinnen gibt es Leute, denen wesentlich übler mitgespielt wird als dir.»

«Tut mir leid für sie.»

«Tu almeno hai un cervello.»

«Ti ripeto che mi dispiace ma dovrò pur pensare a me stessa.»

«In qualche modo le cose si aggiusteranno.»

«Ne sei sicura?»

«Sì. E si aggiusteranno per tutti.»

«Sei sempre così positiva?»

«No, solo quando le cose vanno davvero male.»

Poi venne luglio, che inspiegabilmente fu il mese dell'ottimismo. Hamza e la sua ragazza trovarono lavoro come magazzinieri, Rocco ricavò qualcosa dalla vendita di un rimorchio e Miguel guadagnò una piccola somma a una competizione pianistica: suonò una parte della *Campanella* di Liszt, ci disse, e delle *Invenzioni a due voci* di Bach. Non gli credetti, ma fui ugualmente felice per quel successo.

Anche Rita aveva di che gioire. Si era fidanzata con un uomo conosciuto online, nerboruto e tutto borchie e tatuaggi, ma «dall'animo morbido quanto quello di un gianduiotto» aggiunse.

«Sta' attenta» le consigliai.

«Cos'è?» si difese lei. «Sei mia madre, per caso?»

«Non sono la madre di nessuno.»

«Be' tanto meglio. Sai che strazio avere te come genitore.»

In quell'istante ci guardammo e scoppiamo a ridere. Eravamo nella camera di Rita, davanti al pc su cui campeggiava l'icona lattiginosa dell'uomo. Chiesi il suo nome.

«Dimitri» fece subito Rita, con una dimestichezza curiosa, di chi doveva conoscere quella faccia almeno da un decennio.

«È di origine russa» proseguì.

«Età?» domandai ancora. Afferrai la sedia sbullonata che troneggiava a qualche metro di distanza, che Rita usava come appendiabiti. La presi dalla spalliera, scostai i vestiti e mi sedetti.

«Ha quarantatré anni.»

«Sembra più giovane.»

«Du hast wenigstens Verstand.»

«Ich sag dir noch einmal, dass es mir leid tut, aber ich werde nur an mich denken müssen.»

«Auf irgendeine Weise werden die Dinge sich richten.»

«Bist du dessen sicher?

«Ja. Und sie richten sich für alle.»

«Bist du immer so positiv?»

«Nein, nur wenn die Dinge wirklich schlecht laufen.»

Dann kam der Juli, und unerklärlicherweise wurde er zum Monat des Optimismus. Hamza und seine Freundin fanden Arbeit als Verkäufer, Rocco holte etwas aus dem Verkauf eines Anhängers heraus und Miguel gewann eine kleine Summe bei einem Pianistenwettbewerb: er habe einen Teil der *Campanella* von Liszt gespielt, sagte er uns und die *Inventionen zu zwei Stimmen* von Bach. Ihr werdet es nicht glauben, aber ich war wirklich glücklich über diesen Erfolg.

Auch Rita hatte etwas zum sich freuen. Sie verlobte sich mit einem Mann, den sie online kennengelernt hatte, muskulös, voller Piercings und Tatoos, «aber mit einer weichen Seele wie ein *Gianduiotto*, eine Nougatpraline», fügte sie hinzu.

«Sei vorsichtig», riet ich ihr.

«Was soll das?», verteidigte sie sich. «Bist du vielleicht meine Mutter?»

«Nein, ich bin von niemandem die Mutter.»

«Gut, umso besser. Weißt du wie nervend es wäre, dich als Elternteil zu haben?»

In dem Moment schauten wir uns an und brachen in Gelächter aus. Wir waren im Zimmer von Rita, vor dem PC, auf dem sich das milchige Bild des Mannes abzeichnete.

Ich fragte nach seinem Namen.

«Dimitri», antwortete Rita sofort, mit der eigenartigen Vertrautheit, von jemandem, der dieses Gesicht schon seit mindestens zehn Jahren kennen musste.

«Er ist Russe», fuhr sie fort.

«Alter?», fragte ich weiter. Ich ergriff einen Stuhl, der ein paar Meter entfernt stand und den Rita als Kleiderablage benützte. Ich nahm ihn an der Rückenlehne, schob die Kleider weg und setzte mich.

«Er ist dreiundvierzig.»

«Wirkt jünger.»

«Sì, è vero.»

«Verrà a trovarti?»

«Forse andrò io da lui.»

«Davvero?»

«Davvero» confermò contenta Rita, quasi cinguettando. Non scollava gli occhi dallo schermo. Potevo ammirare il suo sguardo di profilo, era come una piccola grande finestra, spalancata e commossa. Forse era drogata, forse era davvero innamorata.

«Intendo dire che potrei trasferirmi.»

«Addirittura?» feci senza rendermene conto. Fu allora che scoprii che la mia meraviglia era fatta anche di delusione, di una dose forse non trascurabile di invidia nel vedere che la vita di Rita avanzava, anzi cavalcava, mentre la mia rimaneva ferma.

«Non subito intendo.»

«Quando vorresti partire?» m'informai, la voce di nuovo calma e controllata.

«Fine agosto probabilmente, o settembre.»

«Sei sicura? Lo conosci appena.»

«E allora?»

Scossi vigorosamente il capo.

«Sai quante cose possono nascere in questo modo? Non parlo solo dell'amore, mi riferisco all'istintività, al fiuto, al fatto che di tanto in tanto ti viene addosso una valanga diversa, che ti trascina ma per salvarti. C'è il cinquanta percento delle possibilità che le cose non funzionino e facciano seriamente male, è vero. Ma c'è anche l'altro cinquanta percento che fa tutto il contrario, ed è lì che aspetta di essere preso. Preso e usato.»

Non dissi nulla.

«Tu non credi nell'attimo da cogliere?» domandò Rita.

«In generale non credo negli attimi.»

«È questo il tuo problema.»

Me ne tornai in stanza con la coda tra le gambe, come sentendomi in colpa per aver combinato un guaio. Mi distesi sul letto, guardai il soffitto illuminato dai lampioni esterni. Raggi color arancio s'intersecavano con le forme del buio, componendo tante sbarre, graticci di prigioni note e piacevoli, che non mi spaventavano più.

«Ja, stimmt.»

«Wird er kommen, um dich zu besuchen?»

«Kann sein, dass ich zu ihm gehe.»

«Wirklich?»

«Wirklich», bestätigte Rita, fast zwitschernd. Sie hob die Augen nicht vom Bildschirm. Ich konnte ihren Blick im Profil sehen, er war wie ein kleines und doch großes Fenster, weit aufgerissen und bewegt. Vielleicht stand sie unter Drogen, vielleicht war sie wirklich verliebt.

«Ich würde sagen, ich könnte umziehen.»

«Ach komm?», sagte ich, ohne darüber nachzudenken. Da merkte ich, dass meine Bewunderung zum Teil auch aus Desillusionierung bestand, vielleicht auch aus einer nicht unerheblichen Dosis Neid, Neid zu sehen, dass das Leben von Rita vorwärtsging, sogar davon stürmte, während meines still stand.

«Ich hab es nicht sofort vor.»

«Wann würdest du aufbrechen?», fragte ich, die Stimme wieder ruhig und kontrolliert.

«Wahrscheinlich Ende August, oder September.»

«Bist du sicher? Du kennst ihn doch kaum.»

«Na und?»

Ich schüttelte heftig den Kopf.

«Weißt du, wie viele Dinge auf diese Weise entstehen können? Ich spreche nicht nur von Liebe, ich denke an das Instinktive, das Schnuppern, an die Tatsache, dass dich von Zeit zu Zeit eine Lawine überfällt, dich mitreißt, aber um dich zu retten. Es sind fünfzig Prozent der Möglichkeiten, dass die Dinge nicht funktionieren oder ernsthaft Schaden anrichten, das ist wahr. Aber es gibt die anderen fünfzig Prozent, die genau das Gegenteil bewirken, und die sind da und warten darauf ergriffen zu werden. Ergriffen und genutzt.»

Ich sagte nichts.

«Du glaubst nicht an den Moment, den Augenblick, den man nutzen soll?», fragte Rita.

«Generell glaube ich nicht an Augenblicke.»

«Und das ist dein Problem.»

Ich kehrte zerknirscht in mein Zimmer zurück, wie wenn ich Schuld daran hätte, dass es Ärger gegeben hatte. Ich streckte mich auf dem Bett aus, betrachtete die von den Laternen draußen angeleuchtete Decke.

Orangefarbene Strahlen zerteilten die Dunkelheit, schufen Gitter und Flechtwerk von Gefängnissen, bekannt und irgendwie vertraut,

Passai più di un'ora in quel modo, in silenzio, pietrificata.

In quella paralisi capii che Rita aveva ragione, e mi convinsi anche a cambiare atteggiamento, a vedere le cose sotto una luce più giusta. Sarebbe rimasta miserabile, certo, ma allo stesso tempo poteva essere più lasca, ironica, magari anche umana.

Chiusi le palpebre immaginando Scarlett O'Hara nel finale di Via col vento. Vidi quel tramonto liquido e fiammante, vidi le sue colline dolci e conturbanti. «Domani è un altro giorno» sussurrai, e fingendo con tutte le mie forze di crederci.

Poi un giorno, anzi una notte, quasi senza accorgermene iniziai un diario.

Mancava meno di una settimana a ferragosto, l'afa era orribile ed eravamo attorniati dalle zanzare. Hamza e la sua ragazza avevano bubboni ovunque, la loro pelle somigliava a un strato d'acqua in ebollizione perenne. Per questo escogitarono un piano. Cucirono insieme tanti collant, decine e decine di collant, li disposero a mo' di pannello e li appesero torno torno la loro finestra. In questo modo le zanzare non sarebbero entrate, dicevano.

Tutte le notti sentivo qualcuno darsi degli schiaffi, su gambe e braccia probabilmente. Rocco farfugliava una serie sempre nutrita di insulti, e Rita anche. Miguel lanciava maledizioni in spagnolo.

Fu una di quelle volte che mi alzai, la bomboletta dell'insetticida fra le dita. Ero intenzionata a fare una strage, pronta a nebulizzare lo spray in ogni punto della mia stanza. Controllavo nei luoghi più remoti, tenevo ossessivamente d'occhio gli angoli. Fu allora che lo vidi, una sorta di spigolo fatto di carta, dalla copertina liscia e colorata. Se ne stava incastrato sotto l'armadio, nello spazio vuoto che intercorreva fra il mobile e il pavimento. Istintivamente lo palpai, feci forza contro me stessa, cercai disperatamente di tirarlo fuori da quel posto.

Dopo un po' andai a svegliare Rocco, che rispose con un grugnito. Gli dissi di alzarsi e quello acconsentì di malavoglia. Venne avanti col suo faccione di luna piena, arrosato e stravolto.

sie erschreckten mich nicht mehr. Ich verbrachte mehr als eine Stunde so, schweigend, versteinert.

In dieser Lähmung kapierte ich, dass Rita recht hatte, und überzeugte mich selbst, mein Verhalten ebenfalls zu ändern, die Dinge unter einem gerechteren Licht zu betrachten. Es würde immer noch armselig bleiben, sicher, aber gleichzeitig konnte ich entspannter, ironisch, vielleicht auch menschlicher sein.

Ich schloss die Augen und stellte mir Scarlett O'Hara am Schluss des Filmes Vom Winde verweht vor. Ich sah den fließenden und flammenden Sonnenuntergang, sah die lieblichen und erregenden Hügel. «Morgen ist ein anderer Tag», flüsterte ich und bemühte mich mit aller Kraft es zu glauben.

Und dann eines Tages, das heißt eines Nachts, quasi ungeplant, begann ich Tagebuch zu schreiben.

Es war nur noch weniger als eine Woche bis Ferragosto (Maria Himmelfahrt). Die Schwüle war entsetzlich und wir waren von Mücken belagert. Hamza und seine Freundin hatten überall Beulen und Blasen, ihre Haut schien wie eine Schicht Wasser am Siedepunkt. Deshalb dachten sie sich einen Plan aus. Sie nähten massenweise Strumpfhosen zusammen, errichteten eine Art Paneel und befestigten das an ihrem Fenster. Auf diese Weise könnten die Mücken nicht mehr hereinkommen, sagten sie.

Jede Nacht hörte ich jemanden sich selbst schlagen, wahrscheinlich auf Beine und Arme. Rocco murmelte eine Serie immer noch wilder, und ausführlicher werdender Flüche, Rita ebenfalls. Miguel äußerte seine Verwünschungen auf Spanisch.

Es war eines dieser Male, an denen ich aufstand, die Flasche mit Insektizid in den Fingern, ich hatte ein Massaker vor, war bereit das Spray in jeden Winkel meines Zimmers zu sprühen. Ich schaute in die entferntesten Ecken, richtete meinen Blick wie besessen in alle Winkel. Da sah ich es, etwas Kantiges aus Papier, mit einem glatten und farbigen Umschlag. Es war unter dem Schrank eingeklemmt, in einem Leerraum zwischen dem Möbel und den Fliesen. Instinktiv griff ich danach, stemmte mich mit aller Kraft gegen den Schrank, versuchte verzweifelt es von diesem Ort hervorzuziehen.

Nach einiger Zeit ging ich, um Rocco zu wecken, der mit einem Grunzen antwortete. Ich sagte ihm, dass er aufstehen solle, was er widerwillig tat. Er ging voraus, mit seinem Vollmondgesicht, gerötet und verwirrt.

Lo feci entrare in camera. Gli indicai eccitata quella specie di quaderno. Gli ordinai di aiutarmi a sollevare l'armadio.

Lui strabuzzò gli occhi, credeva di sognare.

Dopo un quarto d'ora sfogliavo quella che doveva essere un'agenda. Grossa, larga, non ancora usata. Qualcuno l'aveva gettata sotto all'armadio perché il mobile da quel lato traballava.

«Posso andare adesso?» fece Rocco, un palmo che conteneva la guancia destra. Aveva le orbite iniettate di sangue.

«Stai bene?» gli domandai.

«Non dormo da quattro giorni.»

«Nessuno sta riuscendo a dormire.»

«Ho letto su internet che le zanzare si allontanano con il limone e l'aceto. Io domani lavoro, alle sette partirò per Milano e tornerò a notte fonda. Potresti occupartene tu?»

«Va bene.»

Rocco mi ringraziò tirando su col naso. Poi si trascinò in direzione della porta, lanciò un ultimo saluto e sgattaiolò in camera.

Rimasi da sola, a fissarmi le mani. A un tratto si erano riempite con un oggetto, un affare che non doveva essere niente di speciale, ma che a me sembrava strano ed esaltante, mi faceva persino impressione.

Recuperai una penna dalla mia borsa, e con la luce accesa mi riaccovacciai sul letto. Sentivo il ronzio mellifluo delle zanzare, tornavano a posarsi sulla mia carne e a pompare sangue. Ma non mi infastidivano più, anzi lasciavo che quei piccoli vampiri facessero il loro sporco lavoro, mentre io mi dedicavo al mio.

Impugnai la penna e sulla copertina dell'agenda scrissi «L'ESTATE DEL 2016», a caratteri cubitali, come fosse il titolo di un documento importantissimo, un editto quasi, un libro.

Mi fermai poi sulla prima pagina, che era bianca, di un bianco folle e alabastrino, che mi fece commuovere.

Che potrei dire? iniziai a scrivere. *Tanto per cominciare Rita sta per abbandonare questa casa, e io mi sento tradita, come se qualcuno mi avesse offeso. Avevo ventilato il dubbio di poter vivere insieme. Proprio così, io e lei, forse in un'altra baracca, anzi sicuramente in un'altra baracca.*

Ich ließ ihn in mein Zimmer eintreten. Ich zeigte ihm aufgeregt diese Art Heft. Ich sagte ihm er solle mir helfen den Schrank anzuheben.

Er rieb sich die Augen, glaubte zu träumen.

Nach einer Viertelstunde entfaltete ich das, was wohl eine Art Notizbuch war. Dick, groß, noch nicht benutzt. Jemand hatte es unter den Schrank geschoben, weil das Möbel an dieser Seite wackelte.

«Kann ich jetzt gehen?» fragte Rocco, die rechte Wange in den Handteller gestützt. Er hatte rotunterlaufene Augen.

«Alles in Ordnung mit dir?», fragte ich.

«Ich schlafe schon seit vier Tagen nicht.»

«Niemand schafft es derzeit zu schlafen.»

«Ich habe im Internet gelesen, dass die Mücken bei Zitrone und Essig abhauen. Ich arbeite morgen, um sieben brech ich auf nach Milano und komme erst spät nachts zurück. Könntest du dich darum kümmern?»

«Geht in Ordnung.»

Rocco dankte mir und zog die Nase hoch. Dann bewegte er sich in Richtung Türe, grüßte zum letzten Mal und verschwand in seinem Zimmer.

Ich blieb alleine, und konzentrierte mich auf meine Hände. Auf einmal hielten sie einen Gegenstand, beschäftigten sich mit einer Angelegenheit, die nichts besonderes sein musste, aber mir fremd und aufregend erschien, sie beeindruckte mich sogar.

Ich holte einen Stift aus meiner Tasche, machte das Licht an und streckte mich wieder auf dem Bett aus.

Ich hörte das süßliche Summen der Mücken, sie kamen um sich auf mein Fleisch zu setzen und Blut zu saugen. Aber sie störten mich nicht mehr, daher ließ ich diese kleinen Vampire ihre schmutzige Arbeit tun, während ich mich meiner widmete.

Ich nahm den Stift in die Hand und schrieb auf den Einband des Notizbuchs: «SOMMER 2016», in Großbuchstaben, als ob es der Titel eines sehr wichtigen Dokuments wäre, wie etwas Veröffentlichtes, Herausgegebenes, ein Buch.

Auf der ersten Seite, die weiß war, von einem intensiven Weiß wie Alabaster, das mich bewegte, hielt ich inne.

Was könnte ich sagen, begann ich zu schreiben. *Soviel zu Beginn, dass Rita im Begriff ist, dieses Haus zu verlassen und ich mich verraten fühle, wie wenn jemand mich verletzt hätte.*

Saremmo state bene, avremmo guardato la tv e sorseggiato tè del discount in qualche tazza sbreccata. Fuori dalla porta ci avrebbe atteso un gatto, sempre lo stesso, e un piccolo orto in cui avremmo finto di coltivare qualcosa.

Dovevo essere ammattita mentre pensavo tutto questo, dovevo stare male e poi sognare e poi ancora stare peggio di prima.

Forse dovrei imparare da Rocco, un essere imprevedibile e certamente schizofrenico, ma buono, uno che piange e dimentica la tristezza. Non sa che significa vivere di paranoia, non conosce il panico, senza contare che dorme come un sasso. Anche lui andrà via a settembre, verso una sistemazione migliore.

Di Hamza e della sua ragazza invece non saprei che dire, a parte il fatto che parlano meno di un pesce e che non hanno voglia di socializzare. Mai. In nessun caso. Lui è timido e meditabondo, e da un po' va in giro con un turbante turchino intrecciato sulla testa. Lei invece è sempre uguale, quasi fosse sbucata da un fumetto. Stessa espressione, stessi capelli fluorescenti tenuti su con una pinza, stessi vestiti sgargianti e consunti. Miguel dice che sono una divisa e che c'è di buon che non puzzano, anzi emanano un odore particolarmente aromatico, dovuto all'incenso che brucia in camera.

A proposito di Miguel, lui sì che mi ha stupito, e tanto. Mentre la sorte della coppietta rimane un mistero, dal momento che né l'uno né l'altra hanno comunicato che diamine faranno una volta che la casa si sarà svuotata, Miguel al contrario partirà per Vienna. «Studierò pianoforte nella città di Mozart» mi ha detto ieri, urlando come un isterico. «Ho vinto uno dei più importanti concorsi al mondo, mi hanno appena comunicato che avrò una borsa di studio!»

Quasi non ci credevo, nonostante Miguel piangesse per la commozione e sventolasse la lettera come fosse un ventaglio. Era un foglio, un foglietto striminzito col timbro dell'università della Musica di Vienna. C'erano un paio di frasi in inglese seguite da una gargantuesca firma a penna, dall'aria importante e ampollosa, arricciata nella parte finale.

Ich habe jeden Zweifel daran, ob wir zusammenleben können, weg-geblasen. Genau, ich und sie, vielleicht in einer anderen Behausung, ja genau in einer anderen Behausung.

Es wäre uns gut gegangen, wir hätten zusammen Ferngesehen und Tee vom Discount aus irgendeiner abgeschlagenen Tasse geschlürft. Draußen vor der Tür hätte eine Katze auf uns gewartet, immer dieselbe, und ein kleiner Garten wäre da gewesen, und wir hätten so getan, als ob wir in ihm irgendetwas anbauen würden.

Ich muss verrückt gewesen sein, mir all das vorzustellen, ich muss krank gewesen sein, das zu träumen und dann schlimmer da zu stehen als zuvor.

Vielleicht sollte ich von Rocco lernen, der ein unvorhersehbarer und sicher schizophrener Mensch ist, aber gut, einer, der weint und dann die Traurigkeit vergisst. Er weiß nicht, was es bedeutet, in Paranoia zu leben, er kennt nicht die Panik, ohne zu zählen, schläft er wie ein Stein. Auch er wird im September weggehen, an einen besseren Ort.

Von Hamza und seiner Freundin dagegen wüsste ich nicht, was ich sagen soll, außer der Tatsache, dass sie weniger reden als ein Fisch und dass sie keine Lust haben sich einzugliedern. Niemals. Auf keinen Fall. Er ist ängstlich und nachdenklich und seit kurzem geht er mit einem türkischen Turban um den Kopf gewickelt spazieren. Sie dagegen ist immer gleich, wie wenn sie einem Comic entsprungen wäre. Immer derselbe Ausdruck, dieselben leuchtenden Haare, die mit einer Klammer zusammen gehalten werden, dieselben bunten und abgenutzten Kleider. Miguel sagt, dass sie eine Uniform sind und dass es nur gut ist, dass sie nicht stinken, sie strömen vielmehr einen speziell aromatischen Geruch aus, der dem Weihrauch zu verdanken ist, der in ihrem Zimmer verbrannt wird.

Apropos Miguel, er hat mich wirklich erstaunt und zwar sehr. Während das Schicksal des Pärchens ein Rätsel bleibt, von dem Moment an, wo weder der eine noch die andere mitgeteilt haben, was zum Teufel sie machen werden, wenn sich das Haus einmal geleert haben wird, wird Miguel dagegen nach Wien aufbrechen. «Ich werde in der Stadt Mozarts Klavier studieren», hat er mit gestern gesagt, dabei laut geschrien wie ein Hysteriker. «Ich habe einen der bedeutendsten Wettbewerbe der Welt gewonnen und sie haben mir gerade mitgeteilt, dass ich ein Stipendium bekomme!»

Ich konnte es fast nicht glauben, obwohl Miguel vor Rührung weinte und den Brief wie einen Fächer hin und her wedelte. Es war ein einziges Blatt, ein dünnes Blättchen mit dem Stempel der Musikuniversität von Wien. Darauf ein paar Sätze in Englisch, gefolgt von einer schwungvollen Unterschrift mit Federhalter, von sehr bedeutendem und schwülstigem Aussehen, der Schlussteil zusätzlich reich verschnörkelt.

Non so perché mi concentrai su quel particolare. Forse perché badare alla felicità altrui mi sembrava troppo, non mi sembrava giusto. Forse pensai a dove sarei andata a sbattere da lì a poche settimane. Probabilmente per strada, senza soldi e senza neppure il tempo di pensare ai soldi, senza niente che ricordasse la mia vita precedente.

Anche Miguel, incredibilmente, si pronunciò al riguardo. Cercò di darsi un contegno e mi assicurò che le cose si sarebbero risolte. Gli chiesi allora quando. E lui mi disse presto.

Non sapevo se ridere o piangere, avrei voluto dargli un calcio sul muso e farlo smettere di sorridere. Quella sua frenesia cominciava a darmi sui nervi. La maniera stronza e giuliva che aveva di essere felice davanti a me, nonostante me, mi metteva duramente alla prova.

Finalmente la fece finita. Dovevano essere l'una o le due di notte, quando tutti gli gridarono di tenere il becco chiuso e gliele avrebbero date di santa ragione. Sentii sbraitare anche Hamza e la sua ragazza, il che fu un fatto scioccante, al quale forse non ero preparata. Di quella ragazza non conoscevo né il nome né il tono di voce. Non sapevo gusti, abitudini, segreti intimi o scemenze dell'ultima ora, non sapevo assolutamente niente, ma sapevo che anche lei ora, come me, come tutti lì dentro, non poteva soffrire Miguel.

E dopo Miguel?

Be', ci sarei io, che dovrei trovare una chiusa efficace a questo punto, un finale che metta d'accordo l'autrice e i suoi scalcagnati compagni, magari anche coloro che s'imbatteranno in quest'agenda, qualora la dimenticassi in questa fogna di casa.

La verità è che qualsiasi conclusione mi spaventa, mi fa sentire sciocca e come striminzita, privata di ogni misura che mi riguardi. Rita dice che dovrei concentrarmi di più sulla psicologia. Mi ha consigliato di fare yoga, oppure di provare con la meditazione o il training autogeno. «Non so nemmeno di che stai parlando» le ho risposto. «Non so neppure quale sia la differenza.»

Le mi ha guardato burberamente, con un'intensità torva ma simpatica.

Ich weiß nicht, warum ich mich auf diese Einzelheit konzentrierte. Vielleicht weil das Glück anderer im Blick zu haben, mir zu viel erschien, es erschien mir nicht gerecht. Vielleicht dachte ich daran, wo ich von hier aus wohl landen würde, in wenigen Wochen. Wahrscheinlich auf der Straße, ohne Geld und auch ohne Zeit auch nur an Geld zu denken, ohne nichts, das an mein früheres Leben erinnern würde.

Auch Miguel, erstaunlicherweise, äußerte sich diesbezüglich. Er wollte auch seine Meinung dazu sagen und versicherte mir, dass die Dinge gelöst werden würden. Ich fragte ihn, wann denn. Und er sagte mir, bald.

Ich wusste nicht, ob ich lachen oder weinen sollte, ich hätte ihm eine in die Fresse geben und ihn dazu bringen wollen zu lachen aufzuhören. Sein Schwachsinn begann mir auf die Nerven zu gehen. Diese dumme und fidele Art, die er anlegte, um vor mir, genau vor mir, glücklich zu sein, stellte mich hart auf die Probe.

Schließlich beendete er es. Es muss eins oder zwei in der Nacht gewesen sein, als alle riefen, wir sollten den Mund halten und ich hätte sie verprügeln können. Auch Hamza und seine Freundin hörte ich brüllen, was eine schockierende Tatsache war, auf die ich vielleicht nicht vorbereitet war.

Von dieser Frau kannte ich weder den Namen, noch den Ton ihrer Stimme.

Ich wusste nichts über ihren Geschmack, ihre Gewohnheiten, intimen Geheimnisse oder Dummheiten zu später Stunde, ich wusste absolut nichts, aber ich wusste, dass auch sie jetzt, wie ich, wie wir alle hier drinnen, Miguel nicht ertragen konnte.

Und außer Miguel?

Nun, da wäre noch ich, die an diesem Punkt einen wirkungsvollen Schluss finden sollte, ein Ende, das die Autorin und ihre unglücklichen, armseligen Begleiter zufriedenstellt, sogar die, die sich in diesen Aufzeichnungen, welche ich in dieser Bruchbude von Haus vergessen werde, bekämpfen.

Die Wahrheit ist, dass welcher Schluss mir auch immer vorschwebt, er mich dumm und wie dürr fühlen lässt, kein Mittel zu meiner Schonung bereithält. Rita sagt, ich solle mich mehr auf Psychologie konzentrieren. Sie hat mir geraten, Joga zu machen, oder es mit Meditation oder autogenem Training zu versuchen. «Ich weiß nicht einmal, wovon du sprichst», habe ich ihr geantwortet. «Ich weiß nicht einmal, was der Unterschied sein soll.»

Sie hat mich mürrisch angeschaut, sehr ernst und intensiv, aber voller Sympathie.

«*Il training allinea gli emisferi*» ha detto dopo un po', come per liberarsi di un segreto orribile. «*So solo questo. Ti centra, toglie l'ansia. Mentre la meditazione è più profonda, ti cambia proprio il carattere.*»

«*Non ho intenzione di cambiare il mio carattere*» ho ribattuto.

«*Invece dovresti*» ha fatto ancora lei.

«*Dai sei anni in poi nessuno ci riesce*» ho fatto ancora io.

Certe volte ripenso alla mia famiglia. Ci ripenso anche adesso, mentre sto scrivendo non so bene cosa.

Mi viene in mente mia madre seduta su una scala, al sole, intenta a sbucciare fave e piselli freschi. Mia sorella l'aiuta raccogliendo i chicchi verdi che puntualmente le sfuggono. Mio padre sbuca all'improvviso sulla sua utilitaria, si sporge dal finestrino col suo viso a forma di biscotto, sempre un po' gonfio ma perfettamente tondo. Sono anni che non ci parlo. E sono anni che non parlo nemmeno con me stessa. Rita dice che è questo il mio problema più grande.

Ma torniamo al punto precedente, e cioè che non so come terminare questa specie di resoconto. So solo che sta prendendo il tono di un piagnisteo, e questo mi dà il voltastomaco.

Forse potrei riempire un paio di righe parlando di Ariel, il mio nome, che è vero e contemporaneamente falso. Appena arrivata a Roma, era il 2008, mi presentai allo sportello dell'ufficio anagrafe, chiedendo come fare per poterlo cambiare. Quali moduli riempire, quante fototessere presentare, dove firmare. E visto che ci siamo lascio qui una postilla, per chi volesse andare fino in fondo con la mia stessa decisione. Tu, lui o lei, che vi siete imbattuti in queste pagine, pagine che con premeditazione ha lasciato a marcire in questa stamberga, sì, dico proprio a te: preparati, perché gli impiegati del comune di Roma, e sospetto qualunque altro impiegato, ti farà la testa quanto un pallone, anzi ti farà saltare le cervella. Prima ti guarderà in modo riprovevole, poi cercherà di dissuaderti, infine attaccherà un'omelia su quando siano importanti le origini e il proprio passato e altre panzane del genere. Dico a te: buona fortuna.

Che altro potrei aggiungere?

«Das Training bringt die Hemisphären in Ordnung», sagte sie nach einer Weile, wie um sich von einem dunklen Geheimnis zu befreien. «Ich weiß nur das. Es zentriert dich, nimmt die Angst. Während der Meditation ist es noch tiefer, es ändert tatsächlich deinen Charakter.

«Ich habe nicht die Absicht meinen Charakter zu ändern», gab ich zurück.

«Dabei solltest du das», sagte sie wiederum.

«Nach dem sechsten Lebensjahr wird das niemand gelingen, sagte ich.

Manchmal denke ich an meine Familie zurück. Ich denke auch jetzt an sie, während ich nicht genau weiß, was ich schreiben soll.

Mir kommt meine Mutter in den Sinn, sie sitzt auf einer Treppe, in der Sonne, sie ist dabei, dicke Bohnen und frische Erbsen zu pellen. Meine Schwester hilft ihr die grünen Bällchen einzusammeln, die ihr ab und zu entwischen.

Mein Vater taucht unvorhergesehen in seinem Kleinwagen auf, beugt sich aus dem Seitenfenster mit seinem Gesicht in der Form eines Kekses, immer ein bisschen aufgedunsen, aber vollkommen rund. Es ist Jahre her, dass ich nicht darüber rede. Und es ist Jahre her, dass ich nicht einmal mit mir rede. Rita sagt, das ist mein größtes Problem.

Aber gehen wir zurück zum vorherigen Punkt, und das ist, dass ich nicht weiß, wie ich diese Art Bericht abschließen soll. Ich weiß nur, dass ich einen Jammerton annehme, und das dreht mir den Magen um.

Vielleicht könnte ich ein paar Zeilen einfügen und über Ariel sprechen, meinen Namen, der richtig und gleichzeitig falsch ist. Kaum in Rom angekommen, es war 2008, stellte ich mich am Schalter des Einwohnermeldeamts vor und fragte, was ich tun müsse, um ihn zu ändern. Welche Formulare ausfüllen, welche Unterlagen präsentieren, wo unterschreiben. Angenommen, wir sind also da, lasse ich hier eine Anmerkung, für den, der diese meine Entscheidung bis zum Ende durchziehen will. Du, er oder sie, die ihr auf diese Seiten gestoßen seid, Seiten, die ich absichtlich in dieser Spelunke zurück gelassen habe um hier zu vergammeln, ja ich sage genau zu dir:

Bereite dich vor, denn die Angestellten der Kommune von Rom, und womöglich auch irgend ein anderer Angestellter, wird dir den Kopf wie einen Ballon aufblasen, besser noch, er wird dir das Gehirn wegblasen. Zuerst wird er dich auf unverschämte Art betrachten, dann wird er versuchen, dich davon abzubringen, wird dir abraten und schließlich wird er eine Ehrenrede, eine Homilie anhängen, darüber, wie bedeutend die Ursprünge sind und die eigene Vergangenheit und andere Märchen von der Art. Ich sage dir: viel Glück.

Was sonst könnte ich noch sagen?

Ah sì, concludo con qualche bella parola sull'estate, che rimane la stagione più sdolcinata dell'anno, e senza che nessuno possa davvero farci niente. Al riguardo ho letto un sacco di baggianate, specie negli ultimi tempi Facebook è stato un fiorire di uomini che dicevano alla propria donna: «Stare con te è come vivere sempre in estate»; «Sei bella come l'estate»; «Senza di te non esisterebbe estate» e altre sonore infamie che vi risparmio.

Estati così folli, così raggianti da risultare uguali alle precedenti, o alle successive, fate un po' voi. Di certo estati lontane mille miglia dalla mia, e da questa in particolare.

Sinceramente vostra,
A.

Ah ja, ich schließe mit ein paar schönen Worten über den Sommer, der die entzückendste Jahreszeit ist, und ohne den niemand wirklich etwas vollbringen könnte. Im Zusammenhang damit habe ich einen Haufen Quatsch gelesen, vor allem in letzter Zeit auf Facebook Stilblüten von Männern, die zur eigenen Frau sagen: «Mit dir zu sein, ist wie immer im Sommer zu leben»; «Du bist schön wie der Sommer»; «Ohne dich würde es den Sommer nicht geben» und anderen schreienden Unsinn, den ich euch erspare.

Sommer, die so verrückt, so strahlend sind, verglichen mit den vorangegangenen oder den nachfolgenden, werdet ihr sicher auch erleben. Mit Sicherheit Sommer, die meilenweit von meinem entfernt sind, und speziell von diesem.

Mit freundlichen Grüßen
eure A.

KOMMENTAR VON ROOT LEEB

Mir hat die Übersetzung sehr viel Spaß gemacht, zumal ich die Geschichte mit ihren atmosphärisch dichten Beschreibungen und den Dialogen sehr, sehr anregend fand. Fünf Menschen, alle in einer – unterschiedlich gearteten – Lebenskrise treffen aufeinander, und die Protagonistin (Ariel) wird über eigene Reflexionen und Beobachtungen auch zur Chronistin.

PRIMA O POI
DAFNE GRAZIANO

Stavolta l'hai fatta grossa.

Sei incorreggibile. Sei sempre stato distratto e avventato, diciamo anche un po' pigro e svogliato, ma ora hai veramente superato ogni limite immaginabile. Ti sembra questo il modo di comportarsi? Andare via così, di punto in bianco, lasciando la casa uno schifo? Stamattina mi sono alzata, e sul tuo lato del letto c'era ancora la tua maglietta appallottolata, assieme alle mutande, pericolosamente in bilico lungo il bordo. Per terra, accanto alle ciabatte, una distesa di fazzolettini usati e un pacchetto di crackers sbriciolati. In bagno, non ne parliamo proprio. La cesta dei panni da lavare è stracolma di roba tua, l'unico capo di abbigliamento che appartiene a me è la tuta della palestra. Si vedono soltanto le maniche, che penzolano di fuori, e un pezzo di colletto, schiacciato da una collinetta formata da calzini arrotolati (tuoi, naturalmente), contorto in una smorfia di dolore, come se stesse tentando disperatamente di reggersi per non piombare in quell'ammasso indistinto di biancheria sporca che hai fatto accumulare nei giorni in cui non ci sono stata. Ovviamente, c'è ancora il tuo rasoio sul lavandino, attaccato come sempre alla presa della corrente, nonostante ti abbia detto un milione di volte che mi dà fastidio. Ogni volta che te lo faccio notare, alzi le spalle e dici che lo staccherai più tardi, peccato che quel «più tardi» non arriva mai, tant'è che quando torno a casa la sera, lui è ancora lì, a guardarmi quasi con aria di sfida. Succede sempre che lo fisso per qualche istante, tiro un lungo sospiro, lo stacco e lo rimetto a posto, consapevole che quando ti rifarai la barba si ripeterà la stessa storia. Se non fosse per me, rimarrebbe sempre lì, tra il bicchiere degli spazzolini e il sapone per le mani, come se facesse parte dell'arredamento. Tra l'altro,

FRÜHER ODER SPÄTER
DAFNE GRAZIANO
Aus dem Italienischen von Luka Tuvalu

Diesmal hat du den Bogen wirklich überspannt.

Du bist unverbesserlich. Du warst schon immer zerstreut und kopflos, und um es mal so zu sagen, auch ein bisschen faul und antriebslos, aber jetzt bist du echt zu weit gegangen. Ist das deiner Meinung nach die richtige Art? Einfach zu gehen, aus heiterem Himmel von zu Hause abzuhauen? Heute morgen wache ich auf, und auf deiner Seite des Bettes liegen noch dein zerknittertes Shirt und deine Unterhose, beide balancieren gefährlich nah an der Bettkante. Auf dem Boden neben den Hausschuhen ein Haufen gebrauchter Taschentücher und eine Schachtel zerkrümelter Cracker. Über das Bad reden wir am besten gar nicht erst. Vielleicht nur so viel: Der Wäschekorb quillt über von deinen schmutzigen Sachen. Das einzige Kleidungsstück, was dort mir gehört, ist ein Jogginganzug, von dem man nur die heraushängenden Ärmel und ein Stück Kragen sieht. Zerdrückt von einem Haufen zusammengerollter Socken (deiner, natürlich), scheint er sich zu winden mit schmerzverzerrter Fratze, als würde er verzweifelt dagegen ankämpfen, in diesem Haufen von Schmutzwäsche zu versinken, den du angesammelt hast in den Tagen, als ich nicht da war. Und natürlich liegt dein Rasierer auf dem Waschbecken, wie immer eingestöpselt in die Steckdose, obwohl ich dir schon tausend Mal gesagt habe, dass mich das nervt. Immer, wenn ich dich darauf hinweise, zuckst du nur mit den Schultern und meinst, dass du ihn später wegräumen wirst. Nur leider kommt dieses «später» nie. Und jedes Mal, wenn ich abends nach Hause komme, liegt er noch da und starrt mich trotzig an. Ich betrachte ihn mir einen Augenblick, bevor ich ihn aus der Steckdose ziehe und an seinen Platz zurücklege, und bin mir bewusst, dass sich, wenn du dich das nächste Mal rasierst, dieselbe Geschichte wiederholt. Wenn ich nicht wäre, würde er für immer dort liegen bleiben, neben dem Zahnputzbecher

non ti sei nemmeno preoccupato di ripulirlo un po', ci sono ancora dei peli tutti intorno, e indovina a chi toccherà toglierli?

Devo dire, però, che il vero capolavoro lo hai lasciato in cucina: nel lavandino, possiamo ammirare un Pollock di chiazze di sugo della pasta che ti sei fatto a pranzo, e che hai svuotato malamente lì dentro, accanto alla tazzina di caffè sporca e alla moka, cosparse a loro volta da macchie scure e granelli di zucchero, più altri rimasugli non identificati, che preferirei rimanessero tali. Sul ripiano vicino ai fornelli, hai realizzato una sorta di torre pendente di piatti incrostati, sorvolati da moscerini venuti ad ammirare questo affascinante esempio di architettura contemporanea. Passiamo al tavolo: a parte che non ti sei neanche degnato di sparecchiarlo, il che mi sembra il minimo, visto tutto il resto, ma almeno il cartone della pizza potevi buttarlo! E invece no, lo hai lasciato lì, pieno di briciole e pezzi di crosta, per la gioia delle formiche che, dopo mesi, ero riuscita a bandire da casa nostra. Tutta fatica sprecata, la mia. Meglio se mi fermo qui, guarda, non voglio neanche sapere quali nuove forme di vita si stiano generando nel bidone della spazzatura, anche se dall'odore posso intuire che in questa settimana non sei andato a buttarla neanche una volta. E come se tutto questo non bastasse, come se tutte queste tue mancanze non fossero sufficienti a provocarmi un attacco di bile, te ne sei andato di nascosto, senza dirmi nulla. La sera torno a casa, e ti trovo steso nel letto a dormire. La mattina dopo mi sveglio, e tu non ci sei più.

Un comportamento molto maturo, ti faccio i miei complimenti! Sei anni di relazione, di cui due di convivenza, ed è così che mi ripaghi? Dopo tutto quello che c'è stato fra noi, hai avuto il fegato di aprire la porta e andare via, senza il minimo ripensamento, ma non le palle di farlo alla luce del sole, né tantomeno di dirmelo in faccia! A trentadue anni suonati, porca miseria! Ma in fondo l'ho sempre saputo, che sei solo un ragazzino capriccioso ed egoista. Come diamine ho fatto a innamorarmi di te? Mi lasci davvero senza parole.

Per la cronaca, sto uscendo per andare a casa dei tuoi genitori, te li ricordi? Quei due esseri paragonabili a santi scesi in terra, per il solo fatto di essersi consumati correndo dietro a te e alle tue paranoie, crescendoti e amandoti più di ogni altra cosa al

und der Seife, als wäre er Teil der Einrichtung. Im Übrigen hast dir nicht mal die Mühe gemacht, ein wenig sauber zu machen. Überall liegen noch deine Haare. Und rate mal, wer die wegräumen wird?

Aber ich muss sagen, dass dir das eigentliche Meisterwerk in der Küche gelungen ist: in der Spüle lässt sich ein Pollock bestaunen aus Flecken der Nudelsauce, die du dir zum Mittag gemacht haben wirst, und dann nur schlampig von den Tellern gewaschen hast. Daneben die schmutzige Kaffeetasse und ein Espressokocher, beide übersät mit dunklen Spritzern und Zuckerkörnern, sowie anderen nichtidentifizierbaren Überresten, die ich mir lieber nicht genauer anschauen will. Auf dem Regal neben dem Herd hast du aus verkrusteten Tellern eine Art schiefen Turm gestapelt, der von Mücken umschwärmt wird, die dieses faszinierende Beispiel zeitgenössischer Architektur bewundern. Gehen wir weiter zum Tisch: mal abgesehen davon, dass er dir nicht würdig war, abgeräumt zu werden, hättest du doch wenigstens den Pizzakarton wegwerfen können, das scheint mir das mindeste zu sein! Aber nein, du hast ihn dort liegen lassen, voller Krümel und Krustenreste, und zur großen Freude der Ameisen, die ich vor einem Monat aus unserer Wohnung verbannt habe. All meine Mühe war umsonst. Aber es ist besser, ich höre hier auf. Denn ich möchte nicht wissen, welche neuen Lebensformen sich in der Mülltonne gebildet haben. Dem Geruch nach zu urteilen, hast du sie diese Woche nicht ein einziges Mal geleert. Und als ob all dies nicht schon genug wäre, als ob mir bei all deiner Schlampigkeiten nicht schon die Galle hochkommen würde, hast du dich heimlich aus dem Staub gemacht, ohne mir etwas zu sagen. Am Abend komme ich nach Hause, und du liegst schlafend im Bett. Am nächsten Morgen wache ich auf, und du bist nicht mehr da.

Ein überaus reifes Verhalten, mein Kompliment! Sechs Jahren Beziehung, zwei Jahren Zusammenwohnen, und das bin ich dir wert? Nach allem, was zwischen uns war, erlaubst du dir, diese Tür aufzumachen und einfach deiner Wege zu gehen, ohne die geringsten Bedenken. Du hattest nicht mal die Eier am helllichten Tage zu gehen, geschweige denn, es mir ins Gesicht zu sagen! Mit 32 Jahren, verdammt! Aber ich habe immer schon gewusst, dass du im Grunde nur ein launisches Kind bist, das einzig und allein an sich denkt. Wie zum Teufel konnte ich mich in dich verlieben? Mir fehlen die Worte.

Nur für's Protokoll, ich bin gerade auf dem Weg zu deinen Eltern, erinnerst du dich an sie? Die beiden verwandelten sich geradezu in Heilige auf Erden, weil sie dir und deiner Paranoia hinterherliefen,

mondo. Neanche a loro hai detto che te ne saresti andato, ovviamente. A ogni modo, sappi che sto andando a trovarli, perché come puoi immaginare non l'hanno presa molto bene, sarebbe strano il contrario. Mentre metto in moto la macchina ed esco dal parcheggio, ho una specie di déjà vu. Mi sembra di rivivere il giorno in cui sei venuto ad abitare con me, quando sono passata a prenderti per darti una mano a caricare i tuoi bagagli, con la differenza che allora non ero furiosa come sono ora. Non ce n'era il motivo, perché ero felice. E lo eri anche tu, o almeno così credevo.

Ricordo che era un pomeriggio di novembre, molto simile a quello di adesso, e io avevo parcheggiato la macchina nella stradina laterale a due passi dal tuo condominio. Ho citofonato, ho aspettato che il portone si aprisse, e sono salita al terzo piano di corsa. Tua madre era già lì ad aspettarmi, e come al solito mi ha accolto sorridendo e abbracciandomi. «È di là in camera sua, è da ore che se ne sta seduto a terra a rovistare tra le sue cose, mi sembra che sia tornato indietro a quando era piccolo! Riesci a crederci?», mi ha detto ridendo, e poi mi ha chiesto se volessi qualcosa da bere o da mangiare. È sempre stata molto gentile con me, e mi fa imbestialire il fatto che tu abbia avuto il coraggio di fare quello che hai fatto senza neanche preoccuparti di come l'avresti fatta sentire. Senza pensare allo stillicidio di ore, minuti, secondi di dolore a cui l'avresti condannata a consumarsi nella speranza del tuo ritorno.

Ho appeso giacca e borsa all'attaccapanni nel corridoio, e lentamente mi sono avvicinata alla porta di quella che per trent'anni è stata la tua stanza, il regno del principino, viziato come solo i figli unici possono essere. E la scena era esattamente come l'aveva descritta tua madre: eri seduto a terra, a gambe divaricate, circondato da scatoloni ancora da assemblare da una parte, e contenitori di varie misure e colori dall'altra. Nel momento preciso in cui mi sono affacciata, tu mi davi le spalle, ed eri alle prese con una cesta ricolma di vecchi giocattoli. Mi sono appoggiata allo stipite della porta, e ti ho osservato in silenzio. Per un istante, mi sono sentita in colpa. Tu eri seduto a terra, davvero come un bambino, talmente concentrato a frugare tra i tuoi ricordi che sembravi aver dimenticato il motivo iniziale per cui ti trovavi in quella

und einzig und allein dazu gemacht schienen, dich aufwachsen zu sehen und dich mehr zu lieben, als alles andere auf der Welt. Ihnen hast du auch nicht gesagt, dass du gehst. Natürlich. Wie auch immer, ich bin jedenfalls auf dem Weg zu ihnen, denn wie du dir vielleicht vorstellen kannst, haben sie es nicht wirklich gut verkraftet. Etwas anderes wäre auch merkwürdig. Während ich den Motor des Autos starte und ausparke, habe ich eine Art Déjà-vu. Mir ist, als würde ich den Tag noch einmal erleben, an dem du bei mir eingezogen bist, und ich dich abgeholt habe, um dir mit deinen Sachen zu helfen. Im Unterschied zu jetzt war ich damals nicht so wütend. Dafür gab es keinen Grund, ich war glücklich. Und du warst es auch. Das glaubte ich zumindest.

Ich erinnere mich, dass es ein Nachmittag im November war, ähnlich zu dem heute. Ich hatte das Auto in einer Seitenstraße geparkt, nur einen Katzensprung entfernt von deinem Haus. Ich habe an der Gegensprechanlage geklingelt, habe gewartet, dass die Tür sich öffnete, bin dann hochgestiegen ins dritte Stockwerk. Deine Mutter erwartete mich dort bereits lächelnd und begrüßte mich wie immer mit einer Umarmung. «Er ist drüben in seinem Zimmer, sitzt seit Stunden auf dem Boden und kramt in seinen alten Sachen. Mir kommt es vor, als wäre er wieder ein kleines Kind, glaubst du das?», erzählte sie mir lachend, und hat mich gefragt, ob ich etwas trinken oder essen möchte. Sie war wie immer sehr freundlich zu mir, und es macht mich wütend, dass du die Frechheit hattest, das zu tun, was du getan hast, ohne dir darüber Gedanken zu machen, was du ihr damit antust. Ohne an die zähen Stunden, Minuten und Sekunden des Schmerzes zu denken, zu denen du sie verdammt hast. Und in denen sie auf deine Rückkehr hofft.

Ich habe meine Jacke und Tasche an den Kleiderbügel im Flur gehängt, und mich vorsichtig der Tür genähert, die dreißig Jahre lang die Tür zu deinem Zimmers war. Dem Königreich des Prinzen, verwöhnt, wie nur Einzelkinder es sein können. Und das Bild dahinter war genau so, wie es deine Mutter beschrieben hatte: du saßt auf dem Boden, die Beine gespreizt, neben dir die noch zu montierenden Umzugskartons auf der einen, und Kisten in unterschiedlichen Größenhattest du mir den Rücken zugedreht, und warst mit einem Korb voll alter Spielsachen beschäftigt. Ich lehnte am Türrahmen, und beobachtete dich schweigend. Für einen Augenblick fühlte ich mich schuldig. Du saßt dort auf dem Boden, tatsächlich wie ein Kind, so und Farben auf der anderen Seite. In dem Moment, als ich reinschaute,

stanza, e io ero lì in piedi, come un predatore pronto a ghermirti e a portarti via dal nido. Chissà se tua madre ha pensato la stessa cosa, prima di aprirmi la porta, dissimulando l'apprensione con un sorriso cordiale. Chissà se lo hai pensato anche tu. Tornando con la mente a quel giorno, mi chiedo se la scelta di andare a vivere insieme non sia stata troppo avventata, e se non abbia contribuito a farti prendere la decisione che hai preso un mese fa. A un certo punto, dopo non so quanti minuti, ti sei accorto che c'ero anche io, e mi hai sorriso. «Da quant'è che sei arrivata?» mi hai chiesto, mentre mi avvicinavo per darti un bacio. «Pochi minuti.» Poi mi hai chiesto che ora fosse, ho guardato l'orologio e ti ho detto che erano le cinque e un quarto. Hai sgranato gli occhi, e sei scoppiato a ridere. «Porca miseria, ho proprio perso la cognizione del tempo! Sono qui da stamattina, e non ho impacchettato nulla! E guarda quanta roba c'è ancora da vedere! Non riesco a credere di averne accumulata così tanta, nel corso degli anni!.» Mi sono avvicinata alla cesta, ho dato una rapida occhiata all'interno e ti ho detto, ridendo: «Di che ti sorprendi? Non hai mai voluto buttare nulla, è ovvio che sia rimasto tutto così com'era. Forse, però, è arrivato il momento di liberare un po' di spazio, che ne dici? Ormai sei grande per le macchinine e i Power Ranger, non puoi mica conservare tutto!» È bastata quell'ultima frase a spegnerti il sorriso. Mi hai guardato con un misto di tristezza e malinconia, e hai sussurrato: «Lo so che dovrei farlo… ma non è così facile, credimi…». Allora mi sono abbassata fino a inginocchiarmi, ho tirato fuori un coniglietto di peluche dalla cesta con cui stavi armeggiando, e ti ho detto: «Ti aiuto io, magari insieme è più facile.» Alla fine, dopo un'altra ora buona passata a frugare tra piste delle Hot Wheels e mattoncini Lego, hai deciso che ti saresti portato via solo l'essenziale, ovvero vestiti e libri, e che tutto il resto lo avresti lasciato lì, senza dover buttare nulla. In fondo, ai tuoi quella stanza non serviva, e di sicuro non gli sarebbe dispiaciuto conservare gli oggetti della tua infanzia,

konzentriert darauf, in all deinen Erinnerungen zu stöbern, dass du den eigentlichen Grund, warum du in diesem Zimmer warst, vergessen zu haben schienst. Und ich stand da, wie ein Raubtier, bereit dich zu packen und aus deinem Nest zu zerren. Vielleicht dachte deine Mutter, kurz bevor sie mir die Tür öffnete, dasselbe, und verbarg ihre Bedenken dann hinter einem herzlichen Lächeln. Vielleicht hast sogar du das gedacht. Wenn ich mich an diesen Tag zurückerinnere, frage ich mich, ob die Entscheidung, zusammenzuziehen, nicht vorschnell war, und ob sie nicht sogar etwas beigetragen hat zu dem Entschluss, den du getroffen hast vor einem Monat. Irgendwann, ich weiß nicht, nach wie vielen Minuten, hast du bemerkt, dass ich da war, und mich angelächelt. «Wie lang bist du schon hier?», hast du gefragt, während ich auf dich zukam, um dir einen Kuss zu geben. «Ein paar Minuten.» Dann hast du mich gefragt, wie spät es wäre, ich habe auf meine Uhr geschaut und dir gesagt, es sei Viertel nach fünf. Du hast die Augen aufgerissen, und gelacht. «Verdammt, ich hab die Zeit völlig vergessen! Ich bin seit heute Morgen hier, und habe noch nichts gepackt! Schau, wie viel Zeug hier noch durchgesehen werden muss! Ich kann nicht glauben, dass sich im Laufe der Jahre so viele Sachen angesammelt haben.» Ich näherte mich dem Korb, warf einen kurzen Blick hinein, und habe dir lachend geantwortet: «Überrascht dich das? Du hast nie etwas weggeworfen. Klar, dass alles so geblieben ist, wie es war. Vielleicht ist jetzt der Zeitpunkt gekommen, um ein wenig Platz zu machen, was meinst du? Du bist doch mittlerweile zu groß für die Autos und Power Rangers, du kannst nicht alles behalten!» Dieser letzte Satz hat gereicht, um dein Lächeln zu löschen. Du hast mich angeschaut mit einer Mischung aus Traurigkeit und Melancholie, und geflüstert: «Ich weiß, dass ich das tun müsste... aber es ist keine leichte Aufgabe, glaub mir...» Dann habe ich mich hingehockt, einen Stofftierhasen aus dem Korb gezogen, mit dem du gerade beschäftigt warst, und dir gesagt: «Ich helfe dir, zusammen ist es vielleicht einfacher.» Und am Ende, nach einer weiteren Stunde Wühlen durch Hot Wheel-Pisten und Lego-Autos, hast du beschlossen, nur das Nötigste mitzunehmen, also Kleidung und Bücher, und den ganzen anderen Rest einfach dort zu lassen, ohne etwas davon wegzuwerfen.Denn im Grunde brauchten deine Eltern dieses Zimmer nicht, und es würde ihnen sicherlich nichts ausmachen, deine Kindheitserinnerung aufzubewahren, zumindest nicht deiner Mutter.

specie a tua madre. E poi, se mai ti fosse venuta nostalgia, ti sarebbe bastata la scusa di andarli a trovare, e avresti trovato tutte le tue cose lì ad aspettarti.

Allora non potevo sapere che le avresti condannate ad aspettarti in eterno. Né potevo immaginare che mi sarei ritrovata a rivivere quel giorno di due anni fa, con l'unica differenza che, questa volta, tu non ci sei. Il tempo è un gioco contorto, pieno di regole strampalate impossibili da memorizzare, che sembrano improvvisate di volta in volta piuttosto che frutto di una logica ben definita. Un gioco faticoso e impegnativo, che si fa capire solo quando sta per finire, e comunque mai del tutto. Un gioco al quale non mi ero mai resa conto di partecipare, fino a quando non sei scomparso.

Parcheggio la macchina nella solita stradina laterale, che sembra più stretta e buia del solito. Suono al citofono, aspetto che il portone si apra, poi entro e salgo le scale. Sono solo tre rampe, ma è come se fossero nove, ho le gambe pesantissime. La porta di casa tua è aperta a metà, non c'è nessuno a venirmi incontro, e da dentro non arriva luce, come se tutte le imposte fossero chiuse. Dopo poco, da quell'ombra tetra vedo emergere tuo padre. Ha il volto scavato e pallido, come quello di chi non dorme da giorni, e se anche riesce a dormire è solo per poche ore, in cui fa sogni talmente tremendi che preferirebbe rimanere sveglio. Mi abbraccia stringendomi fortissimo, eliminando la necessità di un saluto a voce, che in quel momento sarebbe soltanto d'intralcio per entrambi. Mi accompagna verso camera tua, come se fosse la prima volta che gli faccio visita e avessi bisogno di essere guidata. Anche se, effettivamente, quel buio insolito mi disorienta. Attraversando il corridoio, scorgo tua madre seduta in cucina. Attorno a lei ci sono alcune persone, non riesco a metterle bene a fuoco per via della luce scarsa, dalle voci non mi sembra di conoscerle. Le stanno parlando, con tono dolce e sommesso, ma lei è assente, come se si trovasse su un altro pianeta. Mentre passo, alza lo sguardo in direzione del corridoio. I nostri occhi si incrociano, io accenno un saluto, ma lei mi guarda senza vedermi, come se fossi trasparente. Poi rigira la testa, e torna a fissare il vuoto. Mi fa male vederla così. Tuo padre mi mette una mano sulla spalla, come se avesse

Und wenn du je Heimweh bekommen solltest, könntest du einfach einen Besuch als Ausrede nutzen, um deine Sachen wiederzusehen, die hier auf dich warteten.

Damals konnte ich weder wissen, dass du sie dazu verdammen würdest, für immer auf dich zu warten. Noch hätte ich mir vorstellen können, dass ich diesen Tag von vor zwei Jahren noch einmal durchleben würde, mit dem einzigen Unterschied, dass du diesmal nicht da bist. Die Zeit ist ein verdrehtes Spiel voll seltsamer Regeln, welche sich zu merken, unmöglich ist. Es scheint sich eher von Runde zu Runde zu improvisieren, als einer klar definierten Logik zu folgen. Ein mühsames und forderndes Spiel, das erst verständlich wird, wenn es zu Ende ist. Und selbst dann niemals ganz. Ein Spiel, von dem ich, bis du verschwunden bist, nicht einmal wusste, dass ich es gespielt habe.

Ich parke das Auto wie gewohnt in der Seitenstraße, sie wirkt schmaler und dunkler, als gewöhnlich. Ich klingle an der Gegensprechanlage, warte, bis sich die Tür öffnet, gehe dann hinein und die Treppen hinauf. Es sind nur drei Stockwerke, sie kommen mir aber vor wie neun, meine Beine sind schwer. Die Tür deiner Wohnung steht halb offen, niemand begrüßt mich beim Ankommen, aus dem Inneren der Wohnung dringt kein Licht, alle Fensterläden scheinen geschlossen. Aus dem düsteren Schatten sehe ich deinen Vater auftauchen. Sein Gesicht ist eingefallen und blass, wie das von jemandem, der seit Tagen nicht geschlafen hat, und wenn er doch schläft, dann nur für wenige Stunden, in denen er so schrecklich träumt, dass er lieber wach bleiben möchte. Er umarmt mich fest, ein Wort der Begrüßung ist unnötig, es würde uns in diesem Moment nur im Weg stehen. Er begleitet mich bis zu deinem Zimmer, als wäre dies das erste Mal, dass ich sie besuchen würde und daher geführt werden müsste. Und tatsächlich verwirrt mich die ungewohnte Dunkelheit. Als ich durch den Flur gehe, sehe ich deine Mutter in der Küche sitzen. Um sie herum befinden sich einige Personen, ich kann sie nicht erkennen, das Licht ist zu schwach, und ihre Stimmen sind mir nicht bekannt. Sie sprechen zu ihr in warmem, gedämpftem Tonfall, doch sie scheint abwesend, wie auf einem fernen Planeten. Grad als ich vorbeigehe, hebt sie den Blick Richtung Flur. Unsere Augen treffen sich, ich deute einen Gruß an, sie schaut zu mir, ohne mich zu sehen, als wäre ich durchsichtig. Dann wendet sie den Kopf ab und starrt weiter ins Nichts. Es tut mir weh, sie so zu sehen. Dein Vater legt mir eine Hand auf die Schulter, als hätte er meine Beklommenheit ge-

percepito il mio disagio. Senza sapere neanche come, mi ritrovo davanti alla porta di camera tua. «Prenditi il tempo che ti serve», mi dice piano, quasi sussurrando, e poi mi lascia da sola. Rimango ferma, non so per quanti minuti, sento dentro di me un'ansia crescente, e ci metto un po' a rendermi conto di avere le mani sudate. Se mi prendessi davvero il tempo che mi serve, non entrerei mai, perché quello di cui avrei davvero bisogno è un tempo che scorra all'indietro. Perché vorrei poter fare in modo che, quando aprirò la porta, ti troverò di nuovo lì dentro, a frugare tra ceste piene di cose inutili, proprio come quel pomeriggio di due anni fa. Ma il tempo è un gioco spietato, in cui non c'è una seconda possibilità per tutti. L'ho capito troppo tardi.

Chiudo gli occhi, inspiro profondamente, abbasso la maniglia e spingo la porta in avanti. Rimango un attimo interdetta quando vengo inondata dalla luce, dopo quella penombra opprimente. La tua camera è l'unica stanza della casa con le serrande alzate. Mi fermo sulla soglia, mi prendo un altro momento per guardare tutto quello che c'è: lo sguardo va dal letto con la trapunta azzurra alla scrivania piena di libri, per poi scivolare sui contenitori sparpagliati davanti all'armadio a muro, e si ferma infine su quella cesta dalla quale sembrava non volessi più staccarti, quell'ultima volta in cui siamo stati qui. Più la guardo e più mi sembra la cameretta di un ragazzino che non ha mai smesso di giocare con i Lego e le macchinine. E forse è davvero così. Forse la verità è che non te ne sei mai andato da quella stanza, non hai mai davvero abbandonato quelle quattro mura che per anni hanno protetto un bambino timido e taciturno, che si sentiva molto solo, e che nei suoi giocattoli aveva trovato un rifugio dal resto del mondo.

Da quando te ne sei andato, tra le miriadi di domande che mi ronzano nel cervello, ce n'è una che si fa via via più prepotente, alla quale non riesco a trovare una risposta: come ho fatto a essere così cieca? C'è chi dice che sia l'amore a rendere ciechi, eppure non riesco a individuare il momento esatto in cui ho perso la vista, innamorandomi di te. Non è stato il primo bacio, né la prima volta che abbiamo fatto l'amore, sarebbe un cliché e tu sai che non è da me cadere in queste banalità. Forse è stata quella volta in cui ho avuto la febbre a quaranta, e tu mi hai accudito tutta la notte, senza dormire, e il giorno dopo sei andato al lavoro, e quando sei tornato a casa si vedeva che eri stanco morto e che

spürt. Ohne zu wissen wie, befinde ich mich plötzlich vor der Tür deines Zimmers. «Nimm dir alle Zeit, die du brauchst», sagt dein Vater leise, fast flüsternd, und lässt mich dann allein. Ich stehe reglos da, ich weiß nicht, wie viele Minuten. Ich spüre eine Angst in mir wachsen, nach einer Weile bemerke ich, dass ich verschwitzte Hände habe. Würde ich mir wirklich die Zeit nehmen, die ich brauche, würde ich nie hineingehen, denn was ich wirklich brauche, ist eine Zeit, die rückwärts läuft. Weil ich wünschte, ich könnte machen, dass, wenn ich die Tür aufmachte, du wieder darin sitzen würdest, kramend in all den Kisten voller nutzloser Dinge, genau wie an jenem Nachmittag vor zwei Jahren. Aber die Zeit ist ein Spiel ohne Gnade, in dem es nicht für alle eine zweite Chance gibt. Das habe ich zu spät verstanden.

Ich schließe meine Augen, atme tief ein, drücke die Klinke und öffne die Tür. Ich bin kurz irritiert von dem gleißenden Licht, welches mich überflutet nach der bedrückenden Dämmerung des Flurs. Dein Zimmer ist das einzige in der Wohnung mit offenen Fensterläden. Ich bleibe an der Türschwelle stehen, nehme mir einen Moment, um alles genau anzuschauen: mein Blick wandert vom Bett mit der blauen Decke hin zum Schreibtisch voller Bücher, weiter zu den Kisten vor dem Kleiderschrank an der Wand, und landet auf dem Korb, von dem du dich nicht losreißen konntest, als wir das letzte Mal hier waren. Je länger ich es mir betrachte, desto mehr scheint es mir das Zimmer eines kleinen Jungen zu sein, der nie aufgehört hat, mit Lego zu spielen und mit Spielzeugautos. Und vielleicht ist es das tatsächlich. Vielleicht bist du in Wahrheit nie aus diesem Zimmer ausgezogen, hast diese vier Wände nie verlassen, die all die Jahre ein schüchternes, stilles Kind beschützten, welches sich einsam fühlte, und in all diesen Spielsachen Zuflucht gefunden hatte vor dem Rest der Welt.

Seit du gegangen bist, gibt es unter den unzähligen Fragen, die in meinem Kopf rumoren, eine, die immer drängender wird, auf die ich keine Antwort finden kann: Wie habe es geschafft, so blind zu sein? Einige sagen, die Liebe würde uns blind machen, doch ich kann den genauen Moment nicht benennen, in dem ich mein Augenlicht verloren habe, und mich in dich verliebte. Es war weder der ersteKuss, noch das erste Mal, als wir uns liebten, das wäre ein Klischee, und du weißt, dass ich auf sowas nicht hereinfalle. Vielleicht war es damals, als ich 40 Grad Fieber hatte, und du dich die ganze Nacht um mich gekümmert hast, ohne ein Auge zuzutun, und am nächsten Tag zur Arbeit gegangen bist. Als du nach Hause kamst, konnte ich sehen, dass du todmüde warst und

non vedevi l'ora di collassare sul letto, ma eri felice perché mi sentivo meglio, e avevi un sorriso dolcissimo. O forse è stato quando siamo andati la prima volta al mare insieme, in un giorno che minacciava temporale, ma ormai tu avevi deciso che dovevamo andarci per forza, sei sempre stato un gran testardo. Quando ha iniziato a piovere, ci siamo rintanati nella cabina, bagnati e infreddoliti, e non riuscivo a smettere di ridere per una battuta stupida che avevi fatto. Forse è stata la prima volta che mi hai parlato di come stavi davvero, di come ti sentivi oppresso da quel nero che ti cresceva dentro, e che sentivi avrebbe avuto la meglio, prima o poi.

Nella mia ingenuità, quando il tempo sembrava ancora avere un senso, mi sembrava che quella situazione fosse destinata a finire presto, e che ci attendesse un futuro radioso in cui tutto si sarebbe risolto, come per magia. Ero assolutamente convinta di essere la persona giusta, quella che sarebbe riuscita laddove psicologi e specialisti avevano fallito, ero certa che avrei trovato il modo di sistemare quello che anni di sedute e psicofarmaci non erano riusciti a risolvere. Ho sottovalutato i mostri che ti portavi dentro, ho dato per scontato di essere più forte di loro, di saper ricucire uno strappo che non avevi idea di come si fosse venuto a creare, né tantomeno quando. Sapevi solo che c'era, e che col tempo si stava allargando sempre di più. All'inizio mi sono illusa che fosse solo questione di mesi; più avanti ho pensato che, alle brutte, ci sarebbe voluto qualche anno, ma che in ogni caso non fosse nulla di insormontabile. Perché ero certa che insieme sarebbe stato più facile sconfiggerla, la depressione. Che andare a vivere insieme potesse essere una soluzione. Che, in fondo, tutto quello ci serviva era solo un po' più di tempo. Pensavo di conoscere le regole del gioco, e a un certo punto ero persino convinta che stessimo vincendo. Non mi sono resa conto che, nel frattempo, tu avevi già abbandonato la partita.

Ultimamente dicevi spesso di sentirti stanco, la notte ti rigiravi a lungo tra le coperte, e la mattina borbottavi che avevi dormito poco e male. Certi giorni tornavo dall'ufficio nel tardo pomeriggio e ti trovavo ancora a letto, perché dicevi che il tuo corpo era talmente pesante che non avevi avuto la forza di alzarti, e che i pensieri ti avevano fatto venire un gran mal di testa. Ormai avevi lasciato il lavoro da diversi mesi perché non,

es kaum erwarten konntest, ins Bett zu fallen. Aber du warst auch glücklich, weil ich mich besser fühlte. Und dein Lächeln war dabei so zuckersüß. Oder war es vielleicht damals, als wir zum ersten Mal gemeinsam zum Strand gingen, an einem Tag, an dem ein Gewitter aufzog. Du hattest beschlossen, dass wir trotzdem gehen würden, du warst immer schon ein Sturkopf. Als es zu regnen anfing, verschanzten wir uns nass und durchgefroren in einer Badekabine, und ich konnte nicht aufhören über einen albernen Witz zu lachen, den du gemacht hattest. Vielleicht war es aber auch das erste Mal, als du mir erzählt hast, wie es dir wirklich ging, wie du dich erdrückt fühltest von dem Dunkel, was in dir wuchs, und dass es sich anfühlte, als würde es die Oberhand gewinnen, früher oder später.

Damals, als die Zeit noch Sinn machte, dachte ich in meiner Naivität, dass dieser Zustand bald ein Ende haben würde, dass da eine glänzende Zukunft auf uns wartete, in der sich alles wie von Zauberhand lösen würde. Ich war absolut davon überzeugt, dass ich genau die richtige Person wäre, der gelingen würde, wo Psychologen und Spezialisten versagt hatten. Ich war mir sicher, dass ich einen Weg finden würde, das in Ordnung zu bringen, was Jahre der Therapie und der Psychopharmaka nicht heilen konnten. Ich habe die Ungeheuer, die in dir wohnten, unterschätzt. Ich habe gedacht, ich sei stärker, als sie, und würde wissen, wie man einen Riss heilt, ohne eine Ahnung davon zu haben, warum er sich bildete, und wann. Du wusstest nur, dass es da war, und mit der Zeit immer größer wurde. Zuerst redete ich mir ein, dass es nur ein Frage von Monaten wäre; später dachte ich, dass es, wenn es hart auf hart käme, ein paar Jahre dauern würde, aber auf jeden Fall nichts Unüberwindbares wäre. Denn ich war mir sicher, dass es gemeinsam leichter wäre, sie zu bezwingen, die Depression. Dass das Zusammenziehen eine Lösung sein könnte. Dass im Grund alles, was wir bräuchten, nur ein wenig mehr Zeit wäre. Ich dachte, ich kannte die Spielregeln, und irgendwann war ich sogar davon überzeugt, dass wir gewinnen würden. Mir war nicht bewusst, dass du das Spiele in der Zwischenzeit schon aufgegeben hattest.

Du hast in letzter Zeit oft gesagt, du würdest dich müde fühlen, hast dich nachts lang hin und her gewälzt, und am Morgen gemurmelt, du hättest wenig und schlecht geschlafen. An einigen Tagen, wenn ich spät am Nachmittag aus dem Büro nach Hause kam, lagst du noch immer im Bett, hast gesagt, dass dein Körper so schwer wäre, dass du nicht die Kraft hattest, aufzustehen, und dass dir die Gedanken starke Kopfschmerzen machten. Deinen Job hast du schon

appena entravi in ufficio ti sentivi soffocare. Pazienza, ti avevo detto, quando starai meglio ne troverai un altro migliore, datti tempo. Altre volte dicevi che non riuscivi a sopportare l'idea di dover affrontare un'altra giornata, e che ti sentivi come se ti avessero succhiato via l'anima. Esagerato, ti dicevo, è solo una sensazione, vedrai che con il tempo ti passerà. Altre volte ancora, dicevi che sarebbe stato bello tornare piccoli, quando tutto era semplice e sembrava avere ancora un senso, e che forse ti sarebbe bastato solo un pomeriggio nella tua vecchia cameretta, tra i tuoi ricordi, per riuscire a stare meglio. Ti ripetevo che dovevi soltanto avere pazienza, e che non avresti risolto nulla chiudendoti in camera fingendo di avere ancora sei anni. Stavi solo passando un brutto momento, ma insieme saremmo riusciti a superarlo. Nella mia arroganza, non mi sono resa conto che intanto il tempo passava, e per te si faceva sempre più pesante. Finché non è diventato insopportabile, e hai deciso che doveva finire. Come ho fatto a essere così cieca?

Mi siedo a terra, poggio la schiena contro il tuo letto, mi nascondo il viso tra le mani e scoppio in lacrime. Magari avevi ragione tu, magari sarebbe bastato un pomeriggio in questa stanza, poche ore per sciogliere tutti i nodi in gola, per scacciare tutti i pensieri orribili che devono esserti passati per la mente in quei sette stramaledetti giorni in cui sono stata fuori. Ma ormai è tardi per tutto questo, e per qualsiasi altra cosa. Perché da quando non ci sei più, il tempo per me è solo un giocattolo che si è rotto e che non può essere riparato, perché non c'è nessuno che sappia come si fa. E sono arrabbiata, come non lo sono mai stata in vita mia. Sono arrabbiata col mondo intero, perché con te è stato ostile e inospitale, e non ha esitato a calpestarti al primo inciampo, senza darti neanche un attimo per rialzarti. Un mondo cinico, scandito da un tempo crudele che non risparmia nessuno, che scorre impassibile di fronte al dolore. Un gioco perverso dal quale tu hai deciso di tirarti fuori, nell'unico modo possibile.

vor Monaten gekündigt, denn jedesmal, wenn du ins Büro kamst, war dir, als müsstest du ersticken. Nur Geduld, hab ich dir gesagt, wenn es dir wieder besser ginge, würdest du einen neuen Job finden, du solltest dir nur Zeit lassen. Ein anders Mal sagtest du, dass du die Idee nicht ertragen könntest, dich einem neuen Tag stellen zu müssen, und dass du das Gefühl hattest, als hätte man dir die Seele ausgesaugt. Du übertreibst, habe ich dir gesagt, das sei nur ein Gefühl, es würde vorbeigehen, mit der Zeit. Wieder andere Male sagtest du, dass es schön wäre, wieder klein zu sein, wie damals, als alles so einfach war und Sinn machte, und dass vielleicht nur ein Nachmittag in deinem alten Zimmer zwischen all deinen Erinnerungen ausreichen würde, damit es dir besser gehen würde. Ich antwortete dir, dass du nur Geduld haben müsstest, und dass du nichts damit lösen würdest, wenn du dich einschließest in dein Zimmer und so tun würdest, als ob du sechs Jahre alt wärst. Du hättest nur eine schwierige Zeit, aber gemeinsam würden wir das schaffen. In meiner Selbstüberschätzung habe ich nicht gemerkt, wie die Zeit verging, und wie es für dich nur immer schwerer und schwerer wurde. Und schließlich so unerträglich erschien, dass du beschlossen hast, dass es enden musste. Wie konnte ich so blind sein?

Ich sitze auf dem Boden, lehne mit dem Rücken gegen dein Bett, vergrabe mein Gesicht in den Händen, und breche in Tränen aus. Vielleicht hattest du Recht, vielleicht hätte ein Nachmittag in diesem Zimmer ausgereicht, ein paar Stunden nur, um all die Knoten zu lösen in deinem Hals, und all die schrecklichen Gedanken wegzuwischen, die dir in diesen sieben verdammten Tagen, in denen ich unterwegs war, durch den Kopf gegangen sein mussten. Aber jetzt ist es zu spät für das, und alles andere. Denn seit du weg bist, ist die Zeit für mich nur noch ein kaputtes Spielzeug, welches sich nicht reparieren lässt, weil es niemanden gibt, der weiß, wie das geht. Und ich bin so wütend, wie noch nie in meinem Leben. Ich bin wütend auf die Welt, weil sie dir feindlich gegenüber war und unwirtlich, und sie nicht zögerte, nach dir zu treten beim ersten Stolperstein, ohne dir einen Moment Zeit zu geben, wieder aufzustehen. Eine zynische Welt, getaktet von einer gnadenlosen Zeit, die niemanden schont und selbst im Angesicht des Schmerzes nur immer unbeeindruckt weiter geradeaus fließt. Ein niederträchtiges Spiel, aus dem du beschlossen hast, auszusteigen. Auf die einzig mögliche Art.

Sono arrabbiata con te, perché mi hai lasciata davvero senza parole. Senza neanche un biglietto, una frase, una spiegazione logica che possa dare un senso a questo inferno che mi sta scavando l'anima da un mese, da quando una mattina mi sono svegliata e non ti ho trovato accanto a me. Sono arrabbiata per l'angoscia in cui hai gettato me e la tua famiglia, sono arrabbiata per la speranza che abbiamo nutrito, e che si è infranta quando la polizia ci ha comunicato che ti avevano trovato, ma non come avremmo voluto ti trovassero. Sono arrabbiata perché in questo momento tua madre è in cucina, con lo sguardo perso nel vuoto, incapace di arrendersi all'idea che i suoi occhi non si specchieranno più nei tuoi. Sono arrabbiata con te perché da quando non ci sei più la casa è un porcile, e io non ho il coraggio di mettere a posto nulla di ciò che tu hai toccato per l'ultima volta, perché una parte di me è talmente testarda che aspetta ancora il momento in cui tornerai e ti farò rimettere tutto a posto. Sono arrabbiata con te perché il rasoio è ancora sul lavandino del bagno, e non potrò più rimproverarti per non averlo tolto. Sono arrabbiata perché con te se ne vanno tutti quei piccoli gesti che componevano la nostra quotidianità. La nostra vita insieme. Il nostro amore.

Ma soprattutto, sono arrabbiata, anzi incazzata, con me stessa. Perché vorrei scagliarmi contro qualcosa a cui addossare tutta la colpa per trovare un po' di pace, per togliermi dalla testa il pensiero che in parte sia stata anche colpa mia. Perché ho creduto di poterti salvare, mentre invece di essere cieca e arrogante avrei dovuto semplicemente aprire gli occhi e ascoltarti di più, e non accettare di fare quella trasferta che mi ha tenuto via da casa una settimana intera, lasciandoti solo con la tua malattia. Perché in questo momento dovrei pensare soltanto a te, e invece l'unica cosa a cui penso è che la tua stanza è piena di robaccia inutile, e che devo assolutamente sbrigarmi a buttarla via. All'improvviso, come un lampo in un cielo nero, mi viene in mente quella poesia che parla delle cose, ce l'avevano fatta leggere al liceo, non riesco a ricordare il nome dell'autore. Ricordo solo la parte finale, quella tremenda, che dice che loro dureranno in eterno e non sapranno mai che ce ne siamo andati. E allora penso che ci dev'essere un modo per tornare indietro, riavvolgere il nastro del tempo e ripartire da quel giorno in cui sono venuta a prenderti, spalancare la porta di

Ich bin wütend auf dich, weil du mich so sprachlos zurückgelassen hast. Ohne eine Nachricht, einen Satz, eine logische Erklärung, die Sinn ergeben könnte für diese Hölle, die seit einem Monat in meiner Seele brodelt, seit ich eines Morgens aufgewachte und du nicht neben mir lagst. Ich bin wütend auf das Leid, in das du mich und deine Familie gestürzt hast, ich bin wütend auf die Hoffnung, die wir genährt haben, und die zerbrach, als die Polizei uns mitteilte, dass sie dich gefunden hätten, aber nicht so, wie wir uns gewünscht hatten, dass sie dich finden würden. Ich bin wütend, weil deine Mutter in diesem Moment in der Küche mit leeren Blick in die Ferne starrt, unfähig sich mit dem Gedanken abzufinden, dass sich ihre Augen nie mehr in den deinen spiegeln werden. Ich bin wütend auf dich, denn seit du weg bist, ist die Wohnung ein einziger Saustall, und ich wage es nicht, etwas wegzuräumen, was du zuletzt berührt hast, weil ein Teil von mir so stur ist, dass er auf den Moment wartet, an dem du zurückkommen wirst, und ich dich dazu bringen werde, alles aufzuräumen. Ich bin wütend auf dich, weil der Rasierer immer noch auf dem Waschbecken liegt, und ich dir nie wieder vorwerfen kann, ihn nicht ausgestöpselt zu haben. Ich bin wütend auf dich, weil mit dir all die kleinen Gesten verschwinden, die unseren Alltag ausmachten. Unser gemeinsames Leben. Unsere Liebe.

Am meisten aber bin ich wütend, sowas von stinksauer, auf mich selbst. Ich möchte um mich schlagen, um ein wenig Frieden zu finden, und den Gedanken aus meinem Kopf zu bekommen, dass es zum Teil auch meine Schuld war. Weil ich dachte, ich könnte dich retten. Anstatt so blind und arrogant zu sein, hätte ich einfach meine Augen öffnen sollen und dir zuhören müssen, ich hätte die Dienstreise ablehnen sollen, die mich eine ganze Woche von zu Hause fern hielt, und dich allein mit deiner Krankheit ließ. Ich bin wütend, weil ich in in diesem Moment nur an dich denken sollte, aber stattdessen daran denke, dass dein Zimmer voll ist mit nutzlosem Zeug, und ich schleunigst damit anfangen müsste, alles wegzuwerfen. Plötzlich, wie aus heiterem Himmel, erinnere ich mich an ein Gedicht, welches wir in der Schule gelesen haben, und welches von «Gegenständen» spricht. Ich kann mich nicht an den Namen des Autors erinnern. Ich erinnere mich nur an den letzten Teil des Gedichtes, den unheimlichen, der sagt, dass die Gegenstände alles überdauern, und sie nicht wissen, dass wir längst fort sind. Und dann denke ich, dass es einen Weg geben muss, das Band der Zeit zurückzuspulen genau an den Tag, an dem ich hergekommen bin, um dich abzuholen, und dann reiße ich die

camera tua e gridarti che devi smetterla di frugare tra i tuoi vecchi giocattoli. Che devi buttare tutto, tutto quanto: il Gameboy, gli album di figurine, i portachiavi e i pupazzi di stoffa, tutte quelle cose da cui non riuscivi a staccarti e che adesso sono qui, a testimoniare la tua assenza. Distruggi tutto, anche le foto, quelle di classe, dei compleanni e della laurea, anche le nostre, bruciale tutte, bruciale con me. Perché insieme è più facile. Perché insieme possiamo fare tutto. Perché loro non sapranno mai che te ne sei andato, e che non tornerai. Ma lo saprò io. Sono ovunque, ne sono circondata, e a un certo punto non capisco più se sono io a guardare loro, o loro a guardare me. A poco a poco mi calmo, la rabbia lascia il posto a un disperato senso di impotenza, e in quel momento accuso tutto insieme il peso dell'inutilità di qualsiasi mio gesto. Per la prima volta in vita mia, il tempo mi fa paura.

Lentamente mi avvicino, anzi mi trascino verso la cesta. Allungo una mano per tirarla verso di me, ma tiro troppo forte e la rovescio, facendo riversare il suo contenuto sul pavimento freddo. Ne esce fuori di tutto: formine di legno colorate, peluche e palline pazze, trenini e biglie di vetro, che si sparpagliano tintinnando per tutta la stanza. Ci sono carte dei Pokémon, tessere di puzzle, e quei pupazzetti minuscoli che uscivano dagli ovetti Kinder, da piccola li collezionavo anche io. C'è persino un tubetto di Crystal Ball tutto accartocciato su sé stesso, vecchio di chissà quanti anni. Hai davvero conservato gelosamente tutte le cose, anche quelle all'apparenza più insignificanti, che hanno scandito ogni singolo giorno della tua vita. Dicevi che non era facile scegliere quali conservare e quali buttare, perché per te avevano tutte la stessa importanza, anche se per me era assurdo. E ora che le osservo da vicino, prendendole in mano e accarezzandole, capisco per la prima volta ciò che hanno significato per te. Le amavi perché ognuna di loro era una silenziosa testimonianza del tuo passato, di un tempo irrecuperabile in cui non provavi dolore. Un tempo che sembrava avere ancora un senso, in cui non c'erano strappi da ricucire. Un tempo che, nonostante a volte ti sembrasse impossibile, era esistito davvero, e al quale hai sperato fino all'ultimo di poter tornare.

Tür des Zimmers auf und schreie dich an, dass du aufhören musst, in deinen alten Spielsachen herumzuwühlen. Dass du alles wegwerfen musst, alles: den Gameboy, die Stickeralben, die Schlüsselanhänger und Stofftiere, all die Sachen, von denen du dich nicht losreißen konntest, und die hier geblieben sind und nun deine Abwesenheit beteuern. Zerstöre alles, auch die Fotos, die deiner Klasse, der Geburtstage, und des Schulabschlusses, ja sogar unsere, verbrenne sie alle, verbrenne sie mit mir. Weil es zusammen einfacher ist. Weil wir zusammen alles schaffen können. Weil diese Sachen nie wissen werden, dass du weg bist und nicht zurückkehren wirst. Aber ich weiß es. Die Sachen sind überall, ich bin von ihnen umgeben, und ich bin mir irgendwann nicht mehr sicher, ob ich sie beobachte, oder sie mich. Nach und nach beruhige ich mich, die Wut weicht einer verzweifelten Ohnmacht. Und in diesem Moment erdrückt mich die Last der Sinnlosigkeit all meiner Taten. Zum ersten Mal in meinem Leben macht mir die Zeit Angst.

Langsam nähere ich mich dem Korb, schiebe mich zu ihm. Ich strecke eine Hand aus, um ihn zu mir zu ziehen, reiße aber zu fest an der Rückseite, sodass sich der gesamte Inhalt auf den nackten Boden ergießt. Alles fällt heraus: bunte Holzklötze, Plüschtiere und Flummis, Spielzeugeisenbahnen und Murmeln aus Glas, die durch das ganzen Zimmer klirren. Da sind Pokémon-Karten, Puzzlestücke und Figuren aus Überraschungseiern, die ich auch gesammelt habe als Kind. Da ist auch eine Tube Crystal Ball-Kaugummi, völlig zerquetscht und zusammengerollt, wer weiß, wie viele Jahre alt. Peinlich genau hast du alles gesammelt, selbst die scheinbar unbedeutendsten Kleinigkeiten, all die Dinge, die dein Leben geprägt haben. Du hast gesagt, es sei nicht einfach, zu entscheiden, was aufzubewahren und was wegzuwerfen wäre, denn für dich hatte alles die gleiche Bedeutung, auch wenn das für mich absurd war. Und jetzt, wo ich sie mir genau anschaue, sie anfasse und darüber streiche, verstehe ich zum ersten Mal, was sie für dich bedeutet haben. Du hast sie geliebt, weil jedes dieser Dinge ein stilles Zeugnis deiner Vergangenheit war, einer unwiederbringlichen Zeit, in der du keinen Schmerz fühltest. Eine Zeit, die noch Sinn machte, in der es keine Risse gab, die man heilen musste. Eine Zeit, die, obwohl es manchmal unmöglich erschien, tatsächlich existiert hatte, und in die du bis zuletzt gehofft hattest, zurückkehren zu können.

E mi rendo conto che, anche se il dolore che provo mi sembra insuperabile, il tempo continuerà a scorrere, come ha sempre fatto. Le tue cose continueranno a esistere, e sopravviveranno anche a me. Capisco che non ha senso buttarle, perché per quanto piccole, inutili e ingombranti possano sembrare, per te rappresentano qualcosa di prezioso, da proteggere. E ora anche per me.

A poco a poco, sollevo la cesta e la rimetto in posizione verticale. Mi alzo in piedi, e inizio a raccogliere le biglie. Alcune sono rotolate sotto al letto, altre sono andate a incastrarsi sotto l'armadio, ci vorrà un po' per recuperarle e rimettere tutto in ordine. Ma so che devo farlo, perché è l'unica cosa che abbia senso in questo momento. Dovessi metterci tutto il tempo del mondo.

Und mir wird klar, dass, selbst wenn der Schmerz, den ich fühle, unüberwindbar erscheint, die Zeit weiter fließen wird, so wie sie es immer getan hat. Und dass deine Sachen weiter existieren werden, und sie auch mich überleben. Mir wird klar, dass es keinen Sinn hat, sie wegzuwerfen, denn so klein, nutzlos und sperrig sie auch sein mögen, so stellen sie für dich doch etwas Kostbares dar, was beschützt werden muss. Und was sie nun auch für mich darstellen.

Vorsichtig hebe ich den Korb, und stelle ihn wieder hin. Ich stehe auf, und beginne, die Murmeln einzusammeln. Einige sind unter das Bett gerollt, andere stecken unter dem Kleiderschrank, es wird eine Weile dauern, hier wieder alles in Ordnung zu bringen. Aber ich weiß, dass ich es tun muss, weil es das Einzige ist, was in diesem Moment noch Sinn ergibt.

Auch wenn es alle Zeit der Welt braucht.

ZU ZWEIT
LUKA TUVALU

Eines Morgens waren sie nebeneinander aufgewacht. Er und er. Obwohl Baumann nie von sich gedacht hätte, homoerotische Begierden zu haben. Dem anderen schien die Situation unangenehm zu sein, vermied er doch jeglichen Blickkontakt mit Baumann. Beide Männer schlüpften in gleiche Hosen und Hemden. Wer hatte Schuld daran, eine Kostümparty? Baumann konnte sich nicht erinnern. Totaler Filmriss, merkwürdig. Zumal es Baumann nie auf Feiern oder ähnliches gezogen hatte. Er führte das Leben eines stillen Einsiedlers ohne nennenswerte Spitzen. Und nun: Kontrollverlust. So prangerte es in Leuchtschrift vor seinem inneren Auge. Er, Baumann, hatte die Nacht mit einem Mann verbracht, dachte er schamhaft. Wie weiter? Ihm war der gängige Verhaltenskodex für diesen Morgen danach fremd. Bei weibliche Eskapaden fand er immer ein peinlich-berührtes Lächeln, trafen sich die müden Augen. Doch unter Männern herrschten spürbar andere Sitten. Der Fremde im gleichen Hemd benahm sich kühl. Abweisend. Behandelte ihn wie Luft und verschwand im Bad. Gut. Umso ehrlicher, dachte Baumann. Jeder wusste, woran er war - an Nichts - und Schluss. Kein Kaffee. Kein geheucheltes «Ich melde mich.» Baumann würde warten, den Fremden dann zur Tür bringen, zum Abschied nicken, die Tür schließen. Und den Abend verdrängen.

Der andere ließ die Tür zum Badezimmer offen. Genierte sich nicht einen Moment. Saß auf Baumanns Klo, wie auf einem Thron. War das ein Machtspiel? Hier ging es mit Sicherheit um Wohnraum. Die Mieten zogen an, die Gentrifizierung griff um sich, man klammerte sich an jeden Strohhalm. Da wollte sich jemand breit machen in seinem Heim. Der Fremde markierte Revier,

IN DUE
LUKA TUVALU
Traduzione di Dafne Graziano

Una mattina, si erano svegliati l'uno accanto all'altro. Lui e lui. Anche se Baumann non avrebbe mai pensato di essere un tipo con tendenze omoerotiche. All'altro la situazione sembrava sgradevole, infatti evitava qualsiasi tipo di contatto visivo con Baumann. Entrambi gli uomini si infilarono gli stessi pantaloni e la stessa camicia. Di chi era la colpa? Una festa in maschera?

Baumann non riusciva a ricordare. Blackout totale, davvero strano. Soprattutto perché lui non aveva mai fatto feste o cose del genere. Conduceva la vita dell'eremita silenzioso, senza picchi degni di nota. E ora, invece, perdeva il controllo. Vedeva quella denuncia campeggiare a caratteri luminosi davanti al suo occhio interiore. Lui, Baumann, aveva trascorso la notte con un uomo, pensò con vergogna. E adesso? Non aveva familiarità con il codice di comportamento da utilizzare per questa tipologia di giorno dopo. Nelle avventure galanti con le donne trovava sempre un sorriso imbarazzato, quando si incontravano gli occhi stanchi. Ma tra uomini prevalevano evidentemente altre usanze. L'estraneo con la camicia identica si comportava come se niente fosse. Sprezzante. Lo trattò come se non esistesse e scomparve in bagno. Bene. Meglio essere onesti, pensò Baumann. Ognuno di loro sapeva cosa voleva dall'altro – ovvero niente – e basta. Nessun caffè. Nessun ipocrita «Ti chiamo io.» Baumann avrebbe aspettato, poi avrebbe accompagnato l'estraneo all'uscio di casa, fatto un cenno di saluto, chiuso la porta. E rimosso quella notte.

L'altro lasciò la porta del bagno aperta. Non si sentì in imbarazzo neanche per un istante. Si sedette sul water di Baumann come su un trono. Era forse un gioco di potere? Qui di sicuro c'era di mezzo l'alloggio. Gli affitti aumentavano, la gentrificazione si espandeva a qualcuno tendeva a piazzarsi a casa sua. L'estraneo stava marcando il

würde am Ende den Status des Mitbewohners für sich beanspruchen. Baumann musste handeln. So selbstsicher, wie der da saß, so selbstsicher würde der sich Baumanns Zahnbürste greifen! Baumann brachte sich in Position. Und grad als er sich mit einem Räuspern Gehör verschaffen wollen, stöhnte der Fremde leis und betätigte die Spülung hinter sich. Das sofortige Fortspülen der Fäkalien zeugte von Umsicht, denn es reduzierte Geruchsbildung. Da dachte einer mit. Da sorgte sich einer um den anderen. Um Baumann hatte sich schon lange niemand mehr gesorgt. Baumann ließt irritiert ab von dem Fremden, verschob das Räuspern, ging in die Küche und trank ein Glas Wasser, er hatte Durst.

Die Spülung ging ein zweites Mal, der Wasserhahn lief, Schritte auf dem Flur, dann das Rasseln eines Schlüssels. Baumann trat aus der Küche und konnte grad noch durch die Wohnungstür in den Hausflur schlüpfen, sonst hätte der Fremde ihn eingeschlossen. In seiner eigenen Wohnung! Wo Baumann doch keinen Zweitschlüssel hatte! Auf dem Hausflur Stille. Jetzt bloß keine Szene. Das Treppenhaus war hellhörig, die Nachricht, dass er, Baumann, mit einem fremden Mann gemeinsam am Morgen die Wohnung verließ, war ein gefundenes Fressen für die Nachbarin gegenüber, die hinter der Wohnungstür auf einem kleinen Tritt stand und durch den Türspion starrte. Nachher wüsste es die ganze Nachbarschaft. «Der Baumann ist jetzt ein Verdrehter!» Soweit durfte es nicht kommen, dachte Baumann ängstlich, schluckte den Groll über den Schlüsseldiebstahl herunter und lief hinter dem Fremden die Treppe hinab. Er fixierte die Gestalt vor sich. Alle Achtung, von der Selbstsicherheit und Abgebrühtheit wollte Baumann sich eine Scheibe abschneiden. Wie dieser Mann dort so einfach mit einem fremden Schlüssel durch fremde Hausflure stolzierte. Insgeheim bewunderte Baumann Menschen, welche sich einfach nahmen, was sie wollten, er ärgerte sich selbst oft über seine Vorsicht, eine Eigenschaft, die er wohl von seiner Mutter übernommen hatte, wobei auch sein Vater kein Mann großer Taten gewesen war. Ganz in Gedanken verließ Baumann hinter dem Fremden das Haus. «Guten Morgen, Herr Baumann!» Baumann hob erschrocken den Blick. Die Verkäuferin des Blumenladens an der Ecke drückte einen Kübel Tulpen an die Brust und grinste breit. Sah man es ihnen an? Konnte man ihm, Baumann, den Skandal an der Nase ablesen? Der Fremde hob den Arm zum Gruß, die Verkäuferin strahlte. Was grüßt der die so einfach! Hier mussten dringend Verhaltensregeln vereinbart

territorio, alla fine avrebbe rivendicato lo status di coinquilino. Baumann doveva intervenire. Altrimenti quello si sarebbe preso il suo spazzolino con lo stesso aplomb con cui se ne stava seduto là! Si mise in posizione. E proprio quando stava per farsi sentire schiarendosi la gola, l'estraneo emise un piccolo gemito e tirò lo sciacquone. L'eliminazione immediata degli escrementi era una dimostrazione di avvedutezza, perché riduceva la proliferazione dei cattivi odori. Quello era ragionare. Quello era prendersi cura l'uno dell'altro. Di Baumann non si era più preso cura nessuno da tempo. Irritato, lasciò perdere l'estraneo, rimandò lo schiarimento di gola, andò in cucina e bevve un bicchiere d'acqua, aveva sete.

Lo sciacquone fu tirato una seconda volta, l'acqua scorreva dal rubinetto, passi nel corridoio, poi il rumore di una chiave. Baumann uscì dalla cucina e fece appena in tempo a scivolare in mezzo alla porta di ingresso sul pianerottolo, altrimenti l'estraneo lo avrebbe chiuso dentro. Nel suo stesso appartamento! Di cui Baumann non aveva una chiave di riserva! Sul pianerottolo silenzio. Ora, niente scenate. La tromba delle scale non era ben insonorizzata, e la notizia che lui, Baumann, aveva lasciato l'appartamento la mattina assieme a un uomo sconosciuto era un ghiotto boccone per la sua dirimpettaia, che stava a un passo dietro la porta dell'appartamento e guardava fisso attraverso lo spioncino. Più tardi l'avrebbe saputo tutto il vicinato. «Quel Baumann è un tipo balzano!» Non era il caso di arrivare a quel punto, pensò Baumann con timore, ingoiò il rospo per il furto delle chiavi e corse giù per le scale dietro all'estraneo. Fissò la figura davanti a sé. Doveva ammetterlo, voleva prendere a esempio da quell'impassibilità e sicurezza di sé. La facilità con cui quest'uomo camminava tronfio con una chiave altrui per i corridoi di un appartamento altrui. Nel profondo, Baumann ammirava quelle persone che si prendevano semplicemente ciò che volevano, si arrabbiava spesso per la propria prudenza, una qualità che aveva preso da sua madre, per quanto anche suo padre non fosse stato un uomo di grandi imprese. Immerso nei suoi pensieri, Baumann uscì dal palazzo per correre dietro all'estraneo. «Buongiorno, Signor Baumann!» Baumann alzò lo sguardo, sconcertato. La commessa del negozio di fiori all'angolo strinse al petto un vaso di tulipani e fece un ampio sorriso. Era così evidente? Davvero gli si riusciva a leggere in faccia lo scandalo? L'estraneo sollevò un braccio per salutarla, la commessa si illuminò in volto. Guarda questo, come la saluta! Urgeva a tutti i costi concordare delle regole di comportamento, questa espansione nella

werden, dieses sich Breitmachen in Baumanns Privatleben und das Behaupten von geteiltem Alltag konnte schnell ein Selbstläufer werden, das hatte Baumann in früheren Bekanntschaften lernen müssen. Personen ließen Dinge zurück, Kleinigkeiten - Bürsten, Unterwäsche oder Haarklemmen, und versuchten sich so Raum und Rechte zu erringen im Leben Baumanns. Anfänglich tolerierter Krimskrams füllte bald ganze Regale und nahm ihm die Luft zum Atmen.

Plötzlich das Klingeln eines Telefons. Der Fremde zog ein kleines Gerät hervor, seinem eigenen Telefon zum verwechseln ähnlich, und stellte sich einem unbekannten Gegenüber mit «Baumann?» vor. Baumann lief es kalt den Rücken herunter. Anscheinend war sein Schlüssel nicht das Einzige, wessen sich der Fremde bemächtigt hatte. «Ich danke schön. Und melde mich später.» Der Fremde beendete das Telefonat, ließ Baumann in Unkenntnis über Gesprächsteilnehmer, sowie Grund des Anrufs, und betrat die Bäckerei an der nächsten Straßenecke. Baumann folgte ihm, er durfte seinen Hausschlüssel und sein Telefon nicht aus den Augen verlieren. «Wie immer?», fragte die Bäckereifachverkäuferin, der Fremde nickte. Hier wagte der sich nicht aufs Glatteis, stellte Baumann genüsslich fest. Einmal Sesam, einmal Roggen. Baumanns Vorlieben hatten sich in den letzten Jahren verfestigt und schließlich als gegeben etabliert, da konnte der Fremde jetzt nicht einfach eine Brezel oder ein Baguette bestellen, da würde sich die Bäckereifachverkäuferin sehr wundern und Baumann sich dann ganz sicher nicht weiter zurückhalten können, und dem Fremden neben der falschen Bestellung auch den Diebstahl des Telefons und der Schlüssel vorwerfen, hier direkt an der Theke, wo er doch Stammgast war und wo man unverzüglich die Polizei holen würde bei soviel Dreistigkeit. Baumann schaute in die Auslage und entdeckte zwischen all den gierigen Wespen einen Spritzkuchen, saftig, mit schmelzendem Zuckerguss. Baumann lief das Wasser im Mund zusammen, was für ein herrlicher Fettkringel. «Und einen Spritzkuchen», meinte da der Fremde; Baumann schaute erstaunt auf, eine Geste der Wiedergutmachung? Der Fremde ließ sich nichts anmerken, hatte nur Augen für die Bäckereifachverkäuferin, welche den Spritzkuchen in eine

sua vita privata e l'imposizione della quotidianità condivisa potevano presto diventare degli automatismi, era una cosa che Baumann aveva dovuto imparare in precedenti frequentazioni. Le persone lasciavano delle cose, delle sciocchezze – spazzole, biancheria intima o pettini, e in questo modo cercavano di accaparrarsi spazio e diritti nella sua vita. Le cianfrusaglie inizialmente tollerate arrivarono ben presto a occupare mensole intere, togliendogli l'aria.

All'improvviso, lo squillo di un telefono. L'estraneo tirò fuori un piccolo apparecchio assolutamente identico al suo cellulare, e si presentò allo sconosciuto all'altro capo con un «Baumann». A Baumann vennero i brividi lungo la schiena. A quanto pare le chiavi non erano l'unica cosa di cui l'estraneo si era impossessato. «La ringrazio, la richiamo io più tardi.» L'estraneo concluse la telefonata, lasciando Baumann all'oscuro dell'identità dell'altro interlocutore, così come del motivo della chiamata, ed entrò nella panetteria all'angolo della strada successivo. Baumann lo seguì, non doveva perdere di vista le chiavi di casa e il suo cellulare. «Il solito?» chiese la commessa, l'estraneo annuì. Qui va sul sicuro, constatò Baumann compiaciuto. Un panino al sesamo e uno di segale. Negli ultimi anni, le sue preferenze si erano consolidate fino ad affermarsi come un dato di fatto, perciò l'estraneo non avrebbe potuto chiedere un pretzel o una baguette, la commessa della panetteria ne sarebbe rimasta molto sorpresa, e Baumann di certo non si sarebbe più potuto trattenere, e avrebbe potuto accusare l'estraneo, oltre che della richiesta sbagliata, anche del furto delle chiavi e del cellulare, proprio lì al banco, dove lui era un cliente abituale e dove la polizia lo avrebbe immediatamente arrestato per una simile impudenza. Baumann diede un'occhiata ai prodotti esposti in vetrina e notò in mezzo a tutte le vespe ingorde una ciambella, succulenta, con la glassa di zucchero che le si scioglieva sopra. Gli venne l'acquolina in bocca, che dolce squisito. «E una ciambella», disse poco dopo l'estraneo. Baumann lo guardò esterrefatto: un gesto riconciliatore? L'estraneo fece come se niente fosse, aveva occhi solo per la commessa, mentre metteva

Papiertüte schob. «Heut gönn ich mir was. Ich habe Geburtstag, wissen Sie.», sagte der Fremde. «Na, da wünsch ich Ihnen von Herzen alles Gute, Herr Baumann.» «Vielen Dank.»

Und Baumanns Herz setzte aus für einen Schlag. Hinter der Auslage die Bäckereifachverkäuferin. Hinter der Bäckereifachverkäuferin geflochtene Weidenkörbe mit Backwaren. Hinter den Körben ein Spiegel. Der Spiegel zeigte Baumann und den Fremden. Der Fremde war Baumann. Baumann stand neben sich.

Die Bäckereifachverkäuferin hämmerte Preise in die Kasse, der Fremde zahlte, nahm seine Backwaren, bedankte sich, verließ den Laden. «Der nächste!» Ein Mädchen mit halb abgeklebter Brille und Zöpfen hielt eine Münze hoch zu Auslage und sagte «Drei Schrippen.» Baumann war nicht der Nächste. Das Mädchen war «der Nächste». Baumann wurde gar nicht wahrgenommen von der Bäckereifachverkäuferin. Und auch nicht von dem Mädchen mit der Klebebrille. Baumann drehte sich um, eine Handvoll Personen warteten in einer Schlange. Baumann stellte sich vor den jungen Herren mit der Aktentasche, bückte sich dann hinunter zu der älteren Dame mit den Locken und schaute beiden, wie auch den anderen Wartenden nacheinander in die Augen. Niemand erwiderte seinen Blick. Wo war er denn hin? Er musste den Fremden finden, der hatte seine Schlüssel und seine Identität. Baumann rannte aus dem Geschäft, schaute sich um. Passanten. Große. Kleine. Dicke. Dünne. Einige Hunde an Leinen, aber nirgends der Fremde. War der - rechts: zurück in die Wohnung oder - links: fort zur U-Bahn, welche den Fremden fortbringen könnte. Womöglich für immer. Baumann hatte die Spur verloren. Er war sich selbst davon gelaufen. Panik! Hektik! Ein paar Mal drehte sich Baumann sinnlos im Kreis, riss die Augenbrauen hoch. Dann - Da! Dort hinten! Gott sei Dank. Baumann entdeckte Baumann vor der Auslage des Antiquariates am Ende der Straße und eilte zu ihm.

Selbstvergessen besah sich der Fremde die Bücher und Magazine hinter der Scheibe des Geschäftes und biss immer wieder herzhaft in die Backwaren. Wie er da stand und kaute und krümelte. Baumann studierte erst unauffällig und bald, da der andere keinerlei Reaktion zeigte auf sein Starren, ziemlich ungeniert die Züge dieses Mannes. Die Muskeln des Kiefers spannten unter der fahlen Gesichtshaut, nachdem die großen, leicht gelblichen Zähne ein weiteres Stück Brötchen abrissen, zwei Haare ragten wie Fühler aus seiner linken Ohrmuschel, die buschigen Augenbrauen hoben sich, ein Titel in der

la ciambella in un sacchetto di carta. «Oggi mi faccio un regalo. Sa, è il mio compleanno», disse. «Ah, allora le faccio tanti auguri, Signor Baumann». «Grazie mille.»

E il cuore di Baumann mancò un battito. Dietro alla vetrina, la commessa. Dietro alla commessa, ceste di vimini intrecciate con i prodotti da forno. Dietro le ceste, uno specchio. Lo specchio mostrava Baumann e l'estraneo. L'estraneo era Baumann. Baumann era lì accanto a sé.

La commessa batté il prezzo in cassa, l'estraneo pagò, prese la sua spesa, la ringraziò, uscì dal negozio. «Il prossimo!» Una ragazza con gli occhiali riparati a metà con del nastro adesivo e le trecce sollevò una moneta davanti alla vetrina e disse: «Tre panini». Baumann non era il prossimo. La ragazza era «il prossimo». La commessa non si era proprio accorta di lui. E nemmeno la ragazza con gli occhiali re-incollati. Baumann si voltò, una manciata di persone aspettava in fila. Si presentò a un ragazzo con la ventiquattrore, poi fece un lieve inchino alla signora più anziana con i capelli ricci, e guardò entrambi negli occhi, così come tutti gli altri che aspettavano in fila, uno dopo l'altro. Nessuno ricambiò il suo sguardo. Che fine aveva fatto, insomma? Doveva trovare l'estraneo, aveva le sue chiavi e la sua identità. Corse fuori dal negozio, si guardò intorno. Passanti. Alti. Bassi. Magri. Grassi. Qualche cane al guinzaglio, ma l'estraneo non era da nessuna parte. Poteva essere andato o a destra – quindi ritornato all'appartamento –, o a sinistra – dritto verso la metropolitana, che lo avrebbe portato via. Forse per sempre. Baumann ne aveva perso le tracce. Era scappato da sé stesso. Panico! Caos! Baumann girò in tondo un paio di volte inutilmente, sollevò di colpo le sopracciglia. Poi – là! Là in fondo! Grazie al cielo. Baumann trovò Baumann davanti alla vetrina della libreria antiquaria in fondo alla strada e si precipitò verso di lui.

L'estraneo guardava con aria assente i libri e le riviste dietro la vetrina del negozio, continuando a dare morsi vigorosi ai panini. In che modo se ne stava là a masticare e a fare briciole. Baumann studiò i tratti di quest'uomo, dapprima con discrezione, e poco dopo in maniera piuttosto disinvolta, poiché l'altro non mostrava la minima reazione al suo sguardo fisso. I muscoli della mandibola si contraevano sotto la pelle del viso smorta, dopo che i denti grandi e leggermente giallognoli strappavano un ulteriore pezzo di pane, due peli spuntavano come antenne dal suo padiglione auricolare sinistro. Le sopracciglia cespugliose si sollevarono, un titolo in vetrina sembrava

Auslage schien das Interesse des Kauenden erweckt zu haben. Baumann folgte dessen Blick zur Scheibe und blieb an ihrer beider Reflexion im Glas hängen.

Augen, Nase, Mund.
Haltung, Größe, Mimik.
Keinerlei Unterschiede.

Sie standen dort zu zweit und waren doch wie eine Person. Baumann studierte minutenlang ihre Körper. Er bemerkte eine Laschheit, die sie beide ausstrahlten und die ihm übel aufstieß. Instinktiv straffte er die Schultern. Ohne aufzuschauen zerknüllte der Fremde die leere Brötchentüte und öffnete die mit dem Spritzkuchen, seine langen Fingern tasteten hinein in die Tüte, zogen achtlos den Fettkringel hervor, wobei ein Teil der kostbaren Zuckerschicht im Papier zurückblieb. Der Fremde biss hinein mit seinen gelben Zähnen, würgte fast den halben Fettkringel herunter, stopfte dann eilig die zweite Hälfte hinterher, leckte sich die Finger, zerknüllte das Papier, wendete sich kauend ab und machte sich auf in Richtung Wohnung. Baumann blieb mit leichtem Ekel zurück. Der Anblick des schlingenden Fremden hatte ihm Unbehagen bereitet. Er fühlte sich ertappt.

Seinen Geburtstag hatte Baumann vergessen. Als er nun hinter dem Fremden her trottete und ein zweites Mal den Blumenladen passierte, dachte er, ob er sich nicht ein paar Blumen ... Doch der Fremde war schon an der Haustür, der Schlüsseln rasselte im Schoss. Nächstes Jahr. Im Treppenhaus war es still und deutlich kühler, als auf der Straße. Roter Bastteppich ummantelte die Stufen und quietschte leicht unter jedem Schritt. Auf Baumanns Treppenabsatz drei dunkle Holztüren. Baumann hielt sich wartend zurück, als der Fremde die Wohnung rechts aufschloss, dabei hörte er die Nachbarin von gegenüber deutlich atmen hinter ihrer Tür: Der Baumann kommt nach Hause, lass sehen, was der Baumann treibt.

Baumann schlüpfte hinter dem Fremden in die Wohnung. Der Schlüssel gehörte ans Schlüsselbrett, das Telefon auf die Ablage darunter, die Schuhe unter die Kommode, der Fremde machte alles richtig, streifte sich Hausschuhe über und verschwand am Ende des Flures rechter hand im Wohnzimmer. Baumann blieb in Socken und

aver destato l'attenzione del ruminante. Baumann seguì il suo sguardo verso la vetrina e si soffermò sui loro due riflessi nel vetro.

Occhi, naso, bocca.
Postura, statura, gestualità.
Nessunissima differenza.

Erano là in due, e al contempo erano come una persona sola. Baumann studiò per diversi minuti i loro corpi. Notò che entrambi emanavano una certa fiacchezza, che gli dava la nausea. D'istinto, raddrizzò le spalle. Senza guardare, l'estraneo accartocciò la busta del pane vuota e aprì quella con la ciambella, le sue dita lunghe andavano a tentoni all'interno, tirarono fuori il dolce con indifferenza, mentre una parte della deliziosa glassa di zucchero rimase sulla carta. L'estraneo diede un morso con i suoi denti gialli, mandò giù quasi mezza ciambella, si ficcò poi in fretta l'altra metà in bocca, si leccò le dita, appallottolò la carta, si voltò che ancora masticava e si avviò verso l'appartamento. Baumann rimase indietro, leggermente disgustato. La vista dell'estraneo che si ingozzava lo aveva messo a disagio. Si sentì colto sul fatto.

Si era dimenticato del suo compleanno. Mentre si trascinava dietro l'estraneo e passava davanti al fioraio per la seconda volta, pensò che magari, qualche fiore... Ma l'estraneo era già sulla porta di casa, le chiavi sferragliavano nella serratura. Sarà per l'anno prossimo. Nella tromba delle scale c'era silenzio e faceva nettamente più fresco rispetto a fuori, in strada. La tappezzeria di rafia rossa rivestiva i gradini e scricchiolava leggermente a ogni passo. Sul pianerottolo di Baumann, tre porte di legno scure. Baumann si tenne in disparte, in attesa, mentre l'estraneo apriva l'appartamento sulla destra. In quel momento, sentì distintamente la vicina di fronte respirare dietro la sua porta: Baumann sta rientrando a casa, vediamo un po' che combina.

Baumann sgusciò nell'appartamento passando dietro l'estraneo. La chiave andava sul pannello delle chiavi, il cellulare sul portaoggetti sottostante, le scarpe sotto al comò, l'estraneo fece tutto correttamente, si infilò le pantofole e sparì alla fine del corridoio andando a destra nel soggiorno. Baumann rimase in calzini e lo seguì.

folgte. Am Türrahmen hielt er inne, sah den Fremden sitzen an dem glattpolierten Holztisch im hinteren Teil des Zimmers, vor ihm ein Buch, daneben ein Notizblock und ein Stift. Der Fremde las Korrektur. So wie Baumann Korrektur las. Seit Jahren schon. Er hatte sich einen Namen gemacht in den Verlagen mit seiner Arbeit. Nun machte sie der Fremde, die Arbeit. Und Baumann wusste nicht, wohin mit sich. Und ging in die Küche.

Eine verbeulte Tube Senf, eine halbe Limette mit braun-grüner Schale auf einem kleinen weißen Teller, ein am Gemüsefachboden festgeklebtes halbes Salatblatt, dazu eine Flasche Ketchup im Seitenfach. Sein Kühlschrank war leer. Baumann blieb also vorerst bei einem Kaffee, den er in der Küche trank, heimlich, als würde er ihn vor einer feindlichen Übernahme schützen wollen. Und was war dies hier schon anderes, als eine feindliche Übernahme. Bis gestern lebte er hier allein. Nun war er zu zweit. Mit sich.

Baumann ließ die leere Kaffeetasse in der Spüle stehen, ging hinüber ins Wohnzimmer und setzte sich mit an den Holztisch. Der Fremde hatte weder Tätigkeit noch Haltung verändert, er las. Und blätterte ab und an eine Seite um in dem Buch, machte sich eine Notiz auf dem Block und las weiter. Seit gut einer Woche widmete sich Baumann der Korrektur dieses Buches, viele hundert Seiten. Er war im zweiten Durchgang durch den Text; bezahlt wurde er nur für einen, aber er wollte sichergehen, dass sich auch wirklich kein einziger Fehler mehr in dem Text befand. Und in 9 von 10 Texten fand sich tatsächlich im zweiten Durchgang noch ein Schreibfehler. Wie peinlich wäre es gewesen, hätte man Baumann im Verlag mit diesem Fehler konfrontiert. Man würde ihm fehlende Gewissenhaftigkeit unterstellen. Dieses Urteil galt es zu vermeiden. Also korrigierte Baumann in zwei Durchgängen. Und wurde nur für einen bezahlt

Die Tätigkeit des Korrekturlesens war einsam und langwierig, ermöglichte es Baumann aber, seine Tage frei zu gestalten. Früher hatte er sogar ein paarmal versucht, in einem Café oder.Park zu lesen, doch die Gefahr der Ablenkung durch das Leben um ihn herum war enorm und Baumann fürchtete, dass dies die Anzahl der Flüchtigkeitsfehler im Korrekturlesen erhöhte, entschied sich also damals zu einem dritten Korrekturdurchgang, der seinen Zeitplan bald dermaßen durcheinander brachte, dass Baumann zeitweise zwei Bücher parallel Korrekturlesen musste, in unterschiedlichsten Stadien und Durchgängen, und dies barg nun wieder eine weit höhere

Alla cornice della porta si fermò, guardò l'estraneo sedersi al tavolo di legno tirato a lucido in fondo alla stanza, davanti a lui un libro, accanto un bloc-notes e una matita. L'estraneo correggeva bozze. Così come anche Baumann. Già da diversi anni. Con il suo lavoro si era fatto un nome nelle case editrici. Ora era l'estraneo a svolgerlo, il lavoro. E Baumann non sapeva cosa farne di sé. E andò in cucina.

Un tubetto di senape ammaccato, mezzo lime con la buccia verde-marrone su un piattino bianco, mezza foglia di insalata appiccicata al ripiano delle verdure, in aggiunta una bottiglia di ketchup nello scomparto laterale. Il suo frigo era vuoto. Per il momento, quindi, Baumann si limitò a un caffè, che bevve in cucina, di nascosto, come se volesse proteggerlo da un'acquisizione ostile. E che cos'altro era quella, se non un'acquisizione ostile. Fino a ieri viveva qui da solo. Ora erano in due. Lui e sé stesso.

Baumann lasciò la tazzina vuota nel lavandino, andò di là in soggiorno e si sedette con sé stesso al tavolo di legno. L'estraneo non aveva cambiato né attività né posizione, leggeva. E ogni tanto sfogliava una pagina del libro, si segnava un appunto sul bloc-notes e proseguiva la lettura. Da almeno una settimana, Baumann si stava dedicando alla correzione di questo libro, svariate centinaia di pagine. Era al secondo giro di bozze; veniva pagato solo per uno, ma voleva assicurarsi che nel testo non ci fosse più neanche il minimo errore. Ed effettivamente, in nove testi su dieci, al secondo giro di bozze c'era ancora un refuso. Come sarebbe stato imbarazzante, se qualcuno in casa editrice avesse messo Baumann di fronte a questo errore. Gli avrebbero rinfacciato una mancanza di scrupolosità. Era un giudizio che andava assolutamente evitato. Perciò, Baumann faceva due giri di bozze. E gliene pagavano solo uno.

L'attività del correttore di bozze era solitaria e laboriosa, però permetteva a Baumann di organizzare liberamente le proprie giornate. In passato, qualche volta aveva addirittura provato a leggere in un baro al parco, ma il pericolo della distrazione provocato dalla vita attorno a lui era enorme e temeva che questo potesse far aumentare il numero di sviste nella revisione, per cui decise allora di fare un terzo giro di bozze, che presto stravolse la sua tabella di marcia al punto tale che a momenti Baumann doveva fare le correzioni di due libri in parallelo, con le fasi e i giri di bozze più disparati, e questo comportava di nuovo una possibile percen-

potentielle Fehlerquote, was weitere Korrekturdurchgänge notwendig gemacht hätte. Und dafür fehlte Baumann die Zeit. Er wog also Café und Park ab gegen ein vernünftiges Zeitmanagement. Er las zu Hause. Und hielt es seitdem so.

Das Telefon klingelte. Instinktiv stand Baumann auf, doch der Fremde kam ihm zuvor. Baumann konnte sich zurücklehnen, Anrufe am Vormittag waren meist vom Verlag, Anrufe vom Verlag gab er gern ab, sie bargen Konfliktpotential. «Heute schon? Wir hatten doch gesagt am Mittwoch...» Der Fremde war in die Küche gegangen, wohin ihm Baumann nun folgte, anscheinend gab es eine Verschiebung im Zeitplan. Baumann hasste diese Verschiebungen. Der Fremde starrte aus dem Küchenfenster, er hatte rote Flecken auf der Wange, seine Kiefermuskeln spielten unruhig, er lauschte dem vermutlich passiv-aggressiven Monolog des Anrufers. «Nein...ich.... Ja. Das geht schon.» Das Gespräch war beendet. Der Fremde legte das Telefon auf die Arbeitsplatte, stützte seine Arme auf, seufzte. Baumann wusste, dass er erst in der Hälfte der zweiten Korrektur war. Und Baumann wusste auch, dass er den Text nicht abgeben würde, bevor er diese zweite Korrektur beendet hatte. Baumann hätte Baumann gern Mut zugesprochen, hielt sich aber dezent zurück, denn dies hätte als Geste des Mitleids interpretiert werden können und Baumann brauchte kein Mitleid. Der Fremde gab sich einen Ruck, wusch Baumanns Kaffeetasse aus, machte sich selbst einen neuen und ging an die Arbeit. Und Baumann war auf einmal müde, so müde. Er folgte dem Fremden ins Wohnzimmer. Der Fremde setzte sich an den Tisch mit Buch, Block und Kaffeetasse, und würde sich heut nirgendwo mehr hinbegeben. Also konnte Baumann ruhig ... Er nahm Platz auf dem blassblauen Sofa rechts neben der Tür, leise, er wollte nicht stören, sank seitlich hinab, der Kopf in Richtung Fenster, die Füße zur Tür, den Blick auf den Fremden gerichtet. So lag Baumann. Und schaute. Und schlief ein.

Die Wohnung war leer. Baumann stand unschlüssig im Flur zwischen Küche und Wohnzimmer. Das Buch lag aufgeschlagen auf dem Schreibtisch, die Kaffeetasse trocknete ausgewaschen neben der Spüle, die Pantoffeln im Flur schauten ein paar Zentimeter unter der Kommode hervor, Telefon und Schlüssel fehlten. Baumann hatte Baumann allein zurückgelassen und die Tür verschlossen. Wie spät war es? Um 2? Um 4? Um 6?

tuale di errori ancora più alta, che avrebbe reso necessari ulteriori giri di bozze. E per quello gli mancava il tempo. Perciò soppesò da una parte il bar e il parco e dall'altra una gestione sensata del tempo. Si mise a leggere a casa. E da allora continuò a fare così.

Squillò il telefono. Baumann si alzò istintivamente, ma l'estraneo lo anticipò. Baumann poteva rilassarsi, il più delle volte le chiamate nel pomeriggio erano da parte della casa editrice. Quelle chiamate lì le cedeva volentieri, racchiudevano conflittualità. «Oggi? Di già? Ma avevamo detto per mercoledì…». L'estraneo era andato in cucina, dove ora lo seguiva Baumann, a quanto pare c'era stata una modifica nella tabella di marcia. Baumann odiava queste modifiche. L'estraneo guardava fisso fuori dalla finestra della cucina, aveva delle macchie rosse sulla guancia, i muscoli della mandibola giocavano irrequieti, ascoltava con attenzione il monologo presumibilmente passivo-aggressivo della persona all'altro capo del telefono. «No…io…sì. D'accordo.» La telefonata era conclusa. L'estraneo poggiò il telefono sul piano di lavoro, si appoggiò con le braccia, sospirò. Baumann sapeva che era appena arrivato a metà della seconda revisione. E sapeva anche che non avrebbe consegnato il testo prima di aver portato a termine questo secondo giro di bozze. Baumann avrebbe rincuorato volentieri Baumann, ma si trattenne con discrezione, perché questo poteva essere interpretato come un gesto di compassione, e a lui non serviva alcuna compassione. L'estraneo si diede una scrollata, lavò la tazzina da caffè di Baumann, se ne fece un'altra e si mise al lavoro. E Baumann tutt'a un tratto si sentì stanco, così stanco. Seguì l'estraneo nel soggiorno. Quello si mise al tavolo con il libro, il bloc-notes e la tazzina, e per quel giorno non sarebbe andato da nessun'altra parte. Per cui Baumann poteva tranquillamente… Si accomodò sul divano azzurro pallido a destra della porta, piano, non voleva disturbare, sprofondò lateralmente, la testa verso la finestra, i piedi verso la porta, lo sguardo puntato verso l'estraneo. Rimase così. A guardare. E si addormentò.

L'appartamento era vuoto. Baumann era in piedi, esitante, nel corridoio tra la cucina e il soggiorno. Il libro era rimasto aperto sulla scrivania, la tazzina da caffè lavata si asciugava vicino al lavello, due centimetri di pantofole facevano capolino sotto al comò, il telefono e le chiavi mancavano all'appello. Baumann aveva lasciato Baumann da solo e aveva chiuso la porta. Che ore erano? Le 2? Le 4? Le 6?

Baumann hatte Hunger. Er durchsuchte seine Hängeschränken und Schubladen und fand eine Dose Erbsen und eine halbe Packung Nudeln. Wo war der Fremde? Das Wasser in den Topf, das Salz in das Wasser, den Topf auf den Herd. Feuer. Baumann starrte in das sprudelnde Nudelwasser. Müsste der Fremde nicht an der Korrektur arbeiten? Wo er doch heute Abgabe hatte. Baumann sah ihn schon sitzen zu später Stunde, lesend, die Zeit im Nacken. Baumann, Baumann... Er schüttelte tadelnd den Kopf. Die Nudeln auf den Teller, die Erbsen zu den Nudeln. Salz. Pfeffer. Baumann aß im Stehen und schaute durch das Küchenfenster in den Hinterhof. Vielleicht sollte er selbst- , ein paar Seiten nur, er hatte ja nichts anderes vor, es wären auch wirklich keine Umstände. Andererseits, dachte Baumann und unterdrückte den Impuls, sich ohne weiteren Verzug an die Arbeit zu machen, würde ein «Unter die Arme greifen» am Stolz des anderen kratzen. «Der Baumann schafft sein Pensum nicht, dem Baumann muss man helfen.» konnte der Eindruck sein, der entstehen würde. Und wenn Baumann irgendetwas schaffte, dann sein Pensum. Das wusste Baumann, ließ die Hilfestellung bleiben. Baumann wusch Teller und Topf, polierte das Besteck und legte alles trocken und sauber zurück in Regale, Schränke und Schubladen.

Die Stille der leeren Wohnung. Ziellos schlenderte Baumann im Wohnzimmer umher und versuchte, den Schreibtisch und die offen liegenden Notizen des Fremden zu meiden; er respektierte die Privatsphäre des anderen, wollte keine Zweifel aufkommen lassen an seiner Vertrauenswürdigkeit. Baumann besah sich also das Muster der Tapete, das Bild des Jungen mit dem Kälbchen, studierte die Titel seiner Hausbibliothek; ab und an zog er ein Werk heraus, schlug eine Seite auf, blieb ein paar Sätze am Geschriebenen hängen, seufzte gerührt - all die Stunden, die er in diesen Romanen verbracht hatte - und stellte Buch um Buch zurück. Baumann nahm Platz auf dem blassblauen Sofa und schaute sich um. Kleine Partikel tanzten in den Sonnenstrahlen, stiegen auf, wirbelten herum und sanken schließlich hinab auf den Teppich, den Schrank und - Heureka! - den polierten Holztisch, wo sie zu Schmutz wurden. Schluss! Aus! Da war er, der plausible Grund, sich dem Tisch zu nähern; eine Verletzung der Privatsphäre des Fremden war absolut notwendig. Da war Dreck. Der Tisch stand vor Dreck! Baumann sprang erleichtert auf, hastete in die Küche, öffnete den Schrank unter

Aveva fame. Rovistò nei pensili e nei cassetti e trovò un barattolo di piselli e mezzo pacco di pasta. Dov'era l'estraneo? L'acqua nella pentola, il sale nell'acqua, la pentola sul fornello. Fuoco. Baumann fissò lo sguardo sull'acqua che bolliva. Quell'altro non avrebbe dovuto lavorare alla revisione? Di cui per giunta aveva la consegna oggi. Baumann se lo vedeva già seduto a notte fonda, a leggere, con il tempo alle costole. Baumann, Baumann... Scosse la testa a mo' di rimprovero. La pasta nel piatto, i piselli nella pasta. Sale. Pepe. Baumann mangiava in piedi e guardava nel cortile interno attraverso la finestra della cucina. Forse lui stesso doveva – solo qualche pagina, non aveva nient'altro da fare, e poi per lui non sarebbe stato affatto un disturbo. D'altro canto, pensò, reprimendo l'impulso di mettersi all'opera senza ulteriore indugio, quel «dare una mano» avrebbe scalfito l'orgoglio dell'altro. «Baumann non riesce a portare a termine il suo lavoro, Baumann ha bisogno di aiuto», quella poteva essere l'impressione che ne derivava. E se c'era una cosa che Baumann riusciva a fare, era il suo lavoro. Questo Baumann lo sapeva, perciò lasciò perdere l'assistenza. Lavò il piatto e la pentola, lucidò le posate e rimise il tutto pulito e asciutto sulle mensole, nelle dispense e nei cassetti.

Il silenzio dell'appartamento vuoto. Baumann gironzolava qua e là nel soggiorno senza meta, tentando di evitare la scrivania e gli appunti dell'estraneo rimasti in bella vista; rispettava la sfera privata dell'altro, non voleva sollevare alcun dubbio sulla propria affidabilità. Quindi si mise a osservare il disegno della carta da parati, la fotografia del ragazzino con il vitello, a studiare i titoli della sua biblioteca personale; di tanto in tanto tirava fuori un'opera, sfogliava una pagina, si soffermava su alcune frasi scritte, sospirava toccato – tutte quelle ore trascorse su quei romanzi – e rimetteva a posto un libro dopo l'altro. Si accomodò sul divano azzurro pallido e si guardò intorno. Piccole particelle danzavano nei raggi del sole, si sollevavano, volteggiavano in cerchio e alla fine affondavano nel tappeto, sull'armadio e – eureka! – sul tavolo di legno lucido, dove si tramutavano in sporco. Basta! Via! Eccolo là, il motivo plausibile per avvicinarsi al tavolo; una violazione della sfera privata dell'estraneo era assolutamente necessaria. C'era della sporcizia. Il tavolo era tutto insudiciato! Baumann balzò in piedi, sollevato, si precipitò in cucina, aprì il mobiletto sotto il lavello, prese uno straccio

der Spüle, nahm Lappen und Putzmittel, eilte zurück ins Wohnzimmer, stand nun, mit triftigem Grund, vor dem Tisch. Enthusiastisch versprühte er Putzmittel auf das glatte Holz. Das wäre doch zu dumm - der Fremde käme nach Haus und er stände dort, ertappt, schnöde spionierend, nach einen Anhaltspunkt über den Verbleib des Fremden suchend, die Stasi im eigenen Haus. «Was machen Sie da!» «Ich…ich…» Diese Schmach konnte er sich ersparen. Baumann war integer! Er befreite den Tisch von Staub!

Baumann wischte und wischte, summte betont selbstvergessen und näherte sich mit großen Kreisbewegungen dem Notizblock des Fremden. Wie durch Zufall ließ er den Blick über das Geschriebene schweifen. Da standen Zahlen, aufsteigend. Seitenzahlen. Und hinter jeder Nummer ein «i.O.». «In Ordnung.» Kein Fehler soweit. Zahlenreihenlang, seitenweise, «i.O.». Ansonsten kein Hinweis auf den Verbleib des Fremden. Neben dem Notizblock das aufgeschlagene Buch mit der Büroklammer als Marker am letzt gelesenen Absatz. Und dahinter all die Seiten, die da noch kamen. Oh je. Wie sollte er das schaffen? Baumann kämpfte gegen den Drang zu arbeiten. Sich hinsetzen. Ein paar Seiten lesen. 10, 20. Was wär denn schon dabei. Wem würde das schaden. Im Gegenteil, er könnte Baumann ein wenig Last von den Schultern nehmen. Zu zweit kämpfte es sich leichter. Dass Baumann das nicht einsah, dieser verdammte Sturkopf! Ein schwacher Moment - Baumann saß vor dem Buch, er wusste selbst nicht, wie ihm geschah, nahm den Bleistift zur Hand, und korrigierte. Zügig. Wagte kaum zu atmen. Die Sinne gespannt. Waren das Schritte im Hausflur? Rasselte da ein Schlüssel? Baumann war bereit, innerhalb eines Wimpernschlages den Platz des Fremden zu räumen und sich diskret ins angrenzende Schlafzimmer zurückzuziehen. «I.O.» «I.O.» Baumann las und las wie im Rausch und setzte die Zahlenreihe auf dem Notizblock fort. Er war sich selbst eine Hilfe, unterstütze sich. Baumann war glücklich, er wurde gebraucht.

Doch dann - «…konnte in der frühen Phase der kaiserlichen Regentenschaft ein deutlicher Ansteig…» - ein Fehler. Baumann starrte auf den *Ansteig,* der doch ein Anstieg sein sollte. Was tun. Den Fehler melden, das Wort unterstreichen und hinter die Seitenzahl auf dem Block notieren? In der bisherigen Zahlenreihe wäre dies der erste Fehler. Ihm würde eine ungeheure Aufmerksamkeit zufallen. Baumann starrte auf die verdrehten Buchstaben. Er könnte die Büroklammer an den Absatz des Fehlers heften und Baumann den

e il detergente, ritornò di corsa nel soggiorno, ora era davanti al tavolo con un valido motivo. Spruzzò entusiasta il detergente sul legno liscio. Anche se sarebbe stata davvero una figuraccia, se l'estraneo fosse tornato a casa e lui fosse stato là, colto sul fatto, ignobile spia, alla ricerca di un indizio sulla permanenza dell'estraneo, la Stasi a casa sua. «Che ci fa lei qui?!» «Io... io...». Questa umiliazione poteva risparmiarsela. Baumann era integro! Aveva liberato il tavolo dalla polvere!

Baumann puliva e ripuliva, canticchiava assente in modo accentuato e si avvicinava con ampi movimenti circolari al bloc-notes dell'estraneo. Come se fosse per caso, lasciò vagare lo sguardo su quello che aveva scritto. C'erano numeri, in ordine crescente. Numeri di pagine. E dopo ogni numero, un «a.p.». «A posto». Finora nessun errore. Una lunga serie numerica, pagine e pagine di «a.p.» A parte quello, nessun indizio della permanenza dell'estraneo. Accanto al bloc-notes il libro aperto, con la graffetta a evidenziare l'ultimo paragrafo letto. E dietro tutte le altre pagine a seguire. Oh, no. Come avrebbe mai potuto farcela? Baumann lottava contro l'impulso di lavorare. Di mettersi a sedere. Di leggere qualche pagina. Dieci, venti. Che c'era di male? Non avrebbe fatto torto a nessuno. Al contrario, poteva alleggerire un po' il carico dalle spalle di Baumann. In due, combattere era più facile. Cosa che Baumann non capiva, quella dannata testa dura! Un momento di debolezza – Baumann si ritrovò seduto col libro davanti, non sapeva neanche lui come fosse successo, prese la matita, e si mise a correggere. Spedito. Quasi non osava respirare. I sensi all'erta. Sentiva forse il rumore di passi nel corridoio? Lo sferragliare di una chiave? Baumann era pronto a liberare in un batter d'occhio il posto dell'estraneo e a ritirarsi con discrezione nell'adiacente camera da letto. A.p. A.p. Baumann leggeva e leggeva come in stato di ebbrezza, proseguendo la sequenza numerica sul bloc-notes. Lui stesso era un sostegno, si aiutava. Baumann era felice, serviva a qualcuno.

Ma poi – «... nella fase iniziale della reggenza imperiale, si registrò un sensibile aumemto...» – un errore. Baumann fissò quell'*aumemto*, che doveva essere invece un aumento. Che fare? Segnalare l'errore, sottolineare la parola e annotarlo sul bloc-notes accanto al numero della pagina? Sarebbe stato il primo errore nella sequenza numerica scritta fino a quel momento. Gli sarebbe spettata un'attenzione enorme. Baumann aveva lo sguardo fisso sulla lettera travisata. Poteva

Fehler selbst finden lassen. Doch was, wenn der den Fehler übersehen würde. Und damit all die Mühe einer zweiten Korrektur wertlos wäre. Könnte Baumann sich in Zukunft noch selbst trauen, oder müsste er eine dritte, vierte, fünfte Korrekturschleife einlegen und schlussendlich seinen Beruf aus Zeit- und Kostengründen an den Nagel hängen? Ein paar monetäre Polster gab es noch, sicher, und seine Mutter hatte ihm zudem mehrmals versichert, dass sein altes Kinderzimmer frei bliebe und ihm stets zur Verfügung stände, doch eher würde Baumann seiner Existenz ein Ende setzen, als wieder … - die Tür fiel ins Schloss, eilige Schritte auf dem Flur. Baumann hatte sich verloren in seinen Gedanken und war diesem Moment nicht gewachsen. Kopflos schoß er in die Höhe, fast wäre der Stuhl gefallen, hastete ins Schlafzimmer und drückte sich hinter der geöffneten Tür an die Wand. Ruhig atmen. Ruhig. Er musste sich nicht verstecken, er wollte es. Am liebsten wäre er im Erdboden versunken. Durch den Türschlitz beobachtete Baumann, wie sich der Fremde ohne Umschweife an den Tisch setzte und die Arbeit aufnahm. Er blätterte vor und zurück, suchte die Büroklammer, die ihm zeigen würde, wo er stehen geblieben war, hob das Buch, hob den Notizblock, schaute unter dem Tisch auf dem Teppich, nirgends fand sich die Klammer. Also setzte er hinter die letzte Zahl auf dem Notizblock, welche die linke der aufgeschlagenen Seiten bezifferte, ein «i.O.» und widmete sich der nächsten rechten Seite. Baumann fühlte seinen Magen explodieren dort hinter der Tür. Der Fehler befand sich genau in der Mitte der soeben als «i.O.» bezeichneten linken Seite. Und die verloren geglaubte Büroklammer brannte schuldbewusst in seiner Hand.

Zeit verging. Baumann traute sich irgendwann heraus aus seinem Versteck und setzte sich sich selbst gegenüber, beobachtete, wie er da Seite um Seite Korrektur las, keine Fehler fand und doch einen übersehen hatte. Und daran war Baumann, und nur allein Baumann Schuld. War das schon Selbstsabotage? Baumann wusste es nicht, er wusste auch nicht, wie er sich entschuldigen konnte, er wusste nicht, wie er den Fehler und sein Fehlverhalten berichtigen könne, er wusste ja nicht einmal, auf welcher Seite sich dieses verdammte «Anstelg» befand, auf Seitenzahlen hatte er in all der Hektik keine Acht mehr gegeben. Und selbst wenn er sich an die Ziffer erinnerte, wie sollte er sich den Fehler unterjubeln. Plötzlich stände dort ein Fehler zwischen all den «i.O»'s, den man selbst nicht gefunden und nie notiert hatte. Dieses Maß an Paranormalem konnte Baumann

fissare la graffetta al paragrafo dell'errore e lasciare che Baumann lo trovasse da solo. Ma se invece l'errore gli fosse sfuggito? In quel modo, tutta la fatica di una seconda revisione non avrebbe avuto alcun valore. Baumann si sarebbe potuto ancora fidare di sé stesso, in futuro, oppure avrebbe dovuto procedere con una serie di tre, quattro, cinque giri di bozze, e infine appendere al chiodo il suo lavoro per motivi di tempo e costi? Certo, aveva ancora qualche gruzzolo da parte, e a tal proposito sua madre gli aveva assicurato più volte che la sua vecchia cameretta sarebbe rimasta libera e sempre a sua disposizione, anche se Baumann avrebbe preferito mettere fine alla propria esistenza, piuttosto che tornare di ... - la porta si chiuse di scatto, passi frettolosi nel corridoio. Baumann si era perso nei propri pensieri e non era pronto per quel momento. Balzò in piedi disorientato, facendo quasi cadere la sedia, si precipitò in camera da letto e si appiattì contro la parete dietro la porta aperta. Doveva respirare piano. Piano. Non era necessario che si nascondesse, era lui a volerlo fare. Avrebbe preferito sprofondare nel pavimento. Attraverso la serratura della porta, Baumann osservò l'estraneo sedersi alla scrivania senza esitazioni e riprendere il lavoro. Sfogliò le pagine avanti e indietro, cercò la graffetta, che gli avrebbe mostrato dove era rimasto, alzò il libro, alzò il bloc-notes, guardò sotto al tavolo e sotto al tappeto, la graffetta non era da nessuna parte. Allora scrisse un «a.p.» sul bloc-notes accanto all'ultimo numero, che numerava la pagina sinistra del libro aperto, e si dedicò alla successiva pagina di destra. Baumann sentì lo stomaco esplodergli là dietro la porta. L'errore si trovava proprio al centro di quella pagina a sinistra appena definita come «a.p.». E la graffetta data per dispersa bruciava nella sua mano, consapevole della propria colpa.

Il tempo passava. A un certo punto, Baumann ebbe il coraggio di uscire dal suo nascondiglio e si posizionò di fronte a sé stesso, osservandolo mentre leggeva le correzioni, una pagina dopo l'altra, non trovando alcun errore, eppure gliene era sfuggito uno. E la colpa era di Baumann, solo e soltanto di Baumann. Poteva già considerarsi un autosabotaggio? Baumann non lo sapeva, non sapeva neanche come potesse scusarsi, non sapeva come rimediare all'errore e al suo comportamento sbagliato, non sapeva più neanche a che pagina si trovasse quel maledetto *«aumemto»*, in tutta quell'agitazione non aveva più badato al numero delle pagine. E quand'anche si fosse ricordato il numero, come avrebbe fatto a scaricare su di sé la colpa? All'improvviso, sarebbe spuntato un errore in mezzo a tutti

sich nicht zumuten, er wusste, dass dadurch ein Teil des Vertrauens, welches er in die Welt hatte, brechen und ihn in Zukunft noch lascher werden lassen würde. Baumann spannte die Schultern, dachte «Das Spiel ist aus», und schob die Büroklammer hinüber zu Baumann, der gerade eine neue Zahl auf den Notizblock setzte, kurz die Augenbrauen hob, als er die Büroklammer entdeckte und mit einem gemurmelten «Den Wald vor lauter Bäumen nicht...» hinnahm, dass Büroklammern nun einmal dort auftauchten, wo er mehrmals und gründlich... Büroklammern waren Dinge, deren Eigenleben ein jeder akzeptierte. Fehlermeldungen in Zahlenreihen auf Notizblöcken dagegen hatten kein Eigenleben, sie führten immer zurück auf eine Fehlerquelle, einen Urheber... Baumann ließ Baumann arbeiten und legte sich ins Bett. Die Schuld zog ihn hinab, er wollte sich bemitleiden im Halbdunkel seines Schlafzimmers.

Baumann erwachte, als Baumann sich zu ihm ins Bett legte. Baumann beanspruchte seinen Teil der Decke, drehte sich auf den Rücken und starrte an die Decke. Vermutlich hatte er soeben den Korrekturbericht abgegeben und müsste nun eigentlich, von enormem Druck befreit, hinabsinken in einen erholsamen Schlaf, doch der Kopf schien nicht zur Ruhe zu kommen. Baumann kannte das. Wie er da lag, neben ihm. Baumann wusste, wie sich die Verspannung anfühlte in den Schultern des anderen, dumpf, wie sie sich nun unter dem Grübeln über unangenehme Fragen verhärtete und in ein Stechen überging. Und Baumann war froh, sich all die Fragen nicht selbst stellen zu müssen. Heut Nacht ging es nicht um ihn, heut ging es um Baumann und dessen Sorgen. Und er würde ihn unterstützen, komme, was wolle. Das war keine brüderliche Nähe, die Baumann hier spürte, das war eine partnerschaftliche. Baumann sah den Puls am Kehlkopf des anderen und spürte den gleichen Rhythmus in sich selbst, wie er ihn wiegte, ganz leis, vor und zurück. Ihre Herzen schlugen synchron. Baumann streckte die Hand aus, wollte sie ruhen lassen auf der Brust des anderen, eine Geste der Entschuldigung und des Haltes. Und zögerte. Hatte in Zukunft noch ein anderer Körper Platz zwischen ihnen? War er sich mittlerweile selbst genug. Sie beide, Baumann und Baumann, ein Team? Und seine Hand sank hinab. Und da hob auch der andere die Hand zum Herzen und bedeckte wie zufällig Baumanns Hand mit seiner und schloss die Lider. Baumann schlief neben Baumann ein.

quegli «a.p.», che nessuno aveva mai trovato né notato. Baumann non poteva pretendere da sé tesso questa quantità di paranormale, sapeva che in quel modo una parte della fiducia che aveva nel mondo si sarebbe spezzata in futuro e lo avrebbe reso ancora più fiacco. Baumann si strinse nelle spalle, pensò «Fine dei giochi», e spinse la graffetta verso Baumann, che in quel momento stava segnando un nuovo numero sul bloc-notes. Sollevò per un attimo le sopracciglia quando notò la graffetta e borbottando un «Quando si dice, non vedere a un palmo…» accettò il fatto che le graffette riapparissero di colpo proprio là dove le si erano cercate più volte e con scrupolo… Le graffette erano oggetti di cui si doveva accettare il fatto che avessero vita propria. Al contrario, le segnalazioni di errore nelle sequenze di numeri sui bloc-notes non avevano vita propria, erano sempre riconducibili a una fonte di errori, a un autore… Baumann lasciò lavorare Baumann e si mise a letto. La colpa lo buttò giù, voleva autocommiserarsi nella penombra della sua camera da letto.

Baumann si svegliò nel momento in cui Baumann si mise accanto a lui nel letto. Baumann rivendicò la sua parte di coperta, si girò sulla schiena e fissò il soffitto. Probabilmente aveva appena consegnato il lavoro di correzione e ora non doveva fare altro che sprofondare in un sonno ristoratore, liberato da una pressione enorme, ma la testa non sembrava trovare pace. Baumann conosceva quella sensazione. Il modo in cui era steso, accanto a lui. Baumann sapeva com'era l'incordatura nelle spalle dell'altro, un dolore sordo, sapeva come si inaspriva a furia di rimuginare su domande scomode, trasformandosi in una fitta. E Baumann era felice di non essere lui a doversi porre tutte quelle domande. Quella notte non riguardava lui, riguardava Baumann e le sue preoccupazioni. E lui lo avrebbe sostenuto, a qualunque costo. Non era una vicinanza fraterna, quella che Baumann avvertiva, era da pari a pari. Baumann vide il battito sulla laringe dell'altro e percepì lo stesso ritmo in sé stesso, sentì come lo cullava, molto dolcemente, avanti e indietro. I loro cuori battevano in sincronia. Baumann allungò la mano, voleva appoggiarla sul petto dell'altro, un gesto di scuse e di sostegno. Ed esitò. Nel futuro, ci sarebbe stato posto per un altro corpo tra di loro? Intanto, bastava a sé stesso. Tutti e due, Baumann e Baumann, una squadra? E la sua mano ricadde giù. E allora anche l'altro sollevò la mano sul cuore e così, come per casualità, coprì quella di Baumann con la sua e chiuse le palpebre. Baumann si addormentò accanto a Baumann.

Am nächsten Morgen blieb er noch einen Moment liegen, als der andere schon im Bad verschwunden war. Er hatte geschlafen, tief, erwachte frisch, fast zuversichtlich. Baumann würde Baumann zum Bäcker begleiten und schauen, ob er sich nicht einen Bissen vom Frühstück des anderen eroberte. Er musste schmunzeln, als er an den schlingenden Baumann vor dem Fenster des Antiquariates dachte und erschrak im nächsten Moment über die Nähe, die sich da etabliert hatte zwischen ihnen über Nacht. Wer war er in diesem Duett? Ein Schatten, ohne Einfluss auf ihr gemeinsames Geschick; abhängig von den fremden Launen, die ihm heut vielleicht noch liebenswert krude, doch morgen womöglich schon unerträglich vorkommen würden. Hastig schlüpfte Baumann in Hemd und Hose, eilte in den Flur und erwischte durch Zufall noch den Moment, wo er hinter Baumann durch die Wohnungstür schlüpfen konnte. Ha. Da fing sie schon an. Die Unfreiheit, in der er sich befand an Baumanns Seite. Sie traten auf die Straße, die Blumenverkäuferin grüßte fröhlich, die Baumanns winkten, der eine setzte seinen Weg fort zum Bäcker. Der andere sah zurück und bemerkte, dass die Blumenverkäuferin ihm nachschaute, dem anderen Baumann, dabei den Blumenkübel an die Brust drückte, ein Lächeln auf den Lippen und ein wirres Nest aus roten Locken auf dem Kopf. Die standen ihr gut, fand Baumann und wunderte sich, dass ihm das zuvor nie aufgefallen war... Baumann wollte Blumen kaufen. Jetzt. Baumann, halt! Die Blumen! Doch der andere stapfte nur immer weiter in Richtung Backwaren. So ein Idiot! Baumann folgte ihm.

Die Schlange an diesem Morgen war lang, denn Baumann traf Baumann vor der Bäckerei, stellte sich zu ihm, sie warteten gemeinsam. Ein paar Augenblicke später trat Baumann aus der Bäckerei, eine Tüte in der Hand, und steuerte in Richtung Antiquariat. Der Baumann an Baumanns Seite, mit dem er vor der Bäckerei gewartet hatte, setzte sich ebenfalls ins Bewegung und folgte dem Baumann mit der Tüte. Nur Baumann blieb zurück, erstarrt. Der neue Baumann schaute sich kurz um, winkte ihm zu folgen. Ich? Euch nach? Wie in Trance setzte sich Baumann in Bewegung, folgte dem Baumann, der dem Baumann mit der Tüte folgte, dessen Ziel das Schaufenster des Antiquariates war. Dort stand ein weiterer Baumann, die Armevor der Brust verschränkt und schaute ihnen entgegen, grad als hätte er auf sie gewartet. In seiner Hand fand sich keine Tüte, die Tüte trug nur sein Baumann, sprich - der Baumann,

La mattina dopo, rimase disteso ancora un momento, mentre l'altro era già sparito in bagno. Aveva dormito, profondamente, e si era svegliato riposato, quasi fiducioso. Baumann avrebbe accompagnato Baumann dal panettiere e avrebbe visto se sarebbe riuscito a conquistare un morso dalla colazione dell'altro. Non poté fare a meno di sorridere, ripensando al Baumann che si ingozzava davanti alla vetrina della libreria antiquaria, e un attimo dopo si impressionò per la vicinanza che si era stabilita tra loro durante la notte. Chi era lui, in questo duetto? Un'ombra, senza alcuna influenza sulla loro sorte comune; in balìa di umori estranei, che forse ancora oggi potevano sembrargli sinceramente amabili, ma che il giorno dopo, probabilmente, gli sarebbero risultati insopportabili. Baumann si infilò in fretta e furia la camicia e i pantaloni, si precipitò nel corridoio e beccò per caso proprio il momento in cui poter sgattaiolare dietro Baumann attraverso la porta d'ingresso. Ah. Ecco che cominciava. La schiavitù nella quale si trovava al fianco di Baumann. Camminavano per strada, la commessa del fioraio li salutò allegramente, i Baumann fecero un cenno, uno dei due proseguì verso la panetteria. L'altro guardò indietro e notò che la fioraia cercava con lo sguardo lui, l'altro Baumann, mentre stringeva il vaso di fiori al petto, un sorriso sulle labbra e un nido arruffato di riccioli rossi in testa. Le stavano bene, pensò, e si meravigliò di non averci mai fatto caso prima… Voleva comprare dei fiori. Ora. Baumann, fermati! I fiori! Ma l'altro continuava ad arrancare verso la panetteria. Che idiota! Baumann lo seguì.

Quella mattina la fila era lunga, perché Baumann trovò Baumann davanti alla panetteria. Si mise a fianco a lui, aspettarono insieme. Qualche attimo dopo, Baumann uscì dalla panetteria, una busta in mano, e si diresse verso la libreria antiquaria. Anche il Baumann di fianco a Baumann, con il quale aveva aspettato davanti alla panetteria, si mise in marcia e seguì il Baumann con il sacchetto di carta. Solo Baumann era rimasto indietro, pietrificato. Il nuovo Baumann si voltò un attimo a guardarlo, poi gli fece cenno di seguirlo. Io? Vi seguo? Baumann si mise in moto, come se fosse in trance, seguì il Baumann che seguiva il Baumann con il sacchetto, la cui meta era la vetrina della libreria. Là c'era un altro Baumann, le braccia incrociate sul petto, che guardò verso di loro, proprio come se li stesse aspettando. Non aveva nessun sacchetto in mano, quello ce l'aveva solo il suo Baumann, ovvero il Baumann a cui aveva poggiato la mano sul cuore la sera

dem er gestern Nacht die Hand aufs Herz gelegt hatte. Wer waren die anderen beiden… Sein Baumann kam vor der Scheibe zum stehen und nestelte an der Papiertüte mit den Backwaren. Die anderen beiden stellten sich ihm, einer rechts, der andere links, zur Seite und nickten ihm, also dem Neuen freundlich zu. Sie boten ihm den Platz direkt links neben dem Baumann mit der Tüte an. Dieser hatte bereits ein Brötchen aus der Tüte gezogen und war dabei, die großen gelben Zähne in die Kruste zu schlagen.

Die beiden Baumann's bedeuteten ihm, dem neuen, er solle die Hände aufhalten unter dem Gesicht des Beißenden. Er tat wie ihm geheißen, formte mit den Hände eine Kuhle und empfing die Krümel, die Baumann fallen ließ. Die beiden anderen zeigten ihm, wie er zu essen habe von den Krümeln und wie er teilen sollte mit ihnen. So standen sie und schauten in die Scheibe dort vor dem Antiquariat, während sie gemeinsam frühstückten. Und Baumann schaute schlingend in die Auslage und ließ seinen Blick unbekümmert über die Titel der Bücher streifen. Und die anderen schauten in das Spiegelbild und sahen, wie immer mehr Baumanns zu ihnen traten. Und wenn sich ihre Blicken trafen, zufällig, dort in der Scheibe, so lächelten sie oder strafften die Schulter und nickten sich zu. Und Baumann hielt nur immer die Hand auf unter dem kauenden Mund Baumanns und die Krümel wanderten durch die Reihen und in die Münder der Wartenden. Und als Baumann die Papiertüte zerknüllte, öffneten sich ihre Reihen und Baumann wendete sich ab von der Scheibe und nahm seinen Weg in Richtung Wohnung auf. Und Baumann blieb zurück bei den anderen. Er schaute Baumann nach, wie auch alle anderen ihm nachschauten. Baumann musste seinen Weg allein gehen. Er würde hier bleiben, bei den anderen. Er konnte nichts für Baumann tun.

prima. Chi erano quegli altri due? ... Il suo Baumann arrivò davanti alla vetrina per fermarsi e armeggiò con il sacchetto di carta con dentro i prodotti da forno. Gli altri due si misero accanto a lui, uno a destra e uno a sinistra, e fecero a lui, ovvero quello nuovo, un cenno amichevole. Gli offrirono il posto immediatamente a sinistra accanto al Baumann con il sacchetto in mano. Quest'ultimo aveva appena tirato fuori un panino e stava per affondare i grandi denti gialli nella crosta.

Entrambi i Baumann gli fecero capire, a lui che era nuovo, che doveva tenere le mani aperte sotto il viso di quello che dava i morsi. Fece come gli era stato ordinato, formò una conchetta con le mani e ricevette le briciole che Baumann faceva cadere. Gli altri due gli mostrarono come avrebbe dovuto mangiare le briciole e come avrebbe dovuto dividerle con loro. Se ne stavano lì così e guardavano la vetrina della libreria, mentre facevano colazione assieme. E Baumann guardava i volumi esposti, ingozzandosi, e lasciava vagare indifferente lo sguardo sui titoli dei libri. E gli altri guardarono l'immagine riflessa e videro sempre più Baumann andargli incontro. E quando i loro sguardi si incrociavano, per caso, là nella vetrina, allora sorridevano, oppure raddrizzavano le spalle e si facevano un cenno con la testa. E Baumann teneva sempre le mani sotto la bocca del Baumann che masticava, e le briciole vagavano per le file e le bocche di quegli altri in attesa. E quando Baumann accartocciò il sacchetto, le loro file si aprirono e Baumann si scostò dalla vetrina e si avviò verso l'appartamento. E Baumann rimase indietro con gli altri. Guardò Baumann, così come lo stavano guardando tutti loro. Doveva andare per la sua strada da solo. Lui sarebbe rimasto lì, con gli altri. Per Baumann non poteva fare nulla.

DAS TANDEM DAFNE GRAZIANO UND LUKA TUVALU

Über die Nuancen in der Sprache und den Wörtern

Nachdem wir die jeweiligen Erzählungen gelesen hatten, haben wir uns für eine Art Übersetzung entschieden, die dem Ausgangstext so treu und nah wie möglich bleiben sollte. Wir haben uns als Ziel gesetzt, den Inhalt nicht zu verändern und uns auf die bestmögliche Wiedergabe in der jeweils anderen Sprache zu konzentrieren.Wir strukturierten unser Tandem in monatliche Sitzungen und darauffolgende Arbeitsphasen, in denen genügend Zeit blieb, um an den verschiedenen Phasen der Übersetzung zu arbeiten und die Texte mit genügend Abstand zu betrachten. Bei Zwischenfragen standen wir uns stets zur Verfügung.

Es hat uns beiden sehr viel Spaß gemacht, in diese kontinuierliche Sprachforschung einzutauchen. Die häufigsten Diskussionen, die sich aus unseren Treffen ergaben, konzentrierten sich genau auf alternative Vorschläge für die Übersetzung bestimmter Phrasen und Ausdrücke, auf die zahlreichen Nuancen, die in einzelnen Wörtern enthalten sind, und schließlich auf die Unterschiede zwischen der italienische und der deutschen Sprache, aber auch auf die Elemente der Nähe zwischen die beiden Sprachsystemen.

Eine brennende Frage, die uns seit unserem ersten Treffen beschäftigt, ist, wie wir den Spritzkuchen aus Luka's Text «Zu zweit» ins Italienische übersetzen. Unser Skype Feed füllte sich über die Monate mit Bildern von italienischen Köstlichkeiten. Einige sind dem Spritzkuchen zum Verwechseln ähnlich, aber leider regionale Besonderheiten und daher nicht für die Metropole geeignet, in der die Geschichte spielt. Wir beschreiben uns Konsistenzen von Zuckergüssen und Durchmesser von Gebäckteilen. Und nehmen uns vor, diese bei Gelegenheit zu verköstigen.

Darüber hinaus war das Lesen unserer Texte in einer anderen Sprache für uns beide eine angenehme Überraschung, die uns unsere jeweiligen Ausgangs- und Zielsprachen bewusster machte.

IL TANDEM DAFNE GRAZIANO E
LUKA TUVALU

Delle sfumature della lingua e delle parole

Dopo aver letto i rispettivi brani, abbiamo deciso di optare per una traduzione il più fedele possibile al testo di partenza, prefissandoci l'obiettivo di non alterarne il contenuto e di focalizzarci al contempo sulla resa migliore nella lingua di arrivo. Abbiamo deciso di strutturare questo tandem in incontri mensili, in modo da poter avere tempo sufficiente per lavorare alle diverse fasi della traduzione e osservare i testi dalla giusta distanza, ma rimanendo comunque sempre in contatto in caso di dubbi.

È stato molto divertente per entrambe immergerci in questa attività di continua ricerca linguistica. Le discussioni più frequenti emerse dai nostri incontri si sono incentrate proprio sulle proposte alternative di traduzione di determinate frasi ed espressioni, sulle numerose sfumature racchiuse nelle singole parole, e infine sulle differenze tra la lingua italiana e quella tedesca, ma anche sugli elementi di vicinanza tra i due sistemi linguistici.

Una domanda scottante che ci ha visto impegnate fin dal nostro primo incontro è stata come tradurre lo Spritzkuchen nel testo di Luka «Zu Zweit». Nel corso dei mesi, la nostra chat di Skype si è riempita di foto di prelibatezze italiane. Alcune erano piuttosto simili allo Spritzkuchen tedesco, ma troppo connotate in quanto specialità regionali, non adatte al contesto metropolitano in cui è ambientata la storia. Ci siamo descritte a vicenda la consistenza dei diversi tipi di glassa e il diametro dei vari dolci. Ripromettendoci di provarli alla prima occasione.

Inoltre, leggere i propri testi in un'altra lingua è stata una piacevole sorpresa per entrambe, che ci ha reso maggiormente consapevoli delle nostre rispettive lingue di origine e di quelle di arrivo.

Schließlich war der Austausch von Überlegungen zu zwei sehr unterschiedlichen Texten in Bezug auf Themen und Stil sicherlich sehr nützlich und interessant: Während «Zu zweit» in der dritten Person die surreale Erfahrung der Protagonisten mit einem subtil ironischen Ton erzählt und einem Rhythmus, der gekonnt Raserei und Momente des Nachdenkens abwechselt, ist «Prima o poi» ein Monolog mit zunehmender Intensität, in dem sich die Protagonistin schmerzhaft in ihren Gesprächspartner und in sich selbst vertieft und sich zwingt, sich ihrer eigenen Unfähigkeit und Irreversibilität der Zeit zu stellen

Infine, è stato sicuramente molto utile e interessante anche lo scambio di riflessioni su due testi molto diversi tra loro a livello di tematiche e stile: mentre «Zu zweit» narra in terza persona l'esperienza surreale vissuta dal protagonista, con un tono sottilmente ironico e un andamento che alterna sapientemente frenesia e momenti di riflessione, «Prima o poi» è un monologo a intensità crescente, dove la protagonista scava dolorosamente dentro il suo interlocutore e dentro di sé, costringendo sé stessa a confrontarsi con la propria impotenza e con l'irreversibilità del tempo che passa.

WIE DER OCHSE MIT DEM PFLUG
MARIELLE KREIENBORG

Das erste Mal trafen sie sich im Aufzug. Er hätte raus gemusst, blieb drinnen.

Sie stieg ein. Er blickte sie an, unverwandt. Sie hielt stand. Er lachte.

Keiner wand sich ab.

Er fragte: «Wohnst du bei Fabrizio?»

Sie bejahte, fragte zurück, auf englisch. Er wehrte ab, grinste, lachte, hielt sich die Hand vor die Augen, vor den Mund, lugte durch eine Fingerspalte, lachte wieder, schüttelte den Kopf: «No english».

Er wechselte ins Italienische, diesmal lächelte sie, entschuldigend, schüttelte den Kopf: «Non capisco.»

Der Aufzug hielt, Erdgeschoss.

«Ciao.»

«Ciao.»

«Come ti chiami?»

«Annabelle.»

«Annabelle. Ciao. Sono Fathy.»

«Ciao, Fathy. See you.»

«Ciao, Anabelle. Ciao. Ci vediamo.»

Er lebte mit vier anderen Jungs und einem Onkel in einer Zweizimmerwohnung. Zu sechst in einem Zimmer. Sie dachte daran, wie sie sich stets geweigert hatte, anderswo zu übernachten. An Wochenenden, Geburtstagsfeiern, an Silvester, jedes Mal hatte sie ihre Mutter angewiesen, sie mitten in der Nacht abzuholen und nach Hause zu karren. Es fiel ihr schwer, mit Menschen für längere Zeit in ein und demselben Raum zu sein. Bei ihnen zu übernachten, im selben Zimmer, im selben Bett. Was, wenn sie schnarchte, zu laut oder schwerfällig atmete, wenn sie redete, und andere ihr Kopfchaos

COME IL BUE CON L'ARATRO
MARIELLE KREIENBORG
Traduzione di Fausto Paolo Filograna

Si conobbero in ascensore. Lui doveva uscire - rimase.

Entrò lei. Lui la guardò, fissamente. Lei tenne duro. Lui rise.

Non distoglievano lo sguardo.

Lui: «Vivi con Fabrizio?»

Sì, e rigirò la domanda, in inglese. Lui impietrì, sorrise, rise, mise una mano sugli occhi, sulla bocca, sbirciando tra le dita, rise ancora, scosse la testa: «No English».

Passò all'italiano, stavolta sorrise lei, come a scusarsi, scosse la testa: «Non capisco».

L'ascensore si fermò, piano terra.

«Ciao.»

«Ciao.»

«Come ti chiami?»

«Annabelle.»

«Annabelle. Ciao. Io sono Fathy.»

«Ciao, Fathy. See you.»

«Ciao, Anabelle. Ciao. Ci vediamo.»

Viveva con altri quattro ragazzi e uno zio in un bilocale. Sei in una stanza. Pensò forse per questo di essersi rifiutata sempre di dormire altrove. Nei weekend, alle feste di compleanno, la notte di Capodanno, chiedeva ogni volta a sua madre di venire a prenderla a notte fonda per riportarla a casa. Con le persone non riusciva a stare a lungo nella stessa stanza. Stare con loro, nella stessa camera, nello stesso letto. Se avesse russato, respirato troppo forte, troppo pesante, o se parlava, se gli altri avessero

hörten? Was, wenn sie aufwachte, mitten in der Nacht, unfähig, sich zu orientieren im stockfinsteren Zimmer, überall lauerten Hindernisse: leblose Körper in Schlafsäcken und sie, allein, mit prall gefüllter Blase. Bei voller Blase schlief man nicht: entweder sie schliefe gar nicht ein oder sie verfiele in einen Schlaf, der schlimmer wäre als überhaupt nicht zu schlafen. Mit schweren Träumen von abfahrenden Rucksäcken, Vergewaltigungen auf dem Rummelplatz oder ihrer Mutter, bewaffnet mit einer Bazooka.

Und morgens würde sie aufwachen, lange bevor die anderen ein Lebenszeichen von sich gäben, und nicht wagen, sich zu bewegen. Sie wäre nicht allein und wer nicht allein war, musste Rücksicht nehmen, das hatten sie ihr beigebracht. Rücksicht auf jeden und alles, nur nicht auf sich selbst.

Und wenn die Pein zu groß und sie doch auf leisen Pfoten durch verschlossene Türen huschen würde, wie ein Eindringling, denn so fühlte sie sich, in fremden Häusern und manchmal auch im Eigenen, würde sie ihre Blase entleeren, doch statt ins Zimmer zurückzukehren, würde sie die Treppe runter tapsen und nach Lebensmitteln fahnden. Die Sezierung vollgepackter Kühlschränke, bis an den Rand gefüllter Tiefkühltruhen, das wahllose Öffnen von Regalen, von Schränken, von Schubläden, die Inspektion der zur Auswahl stehenden Kekssorten, die Entscheidung für eine mit Schokoladenüberzug, das Aufreißen, Rausnehmen, Aufessen, Zurücklegen, die dürfte Tarnung durch Vorrücken zweier anderer Packungen, all das hatte etwas Unerhörtes an sich und gerade deshalb entzückte es sie: Es schickte sich nicht, ungeduldig zu sein, auf der Suche nach mehr, schon gar nicht für ein junges Mädchen.

Besser, sie machte es wie alle und schlief bis um zehn. Irgendwann würden auch die anderen wach werden und gemeinsam würden sie nach unten gehen.

Dort gäbe es keinen Kaffee, es gäbe Kakao, denn obwohl das Mädchen längst kein kleines Kind mehr war, sondern eine erwachsene Frau, war sie in den Augen ihrer Familie und den meisten ihrer früheren Bekannten, nie älter als sechzehn geworden.

«Aber wieso», würden die sagen, «hast du doch früher gerne getrunken, Kakao.»

«Stimmt», würde sie antworten, «früher», und dann, als die Stille kaum mehr aushaltbar wäre, «Kakao, ja stimmt, Mensch, den hab ich ja seit Jahren nicht mehr...» Und sie würde lachen, die eigene Stimme würde ihr fremd vorkommen, sich braunes Pulver in die Tasse

sentito il caos della sua testa? O, se si svegliava, a notte fonda, incapace di orientarsi, nella stanza buio pece, in mezzo a ostacoli in agguato: i loro corpi inanimati nei sacchi a pelo e lei sola con la vescica strapiena. Non dormivi, con la vescica strapiena: o non si addormentava nulla, o dormivi di un sonno peggiore che stare svegli. Con pesanti sogni di zaini per partire, stupri nei lunapark, o sua madre, armata di bazooka.

E al mattino si svegliava molto prima che gli altri mostrassero segni di vita, e non osava muoversi. Non era sola, e chi non era solo, doveva essere rispettoso, così le era stato insegnato. Rispettare chiunque, qualunque cosa, ma se stessa no. E se il tormento era troppo, sgattaiolando con passo felpato fuori dalla porta serrata come un intruso – così si sentiva, a casa d'altri e persino nella propria – si svuotava la vescica, e anziché rientrare in camera scendeva le scale in cerca di roba da mangiare. La dissezione di frigoriferi zeppi, fino all'orlo di freezer stracolmi, l'apertura indiscriminata di ogni scaffale, di credenze, casset- tiere, l'ispezione dei diversi biscotti e la possibilità di sceglierli, quelli ricoperti di cioccolato, strappare, estrarli, divorare, rimettere a posto, lasciare due pacchetti intatti perché nessuno vedesse, tutto ciò aveva il sapore dell'inaudito, e, per questo, la incantava: ma non oltre; chiedere oltre, essere impazienti non andava bene per una signorina.

Era meglio fare come gli altri, e dormire fino alle 10. Alla fine si sarebbero svegliati tutti e si sarebbe scesi giù insieme, certo. Non ci sarebbe stato caffè, ci sarebbe stata la cioccolata, perché sebbene la ragazza non fosse più bimba, ma donna, adulta, per la sua famiglia e molti di quelli che la conoscevano non aveva mai passato i sedici.

«Ma perché» dicevano, «prima ti piaceva, la cioccolata.»
«Certo», la risposta, «prima», e poi, una volta che il silenzio diventava intollerabile: «La cioccolata, certo, non la bevo <u>da mai</u>...» E si sarebbe messa a ridere, la sua stessa voce le sarebbe suonata strana, avrebbe versato la polvere marrone nella tazza,

stülpen, Milch darüber und träumen, von Kaffee und Liebe und davon, wie sie Zuhause wäre.

Zuhause wäre sie gleichsam einsam, aber wenigstens könnte sie dort ihre Nase in die Kaffeedose stecken und an etwas riechen, das Liebe nahe kam.

*

Jeden Tag ging sie rüber zu Fathy. Er besuchte sie nie. Lucy mochte ihn nicht.

Sie solle vorsichtig sein, warnte Lucy. Fathy sei schlechter Umgang.

Sie konnte sich so Recht keinen Reim darauf machen: Menschen mit Migrationshintergrund rümpften die Nase über Menschen mit Migrationshintergrund. Sie schüttelte den Kopf und beglückwünschte sich: aus einem kleinen Dorf, irgendwo in Norddeutschland, hatte sie es bis hierher gebracht, wohnte in einem Haus mit Venezolanern, die in Mailand ein Zuhause gefunden hatten, im Zimmer neben ihr eine Pariserin, die Mutter aus der Normandie, der Vater Portugiese. Und jeden Tag traf sie, Punkt siebzehn Uhr, ihren neuen Freund zu schwarzem Tee mit frischer Minze und zwei Stück Zucker.

Sie war in Italien und lernte italienisch, von einem Ägypter.

Nicht bloß, weil er kein Englisch sprach, vielmehr war er geduldig: er unterbrach sie nie, ließ sie ausreden, hörte ihr zu, als würde sie gerade etwas furchtbar Schlaues sagen. Nie ging ihm der Atem aus, egal, wie falsch, holprig oder bruchstückartig ihre Sätze zusammengekleistert waren, wie sperrig sie aus ihrem Mund kamen, wieviele Akzente sie versetzte, wie oft sie sich eines Wortes nur des Klanges wegen erinnerte.

Er war da und lachte nicht, redete nie über ihren Kopf, wie es die anderen taten, so als wäre sie gar nicht da, als existierte sie nicht. Nie setzte er sein Wort über ihres, sagte nicht, dass sie dumm sei, schwer von Begriff, langsam.

Er nahm sie ernst, die Gedanken, die ihr Mund formte.

Jeden ihrer Sätze bildete er nach mit seinen Lippen, hoch konzentriert, als wäre das, was er zu Gehör bekam, die Dankesrede einer zukünftigen Nobelpreisträgerin. Er hörte sie an. (Ver-)Urteilte nicht. Er sagte ihr nicht, wie die Dinge standen oder lagen, wie irgend was war, wie sie war, sein sollte.

Er war der erste Mann, Mensch, der mit ihr auf Augenhöhe sprach, sie nicht von oben herab richtete.

Zunächst kommunizierten sie über Google *translate*. Er sprach ins

poi il latte, poi il sogno, del caffè, dell'amore, e di come sarebbe stato, a casa.

Pure a casa sarebbe stata sola, ma almeno avrebbe potuto mettere il naso nella lattina di caffè e annusare qualcosa, qualcosa che si avvicina all'amore.

*

Andava ogni giorno da Fathy – e lui, da lei, non era mai andato. A Lucy, lui, non piaceva.

Doveva stare attenta, diceva Lucy. Fathy non è di quelli da frequentare.

Lei non riusciva a farsene una ragione: chi è emigrato di solito rimprovera chi è emigrato, pensò. Scosse la testa e si disse brava: da un paesino, sperduto, dal Nord della Germania, arrivare fin qui, a vivere con dei venezuelani, che avevano preso casa a Milano, con una parigina che viveva nella stanza accanto; madre della Normandia, padre portoghese. E tutti i giorni, alle 17 in punto, ora incontrava il suo nuovo amico per un tè nero, con menta fresca e due di zucchero.

E così si ritrovò in Italia ad imparare l'italiano da un egiziano.

Non solo perché non parlava l'inglese, ma perché era paziente: non la interrompeva mai, la lasciava finire, la ascoltava, come se proprio in quel momento stesse dicendo cose di incredibile intelligenza. Non restava mai senza fiato, non gli importava che a volte le frasi fossero fatte male, o frammentarie, sconnesse, o le uscissero come pietre dalla bocca; se metteva più o meno accenti o se spesso ricordava le parole solo per il loro suono.

Stava lì e non rideva mai, non le parlava in testa come gli altri, come se lei non ci fosse, come se lei non esistesse nemmeno. Non le parlava mai addosso, non le diceva mai che era stupida, dura, lenta.

I pensieri che le uscivano di bocca li prendeva sul serio.

Mimava, seguiva ogni sua frase con le labbra - concentrato, come se stesse ascoltando il discorso di accettazione di un Nobel. La ascoltava. Non la giudicava. Non la condannava. Non le diceva come stavano o non stavano le cose, com'erano, come sarebbero dovute essere.

Fu il primo uomo a parlarle alla pari, e non dall'alto in basso.

All'inizio parlavano con Google *translate*. Lui parlava al tele-

Handy, auf italienisch oder arabisch, sie las, zeitverzögert, die Übersetzung auf deutsch oder englisch. Sie liebte diese Art der Konversation, den Moment, in dem er sie ansah, erwartungsvoll, auf Verständnis wartend, hoffend. Lächelnd, freudig, sobald ihr Gesichts Verständnis zeigte.

Das Gelächter, die «ooohs» und «aaahs» und «nooos» und «booohs» und «hääähs» und «siiis» und «maaahs» und «jaaas» und «boaaahs» und «waaas», wenn die Gedanken des anderen sie erreichten.

Fathy sprach. Er schrieb nicht. Das europäische Schriftsystem hatte nicht das Geringste mit dem arabischen gemein. Sie betrachteten die Welt aus zwei verschiedenen Blickweisen. Seine Welt bewegte sich zu ihrer entgegengesetzt.

Von rechts nach links. Von links nach rechts.

«Glaubst du, dass Schrift unser Denken konditioniert?»

Er lachte, schüttelte den Kopf.

«Cosa?»

«Wie siehst du die Welt? Denkst, fühlst du sie anders als ich? Kommt dir hier nicht alles irgendwie verkehrt herum vor?»

Sie sprach, er las, überlegte, zuckende Schultern.

«Als ich her gekommen bin, stand die Welt Kopf für mich.»

Wer hatte das eigentlich entschieden, wie wir schrieben? In Japan, in Korea, in China, da ging es primär von oben nach unten. Und erst dann von rechts nach links. Von oben nach unten schrieb sie nur die Einkaufsliste.

Dabei fände sie durchaus Gefallen daran, in einer endlosen, unaufhörlichen Schleife zu schreiben, ohne aufzuhören, ohne abzusetzen, immer und immer weiter. Wie der Ochse mit dem Pflug.

Sie sprach, er las, zögerte, sprach in sein Telefon, ägyptisches arabisch: «Ich denk zu viel. Mein Kopf platzt. Ist immer voll. Ich kann mich nicht beruhigen. Ich denk an meine Familie, meine Mutter. Ich kann nicht zurück. Dann muss ich Soldat werden. Deswegen hat meine Mutter mich weggeschickt. Nach Mailand. Ein besseres Leben. Hat sie gesagt. Aber die Stadt gefällt mir nicht. Sie nennen es Integration und dann leben Araber unter Arabern, Chinesen unter Chinesen, Spanier unter Spaniern, Italiener unter Italienern, nebeneinander aneinander vorbei und würdigen sich keines Blickes. Ich bleib nicht für immer.'

Sie las und dachte, wie unzulänglich Sprache war, egal in welcher Form.

fono, in italiano o in arabo, lei leggeva, in differita, la traduzione in tedesco o inglese. Amava quel tipo di conversazione, il momento in cui lui la guardava impaziente, sperando di essere capito. Poi sorrideva, felice se lei mostrava di aver capito.

Le risate, gli «ooooh» e «aaaah», i «nooo», i «boooh», gli «eeeh», i «sììì» e «maaah» e «yeeeh», e «boooh» e «cooosa» quando il pensiero dell'altro li raggiungeva pienamente.

Fathy parlava. Non scriveva. Il modo di scrivere europeo non aveva niente in comune con quello arabo. I due vedevano il mondo da due diverse prospettive. Il suo mondo correva in direzione opposta al suo. Da destra a sinistra. Da sinistra a destra.

«Secondo te lo scrivere condizionerà i nostri pensieri?»

Lui rise, fece no con la testa.

«Cosa?»

«Come lo vedi il mondo? Lo vediamo diversamente io e te? Non ti sembra, dico, che in qualche modo sia tutto capovolto?»

Lei parlò, lui lesse, pensoso, fece spallucce.

«Quando sono arrivato qui, il mondo mi si è capovolto.»

Chi l'ha deciso il nostro modo di scrivere? In Giappone, in Corea, in Cina, dall'alto al fondo. Poi da destra a sinistra. Lei, così, ci aveva scritto al massimo la lista della spesa.

Eppure, adesso, avrebbe voluto scrivere in un ciclo infinito, senza fermarsi mai, senza soluzione di continuità, andando avanti così sempre e per sempre. Come il bue con l'aratro. Lei che parlava, lui che leggeva, e esitava, e parlava nel telefono in un arabo egiziano: «Penso troppo. Mi sta scoppiando la testa. È sempre piena. Non riesco a calmarmi. Penso alla mia famiglia, a mia madre. Dove non posso tornare. Altrimenti devo diventare un soldato. Per questo mia madre mi ci ha mandato. A Milano. Una vita migliore. Così ha detto. Ma la città non mi piace. La chiamano integrazione, e poi gli arabi vivono con gli arabi, i cinesi coi cinesi, gli spagnoli con gli spagnoli, gli italiani con gli italiani, si sfiorano senza neanche guardarsi. Non rimarrò qui per sempre.»

Leggeva e pensava a quanto il linguaggio fosse inadatto, in ogni sua forma.

Sie schaute ihn an, wollte Worte sagen, fand keine.

Er schaute zurück. Er besah sie direkt, eindringlich, bei allem, was er sprach.

Sie dachte, wie selten sie die Menschen ansah, mit denen sie redete, wie ihr Blick niemals ausharrte, nie blieb, nicht für länger.

Fathy war fahrig. Wenn sie Pizza aßen, rührte er seine nicht an. Ein Getriebener, saß nie lange still, leerte sein Weinglas als wäre es Cola.

Er wirkte nervös, unter Strom, so als würde jeden Moment der Anruf kommen.

«Ho cominciato a fare brutte cose. Brutte cose, Annabelle.'

Er sprach sie an mit vollem Namen, immer, Betonung auf der letzten Silbe.

Für die anderen war sie immer bloß Anna. Palindrom. Leicht zu dechiffrieren. Funktionierte von links nach rechts wie von rechts nach links. Von oben nach unten wie von unten nach oben.

Gleichförmig. Gleichmütig. Gleich.

Sie mochte die Art, wie er ihren Namen sagte. Er verlieh ihm Gehalt. Als schwämme auf dem Grund ihres Schiffes ein wunderbarer Inhalt.

«Ich bin froh, dass du mein Freund bist», sagte sie.

Mit seiner Mutter hatte das nichts zu tun, aber etwas Ehrlicheres kam nicht.

Sie wusste nicht, wie es sich anfühlte, eine Mutter zu vermissen, zu ihr zu wollen, nicht zu können. Wollte sie zu ihrer Mutter, konnte sie, für neunundzwanzig Euro, ein Sparticket kaufen und noch am selben Tag in den Zug steigen.

Sie hatte keine Ahnung, was für ein Gefühl das war, nicht nach Hause zu können, dahin zurück, wo man herkam. In ein paar Monaten würde sie zurück fliegen und er würde hier bleiben, weil ihr Pass der privilegiertere war.

Er erzählte von der Heimat, von Krieg und Trainingslagern, von Soldaten.

Sie sah diesen dünnen, jungen Mann, wie er unaufhörlich mit den Fingern toste, stets etwas in der Hand, das Ablenkung verschaffte, von seinem Kopf und dessen Trommelwirbel. Meistens einen Joint. Er rauchte zu viel.

Sie sagte: «Gewöhn dir das ab. Mach stattdessen lieber Sport.

Wir können zusammen laufen.»

Lo guardò, provò a dire qualcosa e non trovò una sola parola.

Anche lui la guardava. La guardava negli occhi, intensamente, e guardava precisamente tutto ciò che lei diceva.

Pensò, lei, io spesso non guardo nemmeno in faccia le persone con cui parlo, il mio sguardo non regge, non a lungo.

Fathy era nervoso. Ordinarono una pizza, ma lui non la toccò. Era inquieto, non lo vide mai seduto, svuotò il bicchiere di vino come Coca-Cola.

Sembrava agitato, elettrificato, come se la chiamata gli dovesse arrivare da un momento all'altro.

«Ho cominciato a fare cose brutte. Cose brutte, Annabelle.»

Si rivolgeva a lei chiamandola col suo nome per intero, sempre, marcando l'ultima sillaba.

Per gli altri era solo Anna. Palindromo. Facile da decifrare. Ideale da destra a sinistra e viceversa e dall'alto in basso, e viceversa.

Impeccabile. Imperturbabile. Indifferente.

Le piaceva come pronunciava il suo nome. Gli dava valore. Come se sul fondo della sua nave veleggiasse un contenuto bellissimo.

«Sono felice che sei mio amico», disse.

Questo non aveva niente a che vedere con sua madre, lei non sapeva come fosse sentire la mancanza di una madre, volerla vedere e non potere. Avesse voluto vederla, avrebbe potuto comprare un biglietto low cost, 29 euro, e prendere il treno seduta stante.

Non sapeva come fosse sentire di non poter tornare a casa, tornare da dove vieni. Lei, tra pochi mesi, sarebbe tornata perché il suo passaporto era privilegiato, mentre lui sarebbe rimasto lì.

Le parlava di casa sua, della guerra, di campi di addestramento, di soldati.

Vedeva quest'uomo magro, mentre le dita gli ruggivano svirgolando qualcosa nelle mani, la sua distrazione dalla sua testa e il suo rullo di tamburi. Di solito una canna. Fumava troppo.

Lei disse: «Togliti il vizio. Fai un po' di sport, invece.

Possiamo andare a correre insieme.»

Er sagte: «Ich gewöhn mir das ab, werd wieder fit, früher war ich stärker, mehr Muskeln, viel mehr.»

Zum Beweis spannte er seinen Bizeps. Aber zuerst müsse er ein paar Dinge klären. Irgendwann, wenn es vorbei und Ägypten anders und Jungsein möglich wäre, wollte er zurück, ein Restaurant aufmachen, Pizza. Einen Ort wisse er schon. Er müsse nur sparen.

Sie dachte, dass er das Restaurant niemals aufmachen würde und was das über ihn sagte, und was über sie.

Sie dachte, dass er immerzu high war, weil er Sorgen kannte, von denen sie keine Ahnung hatte. Sie vermisste keine Mutter. Zumindest nicht physisch.

Das Leben war komisch und sie konnten nichts daran ändern. Irgendwo hineingeworfen. Das Schicksal mischte die Karten.

Und wer eine Mutter hatte, klagte, wünschte, sie benähme sich wie eine.

Und wer keine hatte, schüttelte den Kopf, Tränen kamen, er schrie: «Immerhin hast du eine!'

Und wer eine hatte und sie war nicht da, der sagte nichts und blieb leise.

Hörte Laura Pausini und trank Rotwein, obwohl es dem Koran widersprach, aber das Mädchen wusste nichts vom Koran, rauchte aus Langeweile, dachte: nicht alles, was da war, machte es besser.

Er dachte: aber manches schon. Das Mädchen zum Beispiel, das war da und das machte es besser. Nicht alles, aber fast.

Also tranken sie Rotwein, rauchten Gras, sangen *chissà se tu mi penserai...*saßen in der Küche, hörten Bushido und arabische Musik und sie dachte: nur weil einer nicht im Krieg groß geworden war oder im Ghetto, konnte man ihm noch lange keinen Strick daraus drehen. Und andersrum genauso wenig. Das hatte er ja nicht gewollt, das hatte sie ja nicht entschieden.

Wie oft hatte sie sich gewünscht, ihr flöße das Ghetto durch die Pulsadern. Dann hätte sie wenigstens was zu erzählen und vielleicht ginge sie zu Grunde, aber jedenfalls nicht umgeben von Schafen, in wohlbehüteter Einöde. Wo nie was passierte und alles blieb gleich, der Mann nie da, aber das war nicht so schlimm, man schluckte es runter, und wo Ruhe der ständige Begleiter, weil alle den Mund voll hatten, aber keiner was zu sagen, da langweilte man sich, man erstickte oder erschrickte, sich zu Tode. Ihre Mutter hatte ein Kind verloren, durch das Geblöke von Schafen.

La risposta: «Mi ci abituerò, mi rimetterò in forma, ero più forte, prima, più muscoloso, molto.»

E fece così per tendere il bicipite e mostrarlo. Ma prima doveva sistemare delle cose. Un domani, se l'Egitto fosse diverso, se una giovinezza gli fosse possibile, avrebbe voluto tornare ad aprire un ristorante. Pizza. Doveva solo risparmiare.

Lei credeva che il ristorante non lo avrebbe mai aperto, pensando a cosa questo dicesse di lui e di lei.

Pensava che era sempre fatto perché conosceva le preoccupazioni, delle quali lei non sapeva nulla. Non le mancava una madre. Non fisicamente, almeno.

Era la vita ad essere comica, e non ci si poteva far niente. Gettati da qualche parte, come carte mischiate dal destino.

E chi aveva una madre, si lamentava, pregava che si comportasse da madre.

E chi non l'aveva scuoteva la testa, gli venivano le lacrime, ribatteva: «Tu, almeno, ce l'hai.»

E lui, che ce l'aveva, ma lontana, non disse nulla e rimase zitto.

Ascoltava Laura Pausini e beveva il suo vino rosso, anche se il Corano lo vietava, ma lei non conosceva il Corano, fumava per noia, pensando: non tutto quello che c'era lì la rendeva migliore.

Lui pensò: qualcosa sì, però. La ragazza, ad esempio, c'era e la rendeva migliore. Non ogni cosa, no, ma quasi.

Così bevvero rosso, fumarono erba, cantarono *chissà se tu mi penserai*... seduti in cucina, ascoltando Bushido e musica araba, e lei pensò: solo perché uno non era cresciuto in guerra o nel ghetto, non gli si poteva mettere un cappio al collo. E nemmeno il contrario. Lui non l'aveva voluto, e lei non l'aveva deciso.

Quante volte aveva sperato che il ghetto le scorresse nelle vene. Almeno, avrebbe avuto qualcosa da raccontare, persino morta, ma almeno non in mezzo alle pecore in una landa protetta. Dove non succedeva nulla e tutto restava identico, dove l'uomo non c'era mai, ma non era poi così male, la mandavi giù e basta, dove il silenzio era il tuo compagno sempre, perché tutti avevano la bocca piena, ma nessuno aveva niente da dire, tutti stufi, asfissiati o terrorizzati, a morte. Sua madre aveva perso un figlio, per via del belato delle pecore.

Und vielleicht war das besser, alles haben und sitzen am Tisch und nichts sagen und innerlich tot sein, denn andere besaßen nicht einmal einen Tisch, saßen auf dem Boden ohne elektrisches Licht, nur mit Kerze, doch diese anderen redeten und lachten bis morgens um acht und die Sonne erschien.

Rechts, links, oben, unten. Und wer unten war, tat alles, um nach oben zu gelangen und wer oben war, dessen größte Sorge bestand darin, mal wieder runter zu kommen. Dafür flog man nach Indien und zahlte zwanzig Euro für eine Stunde Chakra.

«Kennst du Chakra, Fathy?»

*

Als sie zum ersten Mal zum Tee zu ihm rüber gekommen war, hatte Fathy «Moment' gesagt, sich auf einen Teppich gelegt und gebetet. Sie hatte sich unwohl gefühlt und sich gefragt warum. So viel Demut einer Sache gegenüber, die weder plastisch war noch faktisch, kam ihr dämlich vor, irgendwie närrisch. Dafür kannte sie zu viel von der Welt. Sie sagte Welt und meinte Westen.

Vor Fathy hatte sie keine Person arabischer Herkunft gekannt, nicht einmal gesehen. Ihre Eltern flogen nach Hurghada ins 4*-Sterne-Hotel und freuten sich: alles wie Zuhause.

Sie freuten sich: alles beim Alten war, alles wie immer.

Die Schwägerin freute sich: der erste feste Freund der Tochter war «kein Achmed: den hätte dein Bruder vom Hof gejagt.»

Und wenn ihre Tochter, die kleine, fragte, wie man ihren Namen buchstabierte, freute sie sich nicht, dann wurde sie wütend und zischte: «Ich heiße Kötter. So wie du. Soll ich dir meinen Pass zeigen?»

Und wenn ihre Tochter, die kleine, kleinlaut zurückgab: «Ich meine deinen anderen Namen, Mama, den ersten, von früher», feuerte sie Blitze aus ihren smaragdgrünen Augen. Aus ihrem Herkunftsland importierte sie allenfalls noch die Würstchen.

«Kriegt man doch alles auch hier», sagte ihr Mann, der Bruder.

«Szymański», flüsterte sie, nachdem ihre Schwägerin sich weggedreht hatte.

«S-z-y-m-a-ń-s-k-i lautet der Mädchenname deiner Mama.»

Ihre Mutter hatte als kleines Mädchen Kitzler geheißen. Sie war froh, dass sie geheiratet hatte.

*

Am nächsten Tag fragte Lucy: «war Fathy im Haus?»

172

E forse era meglio, avere tutto e stare al tavolo seduti, senza dire nulla, morti dentro, perché altri il tavolo non ce l'avevano nemmeno, e sedevano a terra senza la luce elettrica, eppure questi altri parlavano e scherzavano fino alle otto del mattino, fino al sorgere del sole.

Sinistra, destra, su, giù. E chiunque stesse giù faceva di tutto per stare su, e chiunque stesse su si preoccupava soltanto di venire giù. Per questo si andava in India, a pagare 20 euro per un'ora di Chakra.

«Conosci il Chakra, Fathy?»

*

Quando andò per la prima volta da lui a bere il tè, Fathy aveva chiesto un momento, e si era accovacciato a pregare sul tappeto. Ciò l'aveva fatta sentire a disagio senza che capisse perché. Tanta devozione per qualcosa senza corpo, senza concretezza, le sembrava stupido, forse folle.

Conosceva troppo la gente. Disse gente e forse voleva dire Occidente. Prima di Fathy non aveva conosciuto nessuno di origine araba, nemmeno mai visto. I suoi genitori erano andati a Hurghada in un hotel a quattro stelle, felicissimi: tutto come a casa loro. Tutto uguale, tutto come sempre.

La cognata era contenta: il primo ragazzo della figlia «non era Ahmed: tuo fratello l'avrebbe cacciato di casa.»

E quando sua figlia, la piccola, le ha chiesto come si divide in sillabe il suo nome, e sembrava scontentata, lei si arrabbiò e sibilò: «Mi chiamo Kötter. Come te. Ti devo mostrare il passaporto?»

E quando sua figlia, la piccina, piano piano rispose: «Voglio dire l'altro tuo nome, mamma, il primo, di prima», lei tirava fulmini dai suoi occhi verde smeraldo. Perché dal suo paese di origine ormai l'unica cosa che importava erano le salsicce.

«Qui puoi trovare tutto», rispondeva il marito, suo fratello.

«Szymański», sussurrò, non appena la cognata si era girata.

«S-z-y-m-a-ń-s-k-i si legge, il cognome da nubile di tua mamma.»

Sua madre da bambina si chiamava Kitzler, clitoride. Era contenta di essersi sposata.

*

Il giorno dopo Lucy chiese: «Fathy è stato in casa?»

173

Sie schüttelte den Kopf: «Nein, Lucy, keine Sorge, Fathy war nicht im Haus. Wir waren in meinem Zimmer.»

Den Venezolanern, die nach Europa kamen, der Nahrung verwehrt und einer Perspektive, gehörte ihr Herz. Die Syrer, Libanesen, Tunesier, Ägypter, Pakistaner und Westafrikaner, die aus demselben Grund kamen, wollten ihr Geld, korrumpierten ihr den Sohn und das Mädchen.

Und wenn Fabrizio mal wieder mit roten Augen am Esstisch saß, lag das an Fathy, an Mohammed, an Achmed, nicht an Alessandro und auch nicht an Fabio. Mario kann es nicht gewesen sein. Integration, dachte sie, scheiterte nicht an großen Systemen. Integration scheiterte an der Haustür, auf dem Bürgersteig. Sie scheiterte am Gartenzaun.

Mit Flüchtlingen verhielt es sich wie mit Windrädern: «Wenn's unbedingt sein muss, gar nicht anders geht, meinetwegen, aber bitte nicht in meinem Umkreis, bitte nicht auf meinem Grundstück, bitte nicht in meinem Sichtfeld, bitte nicht als meine Nachbarn. Bitte nicht!»

Scosse la testa: «No, Lucy, non ti preoccupare, Fathy non è stato in casa. Eravamo nella mia stanza.»

Ai Venezuelani, che sono venuti in Europa, a cui fu negato il cibo e ogni prospettiva apparteneva il suo cuore. I siriani, i libanesi, i tunisini, gli egiziani, i pakistani e gli africani occidentali, venuti per lo stesso motivo, volevano i loro soldi, avevano corrotto loro figlio e la bambina.

Ma se Fabrizio veniva ancora una volta a sedersi a tavola con gli occhi rossi, era colpa di Fathy, di Mohammed, di un Achmed, non certo di Alessandro o Fabio.

Non può essere stato Mario. L'integrazione, pensò, non falliva a causa del grande sistema. L'integrazione falliva sulla soglia di casa, sui nostri marciapiedi. Viene meno sulla recinzione dei nostri giardini.

Coi rifugiati era come con le pale eoliche: «Se è proprio necessario, se non puoi fare diversamente, così sia, ma ti prego non qui nelle mie vicinanze, non sulla mia proprietà, non nel mio campo visivo, non come i miei vicini. Ti prego, no!»

Il testo che è stato scelto per me dalla Fondazione Heimann è lineare e solare. Credo sia stato scelto in combinazione al mio perché ne risulta l'opposto. Il mondo che Marielle disegna nel testo è colto nell'atto più nobile che possa spettare all'umano: il cambiamento. Questo avviene nella linearità più assoluta, cogliendo l'atto che trasforma una ragazza in una giovane donna, ovvero un viaggio che parte nel nostro occidente e si conclude nell'alterità per eccellenza di ogni europeo che è l'Oriente. La purezza trasformativa del viaggio ha accompagnato il nostro lavoro di traduzione, che viaggiando geograficamente ha costretto entrambi a trasformarci nella veste formale che è la lingua che ci divide. Ho visto due democrazie (tedesca e italiana) affrontare nella loro monolitica interezza il mondo arabo evocato da Marielle, e ho desiderato di sentirmi sconfitto: nell'incomprensione, nel pregiudizio, e nell'impossibilità di ogni traduzione. L'ho desiderato perché il mondo dei vincitori ci appartiene e fa di noi ciò che siamo e la sconfitta è l'unica via di gloria in cui possiamo ormai sperare. Il mondo dei pari non è mai esistito, la giustizia l'abbiamo dovuta inventare per giustificare i nostri orrori. Dichiararsi vinti è tutto ciò che possiamo fare davanti a un'altra lingua, e, quindi, davanti ad ogni donna e uomo dentro e fuori di noi. Come il bue vince l'aratro e ne è vinto, e così tutto si muove.

UN RUMORE

Mia madre

è morta, e ho un figlio che ora non è

qui – mi disse e tamburellava le dita cominciando dall'ultimo atto

l'ascensione della sua mente, non più assillata, mentre ci

piombavano addosso

i rumori della casa a fianco in distruzione,

la casa a pochi metri dalla sua,

e dal campanile della Bosch di Stoccarda; dove possiamo capirci,

dove posso parlare, dove posso fuori di questa casa, dottore

parlare pianamente, e non pensare a questi rumori, con i quali non

si può fare più niente,

lontani da quella casa in cui non si può proprio più vivere, mi disse,

mentre spostava la sedia per sedersi e la sedia non si poteva sentire

schiacciata dai rumori dei vicini

che demolivano la loro casa, vicino al campanile della Bosch,

vicino alla sua casa demolivano la *loro* e lui

si alzava per raccogliere gli ultimi istanti delle sue gambe:

e con quella faccia, prima di spogliarsi puntò il Nord, la faccia

al cielo, dove dovremmo spostarci ora, mi disse, dottore

ovvero *fuori*, perché i rumori

EIN ENDE
FAUSTO PAOLO FILOGRANA
Aus dem Italienischen von Marielle Kreienborg

EIN GERÄUSCH

Meine Mutter
ist tot, und ich habe einen Sohn, der jetzt nicht hier
ist – sagte er mir und trommelte mit den Fingern beginnend beim letzten Akt
der Erklimmung seines Geistes, nicht länger zermürbt, während auf uns
die Geräusche des Nachbarhauses am Rande der Zerstörung herabstürzten,
des Hauses wenige Meter entfernt von seinem,
und vom Glockenturm Bosch aus Stuttgart; wo können wir uns verstehen,
wo kann ich sprechen, wo kann ich außerhalb dieses Hauses, Doktor
frei sprechen, und nicht an diese Geräusche denken, mit denen man nichts mehr anfangen kann,
weit weg von diesem Haus, in dem man einfach nicht mehr leben kann, sagte er mir,
während er den Stuhl verschob, um sich zu setzen und man den Stuhl nicht hören konnte,
erdrückt von den Geräuschen der Nachbarn,
die ihr Haus abrissen, in der Nähe des Glockenturms Bosch,
in der Nähe seines Hauses zerstörten sie das *Ihre* und er
stand auf, die letzten Momente seiner Beine erntend:
Und mit jenem Gesicht, bevor er sich auszog, peilte er gen Norden, das Gesicht
zum Himmel, wo sollen wir jetzt hingehen, sagte er mir, Doktor
heraus, weil die Geräusche

non sembrano voci, non sembrano

cosa eminente; io vidi solo l'ultima voce

risalirlo verso Nord come gli ascensori il Bosch Palast lì vicino

mentre la depressione scivolava giù

e procedeva lo spettacolo della lotta inerme nel suo sangue, stretto sotto il cappellaccio

con cui mi venne incontro sulla porta.

Sente questo tanfo di pesce, mi disse, mentre in piedi

lo guardavo, nudo, spogliarsi, di spine

dorsali nella casa mentre ci allontaniamo dalla mia stanza, persino gli oggetti

ormai senza funzione per metà della mia casa,

ci inseguono anche ora fuori dalla mia stanza,

con l'atteggiamento che assumono le cose

quando ci si interroga

sul loro vivere più di noi. La geografia esteriore, dottore, si è totalmente

accordata sulla geografia interiore, mi disse,

mentre la camicia da notte bianca apriva due larghe maniche

tuttavia lasciando intatta la sua altezza e la sua pelle biancastra.

Attraversavamo la stanza braccio a braccio, alle spalle

della *sua* stanza, ci allontanavamo dalla sua stanza; io

ero in una euforia piuttosto

dolente e imbarazzata, perché non ci si può proprio

far visitare fuori di casa propria, ma in un'altra stanza,

spostarsi di una stanza, mi disse. Ci dovemmo fermare nella camera da letto,

ancora illuminata dalla luce della Schloßplatz,

nella stanza del letto, dove non si sentivano più, mi disse,

gli assillanti rumori di distruzione della casa

dei vicini, e anzi un po' di ombra spalmava le cose

con nettezza allucinante eppure morbida, con una nettezza, come poi mi disse,

tale da farci pazzi. Tale da oscurare anche l'ombra

necessaria per sentire freddo, per gelare

nicht scheinen wie Stimmen, nicht eminent scheinen;
ich sah nur das letzte Stück Stimme
nach Norden fahren, wie die Aufzüge des Bosch-Palastes dort in
der Nähe,
während die Depression nach unten glitt
und weiter ging das Schauspiel des wehrlosen Kampfes in seinem
Blut,
eingeengt unter dem ollen Hut,
mit dem er mir auf der Türschwelle entgegenkam.
Ich rieche diesen Gestank von Fisch, sagte er mir, während ich dort
stand
und ihn ansah, nackt, sich entkleidend, der Rückgrate
im Haus, während wir uns von meinem Zimmer entfernen, selbst
die Objekte,
jetzt ohne Funktion für die Hälfte meines Hauses,
sie verfolgen uns nun auch außerhalb meines Zimmers,
mit der Haltung, die die Dinge annehmen,
wenn wir mehr über ihr Leben nachdenken
als über unseres. Die äußerliche Geographie, Doktor,
hat sich der innerlichen von Grund auf angepasst, sagte er mir,
während das weiße Nachthemd zwei lange Ärmel eröffnete
wobei seine Größe und seine milchige Haut intakt blieben...
Wir durchquerten das Zimmer Arm in Arm, im Rücken
hinter *seinem* Zimmer, wir entfernten uns von seinem Zimmer; ich
war in einer eher schmerzvollen und beschämenden Euphorie
weil man sich einfach nicht
außerhalb des eigenen vier Wände besuchen lassen kann, aber in
einem anderen Zimmer,
in ein anderes Zimmer ziehen kann, sagte er mir. Wir mussten im
Schlafzimmer anhalten
noch erleuchtend vom Licht vom Schloßplatz,
im Schlafzimmer, wo man die zermürbenden Geräusche der Zerstörung des Nachbarhauses
nicht mehr hörte, sagte er mir, und sich im Gegenteil etwas Schatten
über die Dinge legte,
mit einer blendenden, jedoch weichen Sauberkeit, einer Sauberkeit,
 sagte er mir dann,
die einen verrückt werden lässt. Die sogar den Schatten verdunkelt,
der notwendig ist, um Kälte zu spüren , zu gefrieren,

in corretta solitudine in casa propria, mi disse, come è giusto, e
mentre

allargava le braccia per mostrarmi il torace, lungo disteso e

di lato, mi parlò

delle macchie solari, e di quale catastrofe potesse

divenire se una scoppiasse, se

spruzzasse neutrini sopra di noi, mentre il sole

andava e veniva oscurato dai palazzi oppure no. La luce - il

sole ovvero il responsabile dei crimini, mi disse, anche se qui arriva
al massimo

in intermittenza. L'ombra li faceva scuri, da chi,

seduto ai tavolini fuori dei bar che avevo appena attraversato

consumava qualcosa, a chi serviva in grembiule, tutti

gli abitanti di quella casa, mi disse, tutti

possibili uomini della distruzione

della nostra e della sua casa, dottore. Non li vedo ora ma me li
ricordo,

ricordo l'uniforme di ambiguità di cui si vestono

e le facce innocue, tutti, senza

visibili cicatrici, screpolature, segni di un passato

che li fa ora immacolati, lo so, anche senza

essere uscito oggi, questa mattina, mi disse, e incapaci

di alcun male e di ogni bene, mi disse.

Eppure così la mia casa fu distrutta quasi innocentemente e in una
chiamata ricevetti:

madre morta, ecc ecc. La

distruzione primaria la portò un pakistano come tanti, dottore, una
moglie

e un figlio appena nato, venuti a folate

come se l'albero dell'oriente, dottore, fosse stato sfollato da un vento

le cui foglie caddero esatte vicino a casa mia.

Padrone della casa ora in distruzione, della casa e della vita

che non era stata più sostenibile, mi disse. Della casa e del bambino

in exzellenter Einsamkeit im eigenen Heim, wie es sein sollte, sagte er mir, und während

er die Arme ausbreitete, erzählte er mir

von Sonnenflecken, und was für eine Katastrophe es werden könnte, wenn einer platzte,

wenn er Neutrinos auf uns sprühen würde, während die Sonne kam und ging

von Wohnungen verdunkelt oder nicht. Das Licht – die

Sonne sprich die Verantwortliche der Verbrechen, sagte er mir, auch wenn sie hier

bestenfalls sporadisch scheint. Der Schatten machte sie dunkel, von denen,

die an Tischen draußen vor den Bars saßen, die ich gerade passiert hatte,

etwas konsumierten, bis hin zu denen, die in Schürze bedienten, alle die

Einwohner jenes Hauses, sagte er mir, alle möglichenfalls Menschen der Zerstörung

unseres und seines Hauses, Doktor. Jetzt sehe ich sie nicht, aber ich erinnere mich,

erinnere mich an die Uniform aus Mehrdeutigkeit, in die sie sich kleideten,

und die harmlosen Gesichter, alle

ohne sichtbare Narben, Risse, Zeichen einer Vergangenheit,

die sie jetzt unbefleckt macht, ich weiß es, auch ohne

heute rausgegangen zu sein, heute Morgen, sagte er mir,

und alles Schlechten und jedes Guten unfähig, sagte er mir.

Doch so wurde mein Haus fast unschuldig zerstört und in einem Anruf erhielt ich:

Mutter tot, etc. etc. Die

primäre Zerstörung brachte ihr ein Pakistaner, einer wieviele, Doktor, eine Frau

und ein Sohn, gerade geboren, gekommen in Böen,

als ob der Baum aus dem Osten, Doktor, von einem Wind weggeweht worden wäre,

dessen Blätter direkt neben mein Haus fielen.

Herr des Hauses, das jetzt in Trümmern liegt, des Hauses und des Lebens,

das nicht mehr tragbar war, sagte er mir. Des Hauses und des Kindes,

che ora era uomo e se n'era andato

prima della distruzione, prima che la casa fosse pezzi, e che lei

mi chiedesse come mai abbia io mai ragionato sul suicidio,

e di come mai fosse prerogativa, quel pensiero, di questa stanza

e del perché lo pensassi nonostante come vede la mia ferita

non è così male. Quando ero giovane lo sentivo, mi disse – solo

a quello pensavo – il piccolo dei vicini

aggiustarsi nelle pieghe della culla quando acquistarono

quella casa; tra i rumori del trasloco che scomparivano a poco a poco

mentre su un furgone andavano cose, mobili e attrezzi industriali

e in casa rimaneva lei, soltanto, una moglie e rumori di stoviglie e pianti, che resero poi

la casa una mostruosità incomparabile, mi disse - e mi sedetti

accanto a lui in una sedia, l'unica

nella stanza poco ammobiliata. Così cominciò, mi disse. Alle sette del mattino arrivava un ciarlare

di bicchieri e la donna, la moglie, la donna, insomma, come se

la sirena delle fabbriche le suonasse dentro,

si faceva afferrare per uno straccio della manica

e buttata sopra un mobile si faceva sbattere la testa

ritmicamente sui muri, confondendosi

coi rumori dei bicchieri; e poi

dopo rilasci di euforia di entrambi rimaneva sola. Frattanto

riprendeva vita nella mia casa, in Schloßplatz,

il mio buio monolocale, e scompariva alle sette,

quando il giro ricominciava al contrario, il giro delle posate

e quello delle botte sui muri, e, con particolare predilezione,

sul mio muro. Questo era il suo passato, ovvero

gli anni dei suoi possibili e di tutti

i possibili, che non si potevano concludere

che così, come mi ripeté. Questi moti, mi disse, di rivoluzione che succedevano fuori

das jetzt Mann war und fortgegangen,
vor der Zerstörung, bevor das Haus in Trümmern lag, und sie
mich fragte, wie es käme, dass ich je an Selbstmord gedacht,
und wie es käme, dass dieser Gedanke, Prärogativ dieses Zimmers
wäre
und warum ich so dächte, obgleich, wie Sie sehen, meine Wunde
nicht so schlimm sei. Als ich jung war hörte ich ihn, sagte er
mir – nur
daran habe ich gedacht – der Kleine der Nachbarn in den Falten der
Wiege
jenes Hauses; zwischen den Geräuschen des Umzugs, die nach und
nach verschwunden sind,
während auf einen Lieferwagen Dinge geladen wurden, Möbel,
industrielle Werkzeuge
und im Haus zurückblieb sie, allein, eine Frau und Geräusche von
Geschirr und Gewein, die das Haus
dann zu einer unvergleichlichen Monstrosität machten, sagte er mir
– und ich setzte mich
neben ihn auf einen Stuhl, dem einzigen
in einem wenig möblierten Zimmer. So fing es an, sagte er mir. Um
sieben Uhr morgens begann ein Geplapper
aus Gläsern und die Frau, die Ehefrau, die Frau, als ob
die Sirene der Fabriken in ihrem Inneren tönte,
ließ sich packen von einem Ärmelfetzen
und auf ein Möbelstück geworfen ließ sie sich den Kopf
rhythmisch gegen die Mauern schlagen, mischte sich
unter die Geräusche der Gläser, und blieb dann
nach beidseitiger Ausschüttung von Euphorie allein. Indessen
erwachte mein Haus wieder zum Leben, im Schloßplatz,
meine dunkle Einzimmerwohnung, und verschwand um sieben,
als das Spiel von neuem losging, umgekehrt, das vom Besteck
und von den Schlägen gegen die Wand, und, insbesondere,
gegen meine Wand. Das war seine Vergangenheit, will heißen
die Jahre seines Möglichen und alles Möglichen, die nicht anders
abgeschlossen
werden konnten als so, wie er mir gegenüber wiederholte. Diese
Regungen, sagte er mir,
der Revolution, die sich außerhalb meines Hauses abspielten
gleichsam derer Planeten, machten,

dalla mia casa come quello dei pianeti, tuttavia
facevano il mio giorno
e la mia notte. Poiché nella mia casa
non c'era luce come nella loro. Penso, dottore,
a questa camicia da notte bianca, una famiglia che vive in Asia, madre
e padre, in un angolo
della loro casa l'ha fabbricati con le prorpie mani scure
senza che li abbia mai visti; come Plutone gira,
e non l'ho mai visto. Se ci penso, il pensiero
si impregna coi vapori del mare attraversandolo,
me ne conserva qualcosa, forse nulla, come ai musei
qualche relitto da cui uno scienziato ha dedotto l'oceano sterminato, e come
chi giungerà in quella casa dopo la distruzione, che sicuramente non capirà nulla
della mostruosità che era quella casa. Non si capirà più nulla
del cimitero che era stata quella terra prima delle fabbriche,
e di cui solo io sento i morti dentro me, del cemento, e del cemento prima di quel
cemento, e del campanile della Bosch, che mi faceva ombra
quando io volevo solo la luce e nient'altro. Questa
era la mia vita, dopo che ero fuggito
da Gallipoli per sentire, per essere costretto a sentire
ora, con estrema gioia di abitante, le grida del bimbo, e per pensare
tutto ciò che avrei pensato poi, e che mai
prima avrei pensato. Poi
tornavo a toccare le lenzuola, per tornare all'animalità del tatto,
che ci differenzia dai pazzi, dottore, il tatto ovvero una forma di udito, o viceversa, come le
ora per ascoltarmi il cuore mi tocca con quell'aggeggio.
Per questo mi mettevo a sentire quel bambino, era
una cosa vicina alla vita. I bimbi, mi disse,
che cantano per addormentarsi, ciarlano, per reclamare
per rievocare la consistenza della madre, prima che un messaggio

nichtsdestotrotz, meinen Tag und meine Nacht. Denn in meinem Haus
gab es kein Licht wie in ihrem. Ich denke, Doktor,
an dieses weiße Nachthemd, eine Familie, die in Asien lebt, Mutter
und Vater, in einer Ecke
ihres Hauses, das er mit seinen eigenen dunklen Händen hergestellt
hat,
ohne dass ich sie je gesehen hätte; wie sich Pluto dreht
und ich ihn nie gesehen habe. Wenn ich daran denke, durchtränkt
sich der Gedanke mit den Dämpfen des Meeres und überwindet es,
bewahrt mir etwas davon auf, vielleicht nichts, wie in Museen
irgendein Relikt, aus dem ein Wissenschaftler den endlosen Ozean
ableitete, und wie
diejenigen, die nach der Zerstörung in jenem Haus ankommen,
sicherlich nichts verstehen werden
von der Monstrosität, die jenes Haus war. Nichts werden sie
verstehen
von dem Friedhof, der jenes Land gewesen ist, vor den Fabriken
und von dem nur ich die Toten in mir spüre, vom Zement und vom
Zement
vor jenem Zement und vom Glockenturm Bosch, der Schatten auf
mich geworfen hat,
als ich nur Licht wollte und nichts anderes. Das
war mein Leben, nachdem ich geflohen war
aus Gallipoli, um zu hören, um gezwungen zu werden zu hören,
jetzt, zur Freude des Anwohners, die Schreie des Kindes, und um
zu denken,
was ich später alles gedacht und früher nie gedacht hätte. Dann
fing ich wieder an die Bettwäsche zu berühren, um zur tierischen
Natur des Takts zurückzukehren,
der uns von den Verrückten unterscheidet, Doktor, der Takt
beziehungsweise eine Form des Hörens,
oder umgekehrt, wie Sie jetzt, um mein Herz zu hören, mich mit
diesem Ding berühren.
Deshalb habe ich diesem Kind zugehört, es war
etwas Lebensnahes. Die Kinder, sagte er mir,
die singen, um einzuschlafen, plappern, um zu fordern,
sich zu erinnern, an die Beschaffenheit der Mutter, bevor eine
Nachricht

dica loro: madre morta, come me, e prima

che ognuno pensi correttamente, in un posto caldo, al suicidio

correttamente. Sanno solo, dottore,

che le loro madri se ne vanno; ma la loro voce, mi disse,

non se ne può andare mai, la voce è

una laringe, e perciò riesumano la madre

nell'anima e nel corpo, evocando se stessi, nel buio,

toccandosi la gola con le orecchie come ora io

forse ancora evoco i rumori della distruzione nella mia mente,

anche *fuori* da quella casa, anche solo

nell'altra stanza, e mia madre anche dopo

il messaggio: madre ecc. morta ecc... come le dicevo, dottore, ed è

solo calcolo. Dopo il loro congedo mi mettevo a letto. Per non

pensare ripassavo a memoria le doghe e la voce

del bambino come un brano

di Shakespeare, al posto del brano

che non *potevo* comporre e delle parole che posso dire solo ora,

al posto dei rumori che concepivo all'epoca, coi pochi soldi

di un monolocale comprato da mio padre

mentre io risultavo totalmente

incapace nella composizione e totalmente

incapace di avere una mente vera e non

rumori di aerei scatafascianti negli hangar, come mi disse.

Il letto del lattante era sulla mia parete, mi disse, sul mio muro

che era diventato ora una porta, una porta senza serratura, il mio

timpano. Dormimmo a specchio per un po', nel cartongesso

risuonava il gorgoglio della sua laringe, a tratti

bestia, mostro. Io ero nel buio,

dottore. Nel sonno mi sembrava un gufo,

un felino piccolo, oppure un gatto in amore, un

cinghiale, o le volpi che circolavano

frequentemente nella mia testa e nella mia campagna

ihnen sagt: Mutter tot, wie mir, und bevor alle gründlich denken, an einem
warmen Ort, gründlich über Selbstmord nachdenken. Sie wissen nur, Doktor,
dass ihre Mütter gehen werden; aber ihre Stimme, sagte er mir,
kann niemals gehen, die Stimme ist
ein Kehlkopf und deswegen erinnern sie sich der Mutter
im Geist und im Körper, sich selbst heraufbeschwörend, im Dunkeln,
sich die Kehle mit den Ohren berührend, wie ich jetzt
vielleicht immer noch die Geräusche der Zerstörung in meinem Geist heraufbeschwöre,
auch außerhalb jenes Hauses, auch bloß
im anderen Zimmer, und meine Mutter auch nach
der Nachricht: Mutter etc. tot etc. ... wie ich Ihnen bereits sagte, Doktor, und es ist
nur Berechnung. Nach ihrem Abschied legte ich mich ins Bett. Um nicht
zu denken, spielte ich im Kopf die Stäbe und die Stimme
des Kindes durch, wie eine Shakespeare Passage, an Stelle des Stückes,
das ich nicht komponieren konnte und dessen Worte ich erst jetzt sagen kann,
an Stelle der Geräusche, die ich zu jener Zeit vernahm, in der mit wenigem Geld
von meinem Vater gekauften Einzimmerwohnung,
während ich völlig
unfähig resultierte im Komponieren und völlig
unfähig einen echten Geist zu haben und nicht
laute Flugzeuggeräusche in den Hangars, wie er mir sagte.
Das Bett des Säuglings stand an meiner Wand, sagte er mir, an meiner Mauer,
die nunmehr eine Tür geworden war, eine Tür ohne Schloss, mein
Trommelfell. Wir schliefen gespiegelt für eine Zeit, in Gipsplatten
hallte das Glucksen seines Kehlkopfs wider, manchmal
Monster, Bestie. Ich war im Dunkeln,
Doktor. Im Schlaf kam es mir vor wie eine Eule,
eine kleine Katze oder eine verliebte Katze, ein
Wildschwein oder die Füchse, die häufig in meinem Kopf
kursierten und auf meinem Land zirkulierten,

quando ero un bambino. Quando
cadeva un piatto pensavo a una lite per concretizzare il buio,
quando
sbatteva la finestra mi immaginavo l'inizio
della catastrofe, per cui nel terrore della confusione rimanevo con
l'orecchio
sopra il muro, o sopra la cosiddetta porta. Una notte, mesi
più tardi dal loro ingresso nella casa, il bambino piangeva
facendo risuonare tutto. Come un secchio
esposto sotto la pioggia, come un secchio che non può non
traboccare; allora piangevo anch'io, dottore, e senza sapere perché
inizialmente.
Capii che mi ero offerto come teatro per la sua musica, mi disse,
che vibravo volontariamente come una chitarra con le corde di
un'altra chitarra, che per lui
mi sarei buttato nel Weser di Hamelin come un topo
in fuga dal Sindaco e dalla popolazione appestata.
E ripenso ora alla madre
inesperta, malcerta come la mia mente,
per come la vedo io - ma io ero al buio -
si stringe la camicia, per non bagnarsela
nella padella di latte, per capire perché piange. Io la raddoppiavo
la sua domanda, io volevo affrancarlo
da quegli urli invertebrati, volevo affrancarlo dai rumori
che replicavano la mia vita
intollerabile, la mia incapacità
di composizione nella mia come nella sua
casa, e la mia incapacità di conseguenza
a parlare di cose chiare. Ma un giorno disse mamma. Mi svegliai
preso da una certezza,
come se avessi un figlio io, mi svegliai
per cambiarlo, per fare il padre, la stanza
in un attimo era diventata la *stanza del padre*,
ma non gli servivo e la sua voce
non faceva che rivoltarmi le appendici.
Era il periodo dell'università, quando

als ich Kind war. Wenn

ein Teller runterfiel, dachte ich an einen Streit, um das Dunkel zu
konkretisieren, wenn

ein Fenster zuschlug stellte ich mir den Beginn

einer Katastrophe vor, weshalb ich im Schrecken der Verwirrung
mit dem Ohr

an der Wand blieb, oder über der sogenannten Tür. Eines Nachts,
Monate

nach ihrem Einzug in jenes Haus, weinte das Kind

und fand überall Resonanz. Wie ein Eimer

dem Regen ausgesetzt, wie ein Eimer, der unweigerlich

überläuft; also weinte auch ich, Doktor, anfänglich ohne zu wissen,
warum.

Ich verstand, das ich mich dargeboten hatte als Theater für seine
Musik, sagte er mir,

das ich gern vibrierte wie eine Gitarre mit den Saiten einer anderen
Gitarre, das ich mich für ihn

in die Weser von Hamelin gestürzt hätte, wie eine Maus

auf der Flucht vorm Bürgermeister und der geplagten Bevölkerung.

Und ich denke jetzt zurück an die Mutter

unwissend, ungewiss wie mein Geist,

wie ich es sehe – aber ich tappte im Dunkeln –

er zieht sein Hemd an, um es nicht nass zu machen

in der Pfanne mit Milch, um zu verstehen, warum er weint. Ich
verdoppelte

seine Frage, wollte ihn befreien von diesen wirbellosen Schreien,
wollte ihn befreien von den Geräuschen,

meinem unerträglichen Leben, meinem Unvermögen

einer Komposition in meinem wie in seinem

Haus, und meiner Unfähigkeit folglich

die Dinge klar zu benennen. Doch eines Tages sagte er Mama. Ich
wachte auf,

eingenommen von einer Gewissheit,

als ob ich einen Sohn hätte, ich wachte auf,

um ihn zu wechseln, den Vater zu geben, das Zimmer

in einem Augenblick war er *das Zimmer des Vaters* geworden,

aber er brauchte mich nicht und seine Stimme

tat nichts anderes als meine Gliedmaßen von innen nach außen zu
drehen.

Es war die Zeit der Universität, als

ricordavo me stesso in lunghi
viaggi archeologici nella mia famiglia, mi disse, con lunghe lenze
che riportassero dal mare la mia immagine *still far
from clear*.

PAPÀ

Un giorno mio padre di notte mi portò a pescare, mi disse, dottore -
si era già
spogliato in quel momento e rimesso
supino nel letto, e io ero ancora sulla sedia e lui
non mi guardava -. A poche ore dal sonno vidi una barba che mi
svegliava, mi prendeva
per il dito del piede, mi trasportava
e stavo al molo di Gallipoli, dove solo
davanti alla notte e al mare spalancati
mi resi conto di avere avuto gli occhi aperti, per tutto
quel tempo. Passammo – le dico, per riportarle tutto
con la chiarezza necessaria - per le terrace del porto in un quasi
sonno, sotto
lo sguardo di qualche cane, tra taniche
di benzina infosforate dagli occhi dei randagi
a pochi chilometri da Gallipoli, dove sono nato e sono
tuttora presente come una città sepolta, che vuol dire il mio trauma,
il mio fiore.
Da lì tutto si apriva e compariva il lungo compasso del frangiflutti,
cioè
pietroni intrecciati che dalla testa del porto andavano verso il mare.
Mio padre
con passo di brezza volava sui blocchi di cemento, sorpassando le
distanze, facendosi piccolo
mentre io valutavo la mia prima paura
delle cose lontane. La treccia si apriva e si chiudeva, come respirano
i pesci, lui volava,
tra gli insetti del mare,
sopra gli abissi tra i blocchi, grandi grandi
ora come mani d'adulto
ora come tutto il porto. Io ero fermo al primo blocco,
valutavo il mare, di sotto, il piccolo

ich mich meiner selbst in langen archäologischen Reisen innerhalb meiner Familie erinnerte, sagte er mir,

mit langen Leinen, die aus dem Meer mein Bild hervorholten
still far
from clear.

PAPA

Eines Tages nahm mich mein Vater nachts mit zum Fischen, sagte er mir – er hatte sich schon
ausgezogen in jenem Moment und rücklings
aufs Bett gelegt und ich saß noch auf dem Stuhl und er
schaute mich nicht an. Wenige Stunden vorm Einschlafen sah ich einen Bart, der mich aufweckte, er zog mich
am Zeh, trug mich
und ich war am Hafen von Gallipoli, wo ich
erst im Angesicht der Nacht und des weit offenen Meeres
bemerkte, dass ich die Augen aufgehabt hatte,
die ganze Zeit über. Wir passierten – ich sage Ihnen das, um Ihnen alles
in der nötigen Klarsicht wiederzugeben – die Hafenläufe im Halbschlaf, unter
den Augen irgendwelcher Hunde, zwischen von den Augen der Streuner phosphatierten Benzinkanistern, wenige
Kilometer von Gallipoli, wo ich geboren wurde und
immer noch bin wie eine verschüttete Stadt, die da heißt mein Trauma, meine Blume.

Von dort aus öffnete sich alles und erschien der lange Kompass des Wellenbrechers, sprich ineinander verschlungene Steine, die von der Spitze des Hafens bis zum Meer reichten. Mein Vater
flog mit einer Brise über die Betonblöcke, Distanzen überwindend, sich klein machend,
während ich meine beginnende Angst vor weit entfernten Dingen einschätzte. Der Zopf öffnete sich und schloss sich, wie Fische atmen, flog er,
zwischen den Meeresinsekten,
über die Abgründe zwischen den Blöcken, sehr sehr groß
mal wie Erwachsenenhände
mal wie der ganze Hafen. Ich stand still am ersten Block,
schätzte das Meer ein, von unten, die kleine

strapiombo nell'enorme testo pietroso: cosa
c'è, quando mare cielo e notte, mi ripetevo; ci sono pesci
come sopra uccelli, mi ripetevo, saranno bagnati
e faranno i loro versi là sotto e
faranno paura come gli animali bagnati e le cose
che sono passate per l'acqua, mi ripetevo nella paura.
Avanzavo un piede e poi lo ritraevo, mentre papà,
anfibio del mio indomani già passava
leghe davanti e si girava, a guardare la mia vergogna
concretizzarsi nel buio. Strisciando, ridotto a misurare la notte
coi polpastrelli avanzavo pianissimo mentre gli uomini grandi gesticolavano
gli occhi delle torce e con le mani proseguivano
un amo e i loro desideri. Lo sguardo
pietoso di mio padre mi raggiungeva a sassate. Era
un gioco penoso, da starci tutta la notte. Poi loro
cominciavano il traffico con le canne, e io
immergevo il mio pensiero, obbligato finalmente
a negoziare la mia paura con l'acqua, commerciando con l'acqua. Le
canne accoppiate, le nostre sembravamo un albero e un tulipano vicini, uno un po'
reclinato sull'altro.
Pescavamo tutta notte. I pesci sfilavano, ma il mare
non si alleggeriva, era
un gioco penoso. Io li prendevo
e gridavo, e poi papà li slamava. Io li andavo a toccare
nel secchio, gli rivolgevo una torcia
per guardarli bene sbattere l'un l'altro occhio
contro occhio. Così, mi disse, pensavo,
mi ero sentito a guardare   gli andicappati, col disagio.
Intanto confliggevano nella secchia membra
non pensante a nervo nel buio.
Se si trattava di immergere le mani

Klippe in dem riesigen steinernen Text: was
gibt es, wie Meer Himmel und Nacht, sagte ich mir wieder und
wieder; es gibt Fische
wie oben Vögel, sagte ich mir, sie werden nass sein
und singen dort unten und
sie werden so angsteinflößend sein wie nasse Tiere und die Dinge,
die das Wasser durchquert haben, sagte ich mir in meiner Angst.
Ich streckte einen Fuß aus und zog ihn zurück, während Papa,
Amphibie von morgen, schon Meilen voraus, sich umdrehte und
zusah,
wie meine Schande sich im Dunkeln materialisierte.
Kriechend, darauf beschränkt, die Nacht mit den Fingerspitzen zu
messen, kam ich sehr langsam voran, während die großen Männer
gestikulierten
mit den Augen der Taschenlampen und mit den Händen den
Haken
und ihre Träume verfolgten. Der mitleidige
Blick meines Vaters durchdrang mich. Es war
ein schmerzhaftes Spiel, die ganze Nacht hier auszuharren. Dann
begannen sie
ihr Geschäft mit den Angeln, und ich tauchte meinen Verstand ein,
endlich gezwungen,
meine Angst mit Wasser zu verhandeln, mit Wasser zu handeln.
Die gepaarten Angeln, unsere sahen aus wie ein Baum und eine Tulpe
dicht beieinander, eine ein wenig
über die andere geneigt.
Wir fischten die ganze Nacht. Die Fische paradierten, aber das Meer
wurde nicht leichter, es war ein schmerzhaftes Spiel. Ich habe sie
gefangen
und geschrien, und dann hat Papa den Haken gelöst. Ich ging sie
anfassen,
im Eimer, besah sie mit einer Taschenlampe,
um gut zu sehen, wie sie gegeneinander stießen, Auge
um Auge. So, sagte er mir, dachte ich,
habe ich mich gefühlt, als ich die Behinderten angeguckt habe, mit
Unbehagen.
Währenddessen kämpften im Eimer nicht denkende Nervenglieder
in der Dunkelheit.
Falls es darum gegangen wäre, meine Hände einzutauchen,

sarei voluto andare a casa, mi disse, nella mia reale
casa – ma non lo dicevo
a nessuno. Le canne
erano le mie dita, ma io quei pesci, quei
pesci, che dell'acqua di chissà dove, di chi sa quale
profondità erano lordati, mai
li avrei toccati. L'acqua che cade
deve andare a fondo, dove
c'è la spazzatura dei pesci, pensavo,
toccherò solo
creature superficiali sempre -senza
calare l'amo né
le dita sotto la luce della luna
che faceva bianchi i primi centimetri
del mare, ovvero la sua guaina. Acqua di colore bianco, di colore
di luna, avrei messo le mani
per prenderne una manciata e portarmela al viso,
facendo filtrare giù l'acqua buia, senza
toccare l'acqua buia. Gridai
felice di paura, quando branchi di pesci
in verticalità salivarono mi sembrava spezzando la porta bianca,
lacerando la cornea di quel grande occhio maresco. Sussultavo
pensando mescoleranno tutto e macchieranno
il mare, la porta tra l'alto e il basso – mi feci la faccia tutta
di fiamma, come una torcia del molo, gli occhi
mi facevano la guerra tra la barba di papà rossa
rossa e i tre galleggianti mentre paventavo
le profondità risalire nei buchi. E poi saremmo tornati a casa,
dottore,
papà dopo aver toccato i pesci dell'acqua alta
si sarebbe lavato le mani, levandosi
l'odore dell'acqua alta nelle carezze per me, ci dovevamo lavare
entrambi
con l'acqua di rubinetto, bianca,
superficiale, e l'odore
sarebbe andato via.
Ma il peggio avvenne quando, penzolando coi piedi
a un cenno di mio padre ai polpi
li sentii sussurrare, creature del mare, pensai

hätte ich nach Hause gehen wollen, sagte er mir, in mein wirkliches
Zuhause – aber das habe ich niemandem gesagt. Die Angeln
waren meine Finger, aber jene Fische, jene
Fische, die aus dem Wasser wer weiß woher, aus wer weiß welcher
Tiefe beschmutzt waren, nie hätte ich sie angefasst. Das Wasser, das
fällt,
muss auf den Grund gehen, wo
es den Abfall der Fische gibt, dachte ich,
ich werde ausschließlich
oberflächliche Kreaturen berühren, immer – ohne
Haken oder Finger fallen zu lassen unter dem Licht des Mondes,
das die ersten Zentimeter des Meeres, beziehungsweise seiner Hülle
in weiß tauchte. Wasser weißer Farbe, der Farbe
des Mondes, ich hätte meine Hände eingetaucht,
um eine Handvoll zu nehmen und mir ins Gesicht zu kippen,
das dunkle Wasser durchsinken lassend, ohne
das dunkle Wasser zu berühren. Ich schrie
glücklich vor Angst, als Fischschwärme
in der Vertikalen speichelten, schien mir, die weiße Tür durch-
brechend,
die Hornhaut dieses großen Meeresauges zerreißend. Ich flüsterte,
der Meinung, dass sie alles durcheinanderbringen und beflecken
würden,
das Meer, die Tür zwischen dem Hohem und dem Tiefem –mein
Gesicht
voller Flammen, wie eine Fackel am Hafen, die Augen führten Krieg
zwischen Papas rotem rotem Bart und den drei Baken, während ich
fürchtete,
dass die Tiefen in die Löcher aufstiegen. Und dann wären wir
zurückgekehrt nach Hause, Doktor,
Papa hätte sich die Hände gewaschen,
nachdem er die Fische aus dem Hochwasser berührt hätte,
mir liebkosend den Geruch des Hochwassers abschüttelnd,
wir beide hätten uns waschen müssen,
mit dem Wasser aus dem Wasserhahn, weiß,
oberflächlich, und der Geruch
wäre verschwunden.
Aber das Schlimmste geschah als ich, mit den Füßen baumelnd,
auf ein Zeichen meines Vaters in Richtung Kraken,
sie flüstern hörte, Meerestiere, dachte ich,

acquattate tra i piedi, mi disse, mentre gli medicavo una ferita che
non capivo,
come nel museo delle pescherie
dove invetrati li avevo visti seriali
e cadaveri, e ce li avevo che mi serpeggiavano come morti
senza terra tra i miei piedi. Mio padre sdipanò la lenza,
e calò la mano tra i polpi, e quella scomparì nelle palpebre
del mare. Io
pregavo silenziosamente che tornasse sana
e quel giorno
non presero niente.
Tornammo a Gallipoli nel mattino, chi sa come. Io
ritornato a letto, e tale fu
il disgusto che sognai, credo, il mare calmo; e quando
mia madre mi rimboccò le coperte mi suonò
come la marea che saliva fino a coprirmi
tutto, sognai di nuotare,
di perdere il contatto coi piedi.
Il fastidio delle alghe, dei polpi,
sui piedi mi spingeva al largo sempre più
dove non potevo toccare nulla. Pesci
nella loro tomba come morti nella loro terra, qualcosa
che non dovrebbe essere mai viva. Poi mio padre
mi soccorse dal fondo del mare e mi mise i braccioli.
Due alle mani, e due ai piedi,
perché non toccassi nulla,
e mi addormentai al sicuro
nella baia del Gallipolino.

MAMMA

I giorni estivi erano i belli.
Potevo passarli nel giardino, dottore, mi ascolta? Quello io collego
alla mamma. La mia prima casa.
Era un piccolo
fazzoletto di terra affacciato sul lato del colle di Gallipoli.

versteckt zwischen unseren Füßen, sagte er mir, während ich ihm
eine Wunde behandelte,
die ich nicht kapierte,
wie im Fischfang-Museum,
wo ich sie in Serie gesehen hatte,
und als Leichen, die sich wanden wie Tote
ohne Erde zwischen meinen Füßen. Mein Vater warf die Angel aus,
und ließ die Hand zwischen die Kraken gleiten, und jene
verschwand in den Augenlidern
des Meeres. Ich
betete leise, dass sie heil zurückkehren möge
und an jenem Tag
fingen sie nichts.
Wir kehrten am Morgen nach Gallipoli zurück, wer weiß wie. Ich,
ins Bett zurückgekehrt und so groß war
der Ekel, dass ich, glaube ich, vom ruhigen Meer träumte; und als
meine Mutter mich zudeckte, klang es wie die Flut, die gestiegen
war,
bis sie mich ganz zudeckte, ich träumte zu schwimmen,
den Kontakt zum Boden zu verlieren.
Der Ärger über die Algen, die Kraken
an meinen Füßen, drängte mich immer weiter aufs Meer hinaus,
dorthin, wo ich nichts anfassen konnte. Fische
in ihrem Grab wie Tote auf ihrem Land, etwas,
das niemals lebendig sein sollte. Dann rettete
mich mein Vater vom Meeresgrund und legte mir Schwimmflügel
an.
Zwei an den Händen und zwei an den Füßen,
damit mich nichts berührte,
und ich schlief ein in Sicherheit
in der Bucht von Gallipolino.

MAMA

Die Sommertage waren die guten.
Ich konnte sie im Garten verbringen, Doktor, hören Sie mir zu? Den
verbinde ich mit der Mama.
Mein erstes Zuhause.
War ein kleines Stück Land,
das an der Seite des Hügels von Gallipoli lag.

Un giorno giocavo attorno alla mamma, in una di quelle giornate di
maggio
con le porte tutte aperte, mentre lei
stendeva lenzuola sul balcone. Il gatto in un angolo,
unica cosa immobile, mentre facevo il cagnetto andando
e venendo tra stanza e letto, e balcone.
Giocolavo nello sguardo di lei, e se
rientravo nel letto ispessivo la voce per continuare
a nuotare nelle sue orecchie, e così, volteggiando
nell'aria materna che tutta si era espansa
nell'arco dei sensi le dissi che un giorno,
al posto di quei panni c'ero io
a gocciolare l'acqua dei piedi, tutto insufflato di morte
mentre la scaricavo sopra il giardino. Lei posava le mani sulle
lenzuola bagnate
e io gridavo e chiamavo, quel giorno, ma lei
non ricordava nulla. Era un fazzoletto di terra grande come me:
sette passi da una parte e sette dall'altra
con alte mura a proteggere la terra, ed era, quella,
la terra del padre. A turno c'erano state
menta, crisantemi per il cimitero, un pesco per le pesche
allo sciroppo e animali, anatre, un cane, dei gatti. Mai
una volpe o cavallo, se non
in una foto caduta per sbaglio e sgualcita dal cane.
Io scendevo a giocare con le anatre
chiamandole a voce alta perché lei mi sentisse
e uscisse a guardarmi come le inseguivo
fingendomi spavaldo.
Ne temevo il becco, dottore, come il massimo
dei mali, lo sguardo stupito,
quando mi davano fastidio alle caviglie
pure se le scongiuravo di lasciarmi
e guardavo tre piani più su perché arrivasse lei
e facesse smettere tutto. Ci si arriva tuttora, al giardino
scendendo delle scale, e percorrendo un garage con una foto di
cavalli.

Eines Tages spielte ich in Mamas Nähe, an einem dieser Tage im Mai,

mit offenen Türen, während sie

Laken auf dem Balkon aufhing. Der Kater in einer Ecke,

die einzig bewegungslose Sache, während ich das Hündchen gab, kommend

und gehend zwischen Zimmer und Bett und Balkon.

Ich spielte in ihrem Blick und wenn

ich zum Bett zurückkehrte, verstärkte ich meine Stimme, um weiter in ihren Ohren zu schwimmen, und so, in der mütterlichen Luft kreisend, die sich alle im Raum der Sinne ausgedehnt hatten, sagte ich ihr, dass eines Tages mir,

anstelle dieser Kleider

Wasser aus den Füßen tropfen würde, alles getränkt mit Tod,

während ich es über den Garten ausschüttete.

Sie legte ihre Hände auf die nassen Laken und ich schrie und rief, an jenem Tag, aber sie erinnerte sich an nichts. Es war ein kleines Stück Land, groß wie ich:

sieben Schritte in die eine Richtung und sieben in die andere

mit hohen Mauern, die das Land schützen sollten und es war jenes des Vaters Land. Im Wechsel

hatte es Minze, Chrysanthemen für den Friedhof, einen Pfirsichbaum für eingemachte Pfirsiche und Tiere, Enten, einen Hund, Katzen. Niemals

ein Fuchs oder ein Pferd, außer

auf einem Foto, das versehentlich runtergefallen und vom Hund zerknickt worden ist.

Ich ging hinunter und spielte mit den Enten, rief sie laut beim Namen, damit sie mich hörte und herauskäme, um mich anzusehen, wie ich sie jagte

und mich übermütig gab.

Ich fürchtete ihren Schnabel, Doktor, wie das Schlimmste

aller Übel, den verwunderten Blick,

wenn sie meine Knöchel piekten,

selbst wenn ich sie anflehte, von mir abzulassen,

und ich schaute drei Stockwerke höher, damit sie käme

und alles zum Aufhören brächte.

Man gelangt dort immer noch hin, in den Garten,

die Treppen hinuntersteigend, eine Garage durchquerend mit einem Foto von Pferden.

All'andata lo percorrevo bene, nell'estasi
del gioco, ma poi, impaurito dalle oche, ricordatomi
della fragilità improvvisamente
quando mi si asciugava il sudore, riappropriatomi
della paura della separazione, non riuscivo
a rientrare e a rifare le scale. Così la chiamavo sempre
e le facevo domande
stupide per trattenerla con l'inganno. Questo sanciva la mia
separazione. Eravamo uno
bloccato nel suolo e l'altra su. Un giorno, dottore, mi disse,
per paura dei limoni e vergognoso aspettai ore chiacchierando
col pianto agli occhi, scendimi
a prendere, le avevo ripetuto. Lei scese dopo tanto.
Piansi di vergogna e poi fui messo a letto. Avevo
il giorno dopo lunghi sfoghi alle gambe,
e il dottore disse che era infezione da pennuti. E dal balcone
non volli cadere mai più.
Un giorno cadde un telefono, mi disse, e non se ne accorse nessuno.
Cercammo una sera e una mattina, da tutt'altra parte.
Poi papà lavorando la terra trovò
il telefono vicino al cane,
pieno di confitture come la croce di cristo. Il legno
coi chiodi si aggiustava ma le persone,
i telefoni risultavano peggiorati, i quadri
potevano restare appesi, come quello
del cavallo e della mia famiglia, ma tutto, anche i quadri
ancora si reggeva sui chiodi.
Era il tempo del cane e delle oche, ma
ci fu il tempo di ogni cosa
nel giardino, che cambiava
salvo tenere solo piccole cose e sempre più
in via di riduzione. E dare sempre sulla discesa di lì
che tramite altre case sprofondava
fino a valle sui tetti, dove le donne
uscivano a dar da mangiare ai cani
e gli uomini a sistemare la bombola del gas
fino al mare, così, nella baia del Gallipolino.

Den Hinweg legte ich leicht zurück, in Vorfreude
des Spiels, aber dann, aus Angst vor den Gänsen, mich auf einmal
der Zerbrechlichkeit erinnernd, als mein Schweiß trocknete, mir die
Trennungsangst wieder zu eigen gemacht, konnte ich nicht wieder
hineingehen und die Treppen von Neuem nehmen. Also habe ich sie
immer gerufen und ihr Fragen gestellt,
dumme, um sie, unter Vorspiegelung falscher Tatsachen, zu halten.
Dies schrieb meine
Trennung fest. Einer steckte auf dem Boden und die andere oben
fest.
Eines Tages, Doktor, sagte er mir,
aus Angst vor Zitronen und beschämenderweise wartete ich
stundenlang, plaudernd mit Tränen in den Augen, komm runter,
um mich abzuholen, hatte ich ihr wieder und wieder gesagt. Sie
kam nach einer Ewigkeit.
Ich weinte vor Scham und dann wurde ich ins Bett gebracht. Ich
hatte
am nächsten Tag weitläufige Ausschläge an den Beinen,
und der Arzt sagte, es handele sich um ein Ekzem. Und vom Balkon
wollte ich nie wieder runterfallen.
Eines Tages fiel ein Telefon, sagte er, und niemand bemerkte es.
Wir suchten einen Abend und einen Morgen, ganz woanders.
Dann beackerte Papa das Land und fand
das Telefon neben dem Hund,
voller Kerben wie das Kreuz Christi. Das Holz
mit Nägeln ließ sich reparieren, aber die Menschen,
die Telefone verschlechterten sich, die Gemälde
konnten hängen bleiben, wie jenes
des Pferdes und meiner Familie, aber alles, sogar die Gemälde
hingen immer noch an den Nägeln.
Es war die Zeit des Hundes und der Gänse, aber
alles hatte seine Zeit
im Garten, die sich änderte,
außer, dass man nur noch kleine Dinge hielt und immer
weniger. Und immer mit Blick auf den Abstieg von dort,
der durch andere Häuser hindurch auf den Dächern ins Tal sank,
wo die Frauen
hinausgingen, um die Hunde zu füttern
und die Männer, um die Gasflasche zu reparieren,
bis hinunter zum Meer, so war es, in der Bucht von Gallipolino.

UNA NUOVA CASA

Mia moglie la chiamavo semplicemente
Caterina. Ci sposammo, dottore, per il gusto
di promettere, mi disse, mentre il mondo
contro ogni intuizione scatafascia. C'è qualcosa di eroico, pensavo
appoggiato con la schiena
al portone, pensavo, dottore, nel bloccare
uno stato che inclina alla demolizione suprema, che va, va sempre
verso
e sosta sempre, come in un'entrata perenne, alla catastrofe, e a
questo pensiero
mi piegai con aria semplice, per cui staccai la schiena dal portone ed
entrai.
Ci portammo dietro cose vecchie nella nuova casa, sotto
la valle di Blenio, nella prima Svizzera, con lungo
trasloco, più a Nord
di dove mai eravamo stati, per fortuna, portando con noi
set di tazzine e vestiti del Sud rotti nell'ipotesi
del rammendo, e di riporli nell'armadio come sintesi: come
l'Arco di Trionfo, arredato di cose avvenute in Moravia – mi disse -
e lì
a distanza di anni e chilometri così belle e ordinate. Una nuova casa,
dottore. un
trilocale vuoto che ammobiliammo in un mese
perché mia madre era agli sgoccioli, molto prima del messaggio
mamma morta ecc...
l'ovario della famiglia primaia stava
per perdere la sua rosa e in una cena fumosa decidemmo
di formare il secondo pedicillo, un fiore
così in linea con la passione di Caterina, mia moglie, ora,
per le piante e per ogni vivente muto.
Mamma si era fatta ingravidare al pancreas, alle tube, e da lì
come uno stormo di piccioni il cancro esplose

EIN NEUES ZUHAUSE

Meine Frau nannte ich einfach
Caterina. Wir heirateten, Doktor, aus Spaß
am Versprechen, sagte er mir, während die Welt
jede Intuition ruiniert. Es hat etwas Heldenhaftes, dachte ich mit
dem Rücken
an die Tür gelehnt, dachte ich, Doktor, einen Zustand zu blockieren,
der zur völligen Zerstörung neigt, der fortschreitet, immer schreitet
und ständig stoppt,
wie bei einem immerwährenden Eintritt, bis hin zur Katastrophe,
und mit diesem Gedanken
bückte ich mich leichtfertig, machte meinen Rücken von der Tür los
und trat ein.
Wir brachten alte Sachen mit in unser neues Haus, unter dem
Bleniotal, in der beginnenden Schweiz, mit langem Umzug, weiter
nach Norden als je zuvor, glücklicherweise,
schleppten kaputtes Kaffeegeschirr und Kleider aus dem Süden mit,
in der Hypothese
sie zu stopfen, und sie in den Schrank zu stellen als Synthese: wie
ein Triumphbogen, ausgestattet mit Dingen, die in Mähren
geschehen sind – sagte er mir – und dort
nach so vielen Jahren und Meilen so ordentlich und aufgeräumt. Ein
neues Haus, Doktor. Eine
leere Dreizimmerwohnung, die wir in einem Monat eingerichtet
haben,
denn meine Mutter war am Ende, lange vor der Nachricht Mutter
tot etc. ...
Der Eierstock der Primärfamilie war im Begriff,
seine Rose zu verlieren und bei einem wirren Abendessen
entschieden wir
eine zweite Knospe zu formen, eine Blume,
so im Einklang mit der Leidenschaft von Caterina, meiner Frau,
nun,
für Pflanzen und für jedes stumme Lebewesen.
Mama hatte sich in der Bauchspeicheldrüse schwängern lassen, die
Eileiter und von dort
explodierte der Krebs wie ein Taubenschwarm

a ogni nervo, al seno e al sistema linfatico. Allora
ci prendemmo la mamma
e ce la portammo in casa,
come una cosa, come quel che rimane
di una cosa perché, mi disse, c'era altro dentro
di lei, c'era qualcosa in qualcuno, dottore, se c'è
qualcosa in qualcuno quel qualcuno
non è più quello che è, pensai, che è un altro, che bisognerebbe
cambiargli nome, che è una persona con un tumore
che è una persona malata,
un essere di un'altra cittadinanza.
Cosa c'era altro da fare?. La casa
aveva acquistato mostruosità dall'essere così
come un vaso che raccoglieva l'unico fiore morente.
Dopo un viaggio di nozze a pochi soldi la quiete
ci avvolse la casa seminordica. Avevamo ordinato
una targa per metterla
sulla colonnina d'Ercole dell'appartamento,
Cerbero muto, letterato della nostra nuova
felicità, che avrebbe deciso
chi deve entrare e chi no sulla porta direttamente,
che più avanti si aprì e si chiuse solo per cose mortali,
una porta mortale, ma benedetta nel migliore dei modi perché fosse
delle cose mortali senz'altro accettabili, prima che mi augurassi che diventasse
un muro. Così Caterina: se passa qualcuno
ci vede e dice qualcosa o niente, ma sa
di noi. Io la assistevo alla finestra, lei
che ungeva di fretta la fronte della casa mentre al telefono
parlavo con un oncologo e all'orecchio mi arrivava
l'inchiodamento prodotto dalle mani di Caterina.
Mamma, o quel che era,
arrivò forse di sabato, riponendosi in silenzio nella stanza accanto,
ero accorato, ma si fece domenica si fece pranzo, si fecero
lunghi ascolti della radio e letture serali

in jedem Nerv, in der Brust und im Lymphsystem. Also
holten wir Mama zu uns ins Haus,
wie eine Sache, wie das, was bleibt
von einer Sache, denn, sagte er mir, es gab anderes
in ihr drinnen, es gab etwas in jemandem, Doktor, wenn es
etwas in jemandem gibt, ist jener jemand
nicht mehr, was er ist, ich dachte, dass er jemand anderes ist, dass
man
seinen Namen ändern müsste, das er eine Person mit einem Tumor
ist,
das er eine kranke Person ist,
ein Wesen einer anderen Bürgerschaft.
Was gab es sonst noch zu tun? Das Haus
hatte eine Monstrosität angenommen, es war wie eine Vase,
die die einzige sterbende Blume aufnimmt. Nach einer billigen
Hochzeitsreise
umgab Stille das halb-nordische Haus. Wir hatten
eine Gedenktafel bestellt, um sie anzubringen
auf der Herkules Säule in der Wohnung,
der stumme Zerberus, Literat unseres neuen
Glücks, der entschieden hätte,
wer eintreten dürfte und wer nicht, direkt durch die Tür,
die sich später öffnen und schließen würde nur für sterbliche Dinge,
eine sterbliche Tür, jedoch gesegnet auf bestmögliche Weise,
zählte sie doch zu den sterblichen Dingen, die problemlos akzeptiert werden,
bevor ich mir wünschte, sie würde eine Mauer. So also Caterina:
wenn jemand vorbeikommt,
sieht er uns und sagt etwas oder nichts, aber er weiß Bescheid über
uns.
Ich beobachtete sie am Fenster, sie, die eilig die Fassade des Hauses
ölte, während ich mit einem Onkologen telefonierte und das Nageln,
das Caterinas Hände verursachten,
mein Ohr erreichte.
Mama, oder das, was sie war,
kam vielleicht an einem Samstag an, sich still im Nebenraum
ausruhend,
ich war zutiefst betrübt, aber es war Samstag, es gab Mittag, es gab
langes
Radiohören und abendliche Lektüren

sul divano, coi piedi sulle poltroncine.
Quando mi calava la testa io
ipotizzavo in silenzio di poggiarle la puntina
del giradischi sulla pancia, per sentirle il lavorio
delle bestie, per ipotizzare i barbari, ma non solo la presenza,
ma addirittura il rumore. Pensai che non era più la mamma, ma una
mamma, o
una *cosiddetta* mamma. Una cosiddetta mamma
come tutto è solo cosiddetto, quando il gelo
si è appropriato di quella cosa.
Questo, penso, mi piegava
le labbra mentre leggevamo, e si sarebbe detto
che non dicessimo niente, mentre tutto
si sfaceva e riordinava dentro me perché avevo sviluppato
un rapporto mentale con la cosiddetta mamma, e non con la
mamma. La mia
mente e il suo ventre si erano disposti come una piazza
in cui in varie parti ognuno svolge la sua funzione
senza coordinamento se non il limite
della piazza. Avevo gente, dottore – mentre di lato mi squadernava
la sua ferita e con stupore constatavo che fosse ambigua e
curabile – avevo gente
dentro di me, gruppi, capannelli di gente
che da una parte all'altra della piazza si urlavano, col timore
di avvicinarsi l'un l'altro, in gruppi, ogni gruppo vestito
in un certo modo, alcuni
con strani cappelli e folate
di piccioni transumavano nel mezzo per poi volare via
facendo l'aria di polvere, e le persone si voltavano per un momento
e poi tornavano coi grugni giù, ai loro pensieri.
Ad un lato, in fondo, col palmo della mano
sulla guancia c'era Caterina che mi cercava e io
la cercavo vedendola però da chissà quale altezza, e le incrociavo gli
occhi
solo quando aveva le mani tutte sulla faccia, eppure
ero convinto che mi sorridesse. Non c'erano

auf dem Sofa, mit den Füßen auf den Sesseln.

Als mein Kopf zur Seite fiel, stellte ich mir still vor, ihr die Drehscheibennadel

auf den Bauch zu legen, um die Bestien

bei der Arbeit zu hören, um die Barbaren zu vermuten, nicht bloß ihre Anwesenheit,

sondern auch ihr Geräusch. Ich dachte, dass es nicht mehr die Mama wäre, sondern eine Mama,

eine sogenannte Mama. Eine sogenannte Mama,

wie alles bloß sogenannt ist, wenn sich der Frost

jener Dinge bemächtigt hat.

Das, denke ich, schürzte mir

die Lippen, während wir lasen, und man hätte meinen können,

wir hätten nichts gesagt, während alles

sich zertrümmerte und neu ordnete in mir, weil ich

eine mentale Beziehung zu der sogenannten Mama entwickelt hatte und nicht zu der Mama. Mein

Geist und ihr Bauch hatten sich angeordnet wie ein Platz,

an dem an verschiedenen Stellen jeder seiner Funktion nachging

ohne Koordinierung wenn nicht durch die Grenze

des Platzes. Ich hatte Leute, Doktor – während er von der Seite

seine Wunde in meine Richtung hielt und ich erstaunt feststellte,

dass sie mehrdeutig und heilbar war – ich hatte Leute

in mir, Gruppen, einen Haufen Leute,

der sich von der einen zur anderen Seite des Platzes aus anschrie, aus Furcht,

sich dem anderen anzunähern, jede Gruppe gekleidet

auf eine bestimmte Art, einige

mit komischen Hüten und Taubenschwärmen,

transmutierten in der Mitte, um anschließend wegzufliegen,

den Staub aufwirbelnd und die Menschen drehten sich für einen Moment um

und kehrten dann mit einem Grunzen nach unten zurück, zu ihren Gedanken.

Auf einer Seite, unten, die Handfläche

auf der Wange, suchte mich Caterina und ich

suchte sie, sah sie jedoch aus wer weiß welchen Höhen und ich kreuzte ihren Blick

erst als sie die Hände auf dem Gesicht hatte und trotzdem

war ich überzeugt, dass sie mich anlächelte. Es gab keine

bambini, ma le donne e gli uomini erano tutti là, pensavo

dove stavano i bambini? Chi li teneva?, mi aveva detto. E di questa piazza o ferita

ancora conservo come vede il ricordo, procuratomi dal mio stare sulla porta

troppo tempo, su una porta che come vede aveva spifferi e questo

mi ha reumatizzato e forse ferito questa spalla, dottore - io ero tutto accovacciato nell'altra

stanza, che mi proteggevo da quelle visioni; sbattevo le palpebre, certo, ma il mio

scopo era il suo passato, e la sua ferita che ora

trovavo del tutto guaribile o la sua ferita e il suo passato

motivo per cui quando ormai fu morto, o scomparso, come dicevano, (dicevano anche

morto) trassi questa sua lettera del periodo di cui mi stava parlando

e di cui riporto tutto ciò che sono riuscito a leggere con sicurezza.

LETTERA A THOMAS BERNHARD

«Ti scrivo per avvisarti
che la mia sicurità economica non è
più in dubbio, perché sono
un insegnante delle medie. Caterina fa
da sponda alle velleità motorie della mamma (o
la cosiddetta), ma
come diceva il Thurston (Th. III. 2) le velleità
di tipo letterario non hanno mai
abbandonato mai sicché vivo; mamma
piange, Caterina no mai. Forse
aspettiamo un bimbo, ma come si può
aspettare un bimbo? Io aspetto altro
e non so cosa. Aspetto forse
di rifare qualcosa che non ho fatto ancora. Come si può
considerare questa vita tollerabile? Se è il pensiero
a fare la vita intollerabile perché piangono
i bambini? Io sono
al lavoro sopra lo shortlisted John Burnside

Kinder, aber die Frauen und Männer waren alle da, ich dachte

wo stecken die Kinder? Wer passte auf sie auf?, hatte er mir gesagt. Und von diesem Platz oder Wunde bewahre ich, wie Sie sehen, noch immer die Erinnerung, geschürt durch meine Art,

zu lange in der Tür stehen zu bleiben, in einer Tür, in der es, wie Sie sehen, zog und das hat mich rheumatisiert und mir vielleicht diese Schulter verletzt, Doktor – ich kauerte mich in das andere Zimmer, um mich vor jenen Visionen zu schützen; ich blinzelte, sicher, aber mein Ziel

war seine Vergangenheit und seine Wunde, die ich jetzt absolut heilbar fand oder

seine Wunde und seine Vergangenheit,

Grund, weshalb ich, als er mittlerweile tot war, oder verstorben, wie sie sagten (sie sagten auch

tot) diesen seinen Brief zurückverfolgt habe, aus der Zeit, von der er mir erzählte

und von dem ich all das wiedergebe, was ich mit Sicherheit lesen konnte.

BRIEF AN THOMAS BERNHARD

«Ich schreibe dir, um dir Bescheid zu geben,
dass meine finanzielle Sicherheit nicht länger
zweifelhaft ist, weil ich
Lehrer an einer Mittelschule bin. Caterina
stellt eine Brücke zu den motorischen Ambitionen von der Mama
dar (oder
der sogenannten), aber
wie Thurston sagte (Th. III. 2), die Ambitionen
literarischer Art haben nie nachgelassen,
nie, seit ich lebe; Mama
weint, Caterina nicht, nie. Vielleicht
erwarten wir ein Kind, aber wie kann man
ein Kind erwarten? Ich erwartete etwas anderes
und weiß nicht was. Vielleicht warte ich darauf,
etwas zu tun, was ich noch nicht getan habe. Wie kann man
dieses Leben für erträglich halten? Wenn es der Gedanke ist,
der das Leben unerträglich macht, warum weinen
die Kinder? Ich sitze
an einer Arbeit über den shortgelisteten John Burnside,

candidato più meritevole per cose di caccia nel quale
pure il Morgan si è distinto. Ti comunico
con più calma che ora mi atteggio su questi due
uomini di cultura, ora che assegno a un'ora sola
del giorno di ispessirmi lo stipendio e un'ora
a portare mamma negli andirivieni
degli ospedali. Come
ti dicevo è ben lontano alle medie dall'essere
uno spasso. C'è tanta
mediocrità come l'età stessa scolare
un inselvatichimento animale, pieno
di pericoli. Come ad esempio
quell'intervallo che va dalla campanella all'essere
già dentro i portoni della mensa. C'è
un tratto di strada,
una sorta di Tlon, dove passano le macchine dei lavoratori
delle varie aziende.
E quelli
sono spietati o addirittura distratti
alla guida, e i bimbi
tutti assorti nelle puerilità loro.
Sicché me li vedo sfuggire, io
loro pastore, come i contraccolpi delle palle
da biliardo, tra le auto, incuranti di un pericolo evidente, di
cui, sembra
mi preoccupi io soltanto. Le auto, tutte
le cose che si muovono
imprevedibili, dovrebbero fermarsi, stopparsi
morire. Ma ciò che è vivo
si può misurare in danni, nei danni possibili,
nelle catastrofi che può implicare. E alcuni dei pericoli sono
pure
meno evidenti. Come i colloqui. Io
come puoi sapere mi attengo sempre a una certa
riservatezza, poiché non voglio fare come quelli
che schizzano inopinatamente tra le macchine o come Epicuro
che scrisse apertamente quelle cose
vergognose a Temista, che pure era moglie di Leonzio.
No, non voglio né attirarmi calunnie da un Teodoro

verdienstvollster Kandidat für die Jagd auf Dinge, in denen
sich auch der Morgan ausgezeichnet hat. Ich sage dir,
mit mehr Ruhe, dass ich mich jetzt wichtigtue
mit diesen beiden kultivierten Männern, jetzt, wo ich
eine einzige Stunde des Tages darauf verwende, meinen Gehalts-
check aufzupeppen
und eine Stunde darauf, Mama ins Kommen und Gehen
der Krankenhäuser zu bringen. Wie
ich dir sagte, ist die Mittelschule weit davon entfernt,
ein Heidenspaß zu sein. Es gibt so viel
Mittelmäßigkeit wie das Schulalter selbst,
eine animalische Verwilderung voller
Gefahren. Zum Beispiel jener Zeitabschnitt,
der vom Klingeln bis zum Eintreten in die Cafeteria reicht. Es gibt
einen Straßenabschnitt, eine Art Tlon, an dem die Autos der
Arbeiter
der verschiedenen Unternehmen vorbeifahren.
Und jene
sind rücksichtslose oder sogar abgelenkte Autofahrer und die
Kinder
sind alle in ihre Kindlichkeit vertieft.
Also sehe ich sie entkommen, ich,
ihr Hirte, wie die Rückschläge
von Billardkugeln, zwischen den Autos, unbekümmert um eine
offensichtliche Gefahr, um die,
wie es scheint, allein ich mich sorge. Die Autos, alle
Dinge, die sich bewegen, unvorhersehbar,
sollten aufhören, anhalten,
sterben. Doch das, was lebendig ist,
kann an den Schäden gemessen werden, an möglichen Schäden,
an den Katastrophen, die es mit sich bringen kann. Und einige der
Gefahren
sind auch noch weniger evident. Wie die Kolloquien. Ich,
wie du dir denken kannst, bewahre mir immer eine gewisse
Reserviertheit, denn ich möchte nicht wie diejenigen sein,
die unerwartet zwischen den Autos herumspringen oder wie
Epikur,
der jene schändlichen Dinge offen an Temista geschrieben hat,
obwohl sie doch die Frau von Leonzius war.
Nein, ich möchte nicht von einem Theodorus verleumdet werden

né che i miei io vadano viaggiando per la mensa

come animaletti tra i bimbi, no, bisogna

un certo decoro per le cose, o un certo disprezzo

per la vita, anche, per amarla. Per cui mi siedo

solo per mangiare, tra i bimbi, rivolgendo solo

sguardi che significhino sì o no. E chiedo, sempre, il permesso
di sedermi,

nel caso che non mi vogliano. Oggi, uno di loro mi dice *le
patate sembrano buone.*

E per questo alza il capo dal piatto per guardarmi,

e fin qui tutto bene. Ma io

forse in malafede riprendo: *anche la carne di vitello.*

Al che lui, bambino

banalmente senza occhiali mi dice: vorrei

chiederti un parere,

se non la disturbo. Mi sembrò innocuo

e mi apprestai a rimangiare, come per dire

parla. *Ho, vi dicevo, una questione in sospeso*

rispetto all'anno 2020. Dovrò

fare uno scientifico, mi dice, donandomi la serenità delle cose
inutili,

e credo che lo farò presso il celebre Galvani

o l'elegante Copernico. Ma non so scegliere.

Avresti un consiglio, lei, persona? E dovette comprendere

a cosa il mio imprevisto sguardo sgusciante si riferiva

perché mi rispose: *mi scusi,*

se l'ho chiamata persona, io è perché ho la cattiva abitudine,

ma alla quale non riesco più a contravvenire,

di chiamare tutti Persona, così che per esempio,

entrando in classe, io dico: Salve Persone. E devi capire

che per questo sono stato allontanato da tutti, e che ormai

non ci si può più fare niente. Io sono predisposto

alla catastrofe. Alla catastrofe

imminente. Oppure, avrà anche capito

noch dass meine Ichs in der Mensa
wie kleine Tierchen zwischen den Kindern herumlaufen, nein, es braucht
einen gewissen Anstand für die Angelegenheiten oder eine gewisse
Verachtung für das Leben, auch, um es zu lieben. Weshalb ich mich
nur zum Essen hinsetze, zwischen die Kinder, und nur Augen mache,
die ja oder nein bedeuten. Und ich erfrage, immer, die Erlaubnis, mich zu setzen,
für den Fall, dass sie mich nicht wollen. Heute sagt mir einer von ihnen:
Die Kartoffeln sehen gut aus. Und dafür hebt er seinen Blick vom Teller, um mich anzusehen
und bis hierher alles gut. Aber ich,
vielleicht in böser Absicht, gebe zurück: *Das Kalbfleisch auch.*
Woraufhin er, das Kind,
banal ohne Brille, mir sagt: ich möchte
dich nach deiner Meinung fragen,
wenn ich Sie nicht störe. Er schien mir harmlos
und ich beeilte mich, weiter zu essen, wie um zu sagen:
sprich. *Ich habe, wie ich Ihnen sagte, eine offene Frage*
im Hinblick auf das Jahr 2020. Ich werde
eine wissenschaftliche Arbeit machen müssen, sagt er mir und
schenkt mir die Gelassenheit nutzloser Dinge, *und ich denke, dass ich sie*
über den berühmten Galvani
oder den eleganten Kopernikus machen werde. Aber ich kann mich nicht
entscheiden.
Haben Sie einen Rat, Person? Und er muss verstanden haben,
worauf sich mein unerwartet eindringlicher Blick bezog,
denn er antwortete mir: *Entschuldigen Sie,*
wenn ich Sie Person genannt habe, so kommt das, weil ich die schlechte
Angewohnheit besitze,
der ich mich jedoch nicht zu widersetzen weiß,
alle Person zu nennen, so zum Beispiel,
die Klasse betretend, sage ich: Guten Tag Personen. Und du musst
verstehen,
dass ich deswegen von allen weggestoßen wurde, und man nun
nichts mehr dagegen tun kann. Ich bin auf die Katastrophe vorbereitet.
Auf die geistige Katastrophe, unmittelbarer denn je. Oder, wie Sie
ebenfalls

che non si può dire salve entrando in classe, se si è
bambini, ed anche per questo
avrà capito che sono stato
allontanato. Ma «malum quidem nullum esse sine
aliquo bono.» Ascolta dunque. Le dicevo che accolsi
questa abitudine e il dipoi allontanamento
come disgrazia, poi, dacché
mi liberavo di tutti
senza dover cacciare nessuno colpevolmente, mi ritrovai
re di ogni mio dolore e di ogni lontananza
da questo mondo.
Malum quidem nullum esse sine
aliquo bono, ripetette, come a fortificare
la sua idea davanti al mio sguardo che intanto pensava
alla mamma. E mi ricordai come Plinio parlasse
delle acònite, piante medicinali ma oltremodo velenose, alle
quali
credo perdetti ogni appetito. Gli riferii contritamente
che al ventisettesimo libro Plinio desiderasse esclusivamente
dirimere confini tra veleno
e medicamenti: *Lei, giudica la vita*
in quantità di cose, così che nessuno è colpevole
e lo sono tutti, e la vita, così
non ha il minimo valore. Poi mi chiese
chiamandomi professore, se aspettassi un bambino
o di uccidere qualcuno, forse me stesso? Che sono in fondo la
stessa cosa.

Caro mio, ho
dalla mia tanta povertà e tanta morte, come sai,
nella splendente Svizzera, e la convinzione
di voler essere ricordato più come ottimo uomo
che poeta laureato, dopo un più che naturale – a cui
penso spesso - commiato. Eppure
non ti sanno queste parole

verstanden haben werden, dass man nicht Guten Tag sagen kann, die
Klasse betretend,

wenn man ein Kind ist und auch das ist ein Grund, wie Sie verstanden
haben werden,

weshalb ich ausgeschlossen worden bin. Aber: «malum quidem nullum
esse sine

aliquo bono.» Hör also zu. Ich sagte Ihnen, dass ich diese Angewohnheit
angelegt habe,

und die darauffolgende Ausgrenzung als Schande, dann, da ich alle
losgeworden bin,

ohne einen Schuldigen jagen zu müssen, fand ich mich selbst als König all
meines Kummers wieder und all meiner Entfernung zu dieser Welt.

Malum quidem nullum esse sine

aliquo bono, wiederholte er, wie um seine Idee vor meinem Blick zu
festigen,

der währenddessen an Mama dachte. Und ich erinnerte mich, wie
Plinius

vom Eisenhut sprach, einer medizinischen, jedoch extrem giftigen
Pflanze,

woraufhin ich glaube ich jeglichen Appetit verlor. Ich sagte ihm,
reumütig,

dass Plinius im siebenundzwanzigsten Buch nur die Grenzen
zwischen Gift und Medikamenten beilegen wollte: *Sie beurteilen das*
Leben

nach der Quantität der Dinge, so dass niemand schuldig ist
und alle es sind, und das Leben so
nicht den geringsten Wert hat. Dann fragte er mich,
mich Professor nennend, ob ich ein Kind erwartete
oder darauf, jemanden umzubringen, vielleicht mich selbst? Was im
Grunde das Gleiche ist.

Mein Lieber, ich habe,
viel Armut und viel Tod, wie du weißt,
in der strahlenden Schweiz, und die Überzeugung,
lieber als guter Mensch denn als diplomierter Dichter in Erinnerung
bleiben zu wollen,
nach einem mehr als natürlichen – ich denke oft an ihn – Abschied.
Dennoch
zeugen dir diese Worte nicht

di grande infida cattiveria?
Respiriamo lo stesso ossigeno e un giorno
lo vorranno tutto; vecchi respireranno
la Storia come in un tubo dell'ossigeno,
fino a svuotarla e che non ne rimanga altra.
Come sto facendo io, Mister Bernhard, con lei.
Con amore, tuo Beza.

UNA VISIONE

Una bianca notte ci aprivamo nel letto spenta, mi disse poi,
    e ricordai che ero già sulle porte del Novum Hotel Reicker,
dove alloggiavo,
    era spenta ogni luce del primo piano, come quando
    si va in campagna e i lampioni scendono,
    fanno silenzio, al buio, ci manipolavamo
    infilandoci le mani nelle canottiere, ci
    baciavamo delicatamente
    i malleoli, attratti da quella passeggiata
    e dalla sua destinazione. E come da una porta che si era tutta
    spalancata nel buio sopra di noi io vidi la faccia della
cosiddetta madre sbucare sopra di noi
    allacciati. «Mamma» dissi, e Caterina
    dal fondo di un pozzo estromise: «Io».
    C'era in quella, dottore, e in ogni
    domanda, un'origine primitiva,
    un assenso, una speranza che qualcosa ci sarà pure
    a rispondere, che ci guardi, dottore, come ora lei con cura
    osserva la mia ferita, prima ancora della sicurezza
    che qualcuno ci è accanto. La fede di provarsi autorizzati,
    a fare una domanda, ad essere, come forse in ragione
    una volta nella vita, ad essere assolti o persino
    lavati. Rispondemmo soltanto a noi stessi

von großer verräterischer Bosheit?
Wir atmen denselben Sauerstoff und eines Tages
werden alle ihn wollen; Alte werden
die Geschichte wie einen Sauerstoffschlauch einatmen,
bis sie sie geleert haben und nichts mehr übrig sein wird.
Wie ich es mache, Mister Bernhard, mit Ihnen.
In Liebe, dein Beza.

EINE VISION

In einer weißen Nacht öffneten wir uns im Bett ausgeknipst, sagte er mir schließlich,
und ich erinnerte mich, dass ich mich bereits vor der Tür des Novum Hotels Reicker befand,
wo ich wohnte,
ausgeknipst waren im ersten Geschoss alle Lichter, wie wenn
man aufs Land fährt und die Straßenlaternen ausgehen,
es still wird, im Dunkeln; wir manipulierten
uns, indem wir uns die Hände in die Unterhemden steckten, wir küssten uns zärtlich
die Knöchel, angezogen von jenem Spaziergang
und seiner Destination. Und wie aus einer Tür, die sich
in der Dunkelheit über uns weit geöffnet hatte, sah ich das Gesicht der so genannten Mutter
über uns aufplatzen. «Mama», sagte ich, und Caterina
vom Boden eines Brunnens verdrängt: «Ich».
Es lag in jener, und in jeder Frage, Doktor, ein primitiver Ursprung,
eine Zustimmung, eine Hoffnung, dass schon irgendetwas da sein wird,
um zu antworten, dass uns anschaut, Doktor, so wie Sie jetzt mit Sorgfalt
meine Wunde betrachten, noch ehe wir überhaupt sicher sind,
dass jemand neben uns ist. Der Glaube, sich als autorisiert zu erweisen,
eine Frage zu stellen, im Recht zu sein, vielleicht einmal im Leben, freigesprochen
oder sogar reingewaschen. Wir reagierten nur auf uns selbst,

e tornati a guardarci convenimmo

che era stata soltanto una visione, tutto sommato

innocua e gli amori ripetitivi

non furono turbati da quell'errore mentale, col quale nome
errore mentale, così mi disse,

derubricai la tragedia della mia mente.

Ma quel discorso respingevo come carezze non volute.

Dicevo a lei che non ero pazzo, che era pazza la natura!

Le ripetevo che si vedono gatti gesticolare gli occhi al nulla,

zampettare palline o prede nell'angolo di una stanza

e l'indomani richiedere le loro carezze di esseri mortali. E io?

Un angolo, mi disse, dell'insalata craniale è marcito.

Ho bisogno d'aria, di sbrinare il frigo.

Un po' d'aria e non puzza più. Caterina dormiva sempre

con la finestra aperta, e quella volta

la aprì per farci uscire qualcosa, sembrava una zanzara, un
rituale,

e tornò a letto, dopo aver guardato fuori

per più di un istante, come normalmente

si guarda una finestra mentre io la guardavo

come normalmente si guarda un coltello.

*

A pranzo Caterina mangiava, sorrideva,

tra una cucchiaiata e l'altra, con l'intenzione di nutrire

qualcun altro dentro sé. Faceva uno e uno, mi disse,

col proprio bimbo non ancora incubato, «uno a me

e uno a lui, uno a me basta e avanza» e faceva un sorriso
scemo

come chi non pensa più, e poi guardava la cosiddetta,

e si infilava le ciabatte, come per paura del freddo sui piedi;

chiudeva la bocca in una virgola, le labbra se le inghiottiva, la
frase,

per non far entrare il fiato malato della cosiddetta. Restava
insomma a bocca chiusa.

und als wir zurückblickten, waren wir uns einig, dass es sich nur um eine Vision handelte, eine

alles in allem harmlose und die sich wiederholenden Liebesakte

wurden durch diesen geistigen Irrtum nicht gestört, unter diesem Namen, geistiger Irrtum,

so sagte er mir, stufte ich die Tragödie meines Geistes zurück.

Aber jene Unterhaltung wies ich wie unerwünschte Liebkosungen zurück.

Ich sagte zu ihr, dass nicht ich verrückt war, die Natur war verrückt!

Ich sagte ihr, dass man Katzen das Nichts fixieren,

mit Bällen oder Beuten in einer Ecke des Raumes spielen

und morgen als sterbliche Wesen ihre Streicheleinheiten verlangen sieht. Und ich?

Eine Ecke, sagte er mir, des Schädelsalats sei verfault.

Ich brauche Luft, taue den Kühlschrank ab.

Etwas Luft und es stinkt nicht mehr. Caterina schlief immer

mit offenem Fenster und jenes Mal

öffnete sie es, um etwas hinauszubekommen, eine Mücke schien es, ein Ritual,

und kehrte ins Bett zurück, nachdem sie hinausgesehen hatte,

länger als einen Moment, wie man normalerweise ein Fenster ansieht,

während ich sie ansah, wie man normalerweise ein Messer ansieht.

*

Beim Mittagessen aß Caterina, lächelte,

zwischen zwei Esslöffeln, mit der Absicht,

jemand anderen in ihr drin zu ernähren. Sie spielte

einen für mich, einen für dich, sagte er mir,

mit ihrem eigenen, noch nicht gebrüteten Kind, «einen für mich

und einen für ihn, einen für mich, machte sie weiter» und lächelte dümmlich,

wie jemand, der nicht mehr denkt, und dann sah sie die Sogenannte an

und zog sich die Hausschuhe an, wie aus Furcht vor Frost an den Füßen;

sie schloss den Mund wie ein Komma, verschluckte ihre Lippen, den Satz,

um den kranken Atem der Sogenannten nicht eintreten zu lassen. Schloss, kurzgesagt, den Mund.

La cosiddetta guardava il piatto,
facendo pure lei uno e uno
per le bestioline sotto la maglia bianca del pigiama, ecco
dove iniziò il terrore, mi disse, dottore, perché nella stanza
eravamo in tre, quattro, una follia di gente, una casa
impressionante sotto il pigiama
con un coniglio stampato bianco di profilo. La mia
seconda casa i stabilì lì, volendo dire la verità, sotto
un pigiama con un coniglio stampato bianco di profilo. Io
da capotavola fissavo un quadro, un cane sulla parete
gialla, di fronte, tutta
la sua inintelligenza di animale che veniva dalle biglie tonde
degli occhi, del manto, pronto lui come me a rispondere
ai quesiti del cielo a zannate, ad unghiate, ma senza
parola né di odio né di amore: io
rispondevo a tutto con un sorriso che dentro di me significava
un ghigno
e poi indicavo il quadro: guardate:
il mio sguardo di cane,
la mia preoccupazione di riassumere quello che nel retro
del cranio si ingigantiva e mi mordeva, dottore.

UN MACELLO

Poi una notte si sentì parcheggiare appena fuori di casa.
L'aprirsi del cancelletto, un vocio, e poi scarpe, tante
battere le scale frettolosamente. Quella, chiamando
da un telefono sotto il mento aveva urlato.
Due infermieri stavano ora sulla porta mentre altri due
trasportavano ancora
una barella piegata con rumore di ringhiera
e di ferri, come potevo ben sentire: dando indicazioni.
Si aprì il portone,
la cosiddetta, dal dentro, si segnalava con qualche urlo
sverbato
per condurre gli angeli in camice, e loro
sembravano comprendere quel rumorio di motore scassato.
Parlava come una persona sola, come il petalo
rassegna la propria caduta
senza nominare il fiore. Noi, di là, dormivamo

Die Sogenannte besah den Teller,
    auch sie spielte einer für mich, einer für dich,
    für die kleinen Bestien unter dem weißen Schlafanzughemd, da
    begann der Terror, sagte er mir, Doktor, denn in dem Zimmer
    waren wir zu dritt, viert, eine Riesenmenge, ein beeindruckendes
Haus
    unter dem Schlafanzug mit einem weiß bedrucktem Kaninchen im
Profil. Ich
    am Kopf des Tisches fixierte das Gemälde, ein Hund an einer gelben
    Wand, auf der anderen Seite, seine ganze Intelligenz eines Tieres,
die aus den runden Murmelaugen sprach, aus seinem Fell, er bereit,
wie ich, die Fragen des Himmels
    mit Reißzähnen zu beantworten, mit Reißnägeln, aber ohne Worte
des Hasses oder der Liebe: Ich
    antwortete auf alles mit einem Lächeln, das in mir drin Hohn war,
    und deutete dann auf das Gemälde: Schaut:
    mein Hundeblick,
    mein Anliegen, das zusammenzufassen, was sich in meinem
Rückschädel
    breitmachte und mich biss, Doktor.

EIN SCHLACHTHOF

    Dann, eines Nachts, hörte man es kurz vor dem Haus parken.
    Das Öffnen des Tores, ein Rumpeln, und dann die Schuhe, viele,
eilig auf der Treppe trampelnd.
    Die da, hatte er gebrüllt, das Telefon unterm Kinn.
    Zwei Krankenschwestern standen nun an der Tür, während zwei
andere noch
    eine zusammengeklappte Bahre mit Geländer und eisernen
Geräuschen trugen, wie ich gut hören konnte: Anweisungen gebend.
    Die Tür öffnete sich,
    die Sogenannte, drinnen, machte sich mit ein paar abgeschliffenen
Schreien bemerkbar, um die Engel in Kittel zu führen, und sie
    schienen sie das krachende Motorengeräusch zu verstehen.
    Sie sprach wie eine alleinstehende Person, wie sich das Blütenblatt
mit seinem Fall abfindet,
    ohne die Blume zu erwähnen. Wir, dort drüben, schliefen

il sonno dei giusti, della paralisi farmacologica della morte
degli altri, mi disse, ma non senza avere sentito tutto e
digiunato dal parlare.
Con uno strofinio delle pelle infatti ci accordammo
di continuare il silenzio del sonno. Tutto, mi disse, come da
un'altra casa,
come da un'altra famiglia, mentre la mia cosiddetta
a una distanza di muro sbatteva la mano per attirare
il personale perché la portassero via.

*

Se aprissi gli occhi la vedrei, pensai, mi disse,
troverei i suoi occhi aperti - se sente, mi disse.
Ma non ha sentito nulla. La morte
parla? La malattia ha bocca? Mi disse bestemmiando. Vorrei
avere
le orecchie di cartongesso, fatte
da mio padre, l'ultimo che lavorava
alle case, che metteva l'intonaco
sugli strati perché entrassero solo se invitati
e da una canonica porta poi,che io decido.
Non è colpa di nessuno. È colpa di un posto? Se siamo qui
mentre dormiamo il sonno delle vacche ad un muro
dal macello con l'uomo bendato che innerva mannaia
e tuono. È colpa di un muro, di non essere doppio,
dovrei io essere sordo.
Vorrei che il suo abbraccio, lei pensava, mi disse,
mi coprisse tutta come un accappatoio ritornata
dalla doccia, che mi togliesse l'acqua.
E se avevo un bambino, se avevo il piccolo
dovevo dargli un'altra pelle, no? e se pioveva? Siimi
tegumento, pelliccia, rinchiudi quel cuore minuscolo non nato
tra due placente o tra le tue braccia ora finali.
Che lui non senta queste grida. Che non succeda niente.

den Schlaf der Gerechten, die pharmakologische Lähmung des Todes der anderen, sagte er mir, aber nicht, ohne alles zu hören und das Sprechen zu fasten.

Mit einem Reiben der Haut vereinbarten wir, die Stille des Schlafes fortzusetzen.

Alles, erzählte er mir, wie in einem anderen Haus, in einer anderen Familie,

während meine Sogenannte, eine Wand weit, mit der Hand schlug, um das Personal zu locken,

sie wegzubringen.

*

Wenn ich meine Augen öffnete, würde ich sie sehen, dachte ich, sagte er mir,

würde ich ihre Augen offen vorfinden - wenn sie hört, sagte er mir.

Aber sie hat nichts gehört. Spricht

Der Tod? Hat die Krankheit einen Mund? Sagte er mir fluchend. Ich wünschte,

ich hätte Ohren aus Gipskarton, fabriziert

von meinem Vater, der letzte, der an den Häusern gearbeitet hat,

Gips auf die Schichten aufgetragen hat, so dass sie nur auf Einladung

hineinkommen würden, und dann durch eine bestimmte Tür, über die ich entschiede.

Niemand ist schuld. Ist ein Ort schuld? Wenn wir hier sind,

während wir den Schlaf der Kühe schlafen, eine Wand weit

vom Schlachthof mit dem Mann mit verbundenen Augen,

der das Beil innerviert und Donner. Die Mauer ist schuld, nicht doppelt zu sein,

ich sollte taub sein.

Ich möchte, dass seine Umarmung, dachte sie, sagte er mir, mich überall bedeckt wie ein Bademantel, zurückgekehrt aus der Dusche, dass sie mir das Wasser wegnimmt.

Und was wäre, wenn ich ein Kind bekäme, wenn ich ein kleines Kind hätte, müsste ich ihm ein anderes Haus geben, oder? Und wenn es regnete? Sei mein

Integument, mein Fell, schließ das winzige ungeborene Herz zwischen zwei Mutterkuchen oder deinen Armen ein, jetzt letztmalig.

Dass er diese Schreie nicht höre. Dass ihm nichts geschehe.

Lui non c'entra. La vita resti
separata dalla morte, come i piedi
di un visitatore tre metri
di terra li separa dal morto. Io ci metterò le tue braccia, la tua
terra.
E ora vorrei che tu fossi le mie palpebre
per custodire le mie pupille. Ma non era sentimentalismo,
era calcolo, mi disse più avanti.
La cosiddetta fu trascinata sulla barella e tradotta
per le stanze: noi sussultammo e ci scoprimmo svegli
quando la barella urtò nella porta della nostra camera– e tuttavia
non muovemmo un nervo; poi sfilò, andò via, chiuse il portone.
E si sentirono gli infermieri parlare.
L'orologio faceva le sette, la cosiddetta, stesa
sulla barella che non scendeva più, aperta ancora urtava
le scale, grande, troppo, da testa a piedi,
per la scalinata condominiale fatta per *homini erecti,*
e fu difficile tradurla giù sembrò, dai rumori, sulle spalle degli operatori
trasformati in timonieri di una nave inaffondabile.
La mattina era arrivata, e li aveva trovati svegli, abbracciati,
riconosciuti svegli dai rumorini delle ossa
Se chiudo gli occhi tu dormi. Se chiudo gli occhi ti penso serena.
Se mi tocchi il seno siamo soli: la pelle non sente.
Inguainati come i gufi dentro sé speravamo
che a mattino andato tornasse ancora la notte.
Decidemmo di alzarci a distanza, contando l'uno
sul sonno dell'altra.

*

Io allora girovagai per casa indeterminato, muto, travolto
dal male come dall'impossibilità di dire il male.
Poi, come un Lazzaro tradito dalla vita, da una
luce non richiesta, con uno scatto di gambe automatiche partii
verso la stanza della cosiddetta saturo
di animali paturnie: felicità dei cani, pensai, ed ero sulla porta:

Es geht nicht um ihn. Dass das Leben vom Tod getrennt bleibe, wie drei Meter Erde die Füße eines Besuchers von den Toten trennen. Ich werde dafür deine Arme nehmen, dein Land.

Und jetzt wünschte ich, dass du mein Augenlid wärst,
um meine Pupille zu schützen. Aber es war keine Gefühlsduselei, es war Berechnung, sagte er mir später.

Die Sogenannte wurde auf die Bahre gezerrt und durch die Zimmer geschleppt:

wir zuckten zusammen und fanden uns wach,

als die Bahre gegen die Tür unseres Zimmers stieß und rührten

trotzdem keinen Nerv; dann streifte sie sie, zog weiter, schloss die Tür.

Und man hörte die Krankenpfleger sprechen.

Die Uhr schlug sieben, die Sogenannte, auf der Bahre

liegend, prallte gegen die Treppen, groß, zu groß, von Kopf bis Fuß

für die Treppe des Hauses, gemacht für *Homini erecti*,

und es war schwierig, sie nach unten zu übersetzen, so schien es, den Geräuschen nach,

auf den Schultern von Fachmännern, verwandelt in Steuermänner eines unsinkbaren Schiffes.

Der Morgen war gekommen und fand sie wach vor, sich umarmend, das Wachsein des anderen an den Geräuschen der Knochen erkannt.

Wenn ich die Augen schließe, schläfst du. Wenn ich die Augen schließe, stelle ich mir dich glücklich vor.

Wenn du meine Brust berührst, sind wir allein: Die Haut hört nicht.

Umhüllt wie Eulen im Innern hofften wir, das, was am Morgen gegangen, in der Nacht wiederkehre.

Wir beschlossen, zu unterschiedlichen Zeiten aufzustehen, der eine verließ sich auf den Schlaf der anderen.

*

Ich schlich also ziellos durchs Haus, stumm, überwältigt

vom Schlechten wie von der Unmöglichkeit, das Schlechte auszusprechen.

Dann, wie ein Lazzaro vom Leben verraten, von einem

unaufgeforderten Licht, machte ich mich mit einem Spurt automatischer Beinen auf den Weg in das Zimmer der Sogenannten, gesättigt

von tierisch schlechter Laune: Das Glück von Hunden, dachte ich, und war an der Tür:

delle gambe hanno una testa, e della testa le gambe.
Vuota era la stanza, e pure il letto automatico con le sponde
dei letti dei malati, con una sedia su cui si curvavano le
maniche
sfinite di una vestaglia, e in fondo
un'asse da stiro con libri rossi sopra. Lei era tornata
come una visione, una traccia, pelli di madre
erano sparse ovunque, l'odore
persino, l'eco di ciabatte, e quando
da una stanza all'altra entravo, quella
coi libri rossi e l'asse: vidi il mare, così, per stordimento,
tradito dalla luce del sole che entrava dalla finestra, dottore:
l'ampio artiglio di Gallipoli
mi veniva avanti sulle cornee svizzere, come la mia vista fosse
su un'altura della mente dove sotto la città vecchia si stende
nel ricordo verso Nord
e una torre a Sud, nella punta estrema dell'artiglio; e in mezzo
il golfo bianco e in mezzaluce nel tramonto.
Lo sguardo trasvolava come un ruscelletto proprio in mezzo e
in alto
alla costiera e in mezzo agli alberi, supremo
sul cinguettio degli ultimi avvisi degli
uccelli, e la ficedula. Stavo magro, nell'alto
soprelevato come il pino patriarcale, conscio finalmente di
Nord e Sud
mentre la mia mente volava a Nord, e valicava
spiritualmente, o con un corpo mentale, le Alpi, e poi sempre
più.
Mi sembrò di vedere trascorrendo mia madre coricata
cingere l'acqua come una costa coi piedi
sulla punta della torre de lu Pizzu, e il viso
racchiuso nelle mani sulla città vecchia. Così da Nord a Sud
vidi discendere il buio sulla cosiddetta e poche luci
accendersi
nella cittadella, e il mare toccarla. Verrà da Sud o Nord il
male
come il buio, si accenderà
la luce sul suo volto

Beine haben einen Kopf und der Kopf Beine.

Leer war das Zimmer, und dennoch das automatische Bett mit den Kanten

der Krankenbetten, mit einem Stuhl, über den die erschöpften Ärmel eines Bademantels gebeugt waren und hinten

ein Bügelbrett mit roten Büchern darauf. Sie war zurückgekehrt

wie eine Vision, eine Spur, Haare der Mutter waren

überall verstreut, selbst der Geruch,

das Echo der Pantoffeln, und als

ich von Zimmer zu Zimmer ging, jenem

mit den roten Büchern und dem Eisen: sah ich das Meer, so, durch die Benommenheit, verraten vom Sonnenlicht, das durch das Fenster fiel, Doktor:

die breite Klaue von Gallipoli kam über die Schweizer Hornhäute auf mich zu, als ruhe mein Blick

auf einem Hügel des Geistes, unterhalb dessen sich die Altstadt ausbreitet, in der Erinnerung Richtung Norden und einem Turm im Süden, an der äußersten Spitze der Klaue; und mittendrin

die weiße Bucht und im Halbdunkel der Sonnenuntergang.

Der Blick flog wie ein kleiner Bach genau in der Mitte und hoch über der Küste und inmitten der Bäume, überwältigt vom Gezwitscher der letzten Warnungen der

Vögel und der Ficedula. Ich war mager, zu sehr in die Höhe geschossen, wie

die patriarchalische Kiefer, endlich eines Nordens und Südens bewusst,

während mein Verstand nach Norden wanderte und spirituell, oder mit einem Mentalkörper, die Alpen überquerte, und dann immer weiter.

Vorüberziehend schien mir, meine Mutter zu sehen, auf die Seite gelegt,

das Wasser umzingelnd wie eine Küste, die Füße

auf der Spitze des Turmes von lu Pizzu, und das Gesicht

in den Händen über der Altstadt vergraben. So sah ich

von Norden nach Süden Dunkelheit über die Sogenannte hereinbrechen und

wenige Lichter in der Zitadelle angehen und das Meer sie berühren.

Es wird aus dem Süden oder Norden kommen, das Böse, wie die Finsternis,

o la luna le illuminerà la coscia scialbata e stanca di chemio
dove gli alberi crescono, già. La vedevo morta. Eppure
le fronde nascono già da sé e non è colpa mia
se così già la vedevo sabbia.
Mi ritrovai nella stanza dove quando mi marciva il cranio
vedevo Gallipoli, lussureggiare,
e gli animali scomparire, folate di volpi
ventilare la strade
e riappariva l'asse, la finestra
della stanza, e i libri rossi in cumulo
sopra la mia mappa mentale o la mia traccia.
L'artiglio aperto di quella bestia di Città
mi chiudeva gli occhi; e andavo a piangere
nella cucina, assolata dal sole delle 11.

A pomeriggio arrivò una chiamata dall'ospedale:
va tutto bene, sta
male, ma il personale
provvede. Registrai, mi disse, che provvedevano
e mangiammo
sotto il quadro del pastore tedesco tutti e due
senza dir niente.

UN SOGNO

Era lo stesso giorno, ancora. Caterina
accese e poi spense la TV. Ripensava negli occhi semichiusi
alla desolazione dell'ora senza programmi,
con qualcosa per i bambini, ma non è ora di pranzo, questa,
mi disse.
Saltava nei pensieri, come
un bambino calcia le pietre, e quando una finisce indietro ne
calcia un'altra, e così
si ritrova con gli occhi grandi ad una porta
familiare. Alzò un attimo il viso dal piatto,
fissò me comprimendo ancora di più gli occhi di
concentrazione, e parlò

das Licht wird auf ihrem Gesicht aufleuchten oder der Mund wird
ihren stumpfen, der Chemo
müden Schenkel erhellen, wo Bäume bereits wachsen. Ich sah sie
tot. Doch
Laub gebärt sich selbst, und es ist nicht meine Schuld,
wenn ich sie deshalb schon als Sand sah.
Ich fand mich in dem Zimmer wieder, in dem ich, als mein Schädel
verfaulte, Gallipoli sah, üppig,
und die Tiere verschwinden, Windböen von Füchsen
die Straße durchlüften
und das Eisen kam wieder, das Fenster
des Zimmers, und die roten Bücher auf einem Haufen
über meiner mentalen Mappe oder meiner Spur.
Die offene Klaue dieser Bestie von Stadt schloss meine Augen; und
ich ging zum Weinen
in die Küche, im Schein der 11-Uhr-Sonne.

Am Nachmittag kam ein Anruf aus dem Krankenhaus:
Alles gut, ihr geht's
schlecht, aber das Personal kümmert
sich. Ich registrierte, sagte er mir, dass sie sich kümmerten und wir
beide
aßen unter dem Bild des Deutschen Schäferhundes ohne etwas zu
sagen.

EIN TRAUM

Es war derselbe Tag, immer noch. Caterina
schaltete den Fernseher an und dann aus. Sie dachte in
halbgeschlossenen Augen
an die Trostlosigkeit der Stunde ohne Programme, etwas für die
Kinder,
aber es ist diese nicht die Mittagsstunde, sagte sie mir.
Sie sprang in ihren Gedanken, wie
ein Kind Steine kickt, und wenn am Ende einer zurückbleibt, kickt
er einen anderen, und so
findet es sich mit großen Augen an einer vertrauten Tür wieder. Sie
hob einen Augenblick
den Blick vom Teller, mich fixierend, sich konzentrierend die
Augen noch weiter zusammenkneifend und sprach,

la mattina precedente, disse, nel dormiveglia (scansando

l'argomento della cosiddetta) devo aver sognato qualcosa e questa volta

me lo ricordo. Mi trovavo in un hangar di semibuio, come se mi fossi svegliata ora. La luce veniva tutta da una parte, dall'entrata enorme, da un arco, e io ero nell'ombra. Mi sono sentita curiosa, ho girato per la zona, c'erano scaffali pieni di cianfrusaglie, bocce, boccette alcune aperte, e malilluminate. Io le vedevo con la luce che veniva da dietro tutta impolverata, con la polvere in sospensione tutta brillante ma non troppo. E giravo per gli scaffali senza toccare niente.

Poi dal nulla sento «buongiorno» da dietro,
mi giro – ma non ero per nulla spaventata, anzi – e c'era
un uomo, semidisteso su un divanetto, come
i triclini dei romani, presente? Era
tutto vestito di bianco e io mi avvicinai e vidi
che aveva un grosso anello d'oro, grande come
se ci entrassero due dita, tipo medico forse, e non so
perché questo mi ricordi i medici. Io ero attratta
da quell'abito tutto bianco, ma mi ero girata
verso gli scaffali per continuare il giro
e poi non c'era più. Mi segui?
Allora esco dall'hangar piano piano incuriosita, varco l'uscita
ed è tutto bianco pure fuori, tutto come in una sabbia
color calce, e un sole fortissimo, ma invernale,
che si vede tutto, amore, mi disse. Dune
bianche, e in una di queste
vicino a me, c'è una casetta, che sbuca come le case
come una caverna. L'uomo stava
sull'ingresso senza porta, sopra due scalini che salivano
dentro, ma la porta non c'era, penso.
C'è un serpentello che gioca vicino a lui
ma io non ci penso. Mi avvicino, e allora lui mi porge
un cofanetto tutto d'oro e di osso, me lo apre davanti
e non ricordo cosa c'è dentro, ma un odore di arance medicinali mi inonda la faccia,
ci saranno state le bucce, dentro, non so
ma ricordo l'odore nella luce infosforata,
e una sensazione di peso in quel cofanetto
che neanche contenesse petroliere, di ori.

am Morgen zuvor, sagte sie, im Halbschlaf (dem Thema der
Sogenannte ausweichend) muss ich etwas geträumt haben und dieses
Mal

erinnere mich. Ich befand mich in einem halbdunklen Hangar, als
wäre ich gerade aufgewacht. Das gesamte Licht kam von einer Seite,
dem riesigen Eingang, einem Torbogen, und ich befand mich im
Schatten. Ich war neugierig, streifte durch die Gegend, es gab Regale
voller Gerümpel, Schüsseln, Flaschen, einige davon offen und zer-
schlagen. Ich besah sie im Licht, das von hinten kam, ganz staubig, mit
dem Staub in der Schwebe, ganz hell, aber nicht zu sehr. Und ich
schwirrte um die Regale herum, ohne etwas zu berühren.

Dann, aus dem Nichts, höre ich «Guten Morgen» von hinten,

ich drehe mich um, hatte jedoch überhaupt keine Angst, im
Gegenteil – und da war

ein Mann, halb liegend auf einem Sofa, wie

die römischen Triclinia, weißt du? Er war

ganz in weiß gekleidet, ich näherte mich und sah,

dass er einen großen Goldring trug, groß, groß genug für zwei
Finger, von einem Arzt vielleicht,

ich weiß nicht, warum er mich an Ärzte erinnert. Ich war angezogen

von diesem Aufzug ganz in weiß, hatte mich jedoch den Regalen
zugewendet, um

meine Tour fortzusetzen und dann war er nicht mehr da. Kannst du
mir folgen?

Ich gehe also langsam aus dem Hangar hinaus, neugierig, ich trete
hinaus und draußen ist alles weiß, wie kalkfarbener Sand und eine
sehr starke, aber winterliche Sonne, durch die man alles sieht, Schatz,
sagte sie mir. Weiße

Dünen und in einer von ihnen, neben mir, steht ein kleines
Häuschen, das auftaucht wie die Häuser,

wie eine Höhle. Der Mann steht am Eingang ohne Tür, über zwei
Stufen, die nach innen führten, aber die Tür war nicht da, glaube ich.
Neben ihm spielt eine kleine Schlange, aber ich denke nicht dran. Ich
nähere mich, und dann reicht er mir eine Schachtel, ganz aus Gold und
Knochen, öffnet sie vor meinen Augen, und ich weiß nicht mehr, was
drin ist, aber ein Geruch von medizinischen Orangen überflutet mein
Gesicht, da müssen Schalen gewesen sein, drinnen, ich weiß es nicht,
aber ich erinnere mich an den Geruch im phosphoreszierten Licht, und
ein Gefühl von Gewicht in dieser Schachtel, als enthielte sie Öltanke,
aus Gold.

E lo dava a me, tienilo! Poi l'anello al suo dito
si ingrandisce, si ingrandisce tutto e gli circonda
la faccia, gli si appende come un cappio o un'ampia
amplissima collana, e io la voglio, ma non è per me
        si era tutta infuocata parlando, le guance bianche
si erano arrossate mentre parlava, aveva pure lasciato il
cucchiaio
e teneva un palmo della mano sulla guancia che le faceva la
bocca grandissima.
Beza l'aveva ascoltata bene, con interesse intensificato
si grattava l'anca come per dire qualcosa, capendo che la sua
unica preoccupazione, dottore,
come la mia, era la *sua* morte, come la mia unica
preoccupazione
era la *mia* morte, e non della cosiddetta o di nessun altro.
Poi disse: io non vado a trovarla
mamma. Riprese a mangiare e disse: tu
ci vuoi andare?

UNA FINE

Quei giorni avevo diviso così
la mia giornata: la mattina da sveglio il pensiero del
tollerabile mi masticava
le interiora in tutto il mio perimetro, un pensiero tondo,
frequentabile solo fuori dalla stanza da letto
come capii dopo, e, al di là di una tenda con la quale separai
la stanza
che chiamai *trapassatoio*, la notte i pensieri dell'intollerabile,
dell'impensabile mi venivano a frequentare con assiduità di
monaco
e si sedevano accanto a me. Il coraggio della notte non
è meno della verità, pensavo, forse è la verità. Tuttavia, vede,
ciò che è tollerabile la mattina lo è per presenza di pensiero,
di pensiero irreggimentabile,
ma quello che era intollerabile la notte non lo era per
pensiero, ma di qualcosa d'altro
più vicino alla natura o al suo contrario. La notte la sfera dei
possibili
mi si rompeva in testa e la riponevo come un vaso, al di fuori

Und er gab sie mir, halt sie! Dann vergrößert sich der Ring

an seinem Finger, alles vergrößert sich und umgibt sein Gesicht, hängt wie eine Schlinge oder eine weite, sehr breite Halskette, und ich will sie, aber sie ist nicht für mich.

Sie war beim Reden ganz heiß gelaufen, die weißen Wangen erröteten beim Sprechen, sie hatte sogar den Löffel losgelassen und hielt eine Handfläche auf der Wange, was ihren Mund riesig machte.

Beza hatte ihr gut zugehört, mit verstärktem Interesse

kratzte er sich an der Hüfte, als wolle er etwas sagen, erkennend, dass ihre einzige Sorge, Doktor, wie meine, ihr Tod war, wie meine einzige Sorge

mein Tod war, und nicht der der Sogenannten oder irgendeines anderen.

Dann sagte sie: Ich geh sie nicht besuchen,

Mama. Sie widmete sich wieder dem Essen und sagte: Willst du hingehen?

EIN ENDE

In jenen Tagen hatte ich

meinen Tage so eingeteilt: Morgens nagte der Gedanke an das Erträgliche an meinen Eingeweiden, überall in meinem Umkreis, ein runder Gedanke, dem, wie ich später verstand, nur außerhalb des Schlafzimmers nachgegangen werden konnte und jenseits eines Vorhangs, mit dem ich das Zimmer, das ich Durchgang nannte, abtrennte, nachts kamen die Gedanken an das Unerträgliche, an das Undenkbare mit der Beharrlichkeit von Mönchen zu mir und setzten sich neben mich. Der Mut der Nacht ist nicht weniger als Wahrheit, ist vielleicht die Wahrheit. Trotzdem, sehen Sie,

das, was morgens erträglich ist, ist es wegen des Vorhandenseins der Gedanken, unwiderruflicher Gedanken, aber was in der Nacht unerträglich war, war es nicht wegen der Gedanken, sondern wegen etwas anderem, das der Natur näher ist oder ihrem Gegenteil. Nachts zerbrach die Sphäre des Möglichen in meinem Kopf, und ich räumte

dell'esperienza, per buttarne il contenuto il mattino all'immondizia.

Tutto era entrato nella casa da quella porta, mi ripetevo, nel mio

trapassatoio, come la mia ferita che ora, dottore, le si apre davanti.

Il cancro e il bambino, e una porta sola. Entrambe con convinzione la aprivano

e la chiudevano lasciando me inerme

nel vento che entrava e nella mia

volontaria autodistruzione, o la mia letteratura. Vidi entrare Caterina nella stanza antistante la casa

con dei completini sei mesi prima, la cosiddetta uscire per raggiungere la stanza delle chemio, tutta una preparazione. Stavo

leggendo Bernhard, continuò, per cui chiamai quella stanza

la stanza del *trapassatoio*, ovvero un

meccanismo, non fatto per spiegarsi

ma per funzionare, dove il pensiero è costretto alle soste più penose e schifose

e alla grazia della conoscenza, al buio

come alla luce e alla notte e il giorno, stavo

conoscendo la vita. Mi misi a vivere

entrando, accompagnandole per la stessa strada

e la stessa porta sotto lo sguardo dell'unico cane. E poi inspiegabilmente

tornavano, con facce di cani bastonati, o di manichini, e ancora in sogno le vedo

chiedermi dei bambini morti nel sottostante cimitero,

nella necropoli della mia mente, chiedermi, dottore, di dissotterrarli

in vista di eludere il pensiero prediletto, quello finale, e con lunghi fili simili a bende pescavo

asciugamani e lenzuola con visi di bimbo, e la giacca

con cui fu poi composta nella bara, come la quale mi sentivo

come quella giacca ormai senza più il morto, e nella quale mi sognavo

o che sognavo dire parole come fossi io, fino a che mi svegliavo

sie weg wie eine Vase, weg aus der Erfahrung, um ihren Inhalt morgens in den Müll zu werfen.

Alles war durch jene Tür ins Haus gekommen, sagte ich mir, in meinen

Durchgang, wie meine Wunde, die sich jetzt, Doktor, vor Ihnen auftut.Der Krebs und das Kind und eine einzige Tür. Beide öffneten und schlossen sie mit Überzeugung und ließen mich hilflos zurück im einfallenden Wind und meiner freiwilligen Selbstzerstörung oder meiner Literatur. Ich sah, wie Caterina sechs Monate zuvor den Raum vor dem Haus mit einigen Kleidern betrat, die Sogenannte hinausgehen, um das Chemo-Raum zu erreichen, alles eine Vorbereitung.

Ich war dabei,

Bernhard zu lesen, fuhr fort,

weshalb ich dieses Zimmer das Durchgangszimmer nannte, das heißt einen Mechanismus,

der nicht dazu da ist, sich zu erklären, sondern zu funktionieren, wo der Gedanke zu den schmerzlichsten und ekelerregendsten Stopps gezwungen wird, und dank der Gnade des Wissens, lernte ich, in der Dunkelheit wie im Licht und in der Nacht wie am Tag, das Leben kennen. Ich machte mich auf den Weg zu leben, indem ich eintrat, sie auf derselben Straße und durch dieselbe Tür begleitete, unter dem Blick des einzigen Hundes.

Und dann kamen sie unerklärlicherweise zurück, mit Gesichtern von geknüppelten Hunden oder Schaufensterpuppen, und noch immer sehe ich im Traum, wie sie mich nach den toten Kindern auf dem Friedhof unten, in der Nekropole meines Geistes, fragen, und mich, Doktor, bitten, sie auszugraben, um dem Lieblingsgedanken, dem letzten, auszuweichen, und mit langen Fäden, Bandagen ähnlichen, fischte ich Handtücher und Laken mit Baby-Gesichtern heraus, und die Jacke, mit der sie dann im Sarg beigesetzt wurde, so wie sie fühlte ich mich, wie jene Jacke jetzt ohne den Leichnam, und in der ich mich träumte oder träumte, Worte zu sagen, als wäre ich es, bis

e la luce mi abbagliava come una spruzzata di terra sopra il
morto.
     Dalla porta da cui si accedeva ,
     dalla stessa porta, in attesa di chiuderla, di chiudere
     la porta e non vedere più il campanile della Boch, i rumori
     della casa accanto in distruzione,
     e che non entrasse più il vento e rimanere solo
     col mio pensiero naturale e ormai spaventoso.
                                        *

Del viaggio a Nord, che proseguirono indefinitamente prima
     del messaggio madre ecc, non mi disse più nulla. Nei suoi
appunti
     dell'ultimo giorno di cui si seppe dell'uomo eminente
     che era mio padre trovai solo «oggi
     26 agosto, fiume Neckart.» Accanto c'era una poesia
     capitata per caso tra le mie le mani accanto
     al biglietto quando andai a prendere le sue cose e entrai per
l'ultima volta
     nella sua casa, e andandomene chiusi la porta.

POESIA PER LA MAMMA

Mamma io vorrei dirti quanto ho pianto, e quanto un tuo
sorriso era la porta dell'eternità, e quanto

     la sera della tua buonanotte, venuta vicina al letto del
leoncino mi desti un bacio sulla tempia e dicevi buonanotte al
tuo sorriso

     in due ultimi archetti docili, diventati ora porta e ferita del
futuro sotto i miei ricci. Quando
     il fiore della mia pelle aperto da due colpi di accetta,
dolcemente
     baciava il sole nuovo coi suoi orli
     bruciando di sale e salmastro. E quando
     impallidendo discendevi le scale,
     e la porta delle tue labbra mi baciava il cranio ancora,
     e saliva l'acqua mentre tu scendevi nell'acqua.

ich erwachte und das Licht mich blendete wie ein Spritzer Erde über dem Leichnam.

Von der Tür aus, durch die man eintrat,

von derselben Tür aus, in Erwartung, sie zu schließen, die Tür zu schließen und den Bosch Glockenturm nicht mehr zu sehen, die Geräusche

des Hauses nebenan in Zerstörung, und dass der Wind nicht mehr eindringen möge und mich allein ließe mit meinem natürlichen und nunmehr beängstigenden Gedanken.

*

Von der Reise in den Norden, den sie vor der Botschaft Mutter etc. auf unbestimmte Zeit fortsetzten, erzählte er mir nichts mehr. In seinen Notizen

vom letzten Tag, durch die man wusste, von dem herausragenden Mann, der mein Vater war,

fand ich nur «heute 26. August, Fluss Neckart.» Daneben befand sich ein Gedicht,

das mir per Zufall in die Hånden fiel neben

dem Zettel, als ich seine Sachen holen ging und zum letzten Mal sein Haus betrat,

und als ich ging, die Tür schloss.

GEDICHT FÜR DIE MAMA

Mama, ich möchte dir sagen, wie sehr ich geweint habe, und wie dein Lächeln die Tür zur Ewigkeit war und wie

am Abend deiner Guten Nacht, nah an das Löwenbett getreten, du mir einen Kuss auf die Schläfe gabst und deinem Lächeln Gute Nacht sagtest

in zwei letzten fügsamen kleinen Bögen, nun Tür und Wunde der Zukunft unter meinen Locken geworden. Als

sich die Blüte meiner Haut durch zwei Axthiebe öffnete, küsste sanft

sie die neue Sonne, deren Säume mit Salz und Brackwasser brennen. Und als

du bleich die Treppe hinuntergingst,

und die Tür deiner Lippen noch meinen Schädel küsste

und das Wasser anstieg, während du ins Wasser abstiegst.

239

Mi battezzai con una ferita, e tu,
scomparendo aprivi il giorno. Il dottore
è arrivato, mi dicevi in sogno. E' con voi, nel vostro letto.
La porta ora è chiusa.

«Von allen säubr' ich diesen Ort,
Sie müssen mit einander fort.»

Johann Wolfgang von Goethe, da Der Rattenfänger

Ich taufte mich mit einer Wunde, und du,
verschwindend, eröffnetest den Tag. Der Doktor
kam, sagtest du mir im Traum. Er ist bei euch, in eurem Bett.
Die Tür ist jetzt geschlossen.

«Von allen säubr' ich diesen Ort,
Sie müssen mit einander fort.»

Johann Wolfgang von Goethe, Der Rattenfänger

Una fine – ein Ende erzählt von Anfang und Ende, von Leben und Tod und davon, wie beide rigoros Hand in Hand gehen. Una fine hat mir verdeutlicht, wie man in einem Leben, oft an einem einzigen Tag, vielerlei Rollen bekleidet: man ist Sohn und man ist Vater, man ist Schüler, man ist Lehrer, man lebt in der Vergangenheit in der Gegenwart. Ich bin den erzählten «archäologischen Reisen» innerhalb einer Familie gefolgt, durchstreifte Erinnerungen, die, Puzzlestück für Puzzlestück, «mit langen Leinen» ein Bild aus dem Meer hervorholten, das große Ganze zu Tage beförderten.

Lesend bereiste ich den Süden Italiens, war auf Fischfang in Gallipoli, im Haus einer Kindheit, in dem das Ringen um die mütterliche Zuneigung noch immer nachklingt, jener Mutter, aus der der Krebs eine andere gemacht hat, ich durchquerte – von Borges *Tlön* bis zu Thomas Bernhards *Frost* – ein stilistisches Manifest, das sich in der Erzählung widerspiegelt und kam am Ende eines Lebens an beim Beginn eines neuen.

Ich habe Faustos in Versform geschriebene, verschachtelt-verkopfte Erzählung Episode für Episode gelesen, ihm meine Verständnisfragen gestellt, es war nicht immer einfach nachzuvollziehen, wer sich erinnert und wer erzählt, und anschließend eine Übersetzung angefertigt, die Faustos Version, der literarischen Sprache und der Bilder, die er für seine Ideen findet, nahe kam, ohne dass jene Bilder im Zuge der Übersetzung an Strahlkraft und konkreter Poesie einbüßten.

OH, JUST
REMEMBER, REMEMBER, REMEMBER
LARA RÜTER

Als ich vier bin, verkleidet meine Mutter mich als Ballerina, ich trage ein Tutu und ein enges Pailettentop. Ich fühle mich richtig, denn man sagt mir oft, wie süß ich sei und was für ein hübsches Mädchen. Meine Haare werden mit Haarspray an meinen Kopf geklebt, richtig eklig riechendes Spray, mit dem man auch Insekten jagen kann. Ein Blechkrönchen um meinen Ballerina-Dutt. Bis zum rosa Lidschatten ist alles gut, ich bin ein perfektes easy-going Töchterchen, richtig hübsch und niedlich, vor allem brav, aber wie niedlich auch. Dann ist die Wimperntusche dran, die ziept, aber meine Mutter lässt nicht locker. Es sticht in den Augen, sodass sie tränen, und immer wieder von Neuem, wenn ich sehe, wie der Wimpernroller näher an meine Augäpfel geführt wird. Sie ruft, ich solle still halten und nicht so weinen, neinnein, aber wer schön sein will, muss leiden, und schließlich schaffe ich es, als braves Mädchen zu weinen. In meiner Erinnerung ist die Situation nie zu Ende gegangen, aber sie muss, denn ich habe Fotos von mir im Kindergarten beim Fasching. Neben mir meine Freundin Jessica, die als Esmeralda verkleidet ist, mit Anklippohrringen, einem improvisierten lockeren Kleid und viel zu roten Wangen. Jessica grinst und ich, ja, ich sehe perfekt neben ihr aus, eine perfekte kleine Puppe mit Lidstrich, zurechtgemacht und niedlich, die brav lächelt.

Von den zwei Strichen erzähle ich niemandem, der es nicht wissen muss. Der Mann hat große Augen, fragt undjetzt und ich weiss nicht, was ich sagen kann, weil ich weiss, was ich sagen soll. Die Frau in der Beratungsstelle rät mir, in Zukunft zusätzlich zu Kondomen noch mit Diaphragma zu verhüten. Wissen Sie, sagt sie sehr lieb, dann haben Sie doppelten Schutz. Sie meint es sehr lieb. Sie fragt zwei Mal, ob ich auch nicht von dem Mann gedrängt werde, dann stellt sie mir den

Schein aus. Dass ich mich nicht wundern solle, weil da draufstehen müsse, dass das Gespräch ergebnisoffen geführt wurde, alles sei möglich. Sie wünscht mir alles Gute, sehr lieb. Draußen das Gefühl, noch mal knapp davon gekommen zu sein, als sei nur noch eine kleine Hürde zu nehmen, das Schlimmste sei vorbei, nur eine kleine Weile Geduld, drei Tage. Das Gefühl geht. In der Tram weine ich still, ich fahre allein damit, kann den Schein unbemerkt aus dem Beutel nehmen und zusammengeklappt in der Hand halten.

Ich stelle das Stativ vor den Orang Utans auf, ich sammle Filmmaterial von der Mutter, die ihr Kind immer um den Hals trägt. Die Sonne heizt die Luft im Affenhaus auf. Ich ziehe das Shirt aus, fühle mich unangenehm nackt, ich ziehe es wieder an. Ich denke daran, dass die Affenmutter etwas wissen könnte von den Zellen, wenn sie an die Scheibe kommt, mich grüßt. Ihre ruhigen, schwarzen Augen auf mich gerichtet. Das Kleine ist schwach, sehr dünn für ihr Alter, die Haare stehen ihr vom Kopf ab. Dass man als Mensch einem Affen etwas bedeuten könne, man für ihn diese eine besondere Verbindung ist — Projektion. Sie macht die Affen menschlicher und mich affiger, ein bisschen schäme ich mich für das Gefühl.

Man habe die Schwangerschaft zunächst nicht lokalisieren können, weil meine Gebärmutter eine atypische Form habe, sagt die Ärztin, eine Herzform sei das, aber nicht so schlimm. Das Ei sei von links gesprungen, das könne man sehen und auch hier der Herzschlag, ja, hier, völlig in Ordnung und gesund alles, und Schwester Erna kann sich nicht halten, so froh sei sie, ach wie schön, ruft sie, so gute Neuigkeiten nach all der Angst. Ihre sprudelnde Freude tut mir physisch weh. Vor einer Stunde war es noch tot, oder in einem Eileiter versteckt, das war vor nur einer Stunde, da war es einfach tot und keine Entscheidung mehr, da war nur ich, die Schuldige, die dachte, sie habe es mit bösen Gedanken und Karma getötet. Also die Schuld, die ganz anders ist als die davor, die nun etwas mit Scham zu tun hat, weil es wiederbelebt ist, ein völlig neuer Haufen Zellen und ich fühle alles genau wie vor zehn Tagen, als die zwei Striche mir die Luft aus der Lunge geschlagen haben. Ob ich mich denn nicht freue, fragt Schwester Erna strahlend und ich weiß, dass ihre Freundlichkeit und Fürsorge jetzt an die Prämisse gebunden ist, dass ich janatürlichjasosehr sage. Ich nehme ihr das nicht übel, weil sie eine herzliche Oma ist, die ihr trockenes Lachen bewusst zu ihrem Marken-

zeichen gemacht hat, in deren Weltbild es gar nicht die Möglichkeit gibt, dass diese Zellen sich nicht zu einem schmerzempfindlichen Wesen mit Bewusstsein entwickeln werden. In dem ich mich gegen sie entscheide, obwohl ich eine funktionierende Beziehung führe, eine liebevolle, mit Sicherheit usw. und trotzdem nein sage, das Nein nicht böse meine und vor allem die Zellen nicht hasse für ihre Existenz. In dem ich jetzt weiß, dass nach dem Wissen um den Herzschlag wirklich alles anders ist und dass ich das Ultraschallbild genau deshalb haben muss, damit die Zellen nicht einfach ins Nichts verschwinden und ich die Veränderung durch diesen Herzschlag nicht allein fühlen muss, obwohl das Illusion ist, und dass es trotz allem beim Nein bleibt. Die letzten Tage seien so aufregend gewesen, sage ich also zu Schwester Erna und jetzt versteht sie wohl, denn sie dreht sich um, nimmt die Akten und sonst irgendwelche Dinge und lässt mich allein.

Ich lese: Jedes Jahr brechen ungefähr gleich viele Frauen ihre Schwangerschaft ab, 2019 waren es laut Statistischem Bundesamt 100.893. 4% davon geschahen infolge medizinischer Gründe und Sexualdelikten. Die übrigen erfolgten nach §218 StGB. Die Schwangere muss beweisen, beraten worden zu sein. Sie muss drei Tag nachdenken, bevor sie ihre Entscheidung zu einem Abbruch durchführen darf. Die Ausformung eines Klischees. Frauen setzen sich zu Haus mit einem Becher Eiscreme ins Bett, rufen ihre Freundinnen nach der Reihe an, heulen sich aus, holen sich Rat und Ermunterungen, duschaffstdasschon und ichunterstützedich. Auch vorstellbar, dass sie sich in einem Yogakurs entspannen, in einen Meditationskurs setzen und plötzlich kommt dann diese Erleuchtung und Zweiflerinnen entscheiden sich doch pro Leben. Ein cineastischer Moment, wenn der Knoten platzt und die befreiende Lösung sichtbar wird. Und ja: In *Sex and the City* entscheidet sich Miranda im Wartezimmer für den Abbruch ganz unvermittelt dagegen. Sie entscheidet: ein Kind ist doch etwas Schönes, sie will es, sie freut sich. Einfach ist das bei ihr, Karriere nicht wichtiger als ein neues Leben, vielleicht geht sogar beides. Gegenüber von diesem Klischee stehe ich, gegenüber von dieser Norm, der Vorstellung, dass Muttersein ein normales Glück ist.

In meinem Alter könne man ja ruhig mal drüber nachdenken, ob man das Kind bekommen möchte, sagt die Oberärztin. Wann dieses Alter beginnt, möchte ich fragen, also ab welchem Alter man aus ärztlicher Perspektive alt genug sei, ob das nun vor zwei Jahren schon

gewesen sei oder vor drei oder vielleicht vor zehn schon, ob das bei allen Frauen das gleiche Alter sei oder bei allen unterschiedlich, ob ich ihn einfach verpasst habe, den Moment, in dem ich als Frau plötzlich nach allgemeiner Ansicht alt genug sei, um meinen Körper abzugeben, ihn anderen zu geben, ihn feierlich an §218 zu übergeben, ob ich das einfach nicht bemerkt habe und ob ich das irgendwo hätte einsehen können, in irgendeiner Krankenakte, in einer App oder einem Rechner im Internet, der abhängig von Horoskop, Geburtsjahr, psychischen Vorerkrankungen, Ernährungsweise und praktischen Erfahrungen mit Kindern den Moment errechnet, unter Berücksichtigung tendenziell positiver Gefühle gegenüber Kindern oder wenigstens neutrales Verhalten, der auch abhängig von der Beziehung zu meiner Mutter und ihrer zu mir bewertet, unterstützt von unabhängigen Wissenschaftler*innen, die ihre Einschätzungen eintragen, pure Statistik, na klar, man kann alles berechnen, hat für alles eine App, also vielleicht habe ich ihn einfach verpasst, den Moment, in dem ich mich selbst abgeben kann und verwandle in einen Brutkasten, moderne Metamorphose, ein Brutkasten, in dem ein Wunder geschaffen wird, Frucht der Liebe, natürlich, in dem die Zukunft der Menschheit sitzt und pocht und wartet in meiner seltsam herzförmigen Gebärmutter, um die Welt zu verändern. Und bei mir kam also nach Einbeziehung und Verrechnung all dieser wichtigen, komplizierten Faktoren genau die Zahl 29 raus. Ach, sage ich nur.

Ich lese: RU-486, Kleiderbügel, Stricknadeln, Draht, Unterleibsmassagen, Tritte, Schläge, Stiche, Knochenmark von Schafen, Rizinusöl, Arsen, Quecksilber, Kupferverbindungen, Basen, Ananas, Papaya, Pfeffer, Vitamin C, Koloquinte, Crotonöl, Aloesaft, ätherische Öle, Polei-Minze, Frauenminze, Mutterkorn, Arnika, Wermut, Muskatnuss, Liebstöckel, Eibennadelsud, Baumwollwurzelrinde, Zimt, Trauben-Silberkerze, Gartenkresse, Petersilie, Bärentraube, Echtes Johanniskraut, Beifuss, Angelika, Aloe, Sadebaum, Raute, Gefranste Raute, Safran, Chinin, Hennawurzel, Samen Wilder Möhre, Vaginalduschen mit Kaliumperganat, Senfpulver, Waschmittel, Bleichmitte, Seifenlauge, Terpentin, Essig, Orangensaft, Rohrreiniger, Haushaltsreiniger, Desinfektionsmittel, Natronlauge

Ich sitze auf dem Stuhl im Flur, ich fülle zum vierten Mal dasselbe Formular aus, ich bezahle die Pille. Aus den Behandlungszimmern höre ich Ultraschallgeräusche, eine Schwester läuft mit Instrumenten

an mir vorbei, ich höre den Herzschlag eines Kindes, der Puls ist so schnell, dass es wie Meeresrauschen klingt, oder eher an ein U-Boot-Radar erinnert, ein wenig wie Ohrensausen. Das Geräusch kommt von verschiedenen Orten, hängt schwer in der Luft, so lang, bis ich vierzig Minuten später endlich zur Schwester darf, die mich noch einmal fragt, ob ich das wirklich will, mir dann die Pille in die Hand drückt. Nach einer halben Stunde könne ich gehen. Am Mittwoch wird der Embryo mit dem zweiten Medikament abgestoßen werden. Mir ist übel, ich wende in der Hand ein Buch, schlage Seiten um, die ich nicht lese. Ich streite mich in SMS mit dem Mann. Ich schreibe aufmunternde SMS an meine Freundin mit Liebeskummer. Das Uboot- Radar rauscht.

Ich lese: *Alles wird gut? / Wie ein Alptraum / Tolle Beziehung, toter Sex / Hilfe! / Es war vor 2 Wochen / Hormonhaushalt nach Mifegyn / Alleingelassen nach Abbruch / Abtreibung in Holland / Schwanger trotz Kupferspirale / Sexualität, Verhütung / Bin verzweifelt und wütend / 5 Tage danach / Hilfe / Keine Herausgabe des Ultraschallbilds / Schuldgefühle und Liebe / Abschied nehmen / Nachwehen nach Absaugung / Mein Selbsthass / Schuld / Trauer fast 1 Jahr danach / Wie geht es weiter? / Ist jemand online? / Auf der Suche nach Frieden / ich breche zum ersten mal mein schweigen / Gefühlschaos / 1 tag danach / Kinderwunsch / Hallo, bin neu hier.* Die Selbsthilfeforen sind voll vom Danach. In den Threads finde ich massive Textblöcke mit offenen Fragen. Die Texte sind gebauscht mit Schachtelsätzen, Wiederholungen und Fragen, ich lese immer wieder Fragen. Selten gibt es eine Antwort und wenn, dann eine, die ihre Anteilnahme bekräftigt, aber auch betont, wie leid es ihr tut, dass sie nicht helfen kann.

Der Moment kam ungefähr so: Müdigkeit, mein Parasit. Er kriecht unter meine Lider, in meine Wange, in die Muskeln. Zu laute Geräusche, zu warme Decken, zu flauschige Tiere im Bett. Eng, eng. Erschöpfung, mein Wunsch nach Fortkommen aus dem Körper, aus dem Kopf. Keine Superlative, kein Mittwoch. Das Zählen der Atemzüge macht meine Zunge schwer. Gleichmäßigkeit, mein Gegner. Kurz vor Schlaf schrecke ich hoch, die Panik, endlich Schlaf. Eine Weile Nichts. Dann die Uhr: vier, etwas stimmt nicht, ich wecke den Mann, etwas stimmt nicht. Da war es.

Ich lese: Dass eine Frau in Florida sich 1994 in den Bauch

geschossen hat, nach mehreren erfolglosen Versuchen legal abzutreiben. Sie wurde wegen Totschlag und Mord dritten Grades angezeigt. In ihrem Bauch muss danach für immer ein Loch geblieben sein, durch das die Richter, Anwälte und Publikum durchgeschaut und sich angeblickt haben, durch das das Licht fiel und den Schatten auf der anderen Seite durchlöcherte, als sei das endlich die Schleuse, durch das Verbote, Regeln und Geheimnisse gelangen konnten, ohne dass die Trägerin des Lochs davon erfuhr. An den Rändern verkrustet, verschorft und zu einem grotesken schwarzen Lidstrich geformt, zu einem Rahmen für den Welturspsprung, es muss einfach für immer da geblieben sein, und ist noch immer dort, in ihr, anders kann ich es mir nicht vorstellen.

Mittwoch warten mit mir drei andere Frauen. Eine ältere Blonde atmet schwer ein und aus und legt sich auf das Sofa, dann nimmt sie gedämpft eine Sprachnachricht auf. Eine andere etwas älter als ich, hört Radio. Später setzt sich ein Mann zu ihr. Die dritte ist sehr jung, sie zieht die ganze Zeit über ihre pinke Winterjacke nicht aus, umklammert einen roten Adidas Rucksack, trägt einen Mundschutz. Sie ist mir eine halbe Stunde voraus, deshalb beobachte ich sie genau. Einmal steckt sie sich einen Kaugummi in den Mund, doch die meiste Zeit liegt sie mit geschlossenen Augen halb auf der Lehne. Ich spüre nichts, aber ich bin nervös. Nach einer halben Stunde geht sie auf die Toilette, deshalb mache ich das ebenfalls, aber nichts passiert. Ich lese ein bisschen, unkonzentriert, ich schreibe SMS an meine Freundin mit Liebeskummer. Auf einmal sind mir meine Warums peinlich, deshalb mache ich die Augen zu und höre ich mir ein bisschen das Ultraschallrauschen und die Herzschläge von anderen Zellen an.

Der Grund, warum Baby in *Dirty Dancing* (1987) das Tanzen für den Wettbewerb mit Johnny übt, ist nicht Liebe, sondern dass sie seiner Tanzpartnerin Penny ermöglichen will, eine sichere Abtreibung vornehmen zu lassen. Im Film ist es 1963, Abtreiben ist illegal. Ich bin überrascht, als ich den Film zum ersten Mal sehe. Dass es nicht nur ein Tanzfilm ist. Der Film entstand in den 80ern und die Autorin Eleanore Bergstein schrieb den illegalen Schwangerschaftsabbruch ins Drehbuch, obwohl das Thema bereits 1976 durch die Abstimmung Roe v. Wade obsolet geworden war. *Well, I don't know that we will always have Roe v. Wade, and I got a lot of pushback on that. Worse than that, there were also very young women then who didn't remember a time before Roe v. Wade,*

so for them I was like Susan B. Anthony, saying, «Oh, just remember, remember, remember.» Es klingt nach Vernunft, nach Vorsicht, aber auch nach Paranoia. Als sei dieses hart erkämpfte Recht sehr zerbrechlich und dürfe nicht aus den Augen gelassen werden, um nicht wieder zu verschwinden, ganz egal, auf welche Art. Das Trauma ist, keine Kontrolle und Selbstbestimmung über den eigenen Körper zu haben, und es beeinflusst, wie sich Frauen heute mit ihrem Körper bewegen. Zu vorstellbar ist es, dass erneut gekämpft werden muss, gegen ein patriarchales Gesetz, gegen Studienstatistiken, die gegen sie verwendet werden können. Die Gefahr eines erneuten Kontrollverlusts. Mein Körper soll ein bisschen schwächer gehalten werden, sich kontrollierter verhalten als die Psyche, die zumindest äußerlich betrachtet möglichst wenig leiden darf. Aus Selbstschutz, aber auch aus Solidarität zu anderen. Wird über Abtreibung gesprochen, wird nicht über Individualität gesprochen, sondern es geht um einen kollektiven weiblichen Körper, der sich zwischen Emotionen und Männer wirft.

Es knallt in den Ohren, ich bin kurz ohnmächtig, denn plötzlich liege ich auf dem Wartesofa und kann mich vor Schmerzen nicht bewegen. In meinen Ohren rauscht es und es ich merke, dass ich nichts sehen kann, obwohl ich die Augen aufreiße. Die Ärztin wird später sagen, dass ich das Medikament nicht vertragen habe, ich werde vier verschiedene Schmerzmittel bekommen, die nicht wirken. Ich werde unter Krämpfen leiden, schweißnass sein und nicht sprechen wollen. Ich werde glauben, dass es nie aufhören wird, ich werde glauben, dass ich das verdient habe und man wird mein Bein tätscheln. Ich werde an einen schwarzen Drachen denken, der in meinem Unterleib wütet und den Embryo sucht. In den folgenden Tagen wird die Schwangerschaft aus mir herausfließen, stetig und blutend.

Ich werde Bröckchen auf Klopapier finden, mein Uterus wird sich von mir entfernen. Bei jedem Mal im Bad, beim Spazierengehen im Wald, beim Aufwachen, beim Kochen, am Schreibtisch, im Supermarkt. Die Brüste werden wieder weich werden. Der Körper wird mich von dem trennen, was mich vorher berührte und mich lebendig fühlen ließ. Er wird Zärtlichkeiten verändern, gegen mich arbeiten. Das Positive wird sich überschreiben, erst mit Angst, dann ausradiert werden, dann Verwirrung, es wird sich immer wieder überschreiben und ausradieren, bis nur noch ein schwacher Schatten übrig bleibt, aber er wird bleiben.

1959 beobachtet die Zoologin Hilda M. Bruce bei weiblichen Labormäusen einen natürlichen Abort, wenn diese auf ein unbekanntes Männchen treffen. Meist geschieht dies als Folge der Paarung mit dem neuen Männchen. Der Effekt wird nach seiner Entdeckerin «Bruce-Effekt» genannt. Lange ging man davon aus, dass der Bruce-Effekt in Zusammenhang mit der Laborhaltung stehen würde, bis Eila Richards von der University of Michigan den Effekt bei in Freiheit lebenden Blutbrustaffen in Äthiopien beobachten konnte. Richards maß die Hormone der schwangeren Affen und fand heraus, dass die Wahrscheinlichkeit der Fehlgeburten nach Eintreffen eines neuen Männchens von 2% auf 80% stieg. Der Vorteil für die Männer liegt auf der Hand. Wie auch beim Infantizid ist es vorteilhaft für die neuen Männchen, wenn der Reproduktionszyklus der Weibchen möglichst schnell von vorn beginnt, um das eigene Erbgut weiterzugeben. Eine Fehlgeburt spart Mord und Zeit. Ich frage mich, warum die weiblichen Tiere von sich aus eine Fehlgeburt einleiten, welcher Instinkt dahinter steckt, Schmerzen sparen oder Energie. Vielleicht etwas Simples wie: Jetzt ist nicht die Zeit. Ein Kind auszutragen, nur damit es dann später getötet werden wird, scheint wie Verschwendung von Ressourcen, Luxus und Leid. Von Selbstschutz zu sprechen bei Mäusen scheint weit hergeholt, aber denke ich an Primaten, ist es nicht unvorstellbar, dass sie das Beste für die Kinder wollen, mit denen sie noch nicht einmal schwanger sind.

Drei Tage später streite ich mit dem Mann. Ich gehe ins Bad, die Schwangerschaft fließt aus mir raus, und dann entferne ich alle Schamhaare an meinem Körper. Mein Körper nähert sich einer Wahrheit an, endlich ohne Haare, ohne die Weiblichkeit, die an ihm gemocht oder nicht gemocht werden kann, ist alles entfernt, bis nur das Frausein bleibt. Anatomie. Ein kindlicher Venushügel, blank in seiner Funktion. Ich schaue in den Spiegel wie schon viele Frauen vor mir, mich würde nicht überraschen, wenn sie hinter mir stünden. Das weibliche Ornament Schamhaar, absolut verzichtbar für Körperfunktionen. Eine glatte Puppe, bereit für das Wesentliche.

Ich lese: Das Royal College of Obstretricians and Gynecologists schrieb 2010 in einer Übersichtsarbeit zu «Fetal Awareness»: *In reviewing the neuroanatomical and physiological evidence in the fetus, it was apparent that connections from the periphery to the cortex are not intact*

before 24 weeks of gestation and, as most neuroscientists believe that the cortex is necessary for pain perception, it can be concluded that the fetus cannot experience pain in any sense prior to this gestation. Ich warte ab, ob diese Erklärung etwas in mir löst. Die Reibung zwischen ethischer und juristischer Schuld, eng miteinander verwoben. Der Mann und ich stehen dazwischen, mehr und weniger zerknirscht, jeder für sich, und das eigentlich Schmerzhafte beginnt dort, wo unsere erwachsenen Cortexe sich nicht mehr berühren können, sich nur aus der Ferne sehen und vorsichtig zuwinken.

ich kann das nie wieder machen

musst du auch nicht weil uns das nie wieder passieren wird

aber ich meine auch wenn es noch mal passiert dann kann ich das nicht

aber es wird nicht noch mal passieren

das kannst du nicht wissen

es wird uns nicht noch mal passieren

aber wenn es noch mal passiert dann kann ich es nicht wegmachen

es wird nicht passieren

selbst wenn

du musst es nie wieder machen selbst wenn es passiert aber es wird nicht noch mal passieren

aber wenn doch dann

dann musst du nicht aber es wird nicht

warum kannst du nicht einfach sagen du musst das nicht tun wenn es noch mal passiert

ich sage das doch

nicht ohne aber

es wird uns nicht noch mal passieren wir passen immer auf

es könnte passieren

nein

das kannst du nicht wissen

es wird nicht noch mal passieren

ich will nur dass du sagst dass ich das nicht noch mal tun muss wenn es passiert

du musst es nicht noch mal machen selbst wenn es passiert aber es wird uns nicht passieren

Fünf Tage nach der Abtreibung hat das acht Monate alte Orang Utan Kind aufgehört zu atmen und ist gestorben. Im Gehege sitzt seine Mutter und lässt es nicht los. Sie trägt es so wie immer um den Hals, sie berührt mit den Lippen das kleine Gesicht, als wolle sie sie wiederbeleben. Der Kopf baumelt, der Rücken glänzt schwarz. Ich kann den Verwesungsprozess nicht riechen, aber die Luft ist trotzdem süßlich. Im Laufe der nächsten Tage werden die Mutter und die anderen Affen das Kind Stück für Stück aufessen. Die Mutter wird die Innereien herausholen, sie wird den Kopf knacken und sich das Hirn einverleiben. Die anderen knabbern an der Haut herum. Eine Woche später ist der Körper ein ledriger Lappen mit Skelettärmchen, die als einzige erkennbare Knöchelchen vorhanden sind. Die Affen hängen sich mit dem Lappen ans Klettergerüst und tauchen ihn ins Wasser, drehen ihn wie ein Handtuch ein und trinken davon. Er löst sich von Mal zu Mal mehr auf. Als ich drei Wochen später zu ihnen gehe, ist keine Spur mehr zu sehen. Es gibt viele Berichte über Primaten-Mütter, die ihre toten Kinder noch eine ganze Weile mit sich herumtragen, doch normalerweise wird er ihnen bald langweilig und sie lassen ihn liegen. Der Pfleger sagt, er habe das noch nicht erlebt, dass eine Affenleiche wirklich komplett von der Gruppe aufgenommen wurde, auch wenn die Mutterkind-Bindung bei Orang Utans sehr stark sei. In der Krankengeschichte der Mutter finden sich zwei Fehlgeburten und Salmonellenerkrankungen. Sie wird nun ein Implantat bekommen, das weitere Schwangerschaften verhindert.

In meiner Freiheit zu entscheiden liegt auch etwas Dunkles für mich, etwas, das sich meiner Kontrolle entzieht. Mit meinem Körper

---

1   und auf einmal begreife ich, was der Mann mit aberaber sagen will. Dass es kein kindliches Augenzugerede ist oder Unwillen, sich Realität und Wahrscheinlich-keiten auseinanderzusetzen. Dass es nicht Abneigung gegen Pessimismus ist. Dass er eigentlich nicht meint, wenn er sagt, abereswirdunsnichtwiederpassieren, dass es nicht wieder passieren wird, sondern: ich werde dich nicht noch mal in diese Lage bringen. Da ist plötzlich eine andere Form von Schuld, die sich mir zeigt. Eine, die auch ihren Raum sucht und der ich mich annähern kann, und vielleicht schweben dort in dem Resonanzraum unsere Cortexe aufeinander zu, die sich winkten und die sich jetzt sacht berühren könnten.

trage ich die größere Last, wenn es drauf ankommt. Deshalb habe ich das letzte Wort, und das ist richtig, aber das letzte Wort macht mich auch einsam. Es hängt ein Fluchtseil vor den Worten, das schwingt. Seine Bedrohlichkeit ist nicht an seinen Nutzen gebunden, sondern an seine Existenz an sich. Der Mann kann sagen: Es ist deine Entscheidung. Er kann sagen: Ich unterstütze dich. Die Worte fallen auf den Boden, denn im Ende bin ich die verantwortliche Schuldige und mein weiblicher Körper macht mich angreifbar für Urteile. Auf der einen Seite ist da das Recht auf Abtreibung, doch über anschließende Traurigkeit zu sprechen, ist schwer. Ich weiß nicht, wie ich Worte für etwas finden kann, das von viel mehr Fremden beeinflusst wird, als ich in meiner Verwundbarkeit ausmache. Allem gerecht zu werden, auch meiner eigenen Richterin, Solidarität zu zeigen. Falle ich den anderen Frauen vielleicht in den Rücken, missachte ich Susan B. Anthony's *Oh, just remember, remember, remember*, wenn ich mich falsch äußere. Die Leerstelle meint nicht Reue über eine falsche Entscheidung, es ist genau genommen kein kompliziertes Gefühl, sondern schlicht Traurigkeit um einen Verlust. Ich suche nicht weiße oder schwarze Buchstaben, nicht mal graue, sondern eine Sprache für ein Reden über Leben und Tod in ihrem Resonanzraum. Ich sitze vor dem Orang Utan Gehege und wie schon zuvor ist auch einen Monat später nichts an ihrem Verhalten zu bemerken, das verraten würde, was passiert ist. Die Affen spielen und schlafen friedlich, stochern nach Futter. Wie immer. Ich spüre Dankbarkeit, dass mir heute ein Puffer ermöglicht wurde. Aber wie ich vom Danach sprechen soll, wenn mir das Davor so viele Worte abverlangt hat — ich lasse die Worte entgleiten, die sich sinnlos anfühlen, halte manche fest, während ich weitersuche nach anderen und abwarte.

OH, JUST
REMEMBER, REMEMBER, REMEMBER

LARA RÜTER

Traduzione in modo creativo di Silvia Righi

Ho quattro anni, mia madre mi veste da ballerina e mi infila dentro a un tutù e a un top stretto di paillettes. Sono felice perché, sempre più spesso, mi viene detto quanto io sia dolce e che bella, bella bambina. I capelli incollati in testa con la lacca, quel disgustoso spray profumato, ci potresti pure cacciare via gli insetti. Poi, una coroncina di latta intorno al mio chignon. È tutto magnifico, persino l'ombretto rosa, sono la perfetta piccola figlia accomodante, proprio carina carina, soprattutto ben educata, ma che carina! Adesso è il turno del mascara, piango, ma so che mia madre non mollerà. Punge gli occhi, li fa lacrimare, ancora e ancora quando vedo il Roller Lash avvicinarsi ai miei occhi, sempre più vicino ai miei occhi. Mi grida di stare ferma e di non piangere così, non piangere, per essere belli bisogna soffrire, e alla fine riesco a piangere come una brava bambina. Nella mia memoria quella tortura non è mai finita, ma deve esserlo, perché ho delle foto di me al carnevale dell'asilo nido. Di fianco c'è Jessica, la mia amica, travestita da Esmeralda, con gli orecchini a clip, un vestito largo cucito alla bell'e meglio, le guance troppo rosse. Jessica sorride e io, sì, capisco che sembro perfetta accanto a lei, una perfetta bambolina con l'eyeliner, deliziosamente agghindata, che sorride obbediente.

Non parlerò a nessuno di quelle due linee, non serve che si sappia. L'uomo ha sbarrato gli occhi, chiede e ora? e io non so cosa dire, perché so quello che dovrei dire. La donna del consultorio mi suggerisce, in futuro, di usare anche il diaframma oltre ai preservativi. Sai, dice con grande dolcezza, in questo modo avrai doppia protezione. Ha buone intenzioni. Mi chiede due volte se non ho ricevuto pressioni, poi mi rilascia il certificato. Dice che non dovrei essere stupita, deve esserci scritto sopra, che la conversazione è stata

condotta senza forzature, si sa tutto è possibile. Mi augura il meglio, grazie, molto gentile. Fuori, la sensazione di averla scampata per un soffio, come se ci fosse solo un piccolo ostacolo da superare ancora, il peggio è passato, un po' di pazienza, tre giorni. Quella sensazione non mi abbandona. Nel tram piango in silenzio, ci andrò da sola, posso prendere il certificato dalla borsa senza farmi notare, tenerlo in mano, piegato.

Ho montato il treppiede davanti agli oranghi, raccolgo i filmati della madre che porta ovunque il figlio al collo. Nella casa delle scimmie, il sole riscalda l'aria. Mi tolgo la maglietta, mi sento nuda, la rimetto. Penso al fatto che Mamma Scimmia potrebbe avere consapevolezza delle celle quando viene verso la grata per salutarmi. I suoi occhi neri e calmi, fissi su di me. Il piccolo è debole, troppo magro per la sua età, con i capelli che gli spuntano dalla testa. Penso che, come essere umano, posso significare qualcosa per una scimmia, essere questa connessione non ordinaria per lei - proiezione. Rende le scimmie più umane e me più simile alle scimmie. Mi vergogno un po' della sensazione.

All'inizio non riuscivano a localizzare la gravidanza perché il mio utero ha una forma atipica, così ha detto il medico, una forma a cuore, ma niente di grave. L'ovulo si è staccato da sinistra, si vede, e qui invece il battito cardiaco, sì, perfetto, qui è tutto perfettamente sano, e l'infermiera Erna non riesce a trattenersi, è così felice, oh che meraviglia, piange, che bella notizia dopo tutta la paura. La sua gioia incontenibile mi ferisce fisicamente. Un'ora fa era morto, o nascosto in una tuba di Falloppio, solo un'ora fa era semplicemente morto e non c'era nulla da decidere, c'ero io, la colpevole, che pensava di averlo ucciso con l'aiuto dei pensieri negativi e del Karma. E all'improvviso il senso di colpa riemerge, diverso da quello di prima, perché ora ha qualcosa a che fare con la vergogna, perché è rianimato, un mucchio di cellule completamente nuove e mi sembra che ogni cosa sia come dieci giorni fa, quando le due linee mi hanno spinto l'aria fuori dai polmoni. Non sei felice, chiede l'infermiera Erna, raggiante, e so che la sua gentilezza e la sua cura sono legate, da questo preciso momento, al fatto che io risponda sì-certo-così-tanto. Non ce l'ho con lei: è una nonna cordiale che ha fatto di quella risata secca il suo marchio di fabbrica, nella cui visione del mondo non c'è alcuna possibilità che queste cellule non si sviluppino in un essere sensibile al dolore, con

una coscienza. Non c'è alcuna possibilità che io scelga di non farlo, anche se ho un rapporto stabile, amorevole, una sicurezza economica ecc., e continuo a dire no, non intendendo il no in senso negativo, e soprattutto non odiando le piccole cellule per la loro esistenza. So che, dopo aver ascoltato il battito cardiaco, tutto è davvero diverso e devo avere l'immagine ecografica proprio per questo motivo, in modo che le cellule non scompaiano nel nulla. E non voglio sentire che qualcosa si trasforma dentro di me solo grazie a questo battito cardiaco, anche se è un'illusione. E, nonostante tutto, il no rimane sempre un no. Gli ultimi giorni sono stati così emozionanti, dico all'infermiera Erna, e allora lei capisce, perché si gira, prende i documenti, e mi lascia in pace

Leggo: ogni anno, circa lo stesso numero di donne interrompe la gravidanza, nel 2019 erano 100.893 secondo l'Ufficio federale di statistica. Il 4% degli aborti è avvenuto a causa di motivi medici e di reati sessuali. Il numero restante è avvenuto in conformazione all'articolo 218 del Codice penale. La donna incinta deve dimostrare di aver ricevuto una consulenza. Deve riflettere tre giorni prima di poter prendere la decisione di abortire. La genesi di un cliché. Le donne sedute a casa, a letto, con una vaschetta di gelato, mentre chiamano a turno le amiche, piangendo, ricevendo consigli e incoraggiamenti, una marea di puoi-farcela e io-ti-sostengo. È anche immaginabile che si rilassino durante una lezione di yoga, si siedano a terra in una classe di meditazione, e all'improvviso arrivi l'epifania e le dubbiose decidano a favore della vita, dopo tutto. Un momento cinematografico in cui il nodo si scioglie e la soluzione si manifesta. E sì: in *Sex and the City* Miranda decide bruscamente di non abortire mentre è in sala d'attesa, prende tutt'altra direzione. Decide: un bambino è qualcosa di bello, lo vuole, è felice. Con lei è facile, la carriera non è più importante di una nuova vita, forse anche entrambi funzioneranno. Mi trovo di fronte a questo cliché, di fronte a questa norma, all'idea che la maternità sia una felicità scontata.

Alla mia età si può riflettere sull'idea di avere un figlio, sottolinea l'anziano medico. Vorrei chiedere quando inizia questa età, cioè a quale età una persona può considerarsi abbastanza grande dal punto di vista medico, se magari era già due anni fa o tre o forse dieci, se è la stessa età per tutte o varia da donna a donna, se semplicemente lo avevo mancato, il momento in cui io, come donna, ero improvvisamente stata abbastanza grande secondo l'opinione generale per

abbandonare il mio corpo, per darlo ad altri, per consegnarlo con solennità all'articolo 218. Se non me n'ero accorta e se, forse, avrei potuto leggerlo da qualche parte, dentro a una cartella clinica, in un'app o in una calcolatrice su internet, che calcolasse il momento a seconda dell'oroscopo, dell'anno di nascita, dei precedenti in fatto di malattie mentali, dell'alimentazione e dell'esperienza pratica con i bambini, tenendo conto dei sentimenti positivi verso di loro o almeno di un comportamento neutrale. Che mi valutasse anche in base al rapporto con mia madre e al suo con me, un risultato supportato da scienziati indipendenti, che inseriscono le loro valutazioni, le loro statistiche, beh naturalmente, si può calcolare tutto, avere un'app per tutto, quindi forse me lo sono appena perso il momento in cui posso consegnarmi e trasformarmi in un'incubatrice, la moderna meta-morfosi, un'incubatrice in cui si genera un miracolo, frutto dell'amore ovviamente, in cui il futuro dell'umanità dorme e palpita e aspetta nel mio strano grembo a forma di cuore di riscrivere la storia del mondo. E così per me, dopo aver incluso e conteggiato tutti questi essenziali e complicati fattori, si è arrivati esattamente a 29. Vabbè, era tanto per dire.

Leggo: RU-486, appendiabiti, ferri da calza, filo metallico, massaggi addominali, calci, pugni, punti di sutura, midollo osseo di pecora, olio di ricino, arsenico, mercurio, composti di rame, integratore alimentare Basen, ananas, papaia, pepe, vitamina C, colichina, olio di crotone, succo di aloe, oli essenziali, menta poleggio, erba di San Pietro, segale cornuta, arnica, assenzio, noce moscata, levistico, liquore all'uovo, corteccia di radice di cotone, cannella, cohosh nero, crescione inglese, prezzemolo, uva ursina, iperico, artemisia, angelica, aloe, ginepro sabina, ruta, ruta frangiata, zafferano, chinino, radice di henné, semi di carota selvatica, lavande vaginali con permanganato di potassio, senape in polvere, detersivo per il bucato, candeggina, sapone, trementina, aceto, succo d'arancia, scovolini, detergenti per la casa, disinfettante, idrossido di sodio.

Seduta in sala, compilo lo stesso modulo per la quarta volta. Pago io la pillola. Dalle sale di trattamento sento degli ultrasuoni a intervalli regolari, un'infermiera mi passa davanti con gli strumenti, ascolto il battito del cuore di un bambino, il battito è così veloce che assomiglia al rumore dell'oceano, o forse sembra il suono di un radar sottomarino, simile a un ronzio nelle orecchie.

Leggo: Andrà tutto bene? / Come in un incubo / Ottima relazione, sesso tremendo / Aiuto! / È stato 2 settimane fa / L'equilibrio ormonale dopo il Mifegyn / Lasciata sola dopo l'aborto / Aborto in Olanda / Incinta nonostante la spirale / Sessualità, contraccezione / Disperata e arrabbiata / 5 giorni dopo / Aiuto / Niente battito cardiaco / Senso di colpa e amore / Dire addio / Sulle conseguenze dell'aborto / Odio per se stessi / Senso di colpa / Dolore quasi 1 anno *dopo* / Cosa c'è dopo / C'è qualcuno online? / Cerco la pace / Rompere il mio silenzio per la prima volta / Caos emotivo / 1 giorno dopo / Volere un figlio / Ciao, io sono nuova qui. I forum di auto-aiuto sono pieni di dopo. Nei thread scopro enormi blocchi di testo con domande aperte. I testi sono pieni di frasi, ripetizioni e domande, continuo a leggere domande su domande. Raramente c'è una risposta e, quando c'è, è la risposta di qualcuno che ribadisce la sua empatia, ma sottolinea anche quanto sia dispiaciuto di non poter aiutare.

Il momento è arrivato, accade qualcosa del genere: la stanchezza, il mio parassita. Mi striscia sotto le palpebre, sopra le guance, in mezzo ai muscoli. Rumori troppo forti, coperte troppo calde, animali troppo soffici nel letto. Stretto, stretto, stretto. Esaurimento, il mio desiderio di uscire fuori dal mio corpo, dalla mia testa. Niente superlativi, niente giorni della settimana. La somma dei respiri mi appesantisce la lingua. Costante uniformità, la mia avversaria.

Poco prima di dormire sussulto, il panico, finalmente dormo. Non succede niente per un po'. L'orologio: quattro del mattino, qualcosa non va, sveglio l'uomo, qualcosa non va. Eccolo.

Leggo: nel 1994, in Florida, una donna si è sparata allo stomaco dopo diversi tentativi falliti di aborto legale. È stata accusata di omicidio colposo e omicidio di terzo grado. Nel suo ventre deve essere rimasto un buco attraverso cui i giudici, gli avvocati e il pubblico si guardavano e riguardavano, dove la luce cadeva e trafiggeva l'ombra dall'altra parte, come se quella fosse finalmente la serratura per mezzo della quale i divieti, le regole e i segreti potevano filtrare senza che chi portava addosso il buco lo sapesse. Lo immagino incrostato di rosso ai bordi, slabbrato e modellato nella forma di una grottesca palpebra nera, una cornice per l'origine del mondo, deve essere rimasto lì per sempre, ed è lì ancora, dentro di lei, non riesco a pensarlo in nessun altro luogo.

Mercoledì, altre tre donne aspettano insieme a me. Un'anziana ossigenata inspira ed espira pesantemente, si sdraia sul divano, poi registra un ovattato messaggio vocale. Un'altra, un po' più grande di me, ascolta la radio. Più tardi, un uomo si siede con lei. La terza è molto giovane, non si è mai tolta la pesante giacca rosa, stringe a sé uno zaino Adidas rosso e indossa una mascherina. Il suo appuntamento è mezz'ora prima del mio, quindi la tengo d'occhio. Ogni tanto si mette in bocca un pezzo di chewin gum ma il più delle volte sta svaccata sullo schienale con gli occhi chiusi. Non sento niente, sono nervosa. Dopo mezz'ora lei va in bagno, io faccio lo stesso, ma non succede niente. Leggo un po', non mi concentro, scrivo al mio ragazzo-con-il-cuore-spezzato. Improvvisamente sono imbarazzata dai motivi che mi trattengono in quel posto, così chiudo gli occhi e ascolto gli ultrasuoni e i battiti cardiaci di altre cellule.

Il motivo per cui Baby si esercita a ballare per la competizione con Johnny in *Dirty Dancing* (1987) non è certo l'amore: è per permettere alla compagna di ballo di lui, Penny, di abortire in tutta sicurezza. Nel film è il 1963, l'aborto è illegale. Sono sorpresa quando lo guardo per la prima volta. Non è solo un film sulla danza. Il film è stato realizzato negli anni '80 e la scrittrice Eleanore Bergstein ha inserito nella sceneggiatura il tema dell'aborto illegale, anche se la questione era già stata resa obsoleta nel 1976 dal voto Roe contro Wade. *Beh, non so se avremo sempre Roe contro Wade, inoltre ho ricevuto un sacco di pressioni per quella scena. Peggio ancora, c'erano donne molto giovani che non ricordavano un tempo prima di Roe contro Wade, quindi per loro ero come Susan B. Anthony, non facevo che ripetere: «Oh, just remember, remember, remember».* Suona come buonsenso, come prudenza, ma anche come paranoia. Come se questo diritto, duramente conquistato, fosse fragile e non dovesse essere dimenticato, perché non sparisca di nuovo, in ogni caso. Il trauma è non avere il controllo e l'autodeterminazione sul proprio corpo, e condiziona il modo in cui le donne si muovono oggi con quello stesso corpo. È immaginabile che si dovrà lottare ancora contro la legge del patriarcato, contro le statistiche di studio che vengono puntate come armi contro le donne. Esiste il rischio di perdere il controllo, di nuovo. Il mio corpo dovrebbe essere mantenuto leggermente più debole, più sotto controllo rispetto alla psiche così, all'esterno, soffrirebbe il meno possibile. Per autodifesa, ma anche per solidarietà con gli altri. Quando parliamo di aborto, non parliamo di

individualità, ma piuttosto di un corpo femminile collettivo che si getta tra emozioni ed esseri viventi.

Mi scoppiano le orecchie, svengo per un attimo, e all'improvviso sono sdraiata sul divano della sala d'attesa, incapace di muovermi a causa del dolore. Le orecchie rimbombano e mi rendo conto che, nonostante abbia gli occhi spalancati, non vedo nulla. Il medico dirà più tardi che non ho tollerato il farmaco, mi verranno somministrati quattro antidolorifici differenti che non funzioneranno. Soffrirò di crampi, sarò inzuppata di sudore e non avrò voglia di parlare.

Penserò che non finirà mai, penserò che me lo merito e qualcuno mi accarezzerà le gambe, poi immaginerò un drago nero che infuria nel mio addome, alla ricerca dell'embrione. Nei giorni seguenti, la gravidanza scivolerà via da me, ininterrotta e sanguinante. Troverò dei pezzi sulla carta igienica, il mio utero si sfalderà lontano da me. Ogni volta che andrò in bagno, camminerò nel bosco, mi sveglierò, cucinerò, mi siederò alla scrivania o andrò a fare la spesa. I seni si ammorbidiranno di nuovo. Il corpo mi terrà separata da ciò che prima mi toccava e mi faceva sentire viva. La tenerezza si rivolterà contro di me. Gli aspetti positivi si sovrascriveranno a vicenda, poi si mescoleranno con la paura, poi verranno cancellati, poi la confusione sovrascriverà e cancellerà tutto, ancora e ancora e ancora, finché rimarrà solo una debole ombra, ma rimarrà.

Nel 1959, la zoologa Hilda M. Bruce ha osservato un aborto naturale nelle femmine di topo da laboratorio quando incontrano un maschio sconosciuto. Di solito questo avviene come risultato dell'accoppiamento con il nuovo maschio. L'effetto è chiamato «effetto Bruce» dal nome della studiosa che l'ha scoperto. Si è pensato a lungo che l'effetto Bruce fosse legato all'allevamento in laboratorio, finché Eila Richards, dell'Università del Michigan, è stato in grado di osservare l'effetto sui babbuini dal petto rosso che vivono in libertà in Etiopia. Richards ha misurato gli ormoni delle scimmie incinte e ha scoperto che la probabilità di un aborto spontaneo passa dal 2% all'80% dopo l'arrivo di un nuovo maschio. Il vantaggio è per i maschi, ovviamente. Come per l'infanticidio, è conveniente per i nuovi maschi che il ciclo riproduttivo delle femmine ricominci il più rapidamente possibile così da trasmettere il proprio materiale genetico. L'aborto permette di risparmiare tempo e omicidi. Mi chiedo perché le femmine si causino un aborto spontaneo, quale istinto ci sia dietro, forse la

volontà di risparmiare dolore o energia. Forse qualcosa di semplice come: ora non è il momento. Portare un bambino a termine solo per poterlo uccidere in seguito sembra uno spreco di risorse, un lusso e una sofferenza. Parlare di istinto di autoconservazione nei topi appare inverosimile ma, se penso alle madri primati, non è inconcepibile che vogliano il meglio per i bambini di cui non sono ancora incinte.

Tre giorni dopo, sto discutendo con l'uomo. Vado in bagno. La gravidanza scorre via da me e rimuovo tutti i peli pubici. Il mio corpo si avvicina a una verità, finalmente senza peli, senza la femminilità che può piacere o non piacere su di esso, tutto viene rimosso fino a quando rimane solo la femminilità. Anatomia. Un monticello infantile di Venere, spoglio della sua funzione. Mi guardo allo specchio come hanno fatto molte donne prima di me, non mi stupirei se fossero dietro di me. L'ornamento femminile dei peli pubici, assolutamente superfluo per le funzioni corporali. Ora sono una bambola liscia, pronta per l'essenziale.

Leggo: il Royal College of Obstretricians and Gynecologists ha scritto in un articolo di revisione del 2010 su 'Fetal Awareness': *nel rivedere le prove neuroanatomiche e fisiologiche nel feto, è evidente che le connessioni dalla periferia alla corteccia non sono intatte prima delle settimane di gestazione e, poiché la maggior parte dei neuroscienziati crede che la corteccia sia necessaria per la percezione del dolore, si può concludere che il feto non può sperimentare il dolore in qualsiasi senso prima di questa gestazione.* Aspetto di vedere se l'accurata spiegazione smuove qualcosa dentro di me. L'attrito tra la colpa etica e quella legale, intimamente intrecciate. Io e l'uomo ci mettiamo in mezzo, più o meno affranti, ognuno per conto suo, e la parte veramente dolorosa comincia dove le nostre cortecce adulte non possono più toccarsi, si percepiscono solo a distanza e si salutano con diffidenza.

non posso farlo mai più
non sarà necessario, perché questo non ci succederà mai più
ma anche se dovesse succedere di nuovo, non posso più farlo
ma non succederà più
non puoi saperlo
non ci succederà più
ma se succede di nuovo, non posso farlo sparire
non succederà
anche se

non dovrai mai più farlo, anche se succederà di nuovo, ma non succederà

non di nuovo

ma se succede

allora non sei obbligata a farlo, ma non succederà

perché non puoi dire «non sei obbligata a farlo se succede di nuovo»

una volta è successo

dico che

non senza ma

non succederà più, staremo sempre attenti

potrebbe accadere

no

non puoi saperlo

non succederà più

voglio solo che tu mi dica che non devo farlo di nuovo, se succede

non devi rifarlo anche se succede, ma non succederà a noi

non succederà a noi

dillo senza se e senza ma

lo faccio tutto il tempo[1]

Cinque giorni dopo il mio aborto, il piccolo orango di otto mesi ha smesso di respirare ed è morto. Sua madre è immobile al centro del recinto e non lo lascia andare. Lo porta al collo come sempre, toccando il suo musetto con le labbra come se volesse farlo rivivere. La testolina penzola, la schiena brilla di nero. Non riesco a sentire l'odore del processo di decomposizione, l'aria è ancora dolce. Nei giorni successivi, la madre e le altre scimmie mangeranno il bambino pezzo per pezzo. La madre toglierà le interiora, spaccherà la testa e mangerà il cervello. Gli altri rosicchieranno la pelle. Una settimana dopo, il corpo è uno straccio coriaceo con braccia scheletriche come uniche ossa riconoscibili. Le scimmie si aggrappano alla rete da arrampicata con quello straccio e lo immergono nell'acqua, lo attorcigliano come un asciugamano e ne masticano il cervello. Si dissolve ogni volta di più. Quando vado a trovarli tre settimane dopo, non c'è più traccia del cucciolo. Ci sono numerose testimonianze di madri primati che portano in giro i loro figli morti per un bel po', ma di solito si annoiano

---

1   e improvvisamente capisco quello che l'uomo sta cercando di dire con i suoi ma-ma-ma. Che non si tratta di lamentele infantili o di mancanza di volontà per affrontare il mondo reale, le sue probabilità. Che non è scaramanzia. Che quando dice ma-non-ci-succederà-più, in realtà non intende che non succederà più, ma: non ti metterò più in quella posizione. C'è un'altra forma di colpa che si rende visibile. Una che cerca il suo spazio e alla quale mi posso avvicinare e forse lì, nello spazio di risonanza, le nostre cortecce galleggiano l'una verso l'altra, si mandano un segnale e sanno che ora potrebbero toccarsi, delicatamente

265

presto e abbandonano i corpi. Il guardiano dice che non ha mai visto accadere una cosa simile, che un cadavere di scimmia venga completamente consumato dal gruppo, anche se il legame madre-figlio è molto forte negli oranghi. La storia medica della madre include due aborti spontanei e malattie da salmonella. Riceverà un impianto che impedirà ulteriori gravidanze.

Nella mia libertà di scelta si annida un punto di buio, qualcosa che sfugge al mio controllo. Quando arriva il momento, è il mio corpo a portare il peso maggiore. Ecco perché ho l'ultima parola, ed è giusto, ma l'ultima parola mi fa sentire sola. C'è una via di fuga tesa come una corda tra le parole che oscillano verso di me. La sua minaccia non è legata alla sua utilità ma alla sua stessa esistenza. L'uomo può dire: è una tua scelta. Può dire: ti appoggio. Le parole precipiteranno a terra, perché alla fine io, e io soltanto, sono la responsabile e il corpo di una donna è sempre vulnerabile al giudizio. Da un lato c'è il diritto all'aborto, ma parlare della tristezza successiva è difficile. Non so come trovare le parole per qualcosa che è stato influenzato da molti più estranei di quanto possa avere consapevolezza nella mia vulnerabilità. Rendere giustizia a tutti, compresi i miei giudici, essere solidale. Sto forse pugnalando altre donne alle spalle, mancando di rispetto a Susan B. Anthony, al suo desiderio - *Oh, just remember, remember, remember* - se mi esprimo male. Lo spazio vuoto non significa rimorso per una decisione sbagliata; non è, in senso stretto, un'emozione complicata ma semplice tristezza per una perdita. Non sto cercando lettere bianche o nere, nemmeno grigie, ma un linguaggio per parlare della vita e della morte nel loro spazio di risonanza. Mi siedo davanti al recinto degli oranghi e, come un mese prima, non c'è nulla nel loro comportamento che possa far pensare che qualcosa sia accaduto. Le scimmie giocano e dormono tranquillamente, cercano il cibo. Come al solito. Oggi mi è stata concessa una tregua, ne sono felice. Ma come parlare del dopo quando il prima mi ha strappato così tante parole - lascio scivolare via quelle che mi sembrano senza senso, ne trattengo alcune mentre continuo a cercarne altre. E aspetto.

Quando ho letto il titolo del racconto di Lara – *Oh, just remember, remember, remember* – ho capito che avrei percepito una sintonia con le sue parole. E così è stato. La sua narrazione è influenzata dalla conoscenza, e dalla scrittura, della poesia (di cui abbiamo parlato a lungo durante una chiamata su Skype) e questo fatto permette al suo linguaggio di acquisire una densità onirica. La parte più difficile del lavoro di traduzione, infatti, ha riguardato questo aspetto: essere in grado di rendere in italiano le diverse tensioni che attraversano il racconto. La struttura era lineare e costruita quasi attraverso un processo di montaggio di frammenti legati alla tematica dell'aborto, dunque non è stato necessario stravolgere la struttura, ma nel corso della narrazione la voce che dà corpo al monologo (quasi teatrale) passa dalla tenerezza alla fredda descrizione degli iter burocratici, dell'assunzione di farmaci, dell'esperienza fisica dell'aborto, per arrivare a un parallelo molto interessante con il mondo dei primati e della natura in generale. In questa lingua esistono contemporaneamente il sogno e la violenza, e la traduzione di questo stato liminare è stata una priorità, dunque a volte ho rinunciato a una traduzione didascalica per poter replicare la profondità dei concetti. Lara è riuscita a parlare di un'esperienza che il femminile conosce, o se non conosce intuisce, senza appiattirla in un cliché e senza sfociare nel melodramma. Ha usato tutti i materiali a sua disposizione: le serie tv, i dati statistici, il racconto, il dialogo diretto e indiretto, il parallelo con il mondo animale. Questa storia è un prisma e come tale va letto, e apprezzato, nella sua complessità. Lavorare con Lara è stata una bellissima esperienza, c'è stata una comunicazione diretta e una comprensione reciproca delle nostre scritture.

CERCATE RAPERONZOLO?
SILVIA RIGHI

Questa storia inizia con un elenco di cose deliziose che sono entrate dentro di me:

un pezzo di rossetto staccato dalle labbra di un'altra ragazza

una fragola ricoperta di cioccolato

il succo di limone

il disinfettante verde per curare una gengiva infiammata

l'acqua del mare

il sangue di me stessa

il sapore di un ex amante che lavorava in una serra

un grano di pepe

la crema per il viso della madre di Lei.

Sono cose accadute nei miei contorni in un ordine cronologico che non sono in grado di definire, e forse non è necessario perché, grazie all'esperienza, ho indovinato una verità che altri ignorano: il piacere non ha uno stato temporale. Dura. Quando un gusto o un sapore si imprimono nella memoria di Lei attraverso i ricettori della mia pelle, allora il passato, il presente e il futuro che vi sono connessi si sovrappongono, trapassano l'uno nell'altro: riconosco la consistenza della crema di sua madre mentre bacio un'amica d'infanzia appena rientrata dal Canada, confondo l'acqua salata per cuocere la pasta con l'acqua del mare di cui Lei ha nostalgia, non posso masticare una fragola senza avere l'impressione che sia la stessa fragola alla quale Lei, in una calda giornata di giugno, ha dato un morso insieme al padre, e quando sposto il succo di limone da una guancia all'altra potrei giurare di sentire bruciare deliziosamente un taglietto guarito mesi fa.

C'è stato un momento, breve, nella vita mia e di Lei, dove la legge del piacere imperava sul disgusto, era la nota dominante di ogni esperienza. Gli oggetti, il cibo, le superfici intorno a Lei si mani-

festavano come elementi insapore da scartare simili a caramelle, allo scopo di dare ordine al mondo secondo un codice segreto inscritto nel loro gusto e nella loro consistenza. Lei e io abbiamo imparato in fretta quanto fosse semplice dimenticare il trauma di un sapore amaro o scaduto o acido, invece altre sensazioni si attorcigliavano alle papille come serpi, salivano al cervello grazie alle connessioni elettriche e lì si annidavano con i loro corpi fosforescenti, pronte a risvegliarsi davanti a una similitudine di consistenza, gusto o sapore. Fino ai quindici anni, io e Lei ci siamo nutrite soprattutto di piacere. Un tempo breve, come ho detto.

Lei è la giovane donna di cui io sono una parte. Fino ad ora, Lei ha condotto una buona vita, suppongo: non ho mai ingoiato né troppo cibo né troppo poco, ringraziavo spesso per i complimenti che la bellezza di Lei riceveva, non mi appesantiva con rossetti vistosi perché la madre sosteneva che fosse ancora una bambina (credo che, questa, potesse definirsi protezione) e mi sono trovata, in più occasioni, a rabbrividire per il gelato che ingurgitava insieme alle amiche prima di cena (questo, invece, significa che Lei non era sola). Alcune bocche estranee mi hanno baciata ma mai con violenza. Altre mi sussurravano segreti che io non ripetevo perché Lei dava importanza alle promesse ed era convinta che i non detti fossero preziosi, rari. Dunque, io li custodivo con cura.

Capitava spesso, ed era coerente con il credo appena esposto, che volesse articolare parole che non arrivavano mai a me. Premevano dietro ai denti come una massa nera, pulsante, in attesa che io filassi frasi capaci di esprimere affetto o bisogno, intolleranza o ironia. I discorsi uscivano smozzicati e in ritardo oppure, in preda all'affanno, Lei rinunciava: preferiva le battute sarcastiche, le confessioni a mezza voce, i giudizi tranchant; le piaceva annuire, stirarmi in un sorriso, contrarmi per la timidezza. Aveva preso l'abitudine, prima di fare la doccia, di premermi contro la spalla per scoprire il suo sapore, quello che immaginava si spargesse sulla lingua dei ragazzi che, goffamente, si spingevano a succhiarle il collo. Un retrogusto amaro come quello delle mandorle e, nel sudore, una punta di selvatico. Le piaceva perché era riconoscibile (una volta morsi la pelle di un ragazzo che Lei aveva aspettato a lungo e scoprii che non aveva sapore. Lei ne rimase delusa, altrettanto a lungo).

Ricordo quando ho soffiato sulle quindici candeline in bilico su una torta glassata e costellata di palline d'argento. Oltre quella soglia, in apparenza così innocua, immaginavo un sentiero che Lei avrebbe

percorso senza sforzo, guidata dal piacere che da sempre rappresentava il nostro scopo, la nostra ragione di movimento; ma non mi accorsi che la strada delle mie illusioni costeggiava un abisso di cui, ancora oggi, non saprei definire l'origine.

Sempre più di frequente - nei centri commerciali, nelle piazze, nei bar, a scuola - ero attraversata da spasmi nervosi, involontariamente il lato sinistro di me scattava verso l'alto - una, cinque, dieci volte al minuto - come se rispondessi a un costante stimolo di terrore, come se Lei temesse che qualcosa le si schiantasse contro, una maledizione, uno schiaffo, una meteora con la sua coda di fuoco azzurro. Di punto in bianco, non importava a che ora o in quale luogo, ero vulnerabile, assediata da oggetti e persone che avrebbero potuto ferirmi, massacrarmi, mutilarmi, e per questa ragione Lei mi mordeva a sangue. Le persone puntavano il dito verso la mia anomalia. La madre e il padre di Lei si irritavano a causa di una falla così evidente in una figlia che altrimenti sarebbe stata da fiaba.

A quel punto, durante le conversazioni quasi non mi muovevo, ero una sanguisuga adagiata sul viso di una ragazza in apparenza sana, e le amiche di Lei erano turbate dai miei silenzi che mostravano quanto assordante fosse il vuoto delle loro conversazioni. Smisi di mangiare gelato immersa nel rumore e cominciai a inghiottire in silenzio pollo fritto, cioccolato bianco, marshmallow, patitine extra paprika, pizza fredda, al buio; la luce del cellulare mi tingeva di un viola cadavere e piano piano sostituì quella naturale. Il sale dei cibi preconfezionati scavava minuscole ulcere nel mio epitelio. Mimavo i dialoghi dei film spazzatura e dei cartoni Disney che Lei guardava in loop, incapace di sottrarsi all'ipnosi di quelle situazioni familiari, di quelle trame confortanti e piatte come suole di scarpa. Ogni tanto canticchiavo le colonne sonore che aveva memorizzato nell'infanzia, la aiutavano a riposare, anche se mai per più di due ore consecutive.

Urlavo almeno tre volte al giorno insulti e imprecazioni diretti verso «mamma» e «papà», le due figure evanescenti che non rimanevano nella stanza oltre i quattro minuti e mezzo, giusto il tempo di assicurarsi che la figlia respirasse ancora e che la pazzia non fosse aumentata rispetto al giorno precedente. Lei percepiva i genitori (e forse la realtà stessa) simili a oggetti fuori fuoco, cose verso le quali allungava le dita senza riuscire a stringerle, legate a un mondo che ruotava al contrario rispetto al suo. Tutto era irreversibile e andava alla deriva.

Smise di usarmi quasi completamente. Ero un'apertura che a malapena si muoveva su e giù per masticare, mugolavo una sofferenza che era diventata un secondo linguaggio, impossibile da articolare e da condividere. Mi sarei atrofizzata se, una mattina, sovrappensiero, non avesse infilato dentro di me una ciocca dei suoi capelli, per sbaglio, mentre cercava di controllare la frenesia che le scuciva i nervi spiando la felicità degli altri, una felicità che si riversava come caramello nella sua home page di Instagram in una colata di denti, tramonti, culi e tazze di verdissimo tè.

Masticare i capelli è un modo complicato di divorarsi. Produce un brivido di puro terrore e di pura gioia, come quello che forse sperimentò Crono assaggiando la carne dei suoi figli all'origine del mondo; in questo caso, tuttavia, la carne assaggiata apparteneva al cannibale stesso, il che è un'aggravante, suppongo. Pungevano la lingua, i capelli, a poco a poco si intridevano di saliva ma Lei li lasciava dov'erano, inzuppandoli. I muscoli si scioglievano una fibra alla volta mentre la mandibola si contraeva e io ero allagata dagli acidi dello stomaco che tentavano di digerire quel pasto invisibile. Masticavo, succhiavo, rigiravo con la lingua. Dieci minuti si trasformarono in un'ora, poi in cinque, infine la reliquia umida mi rimase incastrata tra le labbra anche durante la notte e Lei dormì come una neonata.

Nonostante fossi indolenzita, notai che gli spasmi si erano allontanati da me come spiriti maligni davanti all'acqua santa. L'unico altro sentimento, escludendo la paura, che un essere umano intuisce prima ancora che si manifesti in una forma razionale, è la speranza: posso puntini puntini. Posso guarire, questo era il pensiero che agitava la mente di Lei. Posso controllarmi. Posso resuscitare come Lazzaro. Cominciò, dunque, a sperimentare la tenuta del miracolo dentro la camera – in dialogo coi fantasmi che abitavano gli specchi coperti da pezzi di stoffa, i messaggi senza risposta accumulati nelle chat, i numeri del calendario che aveva accuratamente evitato di cerchiare in quelle settimane – e picchiettava il dito sul guscio trasparente che la avvolgeva, e il guscio s'incrinava, mostrava minuscoli tagli di luce. In seguito, testò la cura all'esterno, con gli alieni dai quali aveva preso le distanze.

Quando il panico la strangolava o quando i genitori la osservavano con un misto di rassegnazione e astio o quando la pressione che nasceva dalle aspettative estranee al suo desiderio le bucava il cranio, allora mi infilava dentro i suoi capelli e metteva a tacere tutto. E il suo corpo rispondeva alla normalità. Esisteva solo quel gesto, quel

movimento sterile che non produceva nulla e non aveva nessuno scopo. Ho persino imparato a pregare nel silenzio che precede la notte stringendo le sue ciocche tra i denti.

Naturalmente si manifestarono delle difficoltà: i capelli di Lei erano troppo corti, dunque era costretta a strattonarli perché arrivassero fino a me, per nutrirmi. Di tanto in tanto delle ciocche bionde si strappavano e rimanevano appese alle sue unghie sottili come vestiti su un manichino. Allora li mangiava. Le appartenevano (non aveva torto), aveva il potere, e di conseguenza il diritto, di renderli di nuovo parte di se stessa, nei modi e nei tempi che preferiva. Che controllava.

Dopo cinquantasette giorni, ripresi a mangiare il gelato con le amiche, una nuova fase della sperimentazione di Lei. Nel momento in cui gli oggetti e le persone nelle vicinanze trasfiguravano in coltelli puntati alla sua gola, fingeva di cercare qualcosa nello zaino o di andare in bagno o di tossire, e mi usava per rosicchiarsi i capelli come un topo spaventato. Si calmava, allora io ritornavo a sputare sentenze su argomenti casuali e battute sul culo obeso di qualche ragazzo. Il mio sorriso si alimentava della tolleranza che le persone dimostravano a Lei, si ingozzava del loro sollievo trattenuto, della loro ipocrita empatia. Avrebbe potuto fingere di essere normale per il resto della vita. Finché Maria non fu messa sulla nostra strada, per caso, come accade con tutte le catastrofi.

*

Ricordo che mi leccai le labbra la prima volta che Maria mi passò davanti: non era merito del profumo all'aroma di arancia né degli occhi trasparenti né della sua abitudine di ridere con la mano davanti alla bocca, chiaro sintomo di timidezza. Ero attratta, Lei era attratta, dai suoi capelli. Da quei deliziosi capelli che la avvolgevano come una pioggia nera, sfiorando il bacino dove si intravedevano le ossa sporgenti da adolescente e al quale erano attaccate due gambe lisce come specchi, anche se con le rotule leggermente storte. I suoi capelli, però, bilanciavano ogni imperfezione: a scuola li raccoglieva spesso in una coda alta o in una treccia arruffata, fuori invece li portava sciolti (Lei la ascoltava pavoneggiarsi vicino ai cancelli della scuola: «Così i ragazzi mi immaginano come Raperonzolo quando si fanno le seghe»).

Maria si era trasferita dalla Francia, aveva un'aura esotica che le conferiva popolarità e un choker fucsia con il ciondolo a forma di Torre Eiffel che tutte le ragazze toccavano come se fosse un idolo o un amuleto, mentre lei arrossiva, in parte compiaciuta e in parte turbata da quelle attenzioni. Stranamente, cercava qualsiasi scusa per parlare

con Lei. Stranamente, giudicava divertenti i miei silenzi. Maria la turbava più di qualunque altro essere umano; a casa, Lei si nascondeva sotto le coperte e mi faceva ingoiare capelli fino alle quattro del mattino mentre scorreva compulsivamente il profilo Instagram di Maria. Più a lungo la guardava, più io masticavo. Accadeva che si svegliasse con i crampi allo stomaco, spezzata in due dal dolore, e che vomitasse un misto di bile e fili lattiginosi. Ma poi, appena Maria la incrociava nei corridoi e la trascinava nei bagni della scuola per imbrattare i muri con l'Uniposca rosa e le parole «Raperonzolo è scappata dalla torre», Lei cancellava il ricordo dei crampi notturni, qualsiasi ricordo in realtà, qualsiasi sensazione extra-Maria, e si annullava nel chiarore freddo di quella mano che stringeva la sua, che la trascinava lontano da sé, finalmente.

In quelle ore sospese, succedeva spesso che Maria le chiedesse di pettinarla; andavano in un parco o si chiudevano nel ripostiglio della palestra, una porticina rossa nascosta dal carrello delle palle mediche, e Maria le porgeva un pettine di plastica dai denti così affilati che Lei si domandava se non corresse il rischio di infilzare l'amica. Si sedevano a terra, Lei con la schiena appoggiata da qualche parte e Maria tra le sue ginocchia, il cellulare con la custodia glitterata usato come mini-schermo per le puntate di Project Runaway e The OA. Maria teneva gli occhi incollati a Netflix e accompagnava la visione con commenti, esclamazioni infantili e domande rivolte principalmente a nessuno, mentre Lei faceva scorrere il pettine tra le ciocche piene di nodi, li scioglieva uno alla volta come ipnotizzata, e non sentiva il bisogno di osservare il coagulo di immagini e voci dal quale l'amica sembrava così catturata, perché era già altrove. Una volta Maria le raccontò che era la madre a pettinarla tutte le mattine, prima che morisse; il padre si era rifiutato di proseguire quel rituale perché sosteneva che la figlia fosse troppo cresciuta e non voleva ritrovarsi, in futuro, con una bambinella viziata da accudire. Sfruttando la distrazione di Maria, Lei mi appoggiava contro i suoi capelli e io li baciavo delicatamente.

Come compresi a posteriori, Maria non cercava un dialogo ma solo un pubblico bendiposto.

In sua compagnia, non dovevamo dissimulare o forzare il nostro silenzio, potevamo semplicemente annullarci e fingere di essere parte del pavimento o della terra, come le mattonelle, il muschio o le radici degli alberi. Il nome di Maria, però, mi sfuggiva continuamente e altrettanto spesso accadeva con le lusinghe ai suoi capelli. Era come se Lei non potesse allontanarsi dal suo desiderio, come se fili invisibili la

lasciassero camminare a lungo e in tutte le direzioni, libera, per ricucirla, infine, agli oggetti della sua ossessione, riportandola al punto di partenza.

Sorrido ancora quando Lei ricorda il giorno in cui Maria la portò con sé dalla parrucchiera. Maria dava istruzioni precise, quasi militari, scoprendo i canini aguzzi in un'espressione che non aveva nulla di compiacente, voleva una spuntatura di un centimetro e mezzo, neanche un millimetro in più o si sarebbe rifiutata di pagare. La parrucchiera attendeva la fine di quel monologo con le dita infilate tra le forbici lucidissime e gli occhi fuori dalle orbite.

Lei se ne stava rattrappita sulla sedia rosicchiandosi i capelli, senza sapere cosa pretendere dal ragazzo con il tono gentile che le stava accanto, riflesso per metà nello specchio della postazione. Il suo caschetto biondiccio le appariva insignificante rispetto alla chioma ferina di Maria, sarebbe stato meglio se avessero usato le forbici per tagliarle la gola visto quanto era umiliante il paragone, ma naturalmente questo non poteva farmelo dire ad alta voce. Finii per chiedere la frangia e un taglio un po' più scalato. Maria sedeva in religioso silenzio, le palpebre abbassate, avvolta in un camice a fiori azzurri che la faceva apparire simile a una statuetta votiva, di quelle che le nonne conservano sulle credenze o in raffinate teche di vetro. Le ciocche dei nostri capelli cadevano sul pavimento senza produrre un suono, come braccia che si gettassero silenziosamente l'una verso l'altra. Lei guardò lo strano disegno che andava componendosi accanto ai suoi piedi: una spirale nera, un gorgo morto che fagocitava le tenere ciocche bionde, a quel punto quasi impossibili da distinguere. Il ragazzo chiese se il risultato le piacesse.

Mentre si dirigevano verso la cassa, Maria si piegò all'improvviso, afferrò la porzione più grande del grumo scuro che infestava il pavimento e ne fece una palla da spedire dritta sulla faccia di Lei. Rideva selvaggiamente, incurante delle espressioni allibite e dei volti che la fissavano come se fosse un'apparizione demoniaca.

*

Dopo qualche mese, Maria la invitò a casa sua. Stanze luminose, un gatto bianco, tende color pastello. La sua camera, in particolare, era un abisso indaco tappezzato di specchi, un segnale che indicava quanto fosse impossibile per lei smettere di guardarsi; da ogni angolazione, mille Lei e mille Maria spiavano le loro copie in carne ed ossa che si aggiravano per la stanza. Maria cinguettava, discuteva del niente. Io tacevo, deliziata.

A un certo punto Maria iniziò a sbuffare, si annoiava, voleva farsi una foto carina prima che il sole calasse perché, con poca luce, le sue occhiaie risaltavano troppo e la facevano apparire vecchia. Cacciò il telefono in mano a Lei che, controvoglia, provò in tutti i modi a restituirglielo, ma Maria la supplicava, pestava i piedi come una bambina e alla fine le gettò le braccia al collo facendo schioccare le labbra sulla sua guancia. Poi afferrò una spazzola che giaceva sul comodino affollato di bigiotteria, smalti e foglietti con frasi di Lana Del Rey, in tre fluidi colpi si sistemò le ciocche ribelli e tolse i capelli morti. Optarono per un filtro color pesca che le cancellava le occhiaie e persino i pori della pelle. Maria si appoggiò alla parete indaco e abbassò il top al limite del seno, spostando in avanti i capelli così da creare un malizioso effetto vedo-non-vedo. Le mani di Lei sudavano. Catturò l'amica in pose provocanti, da star, da gitana, da gattina e da pop-idol, fu sfiancante, le sembrava di essere in ostaggio, era convinta che Maria non l'avrebbe lasciata andare fino a quando una delle cento foto scattate col cellulare non avesse replicato la sua bellezza al massimo grado di perfezione. Quando finalmente si decise a cessare la tortura, dopo aver urlato un melodrammatico «sono sfinita!», Maria si diresse verso il bagno lasciandola sola al centro della stanza. Era tutto quello che Lei desiderava: infilò freneticamente la spazzola nella borsa e da quell'istante non aspettò altro che la possibilità di andarsene da lì.

Durante la notte, la sua ossessione prese le forme del sogno: i capelli di Maria le aleggiavano intorno, la soffocavano come piovre. Sbarrò gli occhi nel buio e sentì di doversi liberare di quella maledizione. Spostandosi a piedi nudi nella stanza per non svegliare i genitori, si accovacciò e accese tre candele all'aroma di agrumi, recuperate in un mercatino di Natale molto tempo prima. Le fiammelle si contraevano ad ogni spostamento d'aria. Rubò dalla cucina un paio di forbici, un calice e due piatti di porcellana decorati con piccole rose azzurre; erano identici, ad eccezione del fatto che il secondo presentava una piccola sbeccatura sul bordo a sinistra. Nonostante la lentezza dei movimenti per limitare il rumore, il respiro di Lei accelerava, la saliva mi invadeva come una premonizione.

Dopo aver chiuso a chiave la porta della camera, chinatasi di nuovo, appoggiò di fronte a sé la spazzola dove i capelli di Maria si aggrovigliavano come un bosco. Lentamente, li travasò nel piatto integro. Accanto, dispose la stoviglia sbeccata, sollevò le forbici che brillarono alla luce delle fiammelle e recise quante più ciocche possibili, torcendo la testa in posizioni da incubo. Quando anche il

secondo piatto fu pronto riempì il calice affusolato di Coca-cola e si sedette a gambe incrociate, giungendo le mani in preghiera. Mi aprii, ancora stento a crederlo, in un sorriso che suggeriva una reale felicità alla vista di quel banchetto, per quanto macabro e più simile a un funerale. Il volume della saliva continuava ad aumentare. Divorai fino all'ultimo capello, leccai persino il fondo dei piatti. La Coca-Cola scorreva fresca lungo la gola infiammata per lo sforzo. Lei nascose i resti sotto al letto, piena di vergogna ma, addormentandosi, riuscì a non sognare quei lunghissimi, scuri capelli da sirena che non le sarebbero mai appartenuti.

Al mattino, un gonfiore violaceo le sfigurava l'addome ma le fitte erano sopportabili. Lei si disse che sarebbero passate come era accaduto in molte altre occasioni. Poi si aggiunse la nausea, poi il vomito e infine vomitai sangue sulla colazione di sua madre. Seguirono tante urla e imprecazioni.

La ricoverarono d'urgenza, la sedarono per aprirla da parte a parte e, quando tornò cosciente, le mostrarono una matassa aggrovigliata, simile a un gomitolo mantecato nella pece, un grumo disgustoso di capelli, succhi gastrici e sangue intestinale. Lei sentiva ogni parola attutita, come se ascoltasse la voce di quegli uomini in bianco da dentro una scatola di cotone idrofilo. Parlavano troppo, la rintronavano con discorsi sulla diagnosi, un termine impronunciabile unito a un'espressione più dolce, più falsa, una certa sindrome di Raperonzolo.

Lei e io ci chiedemmo se non fosse quella di fronte a noi la massa nera che così a lungo aveva impedito alle parole di raggiungerci. Mi limitai a comunicare ai dottori che ero loro grata per avermi restituito la voce. Seguì un silenzio confuso. Lei, inoltre, volle sottolineare che si erano sbagliati. Disse che non era lei Raperonzolo, disse che, se cercavano Raperonzolo, dovevano rintracciare una ragazza di nome Maria, con i capelli più lunghi che potessero immaginare e un delizioso ciondolo a forma di Torre Eiffel. Loro borbottavano, si agitavano mentre sua madre scoppiava a piangere, perciò Lei insistette, e alla fine domandò stizzita: «Cercate o no Raperonzolo?». All'improvviso, la sua mente si offuscò e dalla nebbia emerse l'immagine di Maria che gettava da una torre i capelli stretti in una treccia chilometrica e Lei, di sotto, la afferrava con i denti; pensai che, a causa di quella visione, Lei avrebbe sentito il bisogno di farmi ingoiare di nuovo i suoi capelli ma, quando si sfiorò la testa, la trovò liscia come la superficie di un uovo.

Allora urlammo.

Questa storia finisce con un elenco di cose che possono condurre alla felicità se ingerite ma vengono anche considerate inappropriate:
- gli antidepressivi
- i grassi insaturi
- l'urina
- le biglie di vetro
- il cioccolato in grandi quantità
- i sonniferi
- l'arsenico
- i capelli di Maria

SUCHE NACH RAPUNZEL
SILVIA RIGHI
Aus dem Italienischen frei übersetzt von Lara Rüter

Es war nicht der Orangenduft. Es waren auch nicht ihren stechenden Augen oder der Anflug von Schüchternheit, wenn Maria beim Lachen die Hand vor den Mund nahm. Es waren nicht die schiefen Kniescheiben oder ihre scharfen Beckenknochen. Es war nicht der fuchsiafarbene Choker um ihren schlanken Hals, an dem ein kleiner Eiffelturm baumelte. Das sei ihr Glücksbringer, wie sie stolz verkündete, und eine Erinnerung an Frankreich, das sie ja so vermisse. Dabei errötete sie, als sei ihr das peinlich, doch irgendetwas störte den Eindruck, denn in ihrem Leid sah sie auch zufrieden aus. Maria strahlte eine Selbstgefälligkeit aus, die sie mal als Schüchternheit tarnte, mal als Weltgewandtheit. Sie war verführerisch, exotisch und deshalb auch beliebt. Sie besaß einen Sexappeal, mit dem die Leute in der Schule kaum umgehen konnten. Maria war sich dessen sehr bewusst.

Vielleicht hielt sie sich selbst für eine verstoßene französische Exilantin, um ihr Selbstbild zu wahren, eine Individualistin, die nirgendwo hineinpasste und darum auch keine normale Freundin haben konnte. Vielleicht sprach sie deshalb eines Tages mit dem abseits stehenden Mädchen, der Eigenbrötlerin, die mit ängstlichen Augen und verkrampften Mund allein stand. Die nichts erwiderte, als Maria sie ansprach, die nur nickte. Maria gefiel dieses Schweigen als Zustimmung. Ein willkommenes Publikum für sie. Sie hatte sich das Mädchen als Freundin auserkoren und deshalb bekam sie diese Freundin auch. So einfach war das Leben für sie.

Doch es war auch nicht diese Zielstrebigkeit, die andere leicht als krampfhaft bezeichnen würden und die Maria so unwiderstehlich für die Freundin machte.

Es war der schwarze Wasserfall, der über Marias Rücken floss und kurz über dem Becken stoppte. Es war dieses Gleiten von Haar, das

Schwappen, nur gebändigt von einem Pferdeschwanz oder lockeren Dutt, der sich wie von Zauberhand öffnete, sobald die Klingel die Schule beendete.

Es war die Intimität der Aufgabe, die Maria ihrer Freundin zuteilte, eine ganz besondere Bitte. Es waren die Stunden, in denen die beiden sich in der kleinen Abstellkammer in der Turnhalle einschlossen und die Freundin Marias Haare kämmen sollte. Ein scharfer, grobzackiger Kamm, der sie versehentlich erstechen könnte, teilte die dicken Haarsträhnen zu gleichmäßigen Bäche, die sich genauso flüssig wieder hinter sich schlossen. Die Freundin wurde derart vereinnahmt von dieser Aufgabe, fast hypnotisiert, dass sie nichts von den Videos mitbekam, die Maria auf dem Handy schaute. Sie hörte nicht einmal etwas von den Fragen, den Kommentaren, den Scherzen über irgendwelche Models. Maria saß zwischen den Knien der Freundin, die sich an dem großen Sportwagen mit den Medizinbällen anlehnte. Als Maria erzählte, dass ihre Mutter vor ihrem Tod jeden Morgen Marias Haare gekämmt hatte, ging sie völlig auf in ihrer Rolle als Waisentochter und bemerkte nicht, wie sich ihre Freundin vorbeugte und sacht die Haare küsste.

Auf dem Weg aus der Schule zog Maria ihre Freundin aufs Schulklo und brachte sie dazu, mit pinkem Edding «Rapunzel ist aus dem Turm geflohen» an die Fliesen zu schmieren. Ihre Freundin tat, was sie sollte, schwieg und oft war es, als sei sie Teil der Umgebung. Fliese, Medizinball oder Moos im Park. Als hielte Maria sie an unsichtbaren Fäden, die sie mal locker, mal straffer hielt, und doch immer in für sie greifbarer Nähe, als zahme Zuschauerin ihrer kleinen Theaterstücke.

Im Friseursalon spielte Maria die große Diva. Sie gab der Friseurin militärische Instruktionen zu ihrem Haarschnitt und drohte an, nicht zu zahlen, wenn nur ein halber Zentimeter zu viel abgeschnitten werde. Ihre Eckzähne blitzten im kalten Licht und die Freundin saß stumm auf dem nächsten Platz. Wie schon in der Turnhalle war sie völlig hypnotisiert, so dass sie nicht mitbekam, wie die Friseurin mit den Augen rollte und selbstvergessen mit der Schere spielte, völlig unbeeindruckt von Marias Snobismus.

Neben Maria schien die Freundin zu verschwinden, versank fast in dem Stuhl und der blonde Bob wirkte im Spiegel nichtssagend im Vergleich zu der schwarzen Löwenmähne nebenan. Als der freundliche Friseur fragte, was er denn schneiden solle, sah es aus, als wolle sie etwas sagen, was ihr nicht über die Lippen kam. Im Ende schlug er einen Pony und leichte Stufen vor. Die abgeschnittenen Haare der

beiden segelten in einer ungelenken Umarmung zu Boden, hell und dunkel, bevor alles zu einem grauen Haufen zusammen-gekehrt wurde.

Maria wurde von einem Kittel aus azurblauen Blümchen umhüllt, die nun die Rolle einer heiligen Votivstatue annahm und auf ihrem Gesicht lag tatsächlich ein Ausdruck, der sie über den Dingen stehend wirken ließ, jedoch weniger Göttliches an sich hatte als einfach Arroganz verriet.

Auf dem Weg zur Kasse bückte sich Maria plötzlich, ergriff ein großes Haarknäuel und schoss ihn wie einen Schneeball in das Gesicht ihrer Freundin. Fassungslose Blicke richteten sich auf Maria, die in schrilles Gelächter ausbrach, nun als eine gehässige Hexe aus einem Kindermärchen.

*

Ich bin der Mund dieser Geschichte. Ich meine das im zweifachen Sinn. In mich gelangten einige Köstlichkeiten und einige weniger schmackhafte Dinge, aber ich bin ebenso Tor für Wörter und der Kontakt zur Außenwelt. Ich bin die Schleuse, die leben lässt.

Natürlich gehöre ich zu einem Körper, und zwar dem Körper der Freundin. Als sie Maria traf, war sie gerade fünfzehn geworden. Zeit ist für mich ein seltsamer Begriff, den ich nur durch das Altern der Menschen festmachen kann. Denn für mich geht es nur um Geschmack, um Genuss, in dem für mich Vergangenheit und Gegenwart zusammenfließen und eins werden.

Ich kann heute keine Erdbeere essen, ohne genau die Erdbeere mit Schokolade zu essen, die sie damals mit ihrem Vater im Juni aß.

Trage ich den Lippenstift der Mutter, küsse ich sofort eine Freundin aus Kindheitstagen, die denselben Lippenstift benutzte.

Ich verwechsle das Pastawasser mit Meerwasser aus dem Sommerurlaub.

Gelangt Zitronensaft in mich, spüre ich eine brennende Wunde, die eigentlich schon längst verheilt ist.

Der Schweiß von einem heißen Tag lässt mich an die Lippen des Jungen denken, der dem Mädchen ihren ersten Knutschfleck gemacht hat. Ein Geschmack, ein bisschen wie Mandeln, ein Hauch von Wild.

Ich muss immer wieder in die Schulter desselben Jungen beißen, sobald ich Blut schmecke.

Solange Genuss ein großes Ganzes bildet, ist die Vergangenheit für mich nicht vergangen. Ich bin der Mund der Geschichte, denn ich bin aus der Zeit gefallen.

Bevor Marias Freundin ihr die Haare kämmte und verstummte, liebte sie Eiscreme, alberne Witze und Geheimnisse, die sie mich hüten ließ wie kleine blaue Murmeln. Ich wurde nicht mit zu viel Nahrung überfordert oder hatte zu wenig, musste mich oft für Komplimente bedanken, die sie bekam, und wurde geküsst. Ich vermute, dass das ein gutes Leben für ein junges Mädchen ist, denn sie wurde beschützt, geliebt und war nicht einsam.

Bis heute weiß ich nicht, was Menschen außerhalb von geschmacklichem Genuss bewegt. Warum Dinge, die ihnen passieren, sie lähmen oder die Lust am Essen nehmen. Was sie zittern lässt, als wäre etwas hinter ihnen her. Was sie nach Atem schnappen lässt, obwohl sie sich in keiner erkennbaren Gefahr befinden. Ich weiß nicht, warum Marias Freundin plötzlich aufhörte zu sprechen. Warum sie floh, sobald sie sich in einer Menschenmenge wiederfand, sich auf dem Klo versteckte oder nach Hause eilte. Warum sie ihre Freundinnen und ihre Eltern belog. Im Einkaufszentrum, Parks, in der Schule wurde ich plötzlich von Krämpfen geschüttelt, deren Ursache ich nicht kenne. Sie keuchte oder hielt die Luft an, manchmal fiepte sie kurz und brach dann in Weinen aus. Dann wiederum verzerrte sie mich zu einem schmerzenden Lächeln, nickte, ging heim und versteckte sich. Irgendwann blieb sie ganz zu Hause. Sie versank in dem kleinen Bildschirm ihres Smartphones, dessen blaues Licht mich erbleichen ließ. Ich hielt ihre Bisse aus und ihre Finger auf meinen Pickeln. Ich bewegte mich kaum noch oder nur, um heimlich im Dunkeln zu essen. Gebratenes Hühnchen, weiße Schokolade, Marshmallows, Paprikapastete, Tiefkühlpizza. Das Salz aus Fertigessen schmerzte in meinen Rändern und Rissen. Auch deshalb wurde ich ein Blutegel in ihrem Gesicht, ein lebloser Fremdkörper, der seinen Zweck nicht erfüllte. Zu dieser Zeit war ich weniger Mund als einfach ein Ding an ihrem Körper.

Wenn sie nachts nicht schlafen konnte, öffnete ich mich leicht vor dem Touchscreen, während sie wie besessen durch Instagramseiten scrollte. Weiter und weiter durch den endlosen Strom Glück, das sich wie heißes Karamell in Form von blendenden Zähnen, Sonnenuntergängen, Ärschen und allergrünstem Tee ergoss. Gebannt von dem Glück anderer spannte sie die Kiefermuskulatur an und ihre überreizten Nerven schienen ihren Körper zu halten, wenn sie mich zusammenpresste und mit den Zähnen den Schmelz abknirschte. Es war, als ob sich ihr Körper gleichzeitig zersetzen und verschlingen wollte, als hoffte sie, dass sie in körperlicher Auflösung Ruhe fände

und als sei diese Art selbstvergessener Zerstörung ihre Form von Hoffnung.

Ich kann Pünktchen, Pünktchen, Pünktchen.

Ich kann mich kontrollieren.

Ich kann mich aushalten.

Ich kann vor dem Glück der anderen bestehen.

Und in dieser Selbstvergessenheit schuf sie ihr Geheimnis. Während ihr Geist in der Timeline zahlloser bekannter und unbekannter Menschen steckte, fest verbunden mit einer Logik, die nur aus Oberflächlichkeit und prätentiösen Persönlichkeiten bestand, steckte ihre Hand gedankenlos eine Haarsträhne in mich, an der ich automatisch zu knabbern und zu saugen begann.

Haarekauen ist eine komplexe Sucht sich aufzulösen, denn es bereitet zu unregelmäßigen Teilen Befriedigung und Ekel. Abgesehen von Magensäure und schalem Speichel im Mund fasziniert die Konsistenz aus vielen harten Fäden, die nicht verdaut werden können und damit eine Verbindung zur Realität versprechen. Das Haarekauen beweist dem Körper, dass ein Mensch tatsächlich existiert.

Die dicke Glasglocke aus Panik, die sie seit einiger Zeit von ihrer Außenwelt trennte, schien langsam immer mehr Haarrisse zu bekommen und endlich Luft hineinzulassen, wenn sie während einer Panikattacke nach Atem rang. Erst fand sie Halt in ihrem kleinen Zimmer, das Smartphone in der Hand. Ihre Finger tippten, tippten. Ich saugte, schluckte Haar. Sie hielt sich mit nostalgischen Filmen bei Laune oder sang Musicals mit. Später wagte sie sich in die Außenwelt. Ihre Eltern waren erleichtert, sie außerhalb des Zimmers zu sehen, und beobachteten sie immer seltener mit resignierten Blicken. Nach siebenundfünfzig Tagen traf sie sich wieder mit Freunden zum Eisessen. Merkte sie, dass eine Situation sie aufwühlte, ließ sie mich Haare kauen. Zunächst tat sie es heimlich, indem sie sich auf die Toilette entschuldigte oder einen Hustenanfall vortäuschte. Später tat sie es, während sie überhebliche Witze über irgendwelche Typen machte oder über fette Ärsche lästerte.

Ich kann so tun, als ob ich Kontrolle habe.

Sie übertrug die Kontrolle mir, ich kaute, schluckte, wälzte Haare umher, speichelte und schmeckte. Ich lebte und kontrollierte, bis sie Marias Freundin wurde.

*

Helle Räume, eine weiße Katze, pastellfarbene Vorhänge, eine Mischung aus rosa und orange. Auf der Kommode massenhaft Mode-

schmuck, Nagellack, Haarklammern und eine zweifelhafte Anzahl von Lana Del Rey Zitaten:

When you're an introvert like me and you've been lonely for a while, and then you find someone who understands you, you become really attached to them. It's a real release.

Marias Zimmerwände waren indigoblau, jedenfalls dort, wo sie keine Spiegel aufgehängt hatte. Ihre Freundin stand verschreckt in einem Kabinett, in dem sie sich nirgends vor ihrem eigenen Spiegelbild oder Marias zahlreichen Kopien verstecken konnte. Sie verkrampfte ihre Haltung und beobachtete Maria, die gelöst vor sich hin plapperte, ohne eine Reaktion zu erhalten. Sie kämmte sich, betrachtete sich bei jeder Gelegenheit im Spiegel und fuhr sich mit den Fingern durch die Haare, strich die Augenbrauen glatt.

Live fast. Die young. Be wild. Have fun.

Irgendwann langweilte Maria sich und verlangte ein Fotoshooting von ihrer Freundin. Neue Fotos für ihr Instagramprofil, aber bitte ohne Augenringe, sonst sähe sie alt aus. Ihre Freundin weigerte sich, bis Maria vor Wut mit dem Fuß auf den Boden stampfte und dann bettelte wie ein kleines Kind, jammerte und dann Küsse und Umarmungen verteilte. Nach langer Diskussion wurde ein Pfirsichfilter gewählt. Keine Poren oder Augenringe, ein perfekter Teint. Maria lehnte an der Indigowand und breitete ihre wallenden Haare über die nackte Brust. Sie blickte ihre Freundin herausfordernd an, die ihre Gefühle nicht verbergen konnte, aber dann doch anfing, mit schweißnassen Händen zu knipsen.

No one compares to you, but there's no you, except in my dreams tonight.

Maria zeigte eine Bandbreite ihres schauspielerischen Repertoires. Aus verschiedenen aufreizenden Posen begab sie sich in die Rolle eines Filmstars, spitzte die Lippen, um dann zu einem sexy Kätzchen zu werden. Sie verwandelte sich vom Teenie-Idol zur Grande Dame, warf ihre Löwenmähne von einer Seite auf die andere, blickte unschuldig über die Schulter, dann wild, um einen überraschten Panther darzustellen. Ihre Freundin war ihre Geisel, die hunderte hübsche Fotos schießen musste, die doch nie hübsch genug sein konnten. Erst wenn Marias makellose Schönheit perfekt wieder gegeben wäre, wäre das Shooting beendet. Selbst wenn das nie bedeutete, war es die Regel. Sie keuchte.

Ich kann nicht mehr!

Die Badtür knallte zu und Maria ließ die Freundin allein zurück, die blitzschnell die Bürste von der Kommode in der Schultasche verschwinden ließ.

Every time I close my eyes, it's like a dark paradise.

In der Nacht umflatterten Marias Haare sie als unzählige Krakenarme, dunkle schwarze Noppen umgriffen sie, sich enger und enger um sie schlingend wie ein Strudel, der sie langsam ersticken ließ.

Als sie aufwachte, schrie sie nicht. Sie setzte sich einfach im Bett auf und schlug die Decke zurück. Sie sammelte barfuß in der Küche zwei Teller, eine Schere und ein Glas Cola zusammen. Um ihre Eltern nicht zu wecken, schloss sie die Wohnzimmertür hinter sich ab. Zwei Zitronenduftkerzen vom letzten Weihnachtsmarkt gaben das einzige flackernde Licht, als sie Marias Haare aus der Bürste zupfte und auf den einen Teller häufte, bis keine der kleinen blauen Rosen mehr zu sehen war. Ihre Augen starrten gierig auf den Haufen. Dann griff sie die Schere und schnitt sich in vielen schnellen Bewegungen das eigene Haar vom Kopf auf den zweiten Teller, bis da nichts mehr war, was geschnitten werden konnte, nicht einmal mithilfe der wildesten Verrenkung.

Ihre Hände faltete sie wie zum Gebet, bevor sie zugriff.

Who are you? Are you in touch with all your darkest fantasies?

Ich bin der Mund dieser Geschichte. Ich bin der Mund, deshalb muss ich zu Ende erzählen. Ohne mich gibt es kein Ende, denn noch immer fließen Vergangenheit und Gegenwart unaufhörlich zusammen, formen eine Zukunft, die mich nicht überraschen kann.

In mich sind einige weniger schmackhafte Köstlichkeiten gelangt. Dinge, die eine besondere Sucht nach Geschmack erfordern.

Ich kann heute keine Kopfschmerztablette schlucken, ohne die Antidepressiva zu schlucken, die sie in der Zeit in der Klinik täglich zu sich nehmen musste.

Wenn ich versehentlich ein Bonbon verschlucke, ist wieder die Glasmurmel in mich gelangt, die sie sich als Kind beim Spielen naschte.

Ein kleines Stück Schokolade löst in mir direkt das Verlangen nach mehr aus, obwohl damit auch gleich die bekannte Übelkeit einhergeht, die sich nach dem Überessen daran einstellt.

Und ich kann keine Cola trinken, ohne sofort in der Nacht ihres unheiligen Exorzismus gefangen zu sein und den Exzess und die

Erschöpfung zu spüren, die sich nach dem Mahl aus Marias Haaren in mir breit machte.

Die Cola hatte mich und die Kehle noch mehr gereizt als die schiere Masse Haar, doch das waren nicht die einzigen Schmerzen, mit denen der Körper des Mädchens am nächsten Morgen zu kämpfen hatte. Eine violette Schwellung krönte ihren Unterleib, der stechende Schmerzen aushielt. Es war nicht das erste Mal und die Schmerzen waren oft einfach wieder verschwunden, doch nicht nach dieser Nacht. Erschwert wurden sie von Übelkeit und Brechreiz. Ich ahnte bereits Furchtbares, als tatsächlich ein Schwall Blut auf den Frühstückstisch durch mich hervorbrach.

In der Notaufnahme wurde ich intubiert und der Körper des Mädchens unter Narkose gesetzt, um den verhedderten Pfropfen aus Haaren, Magensäften und Darmblut aus dem Inneren zu entfernen. Ein mit Pech überzogenes Wollknäuel.

Die Mutter weinte viel und die Ärztin sprach über Diagnosen und Behandlungsmethoden, die das Mädchen nur gedämpft wahrnahm. Ihr Verstand befand sich mittlerweile in einer Parallelwelt, in einem Nebelmeer, in dem sie immer wieder nach Marias Sirenenhaar haschte, das von einem Turm herabbaumelte. Erst griffen die Hände, schließlich verbiss sie sich in den dicken Zopf.

I've got a war in my mind.

Im Delirium griff das Mädchen nach ihren eigenen Haaren, aus Reflex vielleicht, doch als sie ihren Schädel glatt wie eine Eierschale fand, öffnete sie mich zum Schrei. Ich bin der Mund dieser Geschichte, ich gestehe: Es gibt keine Geschichte, es gibt nur eine Reihe von Ereignissen um den Genuss, der unaufhörlich andauert und in sich Vergangenheit, Gegenwart und Zukunft vereint.

KOMMENTAR VON LARA RÜTER

Ich habe mich nach langer Überlegung (und Übersetzungsarbeit) doch dazu entschlossen, «Cercate Raperonzolo» auf deutsch nachzuerzählen. Dabei habe ich die Szenen und Motive aus dem Originaltext verwendet und neu zusammengesetzt, um den Fokus auf die Arbeit mit der Sprache zu legen. Die Erzählstimme des Mundes ist im Original so stark, dass sie den Text zu großen Teilen tragen muss. Das im Deutschen authentisch rüberzubringen, war mir nur möglich, wenn ich gewisse Freiheiten nutzte. Da es beim Übersetzen überdies einige Verwirrung mit den Personalpronomina der weiblichen Figuren gab, die ich im Deutschen nur ungelenk lösen konnte, habe ich mir erlaubt, den Aufbau zu verändern: der Text beginnt nun mit dem Mittelteil über Maria, um erst im Anschluss zu offenbaren, dass es der Mund ist, der von der Trichophagie erzählt. Erst im letzten Teil fokussiert er auf «sie», die Figur, zu der er gehört. Silvia und ich haben geskypt und viele Mails getauscht, auch die Nachrichten zwischendurch mit winzigen Verständnisfragen bekamen fix eine Antwort. Wir entdeckten nicht nur Katzen als unsere Gemeinsamkeit, sondern auch Lyrik, über die wir viel sprachen und uns austauschten. An Silvias Schreiben mag ich, wie sie durch die ungewöhnliche sprachliche Perspektive einen überraschenden Zugang zu der Krankheit schafft. Sie scheint mal auf ein Detail zu zoomen und dann wieder einen größeren Zusammenhang zu zeichnen, stellt dar, womit sich junge Frauen im Alltag konfrontiert sehen, wenn sie sich über Socialmedia vernetzen, vergleichen und verurteilen. Was Eitelkeit und Selbsthass für widersprüchliche Gefühle auslösen können, in einer Welt, in der nach außen hin alles okay ist. Dabei ist es wunderbar, dass Silvia sich nicht scheut, unsympathische Figuren zu kreieren, und dass sie nicht zimperlich ist, sie agieren zu lassen. Damit baut sie eine Bühne, auf der getrampelt, gefressen und geschrien wird, im Ende aber nicht verurteilt.

ATMEN
CAROLINA HEBERLING

Ihr Atem verrät es mir. Wenn sie still atmet, hat sie einen guten Tag. Wenn sie hörbar atmet, hat sie einen schlechten Tag. Seit einiger Zeit höre ich Lia verdammt oft atmen. Sie macht einen Ton, der wie ein Seufzen klingt. Seufzen ein, Seufzen aus, ein, aus, ein, aus. Wie eine Läuferin, die eine lange Strecke gerannt ist und doch das Ziel nicht erreicht. Sie röchelt enttäuscht am Wegesrand, nur dass wir keinen Marathon rennen. «Das hier ist ein permanenter Sprint», sagt Lia, «das wirst du auch noch merken.» Alle sagen das. Man würde gemolken wie eine Kuh, ausgenommen wie die Weihnachtsgans, totgeritten wie ein Pferd, darauf müsse man sich einstellen in dem Job. Offenbar arbeiten in dieser Branche nur Tiere. Kreativtiere. Immer nachdenken, designen, basteln, schreiben und dazwischen das nächste Projekt planen. Das Büro ein kleiner Käfig voll Ideen. Aber hier kommen keine Besucher, um uns durch die gläsernen Fenster unserer Büros zu beobachten. Das tun lediglich andere Kreativtiere. Manchmal, wenn ich merke, dass ein Kollege mich schwer denkend mustert, starre ich zurück, aber nicht zu lange, denn wer zu lange glotzt, wirkt nicht produktiv. Beobachtung ist Kontemplation und die hat am Wochenende stattzufinden. Zumindest in der Theorie. Denn eigentlich sitze ich auch unter der Woche sehr oft vor meinem Bildschirm und gucke in die Leere des Internets, wenn ich nicht weiterweiß. Meine Webcam hat mein Vorgänger abgeklebt, sonst käme ja noch jemand auf die Idee, aus der Leere zurück zu gucken.

Lia und ich teilen das Büro am Ende des Flurs. Wir arbeiten in derselben Position, man hat mich zu ihr gesetzt, damit sie mir alles zeigen kann. Das hat sie an meinem ersten Tag auch ungefähr zwei Stunden lang getan und dann brach der Alltag wieder über sie herein, mit all den Terminen und der Panik vor den Terminen. Seitdem befinde ich mich im Freiflug, hangele mich an unsicheren Infos

entlang, mache Spaziergänge durch das Haus, um rauszufinden, wer hier eigentlich was macht. Ich habe mir tatsächlich einen kleinen Lageplan angelegt, in dem verzeichnet ist, welcher Kollege wo sitzt und was er tut. Eine Schatzkarte des Taskmanagements. Und obwohl das alles noch neu ist, mache ich das gut. Oder tue zumindest so. Aber wie die Amis immer sagen: Fake it till you make it.

Lia ist gut im Faken. Wenn Karl, unser Chef, reinkommt, liegt auf ihren Lippen das «Ich habe alles im Griff»-Lächeln. Das «Mach dir keine Sorgen»-Lächeln. Das «Gerne übernehme ich noch mehr Arbeit»-Lächeln. Und unser Chef lächelt zurück und legt ihr tatsächlich noch mehr Arbeit hin. Wenn er wieder weg ist, ist auch das Lächeln weg und Lia atmet wieder laut. Ich bin die einzige, die all das mitbekommt. Generell bin ich die einzige, die ahnt, wie es Lia geht. Weil sie dann eben doch ab und an erzählt. Jammert. Mir die Luft wegatmet. Auf der Couch in unserem Büro rumlungert, als sei ich Freud und sie eine Patientin. Nur gebe ich keinen Rat. Ich tue, als würde ich zuhören, und tue es doch nicht. Lasse sie reden, nicke müde und korrigiere dabei im Geheimen all die Fehler, die sie irgendwo eingebaut hat – in Kalkulationen, Texten, Projektentwürfen. Hier eine falsche Zahl, dort ein fehlender Name, tausend kleine Schusseligkeiten, die uns jedes Mal fast den Bonus kosten.

Einmal waren wir gemeinsam zu Mittag essen und Lia hat erzählt. Vom See, an dem sie so gerne ist. Von blühenden Landschaften und einer einsamen Berghütte. «Wenn ich genug Geld hätte, würde ich mich dorthin zurückziehen und nur noch lesen», hat sie gesagt und geschmatzt. Das ist kein besonders origineller Traum, das weiß sie auch. Im Geheimen träumen alle Kreativtiere von der Berghütte, in der sie wenigen Menschen und vielen Büchern begegnen. Das ist ihr natürliches Habitat. Kreativtiere tun zwar so, als seien sie tief loyale Rudeltiere, streifen als Team von Projektwasserloch zu Projekt-wasserloch und halten das Wir-Gefühl hoch, aber eigentlich ist jeder ein Alphatier mit Scheu vor anderen Alphatieren oder ein Betatier mit Scheu vor anderen Betatieren oder ein Mitläufer mit Scheu vor anderen Mitläufern. Damit niemand die Scheu bemerkt, wird laut geschrien wie bei den Pavianen.

«Aber um eine Berghütte zu kaufen, dazu hat ja heut keiner mehr die Kohle», hat Lia dann geschimpft, eine Bohne aufgespießt und weiter vor sich hin gemampft. Dass sie überhaupt etwas gegessen hat, war schon ein Wunder, sonst hat sie nie Zeit dafür. «Zu viel Stress, zu viel Stress», sagt sie für gewöhnlich, guckt in den Bildschirm und

atmet. Wenn sie doch mal was isst, dann ein Twix, das ich ihr aus dem Automaten in der Cafeteria mitbringe.

Anfangs habe ich das genauso gemacht: Wenig gegessen, viel gearbeitet, lange gearbeitet und getan, als sei das normal, als würde man nicht plemplem werden, wenn man mehr als neun oder zehn Stunden pro Tag in einen viereckigen Kasten starrt und sich dabei inspiriert fühlen soll. Ging eine Zeit lang gut. Bis ich eines Morgens aufgewacht bin – und atmen musste. Schwer atmen, meine ich. Eine kleine feine Luftnot mit sechsundzwanzig. Genau wie Lia.

Einen Tag lang hatte ich sie, zwei Tage, drei Tage, eine Woche. Und gerade, als ich mich schon daran gewöhnt hatte, kam meine Ärztin mit einer Diagnose um die Ecke: allergiebedingtes Asthma. Hausstaub, Birken, Hundehaare. Seitdem habe ich ein kleines dunkelblaues Spray in meiner Tasche. Wenn der Atem schwer wird, halte ich es an den Mund, drücke drauf, atme tief ein und spüre, wie die Lungen sich weiten. Eigentlich soll ich das nur einmal täglich machen, aber manchmal, wenn in unserem Büro wieder die schwere Luft einer Deadline hängt, gönn ich mir auch einfach so einen Sprühstoß und bin berauscht vom Kitzeln in den Lungen. Ach, wie gern würde ich Lia so ein Spray verschreiben! Dann würden wir gemeinsam inhalieren. Nur ist es bei Lia nicht die Lunge. Es ist der Kopf. Oder das Herz. Keine Ahnung, wo die Seele genau sitzt. Eine Seele, die mit jedem Atem ein bisschen grünen Schleim in die Welt ausstößt. Wie bei einer Bronchitis, nur dass die Ansteckung länger dauert und man meist erst bemerkt, dass einem etwas fehlt, wenn es schon chronisch geworden ist. Als professionelle Google-Ärztin lautet meine Diagnose: Chronisch entzündete Seele durch Stresstrauma. Lia weiß, dass sie ein Problem hat. Aber sie würde es nie zugeben. Sie atmet einfach nur und kokettiert ab und an damit, dass wir «Generation Burnout» seien.

Dabei haben weder sie noch ich je für etwas gebrannt. Aber auch wer auf kleiner Flamme kocht, kann etwas anbrennen lassen.

An dem Tag, an dem wir zu Mittag essen waren, gab es nachmittags im Büro einen kleinen Umtrunk wegen eines ziemlich großen Projekts, das unser Team abgeschlossen hat. Sekt, Erdbeeren und krampfige Gespräche. Karl hat eine Rede gehalten und den Mitarbeitern für ihren Einsatz gedankt, sich selbst gedankt und versprochen, dass nun wieder ruhigere Zeiten kämen. Alle haben geklatscht und Lia hat mir im Klatschen zugeflüstert: «Genau das Gleiche sagt er jedes Mal.» Dann gab es noch mehr Sekt und irgendwann, als ich sicher schon das dritte oder vierte Glas leer hatte, hat Luis aus dem Marketing von

seiner ehemaligen Nachbarin vom bayerischen Dorf erzählt, die als Seite-Drei-Mädchen nackt in der BILD war. Bei ihm daheim würde man sie nun des Öfteren auf ihre Prominenz als Erotikmodel ansprechen und der Bankberater habe ihr wohl beim letzten Termin etwas kleinlaut die Zeitung und einen Stift zum Signieren hingeschoben. «Ach, vielleicht muss ich doch noch mal umschulen», hat Lia da überlaut gescherzt, «das wäre doch ein Job für mich!» und in einer so selbstdemütigenden Weise auf ihre kaum vorhandene Brust gezeigt, dass es mir in meiner Brust ganz eng wurde. Da hat dann auch der ein oder andere Kollege laut geatmet, aus Peinlichkeit, und dann war es bald vorbei mit dem Sekt.

Das war der Tag, an dem ich verstanden hab, an welchem Punkt Lia wirklich steht. Ich habe die Gläser in die Spülmaschine geräumt und mit einem Mal gecheckt, wie dünn die Luft um sie geworden ist. Wie sehr sie erstickt unter all ihrer Verzweiflung. Das ist eine Erkenntnis, die man nicht einfach so wegsteckt. Mir wär fast eine Sektflöte runtergefallen, so unerwartet kam das: «Meine Kollegin ist depressiv.» Ein Satz wie ein Hammer. Dann habe ich verstanden, dass das «meine» in diesem Satz tatsächlich mich meint: Es ist nicht die Kollegin eines anderen, es ist meine Kollegin. «Hallo, ich bin Hedda, 26, arbeite seit vier Monaten und habe eine depressive Kollegin.» Als ich hier angefangen und meinen ersten Gehaltszettel bekommen habe, war ich erstaunt, dass ich so verdammt viel Geld für die Krankenkasse zahle. Zum ersten Mal ahne ich den Grund: Weil das hier krank macht.

Auf so etwas bereitet einen die Uni nicht vor. Man hat Softskill-Seminare und Computerkurse, macht Workshops zu interkultureller Kommunikation, nimmt an Masterclasses teil und liest sich brav durch die Bestseller der Post-Postmoderne, aber auf so etwas bereitet einen kein Kursus dieser Welt vor. Und auch die Vorwarnungen, wie viel Arbeit das sei und dass man kein Privatleben mehr habe und sich aufreibe, lassen nicht erahnen, wie es ist, in seinem ersten Job in den Abgrund der Büroseele neben einem zu starren. Da stolpert man als Berufsanfängerin alleine rein. Und wenn man stolpert, dann so richtig. So sehr, dass man sich das Knie aufschlägt. Weil man plötzlich verlernt hat, wie das Laufen geht. Einen Fuß vor den anderen, ja aber wie?

Zwei Tage hab ich die Glaswand unseres Büros angeglotzt und mich gefragt, ob ich es ansprechen soll. «Lia, können wir reden?» hätte ich gefragt. «Lia, ich habe das Gefühl, dass es dir nicht gut geht», hätte ich gesagt und dann kluge Dinge darüber, dass es keine Schande sei, eine Depression zu bekommen. Auch nicht mit Mitte 20. Gerade dann

nicht. Hätte die Verständnisvolle gemimt und Lösungsmöglichkeiten aufgezeigt. Hätte Mitgefühl signalisiert, ohne ihr Problem zu nah an mich heranzulassen. All das hätte ich getan, wenn es liefe, wie es einem die Ratgeber im Internet diktieren, wenn man «Kollege mit Depression» googlet. Da klingt es so einfach. Die Schritte von der Erkenntnis des Problems bis zur Lösung des Problems lesen sich, als ginge es um das Papier, das sich im Drucker angestaut hat, nicht um den Gefühlsstau in der Seele: Person aus- und wieder anschalten. Wenn das nicht hilft, Herzklappe öffnen, gestautes Gefühl entnehmen. Klappe verschließen und den Anweisungen auf dem Display folgen. Bei Bedarf wiederholen. Falls sich das Gefühl zwischen Herz und Brust verkantet hat, Techniker anrufen und Termin vereinbaren.

Etwa zwei Wochen später war unser Drucker tatsächlich kaputt. Alle paar Minuten hat jemand deswegen angerufen und nachdem der Zehnte deshalb bei uns war, habe ich statt eines leisen Atmens ein lautes Schluchzen gehört. Das war Lia. Lia, die weinte. Mitten am Tag. Mitten im Büro. Und ich saß da und wusste von all meinen schlauen Ratschlägen überhaupt nichts mehr. Hab den Mund nicht aufbekommen. Hab unbeholfen versucht, sie zu umarmen und es war für uns beide komisch. Hab mich wieder an meinen Platz gesetzt und gesagt «wird schon», als hätte sie einen Schnupfen. Hab zwischen meinem Bildschirm und ihrem Gesicht hin und her gestarrt und mit Blicken versucht zu zeigen, dass ich da bin, dass ich sie wahrnehme. Hab versucht, einen Witz zu machen (sie hat den Witz nicht verstanden). Hab ihr ein Glas Wasser geholt (sie hat nicht getrunken). Hab probiert, den Drucker zu reparieren, als sei das die Lösung ihres Problems (hat sogar funktioniert, hat aber nichts besser gemacht). Und dann, nach ungefähr dreißig Minuten als das Schluchzen schon in ein Winseln und das Winseln in ein Schniefen übergegangen war, hat Lia sich beherzt den Rotz aus dem Gesicht gewischt und gesagt: «Es würde unseren Chef einen Scheißdreck interessieren, wenn ich vor lauter Arbeit umfallen würde. Wenn die mich morgen einweisen, würde niemand kommen und mir einen Präsentkorb bringen. Den kriegen nur die Promis.» Sie hat weitergearbeitet und wir haben einander den Rest des Tages nicht mehr angesehen.

Abends bin ich mit meinem Freund Tarik ein Bier trinken gegangen. In der Kneipe sagt er zu mir: «Du siehst schlecht aus.» Wir kennen uns lang genug, um uns solche Sachen zu sagen. Wir sind uns beim Marx-Lesekreis im ersten Semester begegnet. Drei oder vier Mal waren wir da, haben schneeweiße Nikes getragen und über den Fetischcharakter

der Ware philosophiert. Hinterher waren wir Bier trinken und haben uns über die Leute aus dem Lesekreis lustig gemacht, die über den Apfel auf ihrem Computer einen roten Stern geklebt hatten. War vielleicht etwas gemein, unser Hohn, immerhin wussten die richtig Bescheid über den Marx. Nicht so wie wir: Wir haben gekellnert, haben von der Lektüre nur die Hälfte geschafft und uns geschämt. Irgendwann sind wir direkt nur noch saufen gegangen. Es ist eine Sache, links zu sein, weil man Studentin und arm ist und einen Hass auf das Kapital hat und eine andere Sache, wirklich links zu sein. Wir sind nicht wirklich links, niemand ist wirklich links von unseren Leuten. Wir sind kreativ. Marx war ja auch kein Marxist, hab ich mal gelesen.

Als ich mir auf dem Kneipenklo nach dem zweiten Bier die Hände wasche, gucke ich in den Spiegel und denke über Tariks Worte nach. Recht hat er, ich seh schlecht aus. Teigig. Ein Gesicht ohne Kontur und Farbe. Im Studium war das nicht so. Ich kann nicht genau bestimmen, wann ich angefangen habe, so auszusehen. Ich gucke mich ja jeden Tag im Spiegel an, da nehme ich Veränderungen nicht so wahr. Doch jetzt gerade nehme ich sie sehr deutlich wahr und denk erst «Oh Fuck» und denk dann «Lia». Eigentlich denke ich das schon lange bevor die Sache mit dem Drucker passiert ist – eine kleine Fehlermeldung, die permanent blinkt und die ich beheben will. Ein paar Mal habe ich auf dem Display herumgedrückt, aber jedes Mal die Geduld verloren. So schlimm ist es ja nicht und deswegen blinkt es immer noch und ist plötzlich doch schlimm, weil ich es jeden Tag ignorieren muss und auch das irgendwann anstrengend ist.

«Meine Kollegin ist krank», sage ich zu Tarik, als ich von der Toilette komme und wir noch eine Runde bestellen. Und dann erzähle ich von ihrer Depression. Davon, wie Lia atmet, wie sie schaut, wie sie spricht. «Tja, so ist die Branche», murmelt Tarik gleichgültig am Ende meines Monologs, während er die Hälfte seines Pils in einem Schluck wegzieht, «wir schuften in den Fabriken des 21. Jahrhunderts.» Ich lache und nicke zustimmend und weiß, dass das eigentlich Quatsch ist, weil die wirklichen Fabriken in Bangladesch stehen und wir, wir sitzen im gläsernen Käfig und ahnen noch nichts von der gläsernen Decke. Noch saufen wir auf der Wiesn munter mit unseren Chefs und kapitalisieren jeden unserer Gedanken.

Ob ihn das nicht wütend mache, frage ich Tarik, dass man alles immer verwerten müsse, dass man nicht mehr lesen oder grübeln könne um des Lesens und Grübelns willen, sondern weil es nützlich

ist, verwertbar, skalierbar. Er zuckt die Schultern. Er ist schon länger dabei, er kennt das seit zwei Jahren. «Ich bin jenseits der Wut», sagt er und unser Bier ist schon wieder leer. Tarik gibt uns einen teuren schottischen Whisky aus und ich ahne, warum er nicht wütend ist: Weil er Geld hat. Weil er und ich zu den Glückspilzen gehören, die Kohle verdienen. Zwei Arbeiterkinder mit Uniabschluss. Wir gehen zu Klassentreffen und sind nicht Taxifahrer geworden mit unserer Geisteswissenschaft, sondern machen etwas Cooles, bei dem es um Ideen und Design und «the next big shit» geht. Wir haben eine Visitenkarte mit Wasserzeichen und fahren auf Messen, wo wir die tatsächlich wichtigen Leuten in die Hand drücken und die uns dann bewundern, weil Wasserzeichen ziemlich schick sind. Wir sind gut angezogen und können es uns leisten, aus unserem Alkoholismus ein Hobby zu machen. «Marx hat auch Whisky gemocht», sagt Tarik, «der hat ihn sogar so gern gemocht, dass er sein Haustier so genannt hat.» Wir ordern direkt noch einen zweiten. Und dann noch einen dritten. Und dann noch mal ein Bier.

Ich wache auf mit Kater und mit Husten. Ich bin offiziell in dem Alter, wo ich vom Saufen krank werde. Ich schleppe mich trotz allem ins Büro, weil eine wichtige Abgabe ansteht, und bin ein bisschen gemein zu Lia, denn ich finde, dass sie schuld ist an diesem Hangover. Sie merkt nicht, dass ich gemein bin – ich tue ja freundlich. Ich stimme in ihr Gejaule ein und stachle sie auf. Ich will sehen, wie sie irre wird. Man muss die Leute schon ein bisschen piksen, damit sie explodieren. Und ich will, dass sie explodiert. Dass sie einen Locher nach jemandem schmeißt oder der Praktikantin an den Haaren zieht, weil das so schön dramatisch ist. Das passiert aber nicht. Später auf dem Heimweg schäm ich mich für meine Gedanken und finde, dass es mir recht geschähe, wenn ich mit meinem Fahrrad auf der regennassen Straße ausrutschen und auf die Fahrbahn knallen würde. Das passiert aber auch nicht.

Der Kater geht weg. Der Husten bleibt. Es ist die fiese Art von Husten, die einen nicht schlafen lässt. Ich liege im Bett und mich schütteln Gedanken. Gedanken an Lia, an den nächsten Korrekturlauf, die nächste Abgabe. Dieses Mal warte ich nicht eine Woche auf Besserung. Ich gehe direkt am Tag darauf zu der netten Ärztin, die festgestellt hat, dass ich allergiebedingtes Asthma habe und hoffe, dass sie wieder irgendwas Aufregendes in meinen Bronchien findet. Sie findet aber nichts. «Stress», meint sie nur als Diagnose. Dabei dachte ich, ich sei resilient. Sie haben mich doch mit Motivation geimpft. Und

trotzdem hat es übergegriffen auf mich. Übergriffige Lia. Hat mich in ihren Sumpf gezogen. Wie damals am See, als ich noch ein Kind war. Da ist ein Junge vom Steg ins Wasser gefallen und hat mich mitgezogen in seiner Panik. So mussten sie zwei Kinder vorm Absaufen retten statt nur eins. Hätte neben uns noch jemand gestanden, ich hätte versucht, mich an der Person festzuhalten und sie hätten drei aus dem Wasser ziehen müssen. Hätten dort unendlich viele Menschen gestanden, wäre die Rettung unendlich gewesen. Alles nur, weil die Ertrinkenden nicht rational sind.

Ich frage meine Ärztin, ob ich auch dagegen inhalieren kann. «Na ja, ideal ist das nicht, aber wenn sie sonst nachts kein Auge zukriegen …» Sie verschreibt mir ein zweites Asthmaspray speziell für die Nacht und rät mir, im Sitzen zu schlafen. «Wie die Könige von England, wissen Sie. Die haben früher im Sitzen gepennt, weil sie abends so viel gefressen haben, dass das besser für die Verdauung war.» Ich schlafe in den kommenden Nächten also wirklich sitzend und es funktioniert auch, aber davon wird mein Nacken steif. So steif, dass ich mich, wenn ich mich zu jemandem herumdrehe, nur noch mit dem ganzen Oberkörper wenden kann und dabei ein bisschen aussehe wie die Queen, wenn sie der Menge ihrer Untertanen aus einem Auto heraus langsam zuwinkt. Ich bin wütend auf Lia, wir reden im Büro nur noch das Nötigste.

Abends rufe ich Tarik an, erzähle ihm, dass ich nachts Lady Di bin und mein Rücken schmerzt.

«Ein Boxspringbett müsste man haben», scherzt er.

«Das löst meine Probleme auch nicht.»

«Ich weiß …»

«Scheiß Lia.»

«Vielleicht musst du das einfach anders betrachten. Es mehr aus dem System heraus denken. Das ist, als würde man sich den kleinen Zeh brechen: Eigentlich hat man sich nur den äußersten kleinen Zeh gestoßen, aber das Fleisch drumherum tut halt trotzdem weh, weil die Schwellung so dick ist.»

«Du meinst also, Lia ist der kleine Zeh?»

«Genau. Und du bist der Zeh daneben. Und der Körper, der große Organismus, das wäre eure Firma. Und die krankt. Aber eben an den Rändern. Systeme kranken immer an den Rändern, sonst wären sie keine Systeme, sondern nur Chaos.»

Ich spüre, dass Tarik versucht, hilfreich zu sein. Aber es hilft nicht. Eine Metapher ist eine Metapher, aber ich kann mich selbst nicht mehr

als Bild begreifen. Wenn man drinsteckt, ist man kein Bild, man ist einfach. Da bringt es nichts, sich wie ein kleiner Stern im Universum zu fühlen, sich am eigenen Schopf aus dem Teich zu ziehen, das innere Kind zu umarmen, sich jeden Tag demütigt und steifnackig vor dem Universum zu verneigen. Das sind Bilder, nichts als Bilder, nur sind die genauso schief wie meine schmerzende Wirbelsäule und auch die ist schon wieder nur eine verdammte Metapher für etwas Größeres. Das, was wehtut, ist das Leben. Dieses tägliche Vor-sich-hin-Leben.

Es tut weh, weil ich weiß, dass ich mal an einem anderen Punkt war. An einem Punkt, wo ich Abstand halten konnte zu mir selbst. Eine kleine Lücke zwischen mir und mir schaffen. Klein genug, dass ich noch herüber schreiten konnte, aber groß genug, um fasziniert zu sein vom seltsamen Wesen «Ich». Das ist, was die Uni lehrt – Dinge auseinandernehmen. Erst ein Buch, später eine Theorie, irgendwann, zwischen der dritten und der vierten Verzweiflung über einer Hausarbeit, sich selbst. In analytischer Klarheit das Eigene beobachten. Nach sechs Jahren der sezierenden Kontemplation über das Ich und den Text hat mich die Alma Mater in den ersten Job entlassen und es ist, als würde ich ein zweites Mal daheim bei Mutti ausziehen. Keine Selbstanalyse mehr, nur Marktanalyse, aber das machen die Kollegen, die gut in Mathematik waren. Kein Das-Problem-von-außen-Betrachten. Nur noch Drinstecken. Feststecken.

Je mehr wir feststecken, umso lauter wird Lias Atem. Ich huste laut, sie atmet lauter, ich huste noch lauter und sie atmet am Lautesten. Die ewige Feedbackschleife des Röchelns. Die Luft steht und brennt zwischen uns. Das ist komisch, denn Lia ist neuerdings viel weniger da als sonst. Sie schleicht zur Zeit manchmal heimlich weg. Erst war sie nur auf ein oder zwei Stunden nicht da, jetzt sind es halbe Tage. Sie habe einen Termin, ob ich im Büro bleiben könne, damit jemand da ist, fragt sie dann und es klingt geheimnisvoll. Es bleibt mir nichts anderes übrig, als zuzustimmen. Eigentlich haben wir hier Vertrauens- arbeitszeiten – unser Chef vertraut darauf, dass von 9 Uhr morgens bis 19 Uhr abends jemand da ist, komme was wolle. Wenn Lia nicht da ist, muss ich da sein. Also muss ich verdammt viel da sein. Und verdammt viel tun, weil Lia ihre Aufgaben nun statt schlecht einfach gar nicht mehr macht. Ich habe zwei To-do-Listen: Eine normale und eine für Lia. Ich versuche fair zu sein und arbeite Punkte von beiden Listen ab, als würde ich ihr was schulden, als würde ich damit bei ihr punkten. Tu ich nicht. Sie erwartet es schlicht von mir oder bekommt es nicht einmal mit, so genau kann ich das nicht sagen. Wenn sie ins Büro

kommt und ich ihr aufzähle, welche unserer Aufgaben ich alle schon erledigt habe, sagt sie nur «Ah, schön», atmet laut, schaltet den PC an und leidet.

Ich zieh mir eine Mischung aus Asthmaspray, Hustenstiller und Lutschtabletten rein, schmier mir Tigerbalm in den Nacken und schlafe manchmal nach dem Mittagessen vor dem Bildschirm ein, so erschlagen bin ich von all den Medikamenten in der letzten Zeit. Meine Kollegen nennen mich liebevoll «die Japanerin», weil sie das in Japan wohl auch so machen: Da schlafen sie im Büro vor den Computern als Manifestation ihrer harten Arbeit. Müde lächelt die Idee eines langen Urlaubs zu mir rüber aus dem Land der aufgehenden Sonne, doch ich bin zu erschöpft, um mich konkret um Urlaub zu kümmern, weil in meinem Land die Sonne nie mehr untergeht. Ich arbeite an manchen Tagen zwölf oder dreizehn Stunden, um alles fertig zu bekommen. Zwischendrin spekuliere ich, was Lia wohl macht in all der Zeit, in der sie nicht da ist.

«Ich wette mit dir, die schlägt auf die Autos fremder Leute ein, wenn sie nicht im Office ist», sage ich zu Tarik, als wir wieder einmal telefonieren, und meine das so ernst, dass es mich selbst gruselt.

«Ja ja und am Wochenende quält sie Kinder ...», kontert Tarik genervt. Er ist zur Zeit oft genervt. Eigentlich immer schon, wenn er ans Telefon geht. Da ist etwas im Ton seiner Stimme, das sagt: «Nicht schon wieder.» Er weiß schon, dass ich anrufe, um über Lia zu schimpfen. Trotzdem geht er ran und hört, was ich zu sagen habe. Weil er unendlich nett ist. Ich weiß das und nutze es aus und habe ein schlechtes Gewissen.

«Weißt du, Hedda, es bringt nichts, darüber zu fantasieren, was deine Kollegin macht bei ihren «Terminen'. Das zieht nur unnötig Energie. Du jammerst permanent, weil es stressig ist, aber verschwendest dann deine Gedanken auf so was.»

«Ich verschwende meine Gedanken nicht. Ich habe ein Recht zu wissen, was sie macht. Ich rette ihr jeden Tag den Arsch.»

«Du hast überhaupt kein Recht dazu. Leute machen jede Menge Sachen, die uns nichts angehen. Und wenn es dich so sehr interessiert, dann frag sie doch einfach.»

«Die würde mich doch eh nur anlügen.»

Sag mal, hörst du eigentlich, was du da sagst? «Die würde mich doch eh nur anlügen», Tarik macht meine Stimme nach. Er kann es erschreckend gut. «Manchmal glaube ich, gar nicht diese Lia ist das

Problem, sondern du. Es geht um nichts anderes mehr als um diese Person. Vielleicht musst du einfach einen Gang runterschalten. Hör mal auf, so durchzudrehen.»

Das sitzt. Das ist also die berühmte verbale Ohrfeige, von der Leute sprechen. Ich will sagen, dass ich überhaupt nicht durchdrehe. Ich kann es nicht, weil es ein bisschen stimmt. Weil ich wirklich durchdrehe. Weil ich sogar überlege, Lia nachzuschleichen zu ihren «Terminen». Wie eine richtige Geheimagentin. Als informelle Mitarbeiterin unseres eigenen Unternehmens. Ein bisschen wilder Osten in den Büroräumen über Münchens Dächern. Ich schäme mich, weil meine Gedanken so klein sind. Ich entscheide mich, Lia nicht nachzuspionieren. Das wäre so ziemlich das Ende der Würde. Von der hab ich eh nicht mehr viel – ich kann zwar dank des Tigerbalms den Kopf wieder drehen, aber jetzt hab ich Ausschlag am Nacken von der Salbe und kratze mich dauernd. Kratzen ist nicht würdig, vor allem nicht mit einem Lineal, das man unter den Pullover schiebt, weil man so am besten an die juckende Stelle zwischen den Schulterblättern kommt.

«Hm, wo ist denn die Lia?» fragt Karl, als sie mal wieder ein Meeting verpasst. Ich fasle schnell etwas von einem Arzttermin, damit sie keine Schwierigkeiten bekommt. Das Gesicht meines Chefs sagt, dass er mir nicht glaubt. Es ist ihm natürlich aufgefallen, dass sie neuerdings oft fehlt. Tja, der fände das sicher gut, das mit dem Bespitzeln. Der will Rapporte, solange man «Junior» ist. Wir vereinbaren Ziele und wir dokumentieren, ob wir sie erfüllen. Alle Vierteljahre geht das so. Jedes Mal, wenn man einer Prüfung standgehalten hat, ist die neue schon in Sicht. Lia nennt es «das ewige Abitur». Wie gut, dass all die schlimmen Fächer von damals nicht mehr abgeprüft werden, denke ich und stelle fest, dass die Fächer heut viel schlimmer sind. Karl ist bei dem Meeting, bei dem Lia fehlt, gedanklich wieder in der Mittelstufe angekommen: Er begleitet seinen Teenager-Sohn seit einiger Zeit auf die Demos von Fridays for Future. Nicht aus Überzeugung, natürlich nicht, unser Chef sieht zu gut aus im Anzug, um Straßenkampf zu machen. Ein smarter Typ Mitte 40, der sehr schnell Karriere gemacht hat. Er geht dahin, weil das «kreative Leute» sind, die Demonstranten, kreative Leute mit «guten Ideen». «Wir brauchen mehr solche Ideen», sagt er und wir alle überlegen angestrengt, wie wir es schaffen könnten, noch einmal fünfzehn zu sein. «Man muss einfach nur überfordert sein, dann ist es wieder so wie mit fünfzehn», werfe ich heiter in die Runde und es ist für eine

sehr lange Minute sehr still. Nach dem Meeting kommt Karl in mein Büro, guckt auf Lias leeren Platz, guckt mich an und sagt: «Was auch immer das zwischen euch ist, klärt es.» Er verschwindet, ich huste und weine und würde gern Tarik anrufen, aber der geht seit einigen Tagen nicht mehr an sein Handy.

Kurz vor Ostern sagt Lia, was Sache ist: Sie hat einen neuen Job. Zu Pfingsten geht es los. Das also sind ihre Termine. Besprechungen beim Feind. «Alles viel demokratischer dort», erklärt sie und seufzt, «ein ganz anderes Arbeiten.» Uns ist beiden klar, dass es eine Selbstlüge ist. Dass die Hölle zwei Straßen weiter nur anders ist – andere Sünder, gleiche Kreise, gleiches Gedanken-Kreisen, gleiches selbstreferenzielles Drehmoment: Wir sind die Geilsten, hoffentlich merkt's einer. Ich kriege einen Hustenanfall, wir arbeiten weiter.

Danach geht die Phase der Übergaben los. Wir betreuen dieselben Projekte, trotzdem müssen eintausend Dinge übergeben werden. Als sei es ein Staatsakt, als würde man die BRD und die DDR zusammenführen, nur dass wir gründlicher sind als Wolfgang Schäuble und Günther Krause. Lia erklärt mir ganz genau, was sie wie wo in welchem Dokument gemacht hat und ich denke: «Ich weiß, ich habe ja heimlich deine Fehler korrigiert.» Ich sage aber nichts, lächle und murmle Sätze wie «Danke, dass du mir das gezeigt hast, dadurch habe ich noch mal voll viel gelernt.» Ich meine das nicht so, aber ich ahne, dass man sich in unserer Branche immer zwei Mal begegnet und es nicht schaden kann, ihr etwas Honig ums pickelige Maul zu schmieren. Schmeckt und glättet die Sorgenfalten, zumindest bei den älteren Kollegen. Die geben unfassbar viel Geld für Cremes aus. Kuren. Nahrungsergänzungsmittel. Homöopathie. Manchmal denke ich, wir arbeiten nur, um uns Kram zu kaufen, der unsere Arbeitsfähigkeit bewahrt. Früher haben wir uns über Bücher gefreut, heute freuen wir uns über eine Gesichtsmaske mit kaltgepresstem kretischem Olivenöl. Tja, vermutlich hätten wir doch mal Marx lesen sollen anstatt saufen zu gehen.

Zum Abschied stelle ich für Lia also tatsächlich einen Präsentkorb zusammen. Ich habe Geld in der Abteilung gesammelt und bin ratlos. Ist ein Entspannungsbad als Geschenk schon eine Beleidigung für jemanden, der eine Depression hat? Am Ende kaufe ich einfach irgendwas: einen Handbalsam aus der Apotheke, eine Wellnesskerze, die 20 € kostet, eine Badebombe aus biologischer Herstellung. Dazu einen Prosecco, Lias «kleines Stück Italien», wie sie es nennt, wenn sie Mittwochmittag vorm PC den ersten Piccolo aufmacht und bis Freitag

vier weitere folgen. Am Schluss bestelle ich noch ein Buch für sie: «Und du bist nicht zurückgekommen» von Marceline Loridan-Ivens, ein trauriger Text über eine Tochter und einen Vater im Konzentrationslager. Lia – die studierte Historikerin – hat mal bei einem Umtrunk erzählt, dass sie das Thema von allem in der Welt am meisten interessiere. Jeder hat ja so seine Hobbys.

Unser Chef hat eine Karte gebastelt, die wir alle unterschreiben: Aus der BILD hat Karl das Seite-Drei-Mädchen ausgeschnitten und drunter geschrieben: «Du bist unser Nummer-Eins-Mädchen». Findet er witzig. Findet Lia nicht ganz so witzig. Als er beim Abschiedsumtrunk eine kleine Rede auf sie hält, starrt sie grimmig in die Ecke. Dann packt sie den Präsentkorb aus, blättert ratlos durch das Holocaust-Buch und sagt «Schön, vielen Dank.» Sie wird es nicht lesen. Wir essen schweigend sehr trockene, vegane Muffins, die Lia zum Abschied gebacken hat, später räume ich in unendlicher Langsamkeit Kuchenteller und Kaffeetassen in die Spülmaschine, während sie ihren Schreibtisch ausmistet. «Alles Mist» sagt sie, wirft in den Müll, was ihr in die Finger kommt, und packt nur ein paar Fotos und ihre halb vertrocknete Pflanze in einen kleinen Umzugskarton.

Irgendwann ist der Moment gekommen, sich zu verabschieden. «Viel Spaß bei der Konkurrenz», sage ich. Wir umarmen uns unbeholfen. Lia nimmt ihre Sachen und geht gebückt den gläsernen Gang entlang. Es ist Freitagabend, 19 Uhr, es ist still im Büro und ich kann zum ersten Mal seit Monaten laut ausatmen. Dann muss ich husten und kann nicht mehr aufhören.

IN PRINCIPIO ERA IL BIANCO
MADDALENA FINGERLE

Cammino e arrivo all'angolo dello stradone, giro a destra, nella stradina che porta all'Accademia. Com'è possente, com'è bella, com'è bianca. Come mi è mancata, l'Accademia. Il bianco con il passare del tempo si annerisce, diventa tossico, falso.

Mi fermo sul primo gradino, la guardo, mi siedo. Poco più su vedo una nuvola di capelli voluminosi, gassosi, me la ricordo mentre mi porge una sigaretta, mi avvicino, prendo la sigaretta, fumiamo e ci guardiamo in silenzio per qualche secondo. Sopra di noi un cavaliere in bronzo ci sovrasta. È verde rame. La conoscevo, una volta. Sì, era amica del tassista, lei, una volta. Eravamo amici, tu e io, le dico. È finita, mi dice lei. Fa una pausa, si guarda intorno, riprende a parlare con voce sottile. Dodici anni, un bel ricordo, sussurra ora, lo sguardo nel vuoto. È caduta nel vuoto, lei, una volta. Spesso parlo da sola, per imbarazzo, in momenti come questi, mi dice con voce nuova, più dura, con lo sguardo verniciato. Diventa rossa come il lungo abito di seta che indossa. Un rosso da vino, brillante e fermo, stabile, lucido. Basta uno sguardo, le dico io. L'Accademia mi mancherà, mi dice lei, è strano però perché non sento niente, è finita e io non sento niente, niente, niente, assolutamente niente. Come sarebbe bello, vorrei dirle, ma non lo dico. Lei parla e io non rispondo, non posso dirle più niente. Mi ricordo di quando la disegnavamo, quando ancora non eravamo capaci di disegnare, quando ancora eravamo giovani e forse eravamo più capaci di oggi, forse non a disegnare, ma eravamo liberi. Quando lei, viva, timida e sfacciata, si presentava alla classe, faceva scivolare a terra le vesti che la coprivano e lasciava che noi la osservassimo, la studiassimo, ne analizzassimo le fattezze fino ai più piccoli e insignificanti particolari, sì, perché erano proprio i più piccoli e insignificanti particolari a fare di un disegno un buon disegno e di una persona qualsiasi una persona particolare, riconoscibile. Come lei, che

se non avesse quelle orecchie enormi e leggermente a punta magari nemmeno riuscirei a riconoscerla. O quel neo nell'occhio che mi veniva sempre da chiederle se le facesse male, se lo sentisse, ma non lo feci mai: è una domanda cretina.

Sai che parlo anche io da solo, ora? Ma non per altro, eh, è solo che nessuno vuole ascoltarmi, perché altrimenti ci parlerei, con gli altri. Forse, o almeno: credo. Oddio, forse anche no. Però se mi ascoltassero, se solo capissero, ma sai, è complicato, bimba, le dico, e lei è infastidita perché odia quando la chiamano bimba, ma non mi dice niente, non ne è capace. Non ne è mai stata capace, non è mai stata capace di dire e io sono uno stronzo perché lo faccio apposta a chiamarla bimba, volevo vedere se aveva imparato e no, non ha imparato e nemmeno io ho imparato. La vita non è fatta per imparare, per andare avanti, per migliorare. La vita non è fatta per fare niente. E mentre non faccio niente le racconto tutto, così, con grande superficialità e banalità, con grande capacità di sintesi le racconto del blu, di quando mi sono immerso dentro a quel blu fresco e brillante e la cercavo e lei non c'era. Le racconto anche del bruno, del bagno che ho fatto quando mi sono immerso, a occhi chiusi, nel bruno caldo e cupo e lei non c'era e mi bruciava la pelle. Non le chiedo spiegazioni, le persone intelligenti lo sanno che non ci sono spiegazioni e che non ha senso chiederne, sono sempre e solo bugie, le spiegazioni: lo sanno tutti, anche gli stupidi. Non voglio dirle bugie, a lei no, a nessuno, mai più. Ora le dico tutta verità, invece, le racconto delle guerre, le dico che mi vergogno, che mi faccio schifo, che avrei voluto salvarla, che avrei voluto proteggerla, ma ero come lei, le dico che è finita e che anche io non sento più niente, niente, niente, le dico che mi dispiace, che ero e sono come lei, che non potevo proteggerla, io. Siamo uguali, noi due. Ma lei non mi risponde, mi fissa e poi mi sussurra all'orecchio che era troppo bello per essere vero e sparisce così, correndo veloce lungo la scalinata. Un rosso deciso, caldo e morbido, che svolazza sul freddo bianco del marmo. Mi giro e guardo l'unico luogo in cui avrei potuto avere una casa. Guardo il cavaliere verde rame, lecco il bronzo freddo e umido e mi rendo conto che non è mai stata casa mia, che non lo sarà. Una casa verde fatta di cavalletti e cavallette, io sarei stato il Signore e il Re della mia nuova, della mia prima, della mia unica casa. Avrei dipinto e disegnato tutto il giorno, dimenticandomi di mangiare, di bere e di pisciare e avrei mangiato, a notte fonda, cavallette fritte, mi sarei saziato lo stomaco attraverso gli occhi, avrei leccato il sudore che mi avrebbe tolto la sete e sarei stato felice. Sarei stato anche ingenuo e avrei fatto

domande fuori luogo e imbarazzanti, ma ora è troppo tardi, per tutto ciò.

Decido di entrare. I muri sono altissimi e io ormai cammino senza contare, senza cantare, senza pensare: salgo la scala e arrivo nell'aula piena di studenti, ma non posso più fare lezione, era così frustrante, così faticoso, così doloroso, fare lezione, io non ho domande e loro non hanno risposte, loro non hanno domande e io non ho risposte, mi dispiace, ma è così. Esco velocemente, sono di cattivo umore e vado al cesso, mi sto per aprire la cerniera per pisciare quando vedo un mio vecchio amico. Lo incontro. È proprio lui, al cesso dell'Accademia. In realtà non ho amici, sono molto solo, ma lui era uno di quelli con cui si poteva parlare per davvero e mi piaceva da matti batterlo a scacchi, ero l'unico che ci riusciva e tutti parlavano di questa stupidaggine, io lo stimavo, lo idealizzavo, sì: come un coglione io lo idealizzavo. Forse mi piace chiamarlo amico, nella mia testa, perché così sembro meno un coglione. Se mi avesse chiesto di spaccarmi la faccia contro una tela bianca io l'avrei fatto e non sarebbe stato grave, se solo lui non me l'avesse chiesto, se solo io non l'avessi fatto, se solo ora la mia faccia non fosse più quella di una volta perché è rimasta intrappolata in quella tela polverosa. Lo saluto, gli dico ciao, lui si chiude la cerniera delle braghe, si gira, mi guarda con la fronte aggrottata: fatica a riconoscermi, non ci riesce proprio e io ci rimango male. Per ostinazione non gli ricordo il mio nome, non glielo dico, non lo aiuto, no, non lo aiuto manco morto, non mi va, non è giusto, non si fa così. Siamo entrambi in piedi, ci fissiamo, nel cesso dell'Accademia. Lui è imbarazzato, si vede, ha la smorfia di quelli che stanno per dire che sono in difficoltà, che proprio non ricordano, ma io non ho pietà e aspetto e in fondo ci spero e faccio bene perché poi ce la fa da solo, per fortuna, e dice il mio nome come un amico che riconosce un amico e mi abbraccia. Il problema è che quando uno non sta bene tu lo puoi abbracciare solo se sei sicuro che quell'abbraccio scioglierà i grumi di ghiaccio che ha dentro, altrimenti crei un malinteso. Lui non è sicuro, non può esserlo, anzi no: a lui non interessa niente, lui vive per sé, da sempre, ma io ancora dipendo da lui, dopo tutti questi anni mi accorgo che dipendo ancora da lui perché sento che mi manca, mi manca tutto di quelle conversazioni, di quella capacità che aveva solo lui di capirmi e farmi capire le cose, di farmi bruciare per un colore fatto bene, solo lui capiva che colori farmi usare. Da solo non ne ero capace o mi convincevo di non esserlo.

Un giorno mi fece fare una cosa bellissima e bruttissima insieme, mi ricordo. Con lui il mondo andava al contrario, ovvero nella direzione giusta per me, sempre che esista una direzione e che esista una direzione giusta. Mi diede una tela divisa in venticinque quadratini. Mi disse: scegli i colori che ti piacciono di più. Fu una scelta semplice, quella. Fu più difficile quando, la settimana dopo, mi disse: scegli i colori che ti fanno più schifo. Rimasi ore a fissare i colori, poi con rabbia ne scelsi venticinque e senza neanche aspettarlo li gettai sulla tela con foga, come quando schifato facevo l'amore con il mio amico famoso, ma non abbastanza famoso da riuscire a cambiare il mondo anche perché nessuno può cambiare il mondo, men che meno il mio amico famoso. Sentivo le lacrime nello stomaco e mi faceva schifo tutto e i colori mi ricordavano la terra di quando avevo la faccia lì, nel bruno grumoso di un colore mal fatto. Quando tornò non ebbi il coraggio di guardarlo negli occhi, gli fissavo la pelata lucida. Mi disse, mentre spostava con due mani e tutta la forza che aveva, rumorosamente, la tela dei colori schifosi per metterla vicino a quella dei colori belli, che era esattamente quello che voleva farmi capire. Uscì senza dire altro, con passo leggero, non lo sentivo, non mi importava niente che se ne andasse. Rimasi solo in quell'aula, davanti alle due tele. Era bellissima, quella dei colori schifosi, l'altra invece era mediocre: la cosa più mediocre che avessi potuto fare e che effettivamente feci nella mia vita. E oggi, nel cesso lurido dell'Accademia, lui, il mio maestro svizzero non mi riconosce, poi si ricorda o fa finta, mi abbraccia, ma i miei grumi di ghiaccio bruni e terrosi non li puoi mica sciogliere, bimbo, sono cristallizzati, non esistono soluzioni e così mi fa solo peggio, ma a lui non importa niente. Gli dico a bassa voce che mi ricordo perfettamente della tela dei colori schifosi, ma lui no, non si ricorda più, ne avrà fatte altre mille con mille altri allievi, ora lo odio per davvero e gli dico che non può essersi dimenticato così di me. Mi dice che devo calmarmi, che non devo prendermela, non mi devo offendere e non capisce che io non sono offeso, io ci sto male, che è diverso, non me la lego al dito, ci soffro, non sono offeso, lo giuro, e gli urlo in faccia, sputazzandogli gli occhialetti tondi e perfettamente puliti, che lo so che cosa voleva dimostrarmi, quella volta e queota volta, ma c'è modo e modo e non è un gioco. Vorrei rimangiarmelo, quel ma c'è modo e modo e non è un gioco, perché non è vero, perché non lo penso, perché non è di certo quello il punto, io me ne strafotto del modo e del gioco, ma non so più qual è il problema, non lo capisco mai quale sia il cazzo di problema, da solo, so solo che sto male e tanto

basta a fare casino, adesso. Forse è tutta colpa mia, penso, e per non pensarci conto. Mi chiede: cosa volevo dimostrare, secondo te, eh? Urlo che la creatività nasce dal dubbio, la voce mi esce direttamente dalla pancia, poi dalla gola e urlo che la creatività nasce dalla paura, dall'insicurezza, dall'odio, dall'ansia, dal dolore, dall'imbarazzo. Lui annuisce, sorridendo, e mi dice: allora dipingi, coglione.

Io non mi faccio pregare e prendo dalla sua cassettina marrone di legno laccato dei colori a olio puzzolenti del cazzo i tubetti più schifosi che trovo e gli dipingo la sua faccia di merda tonda come una luna e gli butto il blu negli occhi e il rosso fermo sul naso, il giallo acido sulle guance. Pagliaccio che non sei altro. Ridicolo. Se faccio girare una ruota colorata alla velocità giusta diventa bianca e in principio era il bianco, come diceva sempre lui, Dio ha creato il bianco, e potrei far girare la sua cazzo di testa a luna, tutta colorata, finché diventa bianca oppure potrei mischiare tutto finché diventa sporco, un grigio sporco. Il piombo bianco è tossico, mi diceva allora, nel salotto di casa sua, circondato da ragazzini, ti avvelena, mi diceva, ti rende pazzo, mi diceva. E lui era così bianco. Il bianco con il tempo diventa nero, marcisce, si mostra per quello che è: metallico. Tossico. Solitario. Isterico. Falso. Cattivo. Prendo il bianco titanio dalla cassetta dei colori del maestro, è pastoso e caleidoscopico e stride e mi fa schifo e lo premo contro la sua bocca lurida che si socchiude e poi si apre e scopre una serie di denti marci, direttamente dal tubetto gli spremo il bianco dentro, così senti che cosa si prova, stronzo, e poi lo abbraccio come lui ha abbracciato me e me ne vado, sì, mi giro e me ne vado. No, non posso andarmene così, torno indietro, gli stampo un bacio sulla bocca piena di colore che fuoriesce e non smette più di colare e me ne prendo un po' anche io perché mi sento in colpa e perché è giusto così, ingoia, stronzo, gli dico poi, mentre i suoi occhi si velano e forse piange o forse vomita, non lo so, perché me ne vado, sì, questa volta me ne vado per davvero, esco dal cesso, esco dall'Accademia, saltellando esco dall'edificio. Me ne vado, esco dalla non casa che mi ha rovinato, mi ha logorato, mi fatto ammalare e mi ha fatto impazzire e cerco lei, solo lei, cerco solo quei capelli gassosi per fermarla mentre scappa e per dirle io ti guardo o non ti guardo, levo lo sguardo, se lo vuoi. Per dirle ho vendicato te, ho vendicato me, siamo al sicuro, adesso. Ma non la trovo, non c'è più, è troppo tardi. C'è un'ombra rossa. Quando chiudo gli occhi e ricordo c'è solo un rosso deciso, in movimento, nel nero della mia mente che una volta era bianco.

DAS TANDEM CAROLINA HEBERLING UND MADDALENA FINGERLE

Wir haben uns beide nach einem langen Gespräch dazu entschieden, die freie Nacherzählung als Form der Übertragung zu wählen, weil wir es sehr reizvoll fanden, die Geschichten auf diese Art näher an uns heranzuziehen.

Im Prozess dieses Übersetzens und Fortschreibens standen wir eng miteinander in Kontakt, um sicherzugehen, dass sich die andere im Geist ihres Textes nicht missverstanden oder verraten fühlt. Wir sind mit den Nacherzählungen zufrieden, weil sie uns gezeigt haben, wie unterschiedlich man im Lesen und Schreiben einen Schwerpunkt setzen kann, ohne den Kern einer Idee zu verlieren.

In der italienischen Nacherzählung von «Atmen» hat sich die Handlung von der Kreativbranche in Deutschland in einen Verlag in Italien und von der Außenwelt der Protagonistin in ihr Innenleben verlagert. Der Text problematisiert dadurch das Stigma der mentalen Krankheit, indem er sie relativiert. Die Liebe zur Sprache und zur Macht der Buchstaben wird in diesem Kontext stark gemacht. Wir haben uns entschieden, dass Tarik, der Freund von (H-)Edda, aufgrund dieser Fokussetzung nicht mehr auftaucht, weil er – im Vergleich zum deutschen Text – eine Nebenrolle gespielt hätte, die Maddalenas Text nicht gebraucht hat.

In der deutschen Nacherzählung von «In principio era il bianco» wurde aus der schönen altehrwürdigen Kunstakademie eine Hochschule im Betonbrutalismus der 70er Jahre. Der Text hat einige der Fäden, die der italienische Text zart und verdichtet angelegt hat, neu miteinander verwoben und konkretisiert – im Text ist nun klar gesagt, dass der Professor, der seine Macht missbraucht, auch die junge Frau, die für die Klasse als Akt Modell sitzt, unterrichtet. Zudem haben wir uns entschieden, dass der Lehrer in der Art, wie er von Carolina beschrieben wird, nicht mehr an die historische Person Johannes Itten erinnern soll, der in Maddalenas Vorlage ja als Projektionsfläche des Protagonisten fungierte.

IL TANDEM CAROLINA HEBERLING E MADDALENA FINGERLE

Dopo averne parlato a lungo, entrambe abbiamo scelto la rinarrazione libera come forma di trasposizione testuale perché ci sembrava particolarmente affascinante far così nostre le storie.

Nel processo di traduzione e riscrittura siamo state in stretto contatto l'una con l'altra perché volevamo essere sicure che nessuna si sentisse fraintesa o tradita sul senso del testo. Siamo soddisfatte delle rinarrazioni perché ci hanno mostrato quante possibilità esistono per dare importanza a diversi aspetti senza che cambi però il senso principale dell'idea.

Nella rinarrazione italiana di «Atmen» l'ambientazione si è trasferita dall'ambito creativo della Germania in una casa editrice in Italia e dal mondo esteriore a quello interiore della protagonista. Il testo problematizza lo stigma della malattia mentale relativizzandola. In questo contesto si è data importanza all'amore per la lingua e per il potere delle parole. Abbiamo deciso di non far comparire il personaggio di Tarik, amico di (H-)Edda, perché in quello italiano avrebbe avuto un ruolo marginale di cui non c'era bisogno nel racconto di Maddalena.

Nella rinarrazione tedesca di «In principio era il bianco» l'antico e bell'edificio dell'Accademia diventa un'università di cemento brutalista degli anni Settanta. Il testo riprende alcuni fili del racconto italiano, lì delicati e fitti, per sistemarli in un altro ordine, concretizzandoli – nel testo ora viene detto esplicitamente che il professore che abusa del suo potere è maestro anche della giovane donna che gli fa da modella. Inoltre abbiamo deciso che il maestro descritto da Carolina non ricorda più la figura storica di Johannes Itten, che nell'originale di Maddalena serviva come proiezione del protagonista.

PENSARE PAROLE

M A D D A L E N A   F I N G E R L E

Rinarrazione del racconto
«ATMEN» di Carolina Heberling

Lia respira, inspira espira inspira espira inspira espira e mi snerva. L'ansia qui è diventata la nuova priorità e in questo ufficio si sente solo lei che inspira espira respira e mi snerva. Mi sono fatta un piano, una cartina, una mappa. Sono una metodica, io, è una delle poche cose che mi rimangono e sì, certo che ne vado fiera. Nella mappa ho disegnato l'edificio, ci sono tutti gli uffici e c'è anche il nostro, in fondo al corridoio, 302. Ho iniziato con una tabella: nome, cognome, ruolo, indirizzo mail, numero di telefono, caratteristiche. Lia Casati, editor, lia.casati94@gmail.com, +649, depressa, irascibile, lunatica, respira forte se sta male, respira piano se sta bene, voce rauca, affannata. In alto, nel documento, c'è una sua foto sgranata in bianco e nero. Quando inizi un lavoro nuovo organizzarsi e catalogare è l'unico modo per sopravvivere, soprattutto se la tua collega è più impegnata a snervarti respirando forte e sempre più forte e poi perdi il senso dell'orientamento che non hai mai avuto altrimenti non ti servirebbero certo le mappe. Non lo sa nessuno che non so orientarmi, qui. E le mie liste sono segrete, ma questo è ovvio, no? Perché qui devi fingere che sia sempre tutto sotto controllo e anche Lia finge che sia sempre tutto sotto controllo, soprattutto quando entra Carlo, il nostro capo, e lei respira normale e dice: ho tutto sotto controllo, capo, e sorride e io le spaccherei la faccia perché se con lui smette di inspirare espirare inspirare espirare come se fosse una fottuta stufa, be', allora significa che è davvero tutto sotto controllo, che lei il controllo ce l'ha, eccome se ce l'ha, lei, il controllo, anche se forse lo finge perché è fingendo che si crea la realtà, e anche questo lo sanno tutti, è ovvio, è banale. Carlo è al 207, le informazioni nella lista sono scritte ad anagrammi perché se mai si scoprisse quello che penso del capo sarei fuori immediatamente e a me serve, questo lavoro, e forse mi diverte pure, o almeno: così

sarà, quando mi sarò abituata, quando non mi perderò più, quando la finzione sarà realtà, quando l'ansia se ne andrà, quando smetteremo di prenderci sul serio e renderci ridicole. Lia dice che ha tempo, che se ne può occupare lei, che più lavoro ha meglio è e Carlo le assegna nuove cose da fare perché ci crede davvero che se ne può occupare lei, che più lavoro ha meglio è, ma Carlo non capisce niente perché appena esce eccola lì che riprende a respirare inspirare espirare inspirare espirare. Mi esaspera, ma ho trovato un modo per sopportarla. Ogni volta che inspira penso una parola che inizia con la i, ogni volta che espira a una parola che inizia con la e. Inizia: eccola. Impressionante, eccezionale. Inconcepibile, esagerata. Iconografia, escatologia. Io, eccelsa. Italia, eccitata. Idea, ecolalia. Importante, ecumenico. Idiota, editoriale. Da quando ho iniziato a farlo non riesco a smettere. Se lei è rumorosa fuori io lo devo essere dentro perché se dico le parole giuste sopravvivo, se dico quelle sbagliate o non le dico proprio o me ne dimentico io morirò e lei si impiccherà e poi sarà tutta colpa mia o una cosa del genere, non ho ancora stabilito cosa succederà perché non deve succedere e anche solo stabilirlo significherebbe fare un passo in quella direzione e non va bene, devo concentrarmi. Una volta però andiamo a pranzo insieme e mi racconta del suo banalissimo sogno di vivere nel niente, nella banalissima casetta in montagna a leggere lontana dal mondo, staccando la spina, come dice lei, e sola e senza distrazioni e lo sa pure lei, eh, che è una cosa un po' ridicola, una cosa po' banale, ma i sogni sono così, dice, ma non è vero che i sogni sono così e realizzo subito che gli insopportabili rumori di masticazione a bocca aperta sono quasi peggio del respiro. Io sto zitta, non le dico nulla, proprio niente di niente, perché odio la montagna e odio le case e odio anche quando non ci sono distrazioni e quando si dice stacco la spina e alla fine non ci andiamo più, a pranzo insieme, Lia e io, perché io odio come respira, come mangia e come parla e lei odia i miei silenzi, credo. Anche perché qui non c'è mica tempo per mangiare, in genere, o per odiarsi. Ma mi ruba tutta l'aria che abbiamo in ufficio, Lia, io la odio, Lia. Siamo stressate, abbiamo mille cose da fare, problemi da risolvere, dinamiche interpersonali da analizzare e rianalizzare e poi far finta che non siano importanti e forse davvero non lo sono e poi non abbiamo di certo tempo per queste cose perché bisogna risolvere questioni molto, molto più importanti e io mi sono fatta una lista di cose importanti e urgenti, urgenti e non importanti e poco importanti e inutili e importanti e non urgenti. Le dinamiche interpersonali da analizzare e rianalizzare e poi dimenticare sono nella

categoria importanti e non urgenti e poi finiscono nella categoria non più rilevanti, inutili, archivio. Ci stavo bene, in queste catalogazioni, nelle ripetizioni di parole che iniziano con la i e di parole che iniziano con la e. Hanno pure funzionato, eh, per un po', è solo che forse non le ho dette bene, mi sa, perché istrione efebico. Iena eccezionale. Isabella eiacula. Iato, elenco. Identico ebefrenico. Itinerario, Ebdòmero. Non le ho dette bene, mi sa, perché ora respiro anche io, forte, inspiro espiro inspiro espiro inspiro espiro e forse sono io che snervo Lia, adesso, ma le sta solo bene, però per sicurezza vado dal medico, un tipo che non capisce niente di pensiero magico perché ridacchia quando gli spiego delle parole e di Lia e gli dico che l'ho salvata, ma ora anche io respiro strano e forse mi ha contagiata e non ho capito se ora lei dice le parole al posto mio. Se le dice le dice male perché il medico che non capisce niente mi dice che è asma allergica, la mia, fame d'aria, e io gli dico Lia avrà sbagliato le parole, le dovrò parlare e lui mi dice che posso rivolgermi a una sua collega bravissima che è una psichiatra io lo mando a fanculo ma prima mi prendo la ricetta per il ventolin ché non si sa mai. In farmacia ridono tutte e tre quando spiego la situazione e mi augurano una buona guarigione ma io non mi arrabbio perché lo so, che mi vogliono bene, le tre farmaciste, e poi mi danno le medicine senza le ricette se faccio gli occhi dolci. L'aggeggio è una cosa blu scuro opaco che segue le mie parole. Espiro. Un due tre quattro, unicorno, devi trovare quattrini. Inspiro baciando l'aggeggio blu scuro che sbuffa, ineffabile. Trattengo il respiro: tutto inerme resta. Espiro, elefante. È faticoso, avere l'asma allergica. Il medico dice che sono allergica agli acari, alla betulla, ai peli di cane ma non è vero niente: sono allergica a Lia e alla sua incapacità di dire le parole giuste quando sono io a inspirare, quando sono io a espirare.

È il giorno della consegna e siamo stremate. In ufficio ci sono calici scheggiati da cui beviamo spumante e festeggiamo la chiusura del progetto. I discorsi sono soffiati e manca l'aria e nessuno sa cosa dire. Carlo fa un discorso imbarazzante, ci ringrazia e ci promette che ci saranno periodi meno stressanti e Lia a bassa voce mi fa: dice sempre così. Mentre cerco di infilare i calici nella lavastoviglie senza farli cadere capisco per la prima volta che è davvero depressa, Lia, che avevo ragione nella mia scheda, anche se era più un'intuizione che altro. La mia collega è depressa. Mi chiamo Edda, ho ventisei anni, lavoro qui da quattro mesi e la mia collega è depressa perché ha capito che mi ha fatto venire l'asma. È colpa mia, va bene, ok, però in realtà è

anche un po' colpa sua perché non era poi così difficile ripetere delle parole, eh, le lettere si imparano alle elementari. Io per lei l'ho fatto, anche se non è servito a molto, però oh, almeno ci ho provato. Siamo entrambe delle fallite, ma oggi non si può dire perché abbiamo consegnato, è andata, bisogna festeggiare.

Iniziamo il nuovo progetto e Lia sembra quasi rilassata, così anche io mi rilasso, ma poi si rompe la fotocopiatrice che inizia a fare versi e snerva pure lei e poi sento Lia respirare, ma non è proprio un respiro, è tipo un singhiozzo, alzo gli occhi e la vedo piangere. Cristo santo, piange. Lia piange. In ufficio. In pieno giorno. Al lavoro. E io sto qui seduta che non so che cazzo fare. A me le persone che piangono fanno paura e pure un po' schifo. Le porto dell'acqua, magari aiuta, penso, ma quella mica beve. Penso a parole e parole ma no, non serve, non funziona più da un po', forse non ha mai funzionato. Risolvo il problema, allora, e aggiusto la fotocopiatrice perché sono bravissima a risolvere i problemi, quando voglio, ma Lia non reagisce nemmeno ora e allora ammazzati. Si asciuga il moccio con la manica della felpa, tira su col naso e dice: al capo non gliene fotte un cazzo, manco se ne accorgerebbe se me ne andassi. Io non dico niente e penso allo schifo che ha sulla felpa e vorrei andarmene io, ora, è che purtroppo non è vero un cazzo che non se ne accorgerebbe. Mi sa che ci pensa seriamente, ad andarsene, Lia. Perché qualche settimana dopo arriva la notizia ufficiale: passa alla concorrenza. Una cosa un po' più piccola, più familiare, dice lei: un altro mondo, guarda. Sei una persona, lì, dice. Organizzo un rinfresco d'addio perché mi sento in colpa per le parole anche se mi aspetto delle scuse da parte sua e il discorso imbarazzante lo faccio io, questa volta, mentre le consegno un cesto pieno di caramelle con un libro di linguistica che lei apre sorride dice grazie e io lo so che non lo leggerà mai. I calici li mettiamo insieme nella lavastoviglie, questa volta, lei me li passa e io cerco di non fare danni. Poi arriva il momento dei saluti. Ci abbracciamo con un gesto impacciato, strano. I nostri corpi non si toccano per davvero, è un abbraccio incompiuto, fuori luogo, ma al tempo stesso sincero e spietato. Ho pensato parole ogni volta che mi hai snervato con i tuoi respiri, stronza, vorrei dirle.

È venerdì sera, sono le sette e in ufficio c'è silenzio. Per la prima volta da mesi riesco a respirare ma poi mi viene da tossire e non riesco più a smettere e penso a parole che iniziano con la i e poi penso a parole che iniziano con la e.

HASENJAGD
CAROLINA HEBERLING
Nacherzählung der Geschichte
«IN PRINCIPIO ERA IL BIANCO» von Maddalena Fingerle

Sie war mal weiß, die Fassade. Ganz am Anfang. In den Siebzigern muss das gewesen sein, als sie landauf landab Universitäten gebaut haben. Bildung für alle, Beton für alle. Inzwischen ist der Beton grau. Oder grün. So genau kann man es nicht sagen, Dreck hat alle Farben und keine. Ach, wie ich sie vermisst habe, die Hochschule.

Wenn man eintreten will, muss man achtunddreißig steile Stufen nehmen, achtunddreißig Mal sich überwinden, ehe man reindarf. «Die Treppe der Arroganz» haben wir das früher genannt. Ich bleibe am Absatz der ersten Stufe stehen und blicke hoch zum Eingang. Oft habe ich hier gestanden, geraucht und in die Höhe geguckt. Auf halber Höhe, bei Stufe neunzehn, steht ein bronzenes Pferd. Es ist ziemlich rechteckig für ein Pferd, das fanden die damals wohl modern. Das sind die drei Prozent Kunst am Bau. Gäbe es das Pferd nicht, würde man nicht erkennen, dass die Leute hier Kunst studieren. Dann würde man vorbeilaufen und denken, dass hier eine Mensa sei. Aber das Pferd sagt: Hier wird geschaffen. Schaffen, Schaffen, geschafft! Das Pferd muss mal orange geleuchtet haben, doch inzwischen ist das Metall angelaufen und es ist genauso grau-grün wie der Stall, vor dem es steht.

Zwischen mir und dem Pferd hockt eine und raucht. Sie hat eine große Wolke aus Haaren, in die sie kleine Wolken aus Rauch bläst. Wir kannten uns einmal. Wir waren Freunde. Freunde, so haben wir das genannt, weil wir's nicht benennen konnten, das zwischen uns. Zwölf Jahre ist das her, schöne Erinnerung. Eine rote Erinnerung. Sie hat Rot getragen, an dem Tag, an dem wir sie gemalt haben. Sie war schüchtern und frech zugleich, vielleicht war es ihre Tarnung, das Rot. Bei den Tieren ist Rot eine Warnfarbe, die sagt: Lass' mich in Ruh'. Also haben wir sie in Ruhe gelassen, auch als sie sich schon

ausgezogen hatte vor unserer Klasse und nicht mehr rot, sondern ganz blass war.

Wir alle mussten das machen. «Die Hosen runterlassen» hat unser Professor das genannt. «Ihr seid Künstler, ihr müsst euch zeigen, wenn ihr Kunst machen wollt. Da dürft ihr keine Angst haben», hat er gesagt und die Hälfte der Klasse hat ihn nicht verstanden. Dann hat er sich ausgezogen und das haben wir alle verstanden. Wir haben seinen haarigen Bauch gemalt und seine faltigen Ellbogen, eine Woche lang, dann waren wir dran. Das ist Gleichheit, haben wir gedacht, wenn wir alle nackt sind, gibt es keine Unterschiede. Also habe ich mich auch ausgezogen, dann haben sich die Kommilitonen ausgezogen und irgendwann kam sie an die Reihe, das blasse rote Mädchen.

Wir haben sie beobachtet, sie studiert, ihre Gesichtszüge bis ins kleinste Detail analysiert. Das muss man, sonst wird das Bild schlecht. Die kleinen und unbedeutenden Details machen aus einem Gemälde ein gutes Gemälde, aus einer Person eine bestimmte, eine erkennbare Person. Sie hatte diese riesigen, leicht spitzen Ohren. Vielleicht würde ich sie ohne die Ohren nicht mal erkennen. Oder ohne das Muttermal in ihrem linken Auge. Das haben die anderen aber vermutlich nicht gesehen, weil es so klein ist. Das habe nur ich gesehen, als wir Freunde waren und einander ganz nah. Ein Akt im Akt war das, eine Teilstudie. Ob es ihr wehtue, das Muttermal im Auge, ob sie es spürt. Das wollte ich sie fragen, aber ich habe es gelassen, weil's eine dämliche Frage ist. Ich habe stattdessen weiter ihre Teile studiert, gemeinsam mit ihr in der Badewanne. Die Pickel im Nacken, den Bauchnabel, die Fingerspitzen. Nun sitze ich abends oft allein im heißen Wasser und verbrühe mir die Haut im Versuch, sie in mein Gedächtnis zu rufen: Wenn ich ihre Hände vor mir sehe, verrotten ihre Füße vor meinen Augen. «Das Ganze ist mehr als die Summe seiner Teile», sagen die Griechen. Und ihr Ganzes bekomme ich im Kopf nicht zusammen. Nicht mehr. Anfangs ging das noch, aber mit jedem Tag, der vergeht, klappt es weniger. Es ist die Erinnerung einer Erinnerung einer Erinnerung. Eine Wolke eben. Eine rote, rauchende Wolke. Wir stehen vor der Hochschule, ich zünde mir eine Zigarette an, uns rauchen gemeinsam die Köpfe.

«Ich führe Selbstgespräche, weißt Du?», sage ich Dir und Du schweigst. Ich führe diese Selbstgespräche nicht aus Spaß, dass wir uns da nicht missverstehen. Es ist nur so, dass niemand mir zuhören will. Im Gegenteil. Die Leute erwarten immer, dass ich ihnen zuhöre. Die steigen in mein Taxi ein und ehe der Arsch das Leder der Rückbank

ganz berührt hat, fangen sie an zu quatschen. Von ihren Lieben und ihren Wohnungen und ihren Berufen. Die fragen nicht nach mir und wenn sie fragen sind sie irritiert, wenn ich antworte, ich sei Künstler. Das ist ein Klischee und über Klischees macht man sich lustig. Aber wenn man mal eins trifft, dann kann man sich nicht dazu verhalten. Wie blöd die Leute dann schauen. Das müsste ich wirklich malen, das ist reif für's Museum, vielleicht wäre das mein bestes Kunstwerk. Auf jeden Fall bricht das Gespräch ab, wenn ich von meinem Beruf erzähle.

Zwischen Dir und mir ist das Gespräch auch abgebrochen. Dabei wolltest Du reden, aber gelassen habe ich Dich nicht. Weil ich ein Arschloch bin. Oder war. Ich nehme mir das Recht heraus, kein Arsch mehr zu sein. Aber damals war ich's. «Hase» hab' ich Dich genannt, «Häschen», obwohl Du das hasst. Dann war es vorbei mit dem Reden. Da wurde Dein Gesicht hart und anstatt Dich aufzuregen, anstatt mich zu beschimpfen, warst Du leise. Es gibt Leute, die explodieren, die füllen den Raum, wenn sie wütend sind, und es gibt Leute, die implodieren, die verschwinden aus dem Raum. Du bist immer verschwunden und ich habe gesprochen, damit niemand das Verschwinden bemerkt: Wir saßen im Klassenraum zwischen den Farbtöpfen und den Kochtöpfen, die unsere Kommilitonen mitgebracht haben, um hier heimlich zu wohnen, und ich habe Dir erklärt, dass das Leben nicht dazu da ist, um zu lernen, sich zu verbessern, nach etwas zu streben. Dass es dazu da ist, um einfach nur zu sein und irgendwann nicht mehr zu sein. Dann löst man sich auf, dann verwest man. Ich habe Dir auch die Farben erklärt, das Kobaltblau und das Schlammbraun, dabei hast Du nicht nach Erklärungen gefragt. Intelligente Menschen wissen, dass es keine Erklärungen gibt. Sie wissen, dass es sinnlos ist, nach ihnen zu fragen, weil man zur Antwort immer nur eine Lüge bekommt und ich wollte Dich nicht anlügen, glaubst Du mir das? Ich habe Dich auch nie angelogen. Aber unaufrichtig war ich. Eigentlich war ich der Hase von uns beiden, der Angsthase. Und das wusstest Du. Aber Du hast nichts gesagt. Insofern warst Du auch ein Häschen, weil Du mir zugehört hast, weil Du Dir von einem wie mir die Welt hast erklären lassen. Ein schreckhaftes, unselbstständiges Karnickel, dessen riesige, hässliche Löffel alles ungefiltert aufnehmen. Sorry, Hase. Akzeptierst Du die Entschuldigung?

Sie antwortet nicht. Die Wolke hat sich verzogen. Eine Wolke verändert beständig ihre Form und so wird aus einem Hasen ein Nichts. Nun gibt es nur noch den blauen Himmel und das graue

Gebäude und der Himmel lässt sich nicht erreichen, nur der Eingang lässt sich erreichen, wenn ich jetzt diese achtunddreißig Stufen nehme. Das hier hätte mein Zuhause sein können. Ich hätte den ganzen Tag in der Hochschule gesessen und nur gemalt. Hätte das Essen vergessen, das Trinken, das Pinkeln, das Schlafen vergessen, und am Ende auch das Atmen. Aber dafür hätte ich es am Anfang richtig machen müssen. Ich hätte richtig eintreten müssen. Ich hätte die Stufen auf die richtige Art hinauflaufen müssen. Mit leichtem, flinkem Schritt, wie es die Naiven tun. Es sind die, die Sonnenbrillen tragen, damit sie nicht geblendet werden vom Glanz ihrer Vorgänger. Die, die Fragen stellen, unangebrachte und peinliche Fragen, und auch noch mit der ersten Antwort zufrieden sind. Wir waren nie zufrieden.

Ich beschließe, hineinzugehen. Wenn man eintausend Mal falsch hineingegangen ist, kann man es auch wieder so machen, aus Gewohnheit. Ich komme an einem Klassenzimmer vorbei, werfe heimlich einen Blick hinein. Zwei Leute in Latzhosen rollen sich über eine braune Bahn aus Packpapier, auf die sie Farbe getropft haben. Ihre Körper hinterlassen Abdrücke. Sie berauschen sich daran. Herrje, so war ich auch mal. Erst Student, dann Gastdozent. Ich weiß nicht, was frustrierender war. Ich dachte: Wenn ich erst unterrichte, dann gibt es das nicht, das verlogene Antworten. «Ich weiß, dass ich nichts weiß», das wäre die Botschaft gewesen. Aber die Studenten hatten keine Fragen, drum hatte ich auch keine Antwort. Man könnte sagen, es war das maximale Nicht-Wissen.

Also habe ich es wieder sein lassen mit dem Lehren, bin in mein Auto gestiegen und fahre seitdem Menschen durch die Gegend. Ich fahre und bleibe in Bewegung. Solange ich in Bewegung bleibe, gibt es keinen Grund zur Auseinandersetzung. Den darf es auch nicht geben, sonst könnte ich mich nicht auf den Verkehr konzentrieren. Heute lief dieser uralte Song im Radio. «And it's your face I'm looking for on every street», heißt es im Refrain. Ich habe das gehört und gedacht: Das ist es. Das ist der perfekte Ausdruck für das zwischen Dir und mir. Dabei habe ich nur Stoppschilder und rote Ampeln gesehen, jahrelang. Ich habe den Kunden nicht mal mehr bis nach Hause gebracht, ich habe angehalten und ihn gezwungen, auszusteigen und dann bin ich hierher gedonnert, Tempo Einhundert durch die Dreißigerzone – wenn einem klar wird, dass man nach etwas sucht, dann muss man das Finden beschleunigen. Blöd nur, wenn man aus der Kurve fliegt.

Ich bin schlecht gelaunt, streife durch die Gänge der Uni, gehe zur Toilette, packe meinen Schwanz aus, um zu pissen. Den Schwanz am Pissoir neben mir kenne ich. Es ist vielleicht der Schwanz, den ich am allerbesten kenne. Beim ersten Malen guckt man noch richtig hin. Am Schwierigsten war die Farbe: Dem Konzept nach ist Haut weiß oder orange oder braun oder schwarz. Aber wenn man dann weiß oder orange oder braun oder schwarz nimmt, um so einen Schwanz zu malen, sieht es merkwürdig aus. Ich habe drei Tage gebraucht, um herauszufinden, dass er aubergine ist, dass der Schwanz die Farbe einer Aubergine hat, weil sich das Rosa der Haut mit dem Blau der Adern und dem Braun der Sackhaare mischt. Ich habe mir den Schwanz meines Professors im ersten Semester eben ganz genau angesehen.

Wir waren Freunde, er und ich. Dabei habe ich eigentlich keine Freunde, aber er war einer von denen, mit denen man reden konnte, wirklich reden. Also hab' ich auch ihn Freund genannt, weil ich's nicht benennen konnte. Freund, fieses Wort. Freunde verpflichten. Wenn ein Freund ein Freund ist, muss man bereit sein, es zu beweisen. Ich hätte mein Gesicht gegen eine Leinwand geschlagen, wenn er mich drum gebeten hätte. Action Painting, Hauptsache gefallen, immerzu gefallen. Nur: Wenn ein Freund wirklich ein Freund ist, verlangt er keinen Beweis. Dann reicht es, um die Bereitschaft zur Tat zu wissen. Du hast dich drauf verlassen, Häschen. Hast Dich auf mich und meine Bereitschaft verlassen und das war Dein Fehler. Ich war nicht bereit und Du hast das irgendwann kapiert und da bist Du endgültig hingefallen.

Du bist vorher schon gestrauchelt im hohen Gras. Kein Talent, kein eigener Ausdruck. Schön, aber langweilig, Deine Kunst. Ist okay, jeder hier stolpert. Aber wir stolpern doch nur, um wieder aufzustehen. So erklären sie uns das im Unterricht. Krisen sind eine kreative Chance. Deswegen jagen sie uns von einer Krise zur nächsten, damit wir aufstehen lernen. Aber Du warst zu schwach. Es ist eben doch nicht jeder Mensch ein Künstler, da hast Du was missverstanden. Du hast schon die erste Stufe nicht genommen, was willst Du da erwarten? Da draußen hilft Dir keiner, da musst Du Dich allein verkaufen. Musst allein in Galerien marschieren mit Deiner Kunst und einen auf dicke Hose machen. Hosen standen Dir nicht.

Ich ziehe meine Hose hoch und begrüße den Schwanz neben mir. Er guckt mich an und runzelt die Stirn. Sein Gesicht sagt, dass er sich nicht an mich erinnern kann. Mein Prof weiß nicht mehr, wer ich bin.

Er hat zu viele Schwänze gesehen, zu viele Kniekehlen, zu viele Augenbrauen, da kann man schon mal einen vergessen. Aber ausgerechnet mich? Das tut weh. «Hallo…», sagt er und weiß meinen Namen nicht. Ich verrate ihm nicht, wie ich heiße, ich helfe ihm nicht, ich habe keine Lust dazu. Sein Vergessen ist eine Demütigung, also demütige ich ihn, indem ich nichts sage. Es ist ihm tatsächlich unangenehm, dass er sich nicht erinnern kann, das sieht man ihm an. Es vergehen ein paar peinliche Sekunden, dann fällt es ihm doch noch ein und er begrüßt mich mit einem Ton in der Stimme, mit dem man sonst einen Freund begrüßt. Einen engen Freund.

Ich dachte eine Zeit lang, ich hätte mir eingeredet, dass wir Freunde sind. Hätte mir eingeredet, dass es da eine Augenhöhe gibt zwischen uns. Aber jetzt, als er mich umarmt, wie man einen Freund umarmt, als er mir einen Kuss auf die Wange haucht, verstehe ich, dass es beidseitig war. Dass er mich das hat glauben lassen. Dass er es uns alle hat glauben lassen. Dich hat er es auch glauben lassen. Da war seine Hose ganz dick und Du hattest keine mehr an. Du hast es mir erzählt, da war es schon Monate her. Hast gedacht, wenn Du es aussprichst wird es endlich real. Das Wort macht aus einer Situation eine Tat, auch wenn Du erst viel später den Mut hattest, etwas zu sagen.

Nur muss einem auch jemand glauben. Habe ich nicht getan. Man kann immer nur an eine Wirklichkeit glauben und sein Bild war überzeugender. Der Professor war schon länger im Geschäft, er konnte das schon: das richtige Bild abgeben. Das rechtfertigt nichts, das weiß ich. Ab da waren wir keine Freunde mehr, Du und ich, auch wenn ich das nicht sofort verstanden habe. Irgendwann hast Du dann alle Stufen genommen, bis ganz ganz ganz nach oben, hast Dich überwunden, Dich fallen lassen und der Himmel hat sich bewölkt.

Ich erinnere mich noch an eine Aufgabe aus dem dritten Semester. Jeder von uns hat eine Leinwand bekommen, aufgeteilt in fünfundzwanzig kleine Quadrate. «Die malt ihr jetzt aus», hat der Prof gesagt, «mit den Farben, die euch am besten gefallen.» Das war einfach. In der folgenden Woche hat er uns noch eine Leinwand mitgebracht, gleiche Größe, gleiche Quadrate. «Die malt ihr jetzt aus. Mit den Farben, die ihr am meisten hasst.» Das war schwierig. Ich fand es damals nicht besonders cool, etwas zu hassen. Hass ist für die Dummen. Hass unterteilt die Welt in Eindeutigkeiten und das war mir eindeutig zu blöde. Dass der mich für so beschränkt hält. Also habe ich einfach irgendwelche Farben genommen, habe im Zorn ein Ocker und ein Pink und ein Steingrau auf die Leinwand geklatscht. Ich habe nicht

mal mehr die Pinsel ausgewaschen, so bescheuert fand ich das, so wütend war ich. Und so war jedes Quadrat ein bisschen schmutzig von den Farben der Vorherigen.

Wir haben dann die Leinwände nebeneinandergestellt. Sie war gut, die Leinwand mit den ekelhaften Farben. Weil sie Kraft hatte. Die andere sah dagegen ziemlich mittelmäßig aus, vielleicht war sie das Mittelmäßigste, was ich je gemacht habe. Die Farben waren pastellen und furchtbar blass und so kontrolliert aufgetragen, als hätte jemand die Zimmerwand einer Arztpraxis gestrichen: Freundlich, aber mehr auch nicht. Vielleicht hätte mir das was sagen sollen fürs Leben. Dass man nicht freundlich sein darf, wenn man etwas ausdrücken will als Künstler. Dass man sich nehmen muss, was einem zusteht. Dass man auf alles scheißen muss, so wie unser Meister auf alles geschissen hat, bis der ganze Klassenraum ein Abort war. Der hat nur für sich gelebt und wir waren abhängig von ihm. Ich bin es immer noch, merke ich, während wir einander umarmen. Ich habe ihn vermisst, so vermisst.

Ob er sich erinnern könne an die Leinwände mit den Farbquadraten, frage ich ihn, die Schönen und die Hässlichen. Er löst sich aus unserer Umarmung und da ist wieder dieses Stirnrunzeln. Er kann es also nicht. Er hat es wirklich vergessen. Das schmerzt fast noch mehr. Einen vergessenen Namen kann man vielleicht verzeihen. Aber er muss sich doch erinnern daran, dass er mich zur Stärke gezwungen hat. Das war der Moment im Studium, der alles mit mir gemacht hat und er kann sich nicht daran erinnern. Das darf doch nicht sein. Ich beschreibe ihm genau die Situation, aber er schüttelt nur den Kopf. Da würde ich mich täuschen, da hätte ich etwas falsch im Gedächtnis, da läge wohl eine Verwechslung vor. Ich verwechsle aber nichts. Ich weiß es ganz genau und das sage ich ihm. «Du irrst Dich, so etwas haben wir in meiner Klasse nie gemacht», antwortet er. Doch, haben wir, haben wir, Herr Gott noch mal: Fünfundzwanzig Farbquadrate – wie bei Itten. Nur haben wir sie da noch nicht gekannt, seine Farbenlehre. Die kannte nur unser Prof. Da hatte er die Aufgabe doch her. Aber auch das leugnet er. Er redet so leise und entspannt wie immer. Seine Stimme klingt, als säßen wir im Café und sprächen über das Wetter – heiter bis wolkig. Es ist eine Strategie, so zu reden. Nur verstehe ich die erst jetzt. Ich verstehe erst jetzt, dass er uns die Köpfe verdreht hat. Ganz verliebt waren wir in die Dinge, die er gesagt hat, so verliebt, dass wir ihn freiwillig hineingelassen haben in unsere Gedanken. Wir haben ihn hereingebeten und er ist spurlos eingetreten. Nur bei Dir hat er eine Spur hinterlassen, aber die haben sie damals schnell von der

Straße gekratzt. Man kann einen Hasen vor aller Augen verrotten lassen, das ist Kunst, aber ein Häschen? Das geht zu weit, das ist zu brutal, zu real. Und real war es doch nicht, das war doch genau Dein Problem.

«Übrigens, ich hasse Dich», sage ich meinem Meister und dieses Gefühl ist verdammt real. Mein Ton ist ganz sachlich und trotzdem erklärt der Schwanz mir, ich solle mich beruhigen, es gäbe keinen Grund, böse zu sein. Ich spucke ihm auf seine runde, vollkommen saubere Brille und ziehe ihn hinter mir her in das erstbeste Klassenzimmer. Es ist der Raum, wo sich eben noch die beiden Studierenden über das Papier gerollt haben. Gute Idee, gute Idee, ihr zwei. Nur drehe ich das Spiel jetzt rum, weil's kein Spiel mehr ist. Ich nehme einen Eimer grüner Farbe, der auf dem Boden steht, und schütte sie meinem Meister über den Kopf. Er fragt mich, ganz ruhig, was ich ihm denn nun meiner Meinung nach damit beweisen wolle. «Dass Kreativität aus Zweifeln entsteht», brülle ich, das ist nun nicht mehr sachlich, «und Du hast uns zweifeln lassen, immerzu zweifeln lassen.» Es kommt ganz tief aus meinem Bauch. Im Bauch sitzt die Unsicherheit. Überhaupt sitzt im Bauch alles. Die Angst, das Unbehagen. Deswegen machen wir aus Scheiße Kunst. Er nickt, lächelt und flüstert mir zu: «Dann male, Du Arschloch.» Und ich male. Ich pikse ihm Blau in die Augen, sodass es brennt. Ich ritze Rot in seine Nase, spritze Braun um seine Ohren, ich werfe Orange an seine Stirn, ich bohre Gelb in die Wangen. Er blutet ein bisschen, Blut schadet nicht, macht die Komposition lebendiger, man soll doch aus dem Schmerz schaffen. Zeige Deine Wunde.

Ich erinnere mich noch an Deine beiden Leinwände. Sie waren beide weiß. Du hattest die Quadrate nicht ausgemalt. Was das für ein Mist sein soll, hat er Dich gefragt, als wir Deine Bilder angesehen haben. Es braucht immer ein Opfertier. «Die Farben, die ich am meisten liebe und die ich meisten hasse», hast Du geantwortet. Weil Du etwas Wichtiges verstanden hast: Dass man selbst so eine weiße Leinwand ist, wenn man dieses Gebäude betritt. Und dass es das Beste und das Schlechteste zugleich ist. Er muss gespürt haben, dass Du ihm überlegen warst in diesem Moment. «Wenn man ein farbiges Rad mit der richtigen Geschwindigkeit dreht, wird es weiß», hat er uns dann erklärt, «und am Anfang war das Weiß, Gott schuf das Weiß». Da war er wieder erhaben über alles.

Ich könnte sein Mondgesicht jetzt auch so lange drehen, bis es weiß ist, oder ich könnte alle Farben mischen auf seinem Gesicht, bis es grau

wird, genauso schmutzgrau wie der Beton, der so lang unsere Unsicherheit umzäunt hat. «Bleiweiß ist giftig», hat er uns ein anderes Mal erzählt, «das macht einen bekloppt, da dreht man durch». Er hat dazu nicht erst Farbe gebraucht, er hat das bei uns einfach so geschafft. Vielleicht war das sein bestes Werk, waren wir sein bestes Werk, eine große asoziale Plastik. Jetzt nehme ich eine Tube Titanweiß, sie liegt irgendwo in der Ecke des Zimmers, und drücke ihm die Farbe wie Zahnpasta auf den Mund. Soll er sich mal schön die Beißer damit putzen, an denen sieht man nämlich, dass was faul ist: Die faulen ihm weg. Die habe ich tief schwarz gemalt, damals im ersten Semester.

Inzwischen ist sein Gesicht komplett unter Farbe verschwunden, wie ein Clown sieht er aus. Armer, bemitleidenswerter Clown. Ich umarme ihn und will schon gehen, dann drehe ich mich doch noch einmal um. So kann ich nicht fort, das ist falsch. Also drücke ich ihm einen Kuss auf den Mund voll weißer Farbe. Das ist nur fair, ich bin ebenso schuld. Ich fühle diese Schuld seit Jahren, das muss ich jetzt schlucken und er soll es auch. «Schlucken, Wichser, schlucken», sage ich, er schluckt die Farbe, ich schlucke die Farbe. Dann gehe ich, dieses Mal endgültig. Vielleicht kotzt er oder weint, es ist mir egal. Ich verlasse das Gebäude, haste die Treppen hinunter und zum ersten Mal fühlen sich meine Schritte richtig an. Draußen suche ich nach ihr. Ich will ihr sagen: Wenn Du willst, dass ich Dich ansehe, dann sehe ich Dich an. Und wenn Du es nicht willst, dann lass' ich Dich in Ruh'. Will von Rache sprechen und davon, dass nun endlich die Sicherheit kommt nach all der Unsicherheit. Aber sie ist nicht mehr da. Da steht nur ein Wölkchen am Himmel und es könnte auch eine andere sein.

Angela Bubba wurde 1989 in Catanzaro geboren. Mit ihrem ersten Roman, *La casa* (Elliot 2009), gewann sie die dritte Ausgabe des «What's Up Young Talents Award» und war Finalistin beim «Strega Award», «Flaiano Award», «John Fante Award» und «Berto Award». Ihr erstes Sachbuch, *Elsa Morante madre e fanciullo* (Carabba 2016), wurde mit dem «Elsa Morante Award» ausgezeichnet. Ihre Schriften sind auf Nazione Indiana und Nuovi Argomenti erschienen. Bei Bompiani veröffentlichte sie *MaliNati* (2012), *Via degli Angeli* (2016), zusammen mit Giorgio Ghiotti und mit einem Vorwort von Sandra Petrignani, und *Preghiera d'acciaio* (2017). Sie war Stipendiatin des Residenzstipendiums für junge Schriftstellerinnen der Heimann-Stiftung, das zur Veröffentlichung des Buches *Alberto, Elsa und die Bombe* (Das Wunderhorn 2020) führte. Kürzlich hat sie die Dokumentation der Konferenz *La grande Iguana – Szenarien und Visionen zwanzig Jahre nach dem Tod von Anna Maria Ortese* (Aracne 2020) – und die Neuauflage des Romans *Tre donne* von Bruno Sperani (Carabba 2020) kuratiert.

Im Laufe der Jahre hat sie an zahlreichen Konferenzen in Italien und im Ausland teilgenommen und 2019 den «Minerva-Preis für wissenschaftliche Forschung» gewonnen (für die besten Doktoranden und Doktoranden der Universität Sapienza in Rom). Sie lebt in Rom und promoviert dort in Italianistik über Anna Maria Ortese.

Fausto Paolo Filograna, geboren 1992 in Casarano, in der Provinz Lecce. Während der Schulzeit besuchte er das Konservatorium für Klaviermusik. Mit achtzehn Jahren zog er nach Bologna, um Altphilologie zu studieren, wo er 2017 seinen Abschluss machte. Er arbeitete viele Jahre mit dem Zentrum für zeitgenössische Poesie der Universität Bologna zusammen und veröffentlichte in dieser Zeit seine erste Sammlung von Gedichten *Persona* (Premio Elena Violani Landi 2018 e Premio Solstizio 2019) im Verlag Giuliano Ladolfi. Seit 2018 unterrichtet er Italienisch und Latein am Gymnasium.

AUTRICI E AUTORI

Angela Bubba è nata nel 1989 a Catanzaro. Col suo primo romanzo, *La casa* (Elliot 2009), ha vinto la terza edizione del «Premio What's Up Giovani Talenti» ed è stata finalista al «Premio Strega», «Premio Flaiano», «Premio John Fante» e «Premio Berto». La sua prima opera saggistica, *Elsa Morante madre e fanciullo* (Carabba 2016), ha vinto il «Premio Elsa Morante». Suoi scritti sono apparsi su Nazione Indiana e Nuovi Argomenti Per Bompiani ha pubblicato *MaliNati* (2012), *Via degli Angeli* (2016), scritto insieme a Giorgio Ghiotti e con la prefazione di Sandra Petrignani, e *Preghiera d'acciaio* (2017). Ha vinto inoltre la borsa studio tedesca per giovani scrittori della Fondazione Heimann, che ha portato alla pubblicazione del volume *Alberto, Elsa und die Bombe* (Das Wunderhorn 2020). Ha curato recentemente gli atti del convegno *La grande Iguana. Scenari e visioni a vent'anni dalla morte di Anna Maria Ortese* (Aracne 2020) e la riedizione del romanzo *Tre donne* di Bruno Sperani (Carabba 2020).

Ha partecipato negli anni a numerosi convegni, italiani ed esteri, e nel 2019 ha vinto il «Premio Minerva alla ricerca scientifica» (destinato ai migliori dottorandi e dottorati di ricerca della Sapienza – Università di Roma). Vive a Roma, dove sta terminando un dottorato in Italianistica su Anna Maria Ortese.

Fausto Paolo Filograna nasce a Casarano nel 1992, in provincia di Lecce. Frequenta il Conservatorio di musica in pianoforte durante la scuola dell'obbligo. A diciotto anni si trasferisce a Bologna per studiare Lettere antiche, dove si laurea nel 2017. Ha collaborato col Centro di poesia contemporanea dell'Università di Bologna per anni, anni in cui pubblica la sua prima raccolta di poesia *Persona* (Premio Elena Violani Landi 2018 e Premio Solstizio 2019) per Giuliano Ladolfi Editore. Dal 2018 svolge attività di insegnante di italiano e latino al liceo.

Maddalena Fingerle ist 1993 in Bozen geboren und hat Germanistik und Italianistik an der LMU studiert, wo sie innerhalb des Sonderforschungsbereichs 1369 Vigilanzkulturen über Torquato Tasso und Giovan Battista Marino promoviert. 2016 war sie Stipendiatin bei der Bayerischen Akademie des Schreibens. 2017 hat sie den Zeno-Preis, 2020 den Italo-Calvino-Preis gewonnen. Erzählungen von ihr sind auf Nazione Indiana, CrapulaClub, Collettiva und Narrandom veröffentlicht worden.

Dafne Graziano wurde 1992 in Caserta geboren. Sie hat ihre Kindheit in Livorno verbracht und wohnt seit 2003 in Rom. Sie hat ihre MA an der Universität Roma Tre absolviert, mit einer Dissertation über Deutsche und Italienische Comics und die Übersetzung der Graphic Novel *held* vom deutscher Comicautor flix. 2019 erschienen ihre Übersetzungen von verschiedenen österreichischen Autoren in zwei Anthologien, die in Zusammenarbeit mit der Prof. Giovanni Sampaolo (Universität Roma Tre), Artemide Edizioni und dem Forum Austriaco di Cultura a Roma veröffentlicht wurden. 2020 wurden ihre erste Erzählungen veröffentlicht: *Tempi di recupero* (Erholungszeiten) in der Anthologie *Congiunti Racconti* (Ensemble Edizioni Srl), und *Il fuggitivo* (*Der Flüchtling*) in der Anthologie *Caos ed equilibrio* – Vol. II (Catartica Edizioni). Sie interessiert sich auch für Gedichte und für Poetry Slam.

Carolina Heberling, geboren 1993 in Bayern, studierte Theaterwissenschaft und Germanistik an der LMU München und arbeitete während des Studiums als freie Autorin bei der Süddeutschen Zeitung. 2012 erschien ihre Novelle *Tiefseefisch*, 2015 gewann Heberling mit ihrem Text *Am Rand* den Münchner Kurzgeschichtenpreis. Nach dem Studium war sie in der Spielzeit 2018/19 in der Dramaturgie des Residenztheaters tätig, wo sie unter anderem mit Anne Lenk und Antonio Latella zusammenarbeitete. Im Jahr darauf verantwortete sie an den Münchner Kammerspielen unter der Intendanz von Matthias Lilienthal das Engagement des Theaters bei der Initiative «DIE VIELEN». Seit Herbst 2019 promoviert Heberling an der LMU München im Sonderforschungsbereich «Vigilanzkulturen», nebenher betreut sie als freischaffende Dramaturgin das Projekt *Peace Damage* an der Akademie der Bildenden Künste.

Maddalena Fingerle è nata a Bolzano nel 1993, ha studiato Germanistica e Italianistica alla LMU, dove sta facendo un dottorato su Tasso e Marino all'interno del progetto di ricerca «SFB Vigilanzkulturen». Nel 2016 ha vinto una borsa di studio alla Bayerische Akademie des Schreibens, nel 2017 il Premio Zeno e nel 2020 il Premio Italo Calvino con il romanzo «Lingua madre». Alcuni suoi racconti sono usciti su Nazione Indiana, CrapulaClub, Collettiva e Narrandom.

Dafne Graziano è nata nel 1992 a Caserta. Ha trascorso l'infanzia a Livorno e dal 2003 abita a Roma. Si è laureata in Lingue Moderne per la Comunicazione Internazionale all'Università degli Studi Roma Tre con una tesi specialistica sul fumetto tedesco e italiano e sulla traduzione della graphic novel *held* del fumettista tedesco flix. Nel 2019 sono state pubblicate le sue traduzioni di autori austriaci in due antologie, edite in collaborazione con il Prof. Giovanni Sampaolo (Università Roma Tre), Artemide Edizioni e il Forum Austriaco di Cultura a Roma. Nel 2020 sono stati pubblicati i suoi primi racconti: *Tempi di recupero* nell'antologia *Congiunti Racconti* (Ensemble Edizioni Srl), e *Il fuggitivo* nell'antologia *Caos ed equilibrio* – Vol. II (Catartica Edizioni). Si interessa anche di poesia e di poetry slam.

Carolina Heberling, nata nel 1993 a Monaco, ha studiato Teatro e Germanistica alla LMU. Durante gli studi ha lavorato per la Süddeutsche Zeitung. Nel 2012 ha pubblicato la novella *Tiefseefisch* nel 2015 Heberling ha vinto il premio per racconti brevi di Monaco («Münchner Kurzgeschichtenpreis») con *Am Rand*. Dopo la laurea, nel 2018/19, è stata assistente alla drammaturgia al Residenztheater, dove ha lavorato con Anne Lenk e Antonio Latella. L'anno successivo, durante la direzione di Matthias Lilienthal, ha contribuito a «DIE VIELEN» Dal 2019 sta facendo un dottorato all'interno del progetto di ricerca «Vigilanzkulturen» alla LMU e si occupa del progetto *Peace Damage* all' Accademia di belle arti di Monaco.

Geboren und aufgewachsen im Norden Deutschlands, hat **Marielle Kreienborg** ihrer Heimatstadt Cloppenburg den Rücken gekehrt, um in der Hauptstadt zu leben, was zu erleben und erstaunt festzustellen, wie viel von dem Ort, von dem sie geglaubt hatte, ihn hinter sich gelassen zu haben, sich wieder und wieder in ihre Texte schleicht. Auf ein Italienisch- und Spanisch-Studium an der Humboldt-Universität folgte ein Master der Romanischen Literaturwissenschaft an der Freien Universität in Berlin. Marielle Kreienborg spricht fünf Sprachen und schreibt, um sich und andere zu verstehen. Ihre Texte veröffentlicht sie regelmäßig in der taz, in Zeitschriften und Anthologien. Sie schreibt Kinder- und Jugendliteratur und, mit sonniger Aussicht auf die Farbkompositionen des Herbstes, ihren ersten Roman.

Root Leeb, 1955 in Würzburg geboren, studierte Germanistik, Philosophie und Sozialpädagogik. Sie arbeitete zwei Jahre als Deutschlehrerin für Ausländer, danach sechs Jahre als Straßenbahnfahrerin in München. Heute lebt sie als Autorin, Malerin und Zeichnerin in Rheinland-Pfalz.

Bei ars vivendi erschien 2001 *Mittwoch Frauensauna*, 2003 folgte *Tramfrau. Aufzeichnungen und Abenteuer der Straßenbahnfahrerin Roberta Laub*, 2012 ihr Roman *Hero. Impressionen einer Familie*, 2013 Die dicke Dame und andere kurze Geschichten und 2015 *Don Quijotes Schwester*.

Dazu veröffentlichte sie zahlreiche Beiträge in Anthologien (dtv, Reclam, Hanser, Manesse u. a.) und kurze Geschichten in der Reihe «sechs Sterne» (ars vivendi).

Als Malerin und Zeichnerin ist ihr Schwerpunkt die Verbindung von Literatur und Malerei, so entstanden zahlreiche Titelbilder für verschiedene Verlage (u. a. Hanser, dtv, Herder), die Illustrationen zu Kalendergeschichten und Bilder zu Italo Calvino: *Die unsichtbaren Städte*.

Zudem gilt ihr Interesse schon seit Jahren dem Kleben von Papier, den langsam, Schicht um Schicht wachsenden Körpern.

Nata e cresciuta nel nord della Germania, **Marielle Kreienborg** ha voltato le spalle alla sua città natale, Cloppenburg, per vivere nella capitale, per sperimentare e, sorprendersi di quanto il luogo che pensava essersi lasciata alle spalle, torni ad insinuarsi sempre e comunque nei suoi testi. Dopo aver studiato italiano e spagnolo alla Humboldt Universität ha conseguito un Master in Letteratura Romanza presso la Freie Universität di Berlino. Marielle Kreienborg parla cinque lingue e scrive per capire se stessa e gli altri. Pubblica regolarmente articoli e colonne nel quotidiano Taz, nonché in riviste ed antologie. Scrive libri per bambini e ragazzi e, lasciandosi ispirare dalle luminose tavolozze autunnali, sta lavorando al suo primo romanzo.

Root Leeb è nata a Würzburg nel 1955. Ha studiato Germanistica, Filosofia e Lavoro sociale. Ha insegnato per due anni tedesco agli stranieri, dopodiché è stata per sei anni autista di tram a Monaco di Baviera. Oggi vive nella Renania-Palatinato, e si concentra totalmente su scrittura e pittura.

Per la casa editrice ars vivendi ha pubblicato: 2001 *Mittwoch Frauensauna*, 2003 *Tramfrau. Aufzeichnungen und Abenteuer der Straßenbahnfahrerin Roberta Laub*, 2012 *Hero. Impressionen einer Familie*, 2013 *Die dicke Dame und andere kurze Geschichten* e 2015 *Don Quijotes Schwester*.

Ha pubblicato inoltre articoli e racconti in diverse antologie (dtv, Reclam, Hanser, Manesse etc.) insieme a racconti brevi nel formato di «Sechs Sterne» (sempre la casa editrice ars vivendi) .

Dà massima importanza, come artista, alla combinazione tra letteratura e pittura: in questo modo sono nate numerose copertine di libri (Hanser, dtv, Herder etc.), illustrazioni per racconti da calendari e quelle de *Le città invisibili* di Italo Calvino..

Da molti anni si dedica alle figure di carta incollata, che prendono forma molto lentamente.

Jonas Linnebank lebt und schreibt in Köln. Er ist Mitbegründer, Herausgeber und Redakteur der Kölner Literaturzeitschrift (www.kliteratur.de). Außerdem kuratiert er das Europäische Literaturfestival Köln Kalk (www.eulit.org), eine Kooperationsveranstaltung des Integrationshaus e.V., der *KLiteratur*, des KUNTS e.V., und der *parasitenpresse*. Für die parasitenpresse hat er 2020 das *Kalk Alphabet* herausgeben und die Hälfte der Texte selbst geschrieben. Zuletzt war er Teil von *entreLíneas*, einer virtuellen Schreibresidenz des Goethe-Instituts Chile. Im Oktober wurde er auf dem 3. Boao World Poetry Award zu einem der ausländischen Young Talent Poets of the Year gekürt. Seine Texte wurden ins Griechische, Spanische und Kantonesische übertragen.

Silvia Righi (Correggio, 1995) lebt in Mailand. Nach ihrem Abschluss in moderner Literatur an der Alma Mater in Bologna war sie fünf Jahre lang an Kommunikations- und Kulturveranstaltungen beteiligt und arbeitete an der Organisation von Veranstaltungen wie dem *Festivaletteratura* (Mantua) und *Festa del poesia* (Carpi) mit. Während der Veranstaltung *Festivaletteratura* 2020 betreute sie die Rubrik *Due punti* und das webradio des Festivals.

Sie leitet den Literaturzirkel (unter 35) *Tra le Lines* in der Multimedia Bibliothek Loria di Carpi.

Sie ist Herausgeberin des Blogs *MediumPoesia* und hat zusammen mit Simone Burratti und Stefania Margiacchi das Projekt für Poesie- und zeitgenössische Kunst *Paralleli* kuratiert. Ihre Gedichte wurden in den Blogs *Formavera*, *Le parole e le cose*, *MediumPoesia und Nuovi Argomenti* veröffentlicht. 2020 veröffentlichte sie ihr erstes Buch, *Demimonde*, beim NEM-Verlag mit einem Vorwort von Tommaso Di Dio.

Lara Rüter, 1990 in Hannover geboren. Studierte Kulturwissenschaften in Hildesheim und Literarisches Schreiben am Deutschen Litera-turinstitut in Leipzig. Preisträgerin für Lyrik beim 26. *Open Mike*. 2020 erhielt sie den Caroline-Schlegel-Förderpreis für Essayistik. Veröffentlichungen in Zeitschriften und Anthologien, u.a. Bella Triste, Sprache im technischen Zeitalter und Edit. Lebt in Leipzig.

Jonas Linnebank vive e scrive a Colonia. È cofondatore, editore e redattore della Rivista *Kölner Literaturzeitschrift* (www.kliteratur.de). È curatore del Festival *Europäische Literaturfestival Köln Kalk* (www.eulit.org), un evento letterario collaborativo dell'Integrationshaus e.V., del *KLiteratur,* del KUNTS e.V., e il blog *parasitenpresse.* Con quest'ultimo, nel 2020 ha curato la pubblicazione di *Kalk Alphabet,* scrivendo la metà dei testi raccolti. Recentemente ha partecipato a *entreLìneas,* una residenza virtuale per scrittori a cura del Goethe-Institut in Cile. A ottobre è stato nominato uno dei Giovani Talenti Stranieri dell'anno al 3° Boao World Poetry Award. I suoi testi sono tradotti in greco, spagnolo e cantonese.

Silvia Righi (Correggio, 1995), vive a Milano. Laureata in Lettere Moderne all'Alma Mater di Bologna, si occupa da cinque anni di comunicazione ed eventi culturali, collaborando all'organizzazione di manifestazioni come *Festivaletteratura* (Mantua) e *Festa del poesia* (Carpi). Durante l'edizione 2020 di *Festivaletteratura 2020* ha curato la rubrica di poesia *Due punti* per la webradio del Festival.

Gestisce il gruppo di lettura under 35 *Tra le righe* presso la Biblioteca Multimediale Loria di Carpi.

È redattrice del blog *MediumPoesia* e ha curato insieme a Simone Burratti e a Stefania Margiacchi il progetto di poesia e arte contemporanea, *Paralleli.* Sue poesie sono apparse sui blog *Formavera, Le parole e le cose, MediumPoesia e Nuovi Argomenti* Nel 2020 ha pubblicato con la casa editrice NEM la sua opera prima, *Demi-monde,* con la prefazione di Tommaso Di Dio.

Lara Rüter, nata nel 1990 ad Hannover. Si è laureata in Studi Culturali a Hildesheim e ha studiato scrittura creativa presso il Deutschen Literaturinstitut di Lipsia. Vincitrice della sezione poesia alla ventiseiesima edizione del premio *Open Mike.* Nel 2020 ha ricevuto il Premio Caroline Schlegel per la scrittura saggistica. Ha all'attivo pubblicazioni su riviste e antologie, tra le quali *Bella Triste, Sprache im technischen Zeitalter* e *Edit.* Vive a Lipsia.

Andreea Simionel wurde 1996 in Rumänien geboren. 2007 kam sie mit ihrer Familie nach Turin, wo sie lebt, arbeitet und schreibt. Ihre Erzählungen sind erschienen in Tuffi, Effe, Il Foglio, Altri Animali, Clean, inutile, Nazione Indiana, retabloid e La nuova verde.

Luka Tuvalu, geboren Mitte der 80er in Berlin, ist Autorin, Musikerin und Konzeptkünstlerin. In ihren Werken finden sich immer wieder Irritationen und Verschiebungen der uns bekannten Realität. Die Arbeiten bieten eine fremde Lesart des Allbekannten, und laden dazu ein, den eigenen Blick zu schärfen. Luka Tuvalu schreibt hauptsächlich Prosa in kürzeren und längeren Formaten, und spielt Synthesizer in einer Band.

Andreea Simionel è nata nel 1996 in Romania. Nel 2007 si è trasferita con la famiglia a Torino, dove vive, lavora e scrive. Suoi racconti sono apparsi su Tuffi, Effe, Il Foglio, Altri Animali, Clean, inutile, Nazione Indiana, retabloid e La nuova verde.

Luka Tuvalu, nata a Berlino a metà degli anni '80, è autrice, musicista e artista concettuale. Nelle sue opere ricorrono i turbamenti e i cambiamenti della realtà a noi familiare. I suoi testi offrono un'interpretazione straniante di ciò che è risaputo e invitano i lettori ad aguzzare la vista. Luka Tuvalu scrive principalmente prosa lunga e breve, e suona il sintetizzatore in una band.

DIE HEIMANN-STIFTUNG

Im Jahr 2015 haben die Eheleute Archim und Gerda Heimann die «Heimann-Stiftung für Völkerverständigung» mit Sitz in Wiesloch gegründet.

Die Stiftung fördert die Völkerverständigung zwischen Deutschland und Italien.

Im Mittelpunkt der Stiftung stehen junge Menschen und deren kulturelle Förderung zu verantwortungsbereiten und weltoffenen Persönlichkeiten.

Wir leben in einer Zeit großer gesellschaftlicher Veränderungen, die das Zusammenleben der Menschen unterschiedlicher Kulturen berühren. Es wird immer wichtiger zu lernen, andere Völker nicht nur nach deren äußeren Merkmalen und dem Lebensstil zu beurteilen, sondern auch ihre Kultur, ihre Haltung, ihr Verhalten zu verstehen und anzuerkennen. Wenn sich die Nationen verstehen, können Konflikte vermieden und Versöhnung und Frieden geschaffen werden.

Um diese Zukunft zu gestalten ist es vor allen Dingen wichtig, dass die Jugend mit einer internationalen und interkulturellen Lebenserfahrung aufwächst.

LA FONDAZIONE HEIMANN

Nel 2015 la coppia Archim e Gerda Heimann ha istituito la «Fondazione Heimann per la comprensione fra i popoli» con sede a Wiesloch.

La fondazione promuove la comprensione fra la Germania e l'Italia.

Al centro dell'attenzione della fondazione ci sono i giovani ed il loro sviluppo culturale. Inoltre la fondazione promuove la formazione dei giovani affinché diventino persone cosmopolite e consapevoli delle proprie responsabilità.

Adesso viviamo in un'epoca con grandi cambiamenti sociali che influenzano la convivenza dei popoli. Diventa sempre più importante valutare gli altri popoli non solo in base alle caratteristiche esterne e allo stile di vita ma anche rispettare e comprendere la loro cultura, il loro atteggiamento e il loro comportamento. Se le nazioni si accettano i conflitti potrebbero essere evitati e la pace sarebbe mantenuta.

Per formare il nostro futuro assieme è soprattutto importante che già i giovani possano raccogliere esperienze di vita internazionali e interculturali.